出土文献与秦国文学

倪晋波 著

文物出版社

图书在版编目（CIP）数据

出土文献与秦国文学／倪晋波著．—北京：文物出版社，2015.12

ISBN 978-7-5010-4475-7

Ⅰ．①出… Ⅱ．①倪… Ⅲ．①中国文学－古典文学研究－春秋战国时代 Ⅳ．①I206.2

中国版本图书馆 CIP 数据核字（2015）第 286923 号

出土文献与秦国文学

编　　著：倪晋波

责任编辑：许海意
封面设计：程星涛
责任印制：张道奇

出版发行：文物出版社
社　　址：北京市东直门内北小街2号楼
邮　　编：100007
网　　址：http：//www.wenwu.com
邮　　箱：web@wenwu.com
经　　销：新华书店
印　　刷：北京京都六环印刷厂
开　　本：700mm×1000mm　1/16
印　　张：20.75
版　　次：2015年12月第1版
印　　次：2015年12月第1次印刷
书　　号：ISBN 978-7-5010-4475-7
定　　价：58.00元

本书版权独家所有，非经授权，不得复制翻印

国家哲学社会科学基金资助项目
江苏高校品牌专业建设工程（扬州大学汉语言文学）
阶段性成果

谨以此书献给我的家人

序

倪晋波博士力作《出土文献与秦国文学》即将出版，嘱为序。我好读书而不求甚解，以先睹为快。读毕，思绪兴发，说几点感想以代序。

忆昔与晋波君在复旦大学研究院共同切磋、相互交流而其乐融融的学习生活，许多场景细节犹历历在目。但是时光流逝，快如奔马，十余年曾未若一瞬。当年一米八十个头、年轻英俊却稚气未脱的学生，转眼已步入"三十而立"后的盛壮之境，迅速成为一位朴实稳健而学有专长的后起之秀，颇为引人注目。我外出参加海内外学术活动时，常得友人告之，其学术反响甚佳，将来是个人才。当然，类似夸赞，大多是学界前辈对于年青学者的关心帮助和提携培养；但同时也证明了晋波本人的刻苦勤奋和善于思考。一个可造的年轻人，是不会辜负前辈师长们培植栋梁的良苦用心的。《出土文献与秦国文学》的出版，正是晋波向关心自己成长的前辈们的汇报。汇报是否及格，抑或优秀，有待实践的检验。

《出土文献与秦国文学》既是国家社科基金项目的结晶，同时也是作者在学术路上跨出的重要一步，他以顽强的毅力，一步一步地逐渐接近了那庄严肃穆的学术殿堂。十年磨一剑，对青年学者来说，确实不易。

晋波选择先秦文化学术作为自己的专业研究方向，是需要有一定勇气的，并准备付出更多的心血奉献。研习中国传统学术，先秦是根源，是基础。但学习先秦文化，并非易事，单是那艰深的语言文字关，就让许多年轻人难跨门槛，从而产生了知难而退的心理。但是晋波反之，他是迎难而上，只问学术需要，而不问其他，什么代价、什么效益，都顾不上。这在今天，不说"另类"，也是罕见。他选择出土文献与秦国文学的历史发展这一课题，我也曾提醒他，这既是一个具有开拓意义的诱人项目，同时又是个艰深厚重的跨学科的全新学术领域，要求研究者必须先突破以前单科独进而不及其余的苏联学术模式，必须具有多学科的综合素养，才有条件完成这一课题。就题目所示，晋波所学为古典文学专业，秦国文学是当然的研究对象；但考古学与文学并重，考古学中，另有洞天，对门外汉来说，又知道了解多少？这就要求晋波要为此付出比一般学人多上几倍的努力。而且，除了考古学及出土文献的整理辨识之外，一旦深入课题中，就会发现，其广袤的学术领域，广泛涉及了历史学、地理学（包括自然地理、人文地理和文学地理）、民族学、民俗学、人类文化学、古文字学、音韵训诂之学，当然还包括经学中的礼仪礼制之学，就是那令年轻人头痛的甲骨卜辞、钟鼎铭刻专门之学，也是无计相回避。比如论述春秋战国时期秦国文学，怎能避开太公庙秦公钟、镈铭刻呢？又如《石鼓文》，虽因年久残缺，但它乃是秦国诗歌的一代杰作，怎能不讲呢？但是秦公钟镈及《石鼓文》，辨识考察，必须花费许多心血，从借鉴前贤成果，到最后形成自己的认识判断和现代反思，步步深入，又谈何容易！但可贵的是，晋波没有后退，而是直面困难，早有心理准备。他尝试着跳进了自己的学术盲区大海中，勇敢游泳摸索，从无知到有所知，搬掉了一个又一个的学术障碍，坚定地踏实了每一前进的步伐，毅然前行，终于努力没有白费，化为心血结晶奉献读者，嘉惠学林。如果没有板凳一坐十年冷的决心，没有反复钻研修改的苦功，成果是出不来的。在治学路上，晋波与那追名逐利讲究效益的浮躁学风，大相径庭，两两相较，雅俗分明，高低立判。这就在一定程度上，反映出学界后继有人的光明希望。

在构建指导自己的学术观念及与之相适应的治学方法时，虽然晋波外语水平不错，也曾努力阅读了许多西方学术原典，并在中西文化的交流碰撞中，颇受启迪而获益匪浅。但他并未一味效仿西哲，更未投入时下急于自创宏伟学术体系的大潮之中，而是在迈开初始脚步时，就结合我国传统学术实际，认准典型，刻苦锻炼而认真思考。尤其是近代王国维汇合中西学术之后所开创的"二重证据法"（或称"三重证据法"），其钻研刻骨铭心，专心学习而行之不息。晋波所坚持的是王国维、陈寅恪诸先生所开创的道路，关系到学术现代化的新科学实证之路。虽然学识积累有个过程，初始阶段或不无稚气之处，但他却具有真诚之心，只要方向正确，方法科学，长期坚持下去，总有一天会臻于成熟，最后有力地叩响那沉重的学术殿堂之门。王国维先生在《古史新证》（清华大学出版社，1994年版）第一章《总论》中说："吾辈生于今日，幸于纸上之材料外，更得地下之新材料。由此种材料，我辈固得据以补正纸上之材料，亦得证明古书之某部分全为实录，即百家不雅驯之言，亦不无表示一面之事实。此二重证据法，惟在今日始得为之。虽古书之未得证明者不能加以否定，而其已得证明者不能不加以肯定可断言也。"后来陈寅恪先生又继续总结了王国维学术内容和治学道路，曰："举三目以概括之者：一曰取地下之实物与纸上之遗文互相释证。凡属于考古学及上古史之作，如《殷卜辞中所见先公先王考》及《鬼方昆夷玁狁考》等是也；二曰取异族之故书与吾国之旧籍互相补正。凡属于辽金元史事及边疆地理之作，如《萌古考》及《元朝秘史之主因亦儿坚考》等是也；三曰取外来之观念与固有之材料互相参证。凡属于文艺批评及小说戏曲之作，如《红楼梦评论》及《宋元戏曲考》、《唐宋大曲考》等是也。"（陈寅恪《王国维先生遗书序》，上海古籍出版社，1983年影印本卷首）陈氏断言，静安先生之学博大精深，其学术观念和治学方法，"可转移一时风气而示来者以轨迹也"（同上）。中的之论，启悟后人。前辈学术大师已为我等晚辈学人指明了途径与方向，先进观念与科学方法的进步，功德无量。在《出土文献与秦国文学》中，晋波凛遵大师明示之途而前行。当然，如果具天才而能空所依傍自创体系一举成功，这也是应该庆贺的；但这在学界，凤毛麟角，实难追随步武。晋波有自知之明，于是选择了另外一条艰难跋涉之路，继续沿王、陈诸大师所指方向，一步一个脚印，扎扎实实走来。他依循"文献清理—宏观阐释—细部缕析"的思路，具体采用"三重比勘法"（篇章内容、相关史料和出土文献）以及文字比较法、归纳统计法等。学术攀登，并无捷径一步登天，而是必须觅径探路，摸索前进而渐近目标。其所著述，正是这一观念与方法的尝试与实践。成功与否，虽尚待检验，但就其主观努力，则应予以肯定。学界增添了年轻血脉的奔腾，更能显示中国学术的活力与希望。

根据事实来论述，形成了有力的证据而令人信服，是该书的又一特点。孔子曰："知之为知之，不知为不知，是知也。"（《论语·为政》）作者谨遵古训，没有事实根据的话不说，他反对强不知以为知的虚骄作态，已所未识，则老实交代而付之阙如。在其论证中，事实很重要，不过，晋波对证据链中的事实，自己有另有深解。其所著述，原是有为而发，针对"秦世不文"的传统说法之误，侃侃而谈，而令人有耳目一新之感。但破旧立新，必须言之成理，才能令人信服而有所借鉴；而其"理"何在？当然来自持之有故的事实证明，事实俱在，则不辩自明。但是事象纷纭，有真有假；有内在有表象；有可知，有不可知。所谓用事实来说话，并不是罗列事象而加简单比附的功夫，而是必须精心钻研，才能揭开那掩盖在事实表象后面的真实本质。比如《诗经》中《秦风·车邻》曰：

有车邻邻，有马白颠。未见君子，寺人之令。

阪有漆，隰有栗。既见君子，并坐鼓瑟。今者不乐，逝者其耋。

阪有桑，隰有杨。既见君子，并坐鼓簧。今者不乐，逝者其亡。

《毛诗序》曰："《车邻》，美秦仲也。秦仲始大，有车马礼乐侍御之好焉。"认为这是一首歌颂性的欢乐歌。但是，有人反之，认为是"反映秦君腐朽生活和思想"而及时行乐的没落情调。晋波则另有见解，认为是一首"君臣宴饮"之诗。但与《小雅》中宴饮诗的歌颂功德不同，《车邻》则因其具体的民族发展历史不同，诗旨迥异其趣："该诗看起来强调的是'今者不乐，逝者其耋'、'今者不乐，逝者其亡'的及时行乐思想。君臣欢宴之上，高歌及时行乐，这实际上是秦人在长期而残酷的军事斗争中积淀的一种思想意识。秦民族自其诞生之日起，就面临着与周边各种势力不断战斗的现实，谁也不知道今日欢宴之后，明天还能否见到日出。……该诗初读之以为快意盎然，文笔轻松，实则道出了一个民族的浴血奋斗史，蕴藉悲怆。"所论精深而辩证，从具体的民族历史生活和地理环境出发，高屋建瓴，道破了轻松快意表象中所蕴藏的悲怆精神，解释了秦民族悲壮史诗的真实内涵。只有真正深入一层地揭示了隐藏在事象背后的真相本质，才能给人以有益启迪。

当然，此书优点难以一一罗列。如作者学术态度谨严，即使是小注也一丝不苟，认真按规范体式加以说明。如论商鞅变法对秦文学的影响,谈到秦《诅楚文》与晋《吕相绝秦书》之辞,虽然二文性质不同,"《吕》是外交文书,而《诅》则是战前祝文"。但作者经细加比对,同意前贤所称"前者是(按:指《诅》文)仿自后者(按:指《吕》文)",并加详注曰:"两文在某些用语、语气上的确非常接近甚至相同。如《吕》文开头:'昔逮我献公,及穆公相好,戮力同心,申之以盟誓,重之以昏姻。'《诅》文开头与之极其相似:'昔我先君穆公及楚成王寔戮力同心,两邦若一,绊以昏姻,袗以齐盟。'又如,《吕》文历数秦之恶云:'蔑死我君,寡我襄公,迭我淆地,奸绝我好,伐我保城,殄灭我费滑,散离我兄弟,挠乱我同盟,倾覆我国家。……又欲阙翦我公室,倾覆我社稷,帅我蟊贼,以来荡摇我边疆。'《诅》文有类似语句:'率诸侯之兵以临加我,欲划伐我社稷,伐灭我百姓,取我边城……'《吕相绝秦书》是外交文书,送达秦国后,秦人理应保存。惠文王时代的宗祝完全有可能见过该书,并仿其文。"其比对细致,推理合乎逻辑,因而有助于正文论断的合理性和说服力。小注尚且如此用心,遑论正篇之论。

  总之,此书出版后,其精粗客观存在,相信广大读者开卷有益,自能明辨。以上体会,当否?愿大家来评说赐教。

蒋　凡

2015 年 6 月于上海半万斋

目 录

第一章 "暴秦"与"秦世不文" ……………………………… 1
第一节 "THINA"与"暴秦" ……………………………… 1
第二节 "秦世不文"论及其影响 ………………………… 4

第二章 出土文献与秦国文学研究的可能 ………………… 10
第一节 秦国文学资料的新发现 …………………………… 10
第二节 "秦国文学"释义 ………………………………… 13
第三节 秦国文学研究的现状 ……………………………… 15
第四节 秦国文学研究的思路与意义 ……………………… 31

第三章 秦国出土文献年代综考 ……………………………… 33
第一节 秦国出土文献对象及其年代问题 ………………… 33
第二节 从秦系文字发展史判定诸铭刻的年代序列 ……… 44
第三节 从礼乐背景、铭史互证等角度考察诸铭刻的镌写年代 … 55

第四章 秦国传世文献年代综考 ……………………………… 88
第一节 《诗经·秦风》年代考 …………………………… 88
第二节 《秦誓》作年辨惑 ………………………………… 95
第三节 《吕氏春秋》成书年代异说平议 ………………… 101

第五章 秦国文学史年表 ……………………………………… 115

第六章 秦文化与秦嬴文化精神 ……………………………… 121
第一节 秦民族与秦文化的渊源 …………………………… 121
第二节 秦文化的地理背景、考古发现及其阐释 ………… 125

第七章 文化接触、华夏认同与春秋时期秦文学的发生 … 130
第一节 《秦风·无衣》：周秦文化接触与秦国文学的萌芽 ……………………………………………… 130
第二节 《秦记》：秦文化的自立与秦国文学的肇始 …… 135
第三节 《秦风》等：秦人的"诸夏"意识及其文学经典的诞生 ……………………………………… 145

第四节　春秋秦国文学：西周礼乐文化的最后回响 ………… 163
第八章　礼乐倾圮、功利意识与战国早中期秦文学的凋零 ……… 168
　　第一节　变动的世界与秦国的危机 …………………………… 168
　　第二节　商鞅变法对秦文化及文学的影响 …………………… 170
第九章　文化融合、学吏教育与战国后期秦文学的新变 ………… 185
　　第一节　将定于一的战国大势与和秦国文化的多元融汇 …… 185
　　第二节　学吏制度对秦国文学的促进 ………………………… 190
　　第三节　秦人的宗教信仰与秦文学 …………………………… 193
第十章　"秦诗"的思想意涵与艺术风貌 ………………………… 198
　　第一节　"秦诗"的生活世界和心灵世界 …………………… 199
　　第二节　"秦诗"的艺术表现和审美特征 …………………… 209
第十一章　"秦声"的存在形态与文史价值 ……………………… 216
　　第一节　"秦声"的留存篇目和《厎廖歌》的原初形态 …… 216
　　第二节　《口赋谣》、《樗里谚》、《惠文王谚》的
　　　　　　历史价值 …………………………………………… 221
第十二章　《吕氏春秋》的文艺思想与寓言成就 ………………… 225
　　第一节　《吕氏春秋》的文艺观 ……………………………… 225
　　第二节　《吕氏春秋》中的寓言故事 ………………………… 234
第十三章　秦国简牍文献的文学价值 ……………………………… 261
　　第一节　放简《墓主记》与志怪小说的起源 ………………… 261
　　第二节　睡简《成相篇》的文学史意义 ……………………… 267
　　第三节　睡虎地秦墓木牍家书的情感内蕴及其价值 ………… 274
　　第四节　睡简《日书·诘篇》的文体及其民间性 …………… 277
　　第五节　睡简《日书》之《梦篇》、《马禖篇》的
　　　　　　文学价值 …………………………………………… 283
　　第六节　秦简《日书》中的神话传说 ………………………… 286
第十四章　秦国文学与古典文学史的叙写 ………………………… 290
　　第一节　秦国文学的历史嬗迁及其意义 ……………………… 290
　　第二节　出土文献文学史价值的辩证思考 …………………… 293
参考文献 ……………………………………………………………… 297
后　　记 ……………………………………………………………… 314

第一章 "暴秦"与"秦世不文"

第一节 "THINA"与"暴秦"

公元 30~230 年的某个时候，一位住在埃及的希腊商人据其航行波斯湾和印度半岛等地的经历，写下了一部书，名为 *The Periplus Maris Erythraei*（《厄立特里亚航海指南》），[1] 其中有这样一段文字：

> Beyond this region, by now at the northernmost point, where the sea ends somewhere on the outer fringe, there is a very great inland city called Thina from which silk floss, yarn and cloth are shipped by land via Bactria to Barygaza and via the Ganges River back to Limyrikê. It is not easy to get to this Thina; for rarely do people come from it, and only a few. The area lies right under the Ursa Minor and, it is said, is contiguous with the parts of the Pontus and the Caspian Sea where these parts turn off, near where Lake Maeotis, along with [sc. the Caspian] empties into the ocean.[2] （笔者译：越过克利斯国，在最北部海的外缘国家，其内陆有个极大的城市叫秦，那里出产的生丝、丝线和绢布由陆路经巴克特里亚运至婆卢羯车，也经恒河运至里姆利亚。要到秦很不容易，因为来自那里的人极少，很罕见。秦恰处小熊星座之下，据说其边境紧邻本都和里海对岸，靠近麦奥提斯

---

[1] 关于 *The Periplus Maris Erythraei* 的成书年代，争议颇多，本书依 Lionel Casson 所言而论。详参氏著 *The Periplus Maris Erythraei: Text with Introduction, Translation, and Commentary.* （《厄立特里亚航海指南：文本、引介、翻译与评论》）NJ: Princeton University Press, 1989, pp. 5~10.

[2] Lionel Casson: *The Periplus Maris Erythraei: Text with Introduction, Translation, and Commentary.* NJ: Princeton University Press, 1989, p. 91.

湖，可通达大洋。①）

此间提到的"Thina"（秦），就是后来的"China"（中国），这是"秦/中国"在目前可见的欧洲文献中的首次亮相，②时值中国历史纪年之东汉（25～220年）。由"Thina"而"China"、以"秦"为"中国"，可见西方世界对"中国"的认知始自于"秦"。对彼时的西方人来说，"秦"是广袤邈远、盛产丝绢的神秘异邦；对当时的东汉人来说，"秦"却是去古未远、当引为鉴的无道前朝。同一时期的人对于同一对象的认知有如此差异，这大约是空间的悬隔所致。历史是由空间和时间造就的，它们犹如经纬线，不仅构筑了关于过往的基本"史实"，亦以其间断性和延续性堆砌了影响未来的诸多"事实"。是故，不惟空间的差异会导致认知的异途，时间的流逝更可造成结论的累积和固化。比如，所谓"暴秦"云云。

从《史记》的记载看，"暴秦"的历史认识肇造于秦末乱世。据《陈涉世家》，"伐无道，诛暴秦"③是当时反秦的政治口号之一。刘邦即皇帝位时，下诏封赏部下的理由之一便是"诛暴秦"。④而在战国时

---

① 开头的"this region"，指前文提到的 Chryse，克利斯国，在今缅甸和马来半岛；Thina，有的英文译本写作 Thinae；Bactria，巴克特里亚王国，即中国史书通称的"大夏"；Limyrikê，在今南印度科罗曼德尔海岸；the Pontus，本都，黑海南岸古王国；Lake Maeotis，麦奥提斯湖，指 Sea of Azov（亚速海）。

② 此系 J. Needham 在 Science and Civilisation in China（《中国的科学与文明》，Cambridge, 1954）一书中所论。Lionel Casson 在 The Periplus Maris Erythraei: Text with Introduction, Translation, and Commentary 一书中引其言："Thina: This is the earliest occurrence of the name. Ptolemy speaks at one point of 'Sinai or Thinai, the metropolis', but the elsewhere reserves Sinai for the name of the country. Both forms apparently derive, by the way of Sanskrit, from Ch'in, the name of the great dynasty (221B.C. – 206B.C.) the unified China."（NJ: Princeton University Press, 1989, p. 238）

③ ［汉］司马迁撰、［南朝宋］裴骃集解、［唐］司马贞索隐、［唐］张守节正义：《史记》，中华书局，1959 年 9 月第 1 版，第 1952 页。本书下引《史记》原文及"三家注"均出该本，若非必要，只记篇名，不再详注。

④ 《汉书·高帝纪（下）》："诏曰：'故衡山王吴芮与子二人、兄子一人，从百粤之兵，以佐诸侯，诛暴秦，有大功，诸侯立以为王。'"参班固撰、颜师古注《汉书》，中华书局，1962 年 6 月第 1 版，第 53 页。本书下引《汉书》原文均出该本，不详注。

代，人们对秦多称之以"虎狼之秦"。① "虎狼"者，言其军力强悍、蔑弃礼义，如肆虐丛林的野兽也；"暴"者，言其任法重刑、不恤民生也。称其"虎狼"，多因在兼并战争中不敌强秦，内怀畏惧；言之"暴秦"，乃是必须于反抗当权时吁集民意，意在否定。由"虎狼秦"而"暴秦"，认知随时势而变。

战国时代的秦，除了有"虎狼"之称外，还被目之以"夷狄"。这种认知在春秋时代便已出现。那个时候，秦人刚刚登上中国历史的舞台。公元前771年春，风雨飘摇中的西周王朝遭遇致命一击：犬戎部族攻破镐京，杀死周幽王。继立的周平王不得不于次年率部东迁洛邑。绚丽的王朝岁月从此零落成只待追忆的黄花，而宗周的"斯文"则幻化为夫子朝歌夜梦一生的传奇。但历史宛似一个舞台，在有人黯然谢幕的同时必然有人粉墨登场。《史记·秦本纪》载：

> （秦襄公）七年春，……西戎犬戎与申侯伐周，杀幽王郦山下。而秦襄公将兵救周，战甚力，有功。周避犬戎难，东徙洛邑，襄公以兵送周平王。平王封襄公为诸侯，赐之岐以西之地。曰："戎无道，侵夺我岐、丰之地，秦能攻逐戎，即有其地。"与誓，封爵之。襄公于是始国，与诸侯通使聘享之礼，乃用骝驹、黄牛、羝羊各三，祠上帝西畤。

秦嬴，这个长期偏居西陲、与戎杂处的部族，抓住西戎祸周的历史机遇，以"勤王"的行动获得"诸侯"的封号，从而成为与东方各国平起平坐的"秦国"。但是，当时的东方诸国对这个新生的国家其实并不感兴趣，即使是秦襄公主动"与诸侯通使聘享之礼"，它们仍将其视为与华夏有别的戎狄外族。直到战国时代，"戎狄秦"的意识依然牢牢占据着中原士人的心。《战国策·魏策三》记朱己说魏王之言云："秦与戎翟同俗，有虎狼之心，贪戾好利而无信，不识礼义德行。苟有

---

① 《战国策·魏策一·苏子为赵合纵说魏王》："然横人谋王，外交虎狼之秦，以侵天下，卒有国患，不被其祸。"又，《赵策三·秦攻赵于长平》："秦虎狼之国也，无礼义之心。"参见刘向集录《战国策》，上海古籍出版社，1998年3月第2版，第787、696页。本书下引《战国策》原文均出该本，不详注。

利焉，不顾亲戚兄弟，若禽兽耳。"将秦归于戎狄一族，甚至斥为"禽兽"，偏见不可谓不深。

秦襄公始国之日正值春秋战国拉开大幕之时。然而，谁也不会想到，这个与戎狄同俗的蕞尔小邦在此后的五个半世纪（秦襄公八年至秦王政二十六年，公元前770～前221年）间竟成长为令人生畏的"虎狼之秦"，并最终荡平诸强，一统海内，建立亘古未有之大秦帝国。更令人惊愕的是，仅仅又过了十五年（秦始皇二十六年至秦二世三年，公元前221～前207年），不可一世的大秦帝国便在一群绝望的农民的打击下轰然倾圮。五百五十年的成长路和十五年的掘墓史，是秦帝国命运的两极，其间的巨大反差让后代的士人坚信繁法严刑、使民酷烈是其速亡的主因。汉初学者反思秦政，陆贾、贾谊和晁错等人都激烈地批评秦王朝的酷法苛政。"暴秦"也因此从一个口号变成一种符号。

由"夷狄秦"而"虎狼秦"而"暴秦"，春秋以降的认知慢慢累积，最终成为无需再证的历史"事实"，不断地呈现在后人眼前。明人杨慎有专文《秦之恶》，云：

> 秦之恶，天下之所同恶也。故曰强秦，言其不听也；曰暴秦，甚矣；曰嫚秦，言其无礼义也；曰孤秦，言天下所不与也；曰犷秦，以犬况之也，抑又甚矣；曰无义秦，曰无道秦，恶之至矣、尽矣！[①]

此可谓千百年来对秦恶评之集大成，也是关于秦人糟糕的历史形象的经典表述。

第二节 "秦世不文"论及其影响

当"暴秦"成为历史的主流意识，人们便粗暴地以诸如"暴秦不足言"之类的话语来表示对秦之政治、经济诸方面的不屑。早在汉武帝时代，司马迁就注意到这种简单轻率的认知倾向，并对其进行了批

[①] ［明］杨慎：《秦之恶》，《升庵全集》卷48，王云五主编《万有文库》本，商务印书馆，1937年3月初版，第527页。

评。《史记·六国年表》论赞谓："学者牵于所闻，见秦在帝位日浅，不察其终始，因举而笑之，不敢道，此与以耳食无异。"不幸的是，太史公的冷静卓识并未指引后人从愤怒的泥淖中清理出一片理性净土。不察始终，举而笑秦，正是历代学者对秦人及其历史最具代表性的态度之一。在文化层面上，这种轻视更因秦始皇焚书坑儒、蔑弃古典的历史记录而演变成具有普遍性的愤激情绪。有论者总结道："自汉而降，仅据焚书一事而不考其实，殊非持平之论。……后世一言及秦，必痛诋之。"① "痛诋"的结果之一就是以印象式的概括来取代严肃的历史文化批评。袁葆镕先生说："秦者，历史上一大关捩，所宜详加研治者也。而后世不睹其震古烁今之所由，徒见其亡之忽焉，于是诋议备至，文章语谈，资为龟鉴。其始或出于一时之作用，积久竟成传统之观念！"② 这些"传统之观念"中自然也包括了对"秦之文学"的认识。

关于秦之文学，较早也最广为人知的结论是刘勰在《文心雕龙·诠赋》提出的"秦世不文"论。③ 在《文心雕龙》一书中，刘勰前后五次论及秦文学。其中，三处是散论，即："秦皇灭典，亦造仙诗"（《明诗》）、"秦政刻文，爰颂其德"（《颂赞》）、"昔三良殉秦，百夫莫赎，事均夭横，《黄鸟》赋哀，抑亦诗人之哀辞乎"（《哀吊》），分别讨论了秦之仙真人诗、石刻文和《秦风·黄鸟》；余下两处则是概论。《时序》云："春秋以后，角战英雄，六经泥蟠，百家飙骇。方是时也，韩魏力政，燕赵任权，五蠹六虱，严于秦令，唯齐楚两国，颇有文学。"刘勰比较了战国七雄的文学成就，认为只有齐、楚两国可观，其余则不足论，尤其秦人，因拘于法家之威，几无文学。与这一结论相表里的就是他在《诠赋》中的总结："秦世不文，颇有杂赋。"

考诸载籍④，秦世的文学作品主要有以下五类：

---

① 孙德谦：《秦记图籍考》，《学衡》第三十期，1924年，第13页。
② 袁葆镕：《秦辨》，《国专月刊》第三卷第三号，1936年，第54页。
③ ［南朝］刘勰著、王利器校证：《文心雕龙校证》，上海古籍出版社，1980年8月第1版，第49页。本书下引《文心雕龙》原文，皆出此本，不详注。
④ 据孙德谦先生《秦记图籍考》，秦代所藏图书载籍名目可考有：《易》、《秦誓》、《尚书》、《诗》、《礼》、《礼记》、《周官》、《秦记》、《春秋左氏传》、《战国策》、《奏事》十二篇、《孝经》、《孔子家语》、《仓颉》一篇、《蒙恬笔经》、《秦始皇东巡会稽刻石文》

其一，杂赋，九篇。刘勰谓："秦世不文，颇有杂赋。"早佚。

其二，歌诗，包括《左冯翊秦歌诗》三篇、《京兆尹秦歌诗》五篇。《史记·始皇本纪》云："三十六年，荧惑守心。有坠星下东郡，至地为石，黔首或刻其石曰'始皇帝死而地分'。……始皇不乐，使博士为仙真人诗，及行所游天下，传令乐人歌弦之。"《汉书·艺文志》："（黄公）名疵，为秦博士，作歌诗，在秦时歌诗中。"又，《绎史》卷149引《古今乐录》："秦始皇祠洛水，有黑头公从河中出，呼始皇曰：'来受天之宝。'乃与群臣作歌曰：'洛阳之水，其色苍苍，祠祭大泽，倏忽南临，洛滨醊祷，色连三光。'"这个故事虽然荒诞不经，但却透露出所谓"秦歌诗"很可能包括"仙真人诗"、"祠水神歌"之类的即兴作品，其功能主要是供主上娱乐、消遣，其创作者多是博士官。而博士官著作《羊子》（四篇）、《黄公》（四篇）中可能也收入了此类歌诗。上述著作今皆亡。

其三，《秦零陵令信》，一篇。《汉志》曰："难秦相李斯。"又，《文选·吴都赋》刘渊林注引秦零陵令上书云："荆轲挟匕首，卒刺陛下，陛下以神武，挟揄长剑以自救。"二者或有关联，惜文佚不可考。

其四，《奏事》，二十篇。《文心雕龙·章表》谓："降及七国，未变古式，言事于主，皆称上书。秦初定制，改称曰奏。"《汉志》曰："秦时奏事，及刻石名山文也。"则知所谓《奏事》当是秦代大臣奏疏的官方记录。秦王朝以前的大臣奏议流传至今的唯李斯《谏逐客书》。称帝后的奏议，亦以李斯《劝行督责书》和《狱中上二世书》最为著名。三书俱存《史记·李斯列传》。

其五，刻石铭文，乃秦代文学之大宗，现存六篇。据《史记·秦

（接上页注）一卷、《孟子》、《羊子》四篇、《老子》、《邹子》、《张苍》十六篇、《商君》二十九篇、《韩子》、《成公生》五篇、《黄公》四篇、《张子》十篇、《秦零陵信》一篇、《由余》三篇、《尉缭》二十九篇、《尸子》二十篇、《吕氏春秋》二十六篇、《神农》二十篇、《秦诗》、《秦时杂赋》三篇、《仙真人诗》、《左冯翊秦歌诗》三篇、《公孙鞅》二十七篇、《繇叙》二篇、《尉缭》三十一篇、《孟子》一篇。（《学衡》第三十期，1924年，第1~13页）这些载籍中有不少名目相同而篇目不同，如两种《尉缭》、两种《孟子》等；还有的名目、篇目皆不同，但其名目可能只是异出，如《由余》三篇与《繇叙》二篇、《商君》二十九篇与《公孙鞅》二十七篇。对于这些令人疑惑的情况，孙德谦先生未予以进一步解释；而且，这些图书中有很多显非秦人之作。因此，本章对秦世文学的考订，主要依据《汉志》、《史记》等典籍，且只录秦人著述。

始皇本纪》，始皇东巡峄山、泰山、琅邪台、之罘岛、东观、碣石、会稽时，俱立纪功刻石。除《峄山刻石》外，诸石刻铭均存本纪。这些刻石以歌功颂德为基本内容，据说都出自李斯之手。《文心雕龙·封禅》谓："始皇铭岱，文自李斯，法家辞气，体乏弘润，然疏而能壮，亦彼时之绝采也"，则刻石铭文可为秦代文学之代表。

另外，各种载籍中还保存有一些秦代民间歌谣，代表性的有：

《泗上谣》：称乐大早，绝鼎系。① 《长水童谣》：城门有血，城当陷没为湖。②

《一句童谣》：阿房，阿房，亡始皇！③

《甘泉歌》：运石甘泉口，渭水为不流。千人唱，万人钩。④

《长城歌》：生男慎勿举，生女哺用䬴，不见长城下，尸骸相支拄。⑤

---

① ［北魏］郦道元注，［民国］杨守敬等疏：《水经注疏·泗水》："周显王四十三年，九鼎沦没泗渊。秦始皇时而鼎见于斯水。始皇自以德合三代，大喜，使数千人没水求之，不得，所谓鼎伏也。亦云：系而行之，未出，龙齿啮断其系，故语曰：'称乐大早，绝鼎系。'"江苏古籍出版社，1989年版，第2145页。

② ［晋］干宝：《搜神记》卷13："由拳县，秦时长水县也。始皇时，童谣曰：'城门有血，城当陷没为湖。'有妪闻之，朝朝往窥。门将欲缚之，妪言其故。后门将以犬血涂门。妪见血便走去。忽有大水欲没县，主簿令干入白令。令曰：'何忽作鱼？'干曰：'明府亦作鱼。'遂沦为湖。"收《汉魏六朝笔记小说大观》，上海古籍出版社，1999年版，第377页。

③ ［梁］任昉：《述异记》卷下："始皇二十六年童谣云：'阿房阿房亡始皇。'"影印文渊阁四库全书本，1983年版，第1047册，第624页。

④ ［晋］张华：《博物志》卷6："始皇陵在骊山之北，高数十丈，周回六七里。今在阴盘县界。北陵虽高大，不足以销丈冰，背陵障，使东西流。又此山有土无石，运取大石于渭北诸山。故歌曰：'运石甘泉口，渭水为不流。千人唱，万人钩。'"收上海古籍出版社1999年版《汉魏六朝笔记小说大观》，第209~210页。另，《太平御览》卷559引潘岳《关中记》记事相同，但谣辞稍异："运石甘泉口，渭水为不流。千人一唱，万人相钩。"详见中华书局1960年影印本，第2528页。

⑤ ［北魏］郦道元注、［民国］杨守敬等疏：《水经注疏·河水》："始皇三十三年，起自临洮，东暨辽海，西并阴山，筑长城及南越地。昼警夜作，民劳怨苦，故杨泉《物理论》曰：秦始皇使蒙恬筑长城，死者相属。民歌曰：'生男慎勿举，生女哺用䬴，不见长城下，尸骸相支拄。'其冤痛如此矣。"江苏古籍出版社，1989年版，第225页。另，《太平御览》卷571亦引有此谣。参见中华书局1960年影印本，第2583页。

《秦世谣》：秦始皇，何强梁。开吾户，据吾床。饮吾酒，唾吾浆。飱吾饣食，以为粮。张吾弓，射东墙。前至沙邱当灭亡。①

《大楚谣》：大楚兴，陈胜王。

它们是否真是秦谣，今已不可确知，但其内容与秦代的历史、政治文化等多有契合，很可能是脱胎于彼时。

综上可见，秦帝国十五年的文学遗产不仅在数量上寥若晨星，在质量上也乏善可陈，刘勰"不文"的论断并非向壁虚造。大约正是因为如此，"秦世不文"论迅速而持久成为关于"秦代文学"、"秦文学"最经典的历史结论，其影响一直延续至近、现代。在中国文学史学科的发轫时期，学者们大多秉承此论。曾毅先生在初版于1905年的《中国文学史·秦之文学》中说：

> 秦负其虎狼之力，削平天下，崇尚法治，金戈未熄，狐火旋鸣，謷謷短祚之间，不过过渡之引线，无甚文学之足称。惟李斯以其雄鸷之才，缘儒入法，而当时文学之实权，又在其一人之手，故彼一人之文学价值，即秦一代文学之价值。……秦之文学，略不必深论。②

欧阳溥存先生的《中国文学史纲》亦有类似结论："秦祚既短，兼因法家少文，战国词章，至是中替，物盛而衰，固其变也。况乎焚书坑儒，中国古代文学几为之尽绝。"③现当代以来的文学史著，对秦文学的论述大体不出上论。

然而，问题在于：刘勰所谓"秦世不文"，后人所谓"秦人燔书、斯文天丧"是考察秦王朝，也即秦代文学的实际状况后得出的结论；

---

① [南朝宋]刘敬叔：《异苑》卷4："秦世有谣曰：'秦始皇，何强梁。开吾户，据吾床。饮吾酒，唾吾浆。飱吾饣食，以为粮。张吾弓，射东墙。前至沙邱当灭亡。'始皇既坑儒焚典，乃发孔子墓，欲取诸经传。圹既启，于是悉如谣者之言。又言谣文刊在冢壁，政甚恶之。乃远沙邱而循别路，见一群小儿，輂沙为阜，问云'沙邱'，从此得病。"影印文渊阁四库全书本，1983年版，第1042册，第514页。

② 曾毅：《中国文学史》，泰东图书局，1905年9月10日初版，1912年10月五版。第44页。

③ 欧阳溥存：《中国文学史纲》，上海商务印书馆，1933年8月第1版，第37页。

那么，在王朝时代之前的东周时代，也即诸侯国时代的秦之文学状况又是怎样的一幅面貌呢？这个问题被裹挟在"秦世不文"的历史记忆中，少人问津，甚至被忽略。容庚先生等人编写的《中国文学史（先秦两汉部分）》，有《秦代的文学》一章，其文指出，秦的社会发展及其文学，分统一前后两个部分，"秦在武力上虽然成功，文学上却没有多大成绩。……在秦统一前后，值得赞扬的文学家有两个人，一是荀卿，一是李斯"。[①] 论者意识到秦之社会和文学发展，以统一为标志，有诸侯国时代和王朝时代两个不同阶段，这种认知显然是符合历史事实的，表现出了对秦文学的新思考；但是，在结论上该文又认为秦统一前后的文学皆委废零落，成就均不足道。这应该是受到了"秦世不文"论的影响所致。只是，诸侯国时代的秦，亦即统一六国以前的秦之文学真的"没有多大成绩"吗？

[①] 容庚、詹安泰、吴重翰：《中国文学史（先秦两汉部分）》，高等教育出版社，1957年8月第1版，第195~203页。

第二章　出土文献与秦国文学研究的可能

第一节　秦国文学资料的新发现

梁启超先生曾说:"《三百篇》里头,只有《秦风》的《小戎》、《驷驖》、《无衣》诸篇,很有点伉爽真率气象,这就是西戎系的秦国民族性和诸夏不同处;可惜春秋以后,秦国的文学作品,没有一篇流传。"① 梁氏一方面欣赏《诗经·秦风》的慷慨直率,另一方面又遗憾秦国文学的寂寥不兴。事实上,东周秦国流传至今文学作品的不仅有《诗经·秦风》诸篇,还有《尚书·秦誓》、《吕氏春秋》以及李斯《谏逐客书》等公认的经典,更有《石鼓文》、《诅楚文》、不其簋铭文、秦公簋铭文等出土文献。近三十年来,随着考古工作的大规模开展,湖北云梦睡虎地秦简(1975)、四川青川郝家坪木牍(1980)、甘肃天水放马滩秦简(1986)、湖北云梦龙岗秦简(1989)、湖北江陵王家台秦简(1993)、湖南龙山里耶秦简(2002)以及湖南大学岳麓书院所藏秦简(2007)等一大批秦时简牍相继面世。这些重见天日的文物不仅数量可观,而且绝大部分简文清晰可辨,其中更有不少文篇章具有文学质素,是秦国文学的新资料。吴福助先生指出:

> 秦在战国时代是最强盛的国家。它凭藉富厚的经济条件、优越的地理位置、崭新的政治制度以及适逢民族文化大融合的成熟机运,遂能并兼关东六国,完成大一统局面。因此,它的文学活动,是应该特别予以重视的。不过,有关战国时期的秦文学的作品,传世甚少。……秦简的出土,正可充实我们对战国时期秦文学的认识。②

---

① 梁启超:《中国韵文里头所表现的情感》,载《梁启超论中国文学》,商务印书馆,2012年6月第1版,第230页。
② 吴福助:《睡虎地秦简论考》,台湾文津出版社,1994年7月初版,第110页。

周凤五先生在讨论云梦秦简的论文中也指出,"秦国的文学向来不受重视,主要原因是资料的贫乏",云梦秦简的出土,正可以"帮助我们认识秦国的文学"。① 昭昭可考的传世文献和重见天日的简牍文书无疑是研究诸侯国时代的秦文学的基础和契机。遗憾的是,对于这些资料,学界多从文字、文化、制度等方面着眼,而甚少剖析其文学特质,二重比堪秦国传世文献与出土资料,将其作为一种独特的文学存在进行整体观照的论著更付阙如。

进入现代以来的中国古典文学研究已获得了前所未有的进益,不但建立了较完整而明晰的古代文学史架构,而且在局部,比如各种文体和单个朝代文学的研究上也达到了相当的深度,但是尚待开掘的岩层依然存在,比如先秦国别文学。对于先秦诸侯国的文学,目前除了对楚国文学的研究比较多以外,② 其他诸侯国的文学则少有关注。这既有资料发现和积累的不平衡性因素,更有研究径向和理论思考方面的原因。在历时性的思维下,现今主流的先秦文学史多被切割成神话、诗骚、历史散文和诸子散文等数篇,进行"条块化"的写作和研究。这种叙述策略能够大体勾画出先秦文学的主体面目,但其缺憾也显而易见,其中之一就是对文学的区域性特点和民族特质重视不够。文学的发展有自身的规律和方向,但它也是特定时空的产物。地理环境和历史文化的差异对同一种文学样式有非常重要的影响,比如众所周知的《诗经》和《楚辞》。历史地审视某种文学样式固然必要,但同样不可轻视对特定时空背景下的文学的考察。这一点对处于相对封闭环境中的先秦文学显得尤为必要。

在先秦时代,文学处于一种所谓文史哲不分的"混沌"状态。那个时代的"文"实际上是一个由各种价值体系构成的集合体,它体现为典章制度、民族风尚、宗教信仰、伦理道德,当然也包括符合今日定义之文学艺术。这就意味着,在文化的背景下考察先秦文学更符合历史的本然。正如钱穆先生所言:"文化乃指人类生活多方面的一个综

---

① 周凤五:《从云梦简牍谈秦国文学》,载《古典文学》第 7 集,台北学生书局,1985 年 8 月版,第 150 页。
② 楚文化和楚国文学的研究积累比较深厚,相关的著述也非常丰富,其文学史方面有蔡靖泉《楚文学史》(湖北教育出版社,1995 年 8 月第 1 版)等。

合体而言，而文学则是文化体系中重要之一部门。欲求了解某一民族之文学特性，必于其文化之全体体系中求之。"① 李学勤先生曾根据历史文献和考古成果，把东周列国时代划分为七个文化圈，即中原文化圈、北方文化圈、齐鲁文化圈、楚文化圈、吴越文化圈、巴滇蜀文化圈和秦文化圈。他说："秦人在西周建都的故地兴起，形成了有独特风格的文化。虽与中原有交往，而本身的特点仍甚明显。"② 近年来，秦国文物大量出土，不仅愈益证明了李学勤先生有关秦文化圈论断的合理性，而且促使秦文化研究成为学术热点之一。在这样的背景下，讨论东周时代的秦国文学不仅有必要，而且是可行的。

张宁先生说："秦文学是一项具有鲜明特色的特殊文学史现象，对它的研究在文学界还是比较薄弱的。"③ 这个观察无疑是很准确的。事实上，早在半个世纪之前，就有学者为秦文学在中国文学史中被忽视感到不平，并决意为之正名。顾敦鍒先生在其《文苑阐幽》一书的《卷首语》中说：

> 这本书对于中国文学通史书拟提供若干常被忽略或轻估的题目或章节；另一部分是为了一位文学家在文学史中未得应得的地位，起而打抱不平而写的。……我常质问，何以《二十四史》无秦史，而总以为应有新史家起来，把《史记》、《汉书》和其他有关史料，回原并补写一个划时代的朝代的历史。文学史亦然。自曾毅《中国文学史》有一章一千四百字的《秦之文学》之后，其他同类书，虽巨著如谢无量的《中国大文学史》，对于秦的文学的篇章，都付阙如。④

总之，他认为秦文学是"一个还有研究余地的题目"。因此，他决定"小题大做"，写秦文学史，并为其争得文学史之地位，是书第一章

---

① 钱穆：《中国文化与中国文学》，载《中国文学论丛》，三联书店，2002 年 8 月第 1 版，第 29 页。
② 李学勤：《东周与秦代文明》，文物出版社，1984 年 6 月第 1 版，第 11~12 页。
③ 张宁：《秦文学探述》，载《秦文化论丛》第九辑，西北大学出版社，2002 年 7 月第 1 版，第 154 页。
④ 顾敦鍒：《文苑阐幽》，私立东海大学出版社，1969 年 1 月初版，第 1 页。

即为《秦文学》。① 顾氏力求脱出窠臼，超越"秦世不文"的传统认知，重新定位秦文学的历史地位，其意可从，其志可佩。只是，文学研究的根底依然在立足材料，不可虚言。彼时出土文献未现，顾氏所依凭的仍是有限的传世材料，坚持"小题大做"的结果是只能是多从历史、社会角度论之，于文学的研究则略乏新意。世易时移，新材料的发现使得情况发生了变化。

刘跃进先生在《秦世不文的历史背景及秦代文学的发展》一文中，基于出土文献材料，如云梦秦简、《石鼓文》等对秦文学的成就作了新的探讨，意在修正文学史的某些习惯性认知和表述。② 另外，美国普林斯顿大学东亚研究系 Martin Kern 教授（柯马丁）也注意到了出土文献对秦文化和文学研究的重要意义。在其著 The Stele Inscriptions of Chín Shih - huang: Text and Ritual in Early Chinese Imperial Representation（《秦始皇石刻：早期中华帝国表征中的文本与仪式》）中，他考察了秦王朝时代的刻石文，并结合秦国时代的金石刻文讨论了其文学意义及其礼乐文化意涵，其要回应的核心问题是"How and why do the stele inscriptions adhere to historically developed textual patterns for ritual use?"③（石刻文怎样且为何与礼仪文本的历史发展紧密相连？）

总之，抛开莫名的愤怒与偏见，从历史惯性的深渊中挣扎出来，打开通往东周秦国文学的大门，此正其时也。

第二节 "秦国文学"释义

在正式讨论秦国文学之前，有必要对相关概念作出说明。在本书的论述体系中，"秦文学"被视作一个宽泛的概念，指一般意义上的秦人文学，包括"秦代文学"和"秦国文学"两个部分。其中，前者是指秦统一六国后，也即秦王朝时代的文学，而后者即指东周时代的秦文学。这里的"秦国"既是一个历史概念，也是

---

① 顾敦鍒：《文苑阐幽》，私立东海大学出版社，1969 年 1 月初版，第 38 页。
② 刘跃进：《秦世不文的历史背景及秦代文学的发展》，载《回归中的超越——文学史研究的多种可能性》，凤凰出版社，2011 年 1 月 1 版，第 203~226 页。
③ Martin Kern: The Stele Inscriptions of Chín Shih - huang: Text and Ritual in Early Chinese Imperial Representation. New Haven: American Oriental Society, 2000.

一个地域概念。所谓历史概念是就秦国的历史存在时间而言的,即从秦襄公八年立国到秦王政二十六年统一六国（前770～前221年）这五百五十年,不包括秦帝国时代的十五年（秦始皇二十六年至秦二世三年,即前公元前221～前207年）,它在时间跨度上正好是通常所说的春秋战国时代。但本书具体论述时,并不局限于这一起讫时限,而是前后略有延伸。所谓地域概念是就秦国的疆域而言的,在整个春秋战国时代,秦国的疆域随着对外战争的推进而不断变更,其基本的趋势是越来越广袤：从始国时局促于陇上一隅到建立帝国时"地东至海暨朝鲜,西至临洮、羌中,南至北向户,北据河为塞,并阴山至辽东"（《秦始皇本纪》）。故本书所谓的"秦国文学"①,指发生在诸侯国时代的秦的文学行为及其成果。其文学行为的土壤是秦国,而非其他诸侯国;其文学行为的主体是秦人,但不限于秦族;其文学成果,也即本书基本研究对象,包括传世典籍资料《秦记》、《诗经·秦风》、《尚书·秦誓》、《吕氏春秋》、《谏逐客书》等,还有出土文献资料不其簋铭文、秦子簋盖铭文、太公庙秦公钟镈铭文、秦公簋铭文、怀后磬铭文、《石鼓文》、《诅楚文》、秦公大墓石磬铭文、秦封宗邑瓦书、秦骃玉版铭文、青川秦墓更修田律木牍文、放马滩秦简《墓主记》、睡虎地秦简文以及湖南大学岳麓书院所藏秦简文等。

需要特别说明的是：第一,据《汉书·艺文志》,秦穆公时自戎入秦的由余有"《由余》三篇",列在杂家,该书已佚。清人马国翰辑有《由余书》一卷。②与秦国密切相关的先秦传世文献还有《商君书》和《韩非子》。不过,自来的学者都认为《商君书》并非全出于商鞅之手,其产生地点和年代也不可确知。《韩非子·五蠹》云："今境内之民皆言治,藏商、管之法者家有之。"可见,类似《商君书》的著述在战国末期已经流传较广。又,《史记·老子韩非列传》载,"非见韩之削弱,数以书谏韩王,韩王不能用。于是韩非

---

① 所谓"文学",看似简单,但细究起来却是一个相当棘手的概念。春秋战国时代的"文学"与今之"文学"有很大不同。对"文学"的源流和内涵变化,方铭在《战国文学史》（武汉出版社,1996年4月第1版,第6～21页）中有较详细的说明,此不赘。

② [清] 马国翰辑：《由余书》,载《玉函山房辑佚书》,上海古籍出版社,1990年12月第1版,第2730～2731页。

疾治国不务修明其法制，执势以御其臣下，富国强兵而以求人任贤，反举浮淫之蠹而加之于功实之上。以为儒者用文乱法，而侠者以武犯禁。宽则宠名誉之人，急则用介胄之士。今者所养非所用，所用非所养。悲廉直不容于邪枉之臣，观往者得失之变，故作《孤愤》、《五蠹》、《内外储》、《说林》、《说难》十余万言"；"人或传其书至秦。秦王见《孤愤》、《五蠹》之书，曰：'嗟乎，寡人得见此人与之游，死不恨矣！'李斯曰：'此韩非之所著书也。'"可见，《韩非子》并非于秦国写成，但对秦国君臣均有很大影响。是故，本书未将《商君书》、《韩非子》列为研究对象，而作为相关资料加以处理。

第二，2010年初，香港冯燊均国学基金会捐赠给北京大学一批流失海外的珍贵秦简牍，共约800枚，其中包含不少文学文献。综合目前公开的信息，[①] 这些文学类作品可分为三种：其一是爱情散文，写一位名叫"衷"的女子对出征的爱人"公子"的爱怨，还引有佚诗；其二是复生故事，共约160字，记叙一位死而复生的人讲述死者的好恶以及安葬、祭祀死者时的注意事项，其内容与性质与放马滩秦简中的志怪故事《墓主记》非常相似；其三是诗赋体韵文，有"饮不醉非江汉也，醉不归夜未半也"之语，生动风趣，应该是秦人饮酒时的劝酒歌谣，或属《汉书·艺文志》所谓的秦时《杂赋》。这批简牍其抄写下限在秦始皇三十三年（前214年）前后，其创作年代当更早，可归之"秦国文学"范畴。但由于目前这批简牍尚在整理中，详细文本内容等无法知晓，因此本书暂不予讨论。

第三节 秦国文学研究的现状

一、整体研究

就目前所见，最早涉足"秦国文学"这个课题的或是曾毅先生。他在初版于1905年的《中国文学史》辟有专章《秦之文学》，但述论较为简单。说见上文。1927年，陆侃如先生在《楚辞的旁支》一文提

[①] 王庆环：《北京大学获赠珍贵秦简牍对秦代认知大为扩展》，《光明日报》2010年10月25日第5版。

出了"秦民族的文学"概念，实际上涵盖了秦统一前后的文学。他认为："秦民族的文学不过做周民族的附庸。石鼓文刻石铭及荀卿的作品实同为诗经时代的尾声，同为楚辞时代的旁支。"① 从整体角度较翔实地讨论秦国文学的是刘大杰先生。他在完成于1939年的《中国文学发展史（上卷）》一书中，设专章《秦代文学》，简要论述了秦统一前后的文学发展状况，并分别评价了成于秦国时代的《秦风》、《秦誓》、《石鼓文》等篇章。

决心要为秦文学在中国文学史上争得一席之地的顾敦鍒先生在1969年出版的《文苑阐幽》一书的首章即详论秦文学。他认为，"秦文学可分为秦王政以前和以后两期。秦王政以前的文学，又可分为诗和文两类来介绍"。在诗歌部分，顾敦鍒先生讨论了《石鼓文》和《诗经·秦风》十诗，但其解诗的总体思路大体未能超越《小序》之藩篱。至于散文，顾敦鍒先生认为《秦誓》文风劲峭、情致绵邈，《诅楚文》气度爽直诚恳，堪为代表作。对于秦王政以后的文学，他则树李斯之文章和《吕氏春秋》为标杆，认为它们情貌毕现，文旨悉达。顾氏总结道："秦文学虽因时间短促，不能在本朝大发奇采，但是它充足的活力，仍冲破了时间和朝代的界限，而在后代发生极大的影响。"② 只是，所谓"在后代发生极大的影响"究竟为何，则未有述论。

无独有偶，一年之后，苏雪林先生《中国文学史》中亦设专章，讨论秦文学，其论述范围也溯及东周时代的秦文学。作者解释说：

> 秦自始皇之统一六国，建立帝号，至二世之亡，不过十四五年（前221～前207年），历史学家或称之为"闰位"，在这个短促时期内，秦的文学有何可述？但秦与周楚，实非同出一族，自周室东迁之后，秦民族逐渐强盛，也渐有她自己创作的文学，虽没有周民族的郁郁其文，也没有楚民族的精彩绝艳，却也有她的特色，我们论秦代文学应当从秦民族开始强盛时说起，才有资料。秦民族前期的韵文以《诗经》中的《秦风》为代表，散文则当以

---

① 陆侃如：《楚辞的旁支》，载《国学论丛》第一卷第二号，1927年9月，第247～260页。

② 顾敦鍒：《文苑阐幽》，私立东海大学出版社，1969年1月初版，第3～41页。

《尚书》中的《秦誓》为代表。①

是故,她在著述中不仅讨论了传世文献《秦风》和《吕氏春秋》等,还关注到出土文学资料《石鼓文》和李斯之刻石文等。可见其思路与刘大杰、顾敦鍒二先生类同。引人注目的是,苏雪林把荀子的《成相辞》、《赋篇》以及《战国策》也归之于秦国文学名下。她认为,荀子出自赵国,据《秦本纪》,赵国与秦同出一源,因此"荀况与秦实同出一民族。……就将他的文学归入秦代吧"。②至于《战国策》,她说:"《战国策》的著作人,今已莫得而考。《汉书·司马迁传》:'秦兼诸侯而有《战国策》。'"据此,《战国策》当属于秦人作品。③这种处理方式委实牵强。另外,王孝编著的《中国文学史》之《秦代文学》章,也讨论了秦并吞六国之前的早期文学作品,包括《秦风》、《石鼓文》、《秦誓》、《诅楚文》和《吕氏春秋》等,但偏重历史描述。④

台湾大学周凤五教授有《从云梦简牍谈秦国文学》⑤一文。该文明确提出"秦国文学"这个范畴,但并未对其内涵等作出界定和说明。作者主要从文学角度分析了云梦简牍中的《黑夫尺牍》、《惊尺牍》、《语书》和《为吏之道》,开出土秦文献文学解读之先河。

另外,刘世芮、卢静的《秦文学简论》从历史的角度,将秦国文学分为"建国初期及奴隶制高度发展时期"和"战国时期"两个阶段分别进行了讨论。⑥这与林剑鸣在《秦史稿》一书中对"秦国的文学"的概述相似。⑦崔文恒、崔晓耘的《秦地文学和秦代无文学论》则从

---

① 苏雪林:《中国文学史》,台中光启出版社,1970年10月初版,第45页。
② 苏雪林:《中国文学史》,台中光启出版社,1970年10月初版,第48页。
③ 苏雪林:《中国文学史》,台中光启出版社,1970年10月初版,第51页。
④ 王孝编:《中国文学史》,台湾商务印书馆,1989年5月初版,第20～32页。
⑤ 周凤五:《从云梦简牍谈秦国文学》,载《古典文学》第7集,台北学生书局,1985年8月版,第149～187页。
⑥ 刘世芮、卢静:《秦文学简论》,《甘肃教育学院学报》2001年第4期,第43～46页。本书所引用的高校学报文献,均是其人文社科版,以下不再说明。
⑦ 林剑鸣:《秦史稿》,上海人民出版社,1981年2月1版,第87～90、295～298页。

地域文学的角度，描述了"甘肃东部和陕西中部的秦地文学"。① 三文均试图对统一前的秦文学进行整体观照，但都过于简略，且研究范围局限于传世文献。米玉婷的《春秋秦地文化与地域文学研究》一文，从地理和文化的角度讨论了春秋时代的《秦风》、《石鼓文》和《秦誓》，② 是地域文学研究的一次尝试。张宁曾撰《秦文学探述》一文，将传说时期、诸侯国时期、帝国时期的秦文学视作一个整体，对其产生的土壤、历程、特征以及研究范围和方法进行了概论性的阐述，意在"投石问路"，对秦文学进行"初步的探索"。③ 该文所论的主体部分实际上是秦国文学，有一定的启示性。

海外学者 Ch'en Shou - Yi 撰有 Ch'in Literature（《秦文学》）一文，是其著作 Chinese Literature：A Historical Introduction（《中国文学史引论》）中的第七章。该文先简述了秦国的历史和风俗，接着依次讨论了《秦风》、《秦誓》、《石鼓文》、荀子《赋篇》、《韩非子》、《吕氏春秋》和李斯的散文及其所撰的石刻文，其论述方式是先简略介绍其作者，再选择其中的某篇作为代表作品稍作评析。正如其著述标题所展示的那样，这是一篇评介性的文字，却是海外中国文学史著中为数不多的将秦文学视作一个整体全面加以说明的文章之一，④ 值得注意。在这一章中，作者对李斯及其创作进行了重点讨论。他说：

> His busy political career did not entirely interfere with his literary

---

① 崔文恒、崔晓耘：《秦地文学和秦代无文学论》，《阴山学刊》2004 年第 5 期，第 47~50 页。

② 米玉婷：《春秋秦地文化与地域文学研究》，西北师范大学硕士学位论文，2007 年。

③ 张宁：《秦文学探述》，载《秦文化论丛》第九辑，西北大学出版社，2002 年 7 月第 1 版，第 141~154 页。该文后被收入张文立所著的《秦学术史探赜》一书（陕西人民出版社，2003 年 5 月第 1 版，第 401~417 页），文字有少许修正，而基本内容未变。

④ 最早写作中国文学史的西方学者之一是英国人 Herbert A. Giles（翟理斯），在其《中国文学史》第二编《汉代文学》的开始部分，作为过渡，简单叙述了秦的历史，然后重点介绍李斯的石刻文。（*A History of Chinese literature*，New York and London：D. Appleton and Company，1923. pp. 78 - 81）其他有影响的《哥伦比亚中国文学史》（The Columbia History of Chinese literature，Columbia University Presss，2001）、《剑桥中国文学史》（The Cambridge History of Chinese literature，Cambridge University Presss，2010；三联书店，2013 年 6 月版）对秦文学均无过多述论。

activities. In fact many of his literary producations were inherent parts of his political life. As a writer, Li Ssǔ was greatly indebeted to Hsün Tzǔ and Han Fei for style and contents although he never came close to being their equal. Yet, as he was the chief architect and participant in empire building, he left unique and indelible imprints on the history of early Chinese literature. ①（笔者译：李斯繁忙的政治事务并没有完全扰乱他的文学活动。事实上，他的大量文学作品是其政治生活与生俱来的一个部分。作为一个作家，李斯的作品从形式到内容都极大地受惠于荀子和韩非，不过他从来都没有达到他们的高度。然而，作为秦帝国的主要设计者和建设者，李斯在早期的中国文学史上留下了独特而无法抹杀的印痕。）

这段话总结了李斯的政治生活与其文学创作的关联，阐明了其作品的师承和地位，更重要的是，它将李斯置于整个中国文学史的范畴内进行了观察和评价，显示了作者开阔的研究视野，值得注意。

二、局部研究

对"秦国文学"的局部研究则集中于《诗经·秦风》、李斯《谏逐客书》、《吕氏春秋》和《石鼓文》。

1927年，吾乡先贤姚永朴先生撰短制《读秦风》，发表于《民彝》创刊号"艺薮"栏。他说："观《秦风》、《车邻》、《驷驖》、《小戎》诸篇，其政之简易，民之忠勇奋发，未尝不使人慨慕。然所矜者车马侍御之好耳，田狩园囿之乐、甲兵之盛耳，余皆以其君简贤弃礼而作。周京忠厚之风，至是一变。盖读《蒹葭》知其必焚诗书，读《黄鸟》知其必杀儒士。……始皇虽天性残虐而祸之积以渐，非一朝一夕之故也。"② 姚先生文史同观，将秦始皇焚书坑儒之因远溯至春秋时代，指陈《秦风》已昭示酷虐不仁乃秦人本性。这一结论其实是汉代以来"暴秦"意识的延伸，以此来观察秦之文学当然有失偏颇。

就笔者有限的搜求所见，现代以来较早用现代观念对《秦风》进行综合研究的是王迪纲先生。1947年他在《读书通讯》发表了《诗经

---

① Chén Shou-Yi. Ch'in Literature, Chinese Literature: A Historical Introduction, New York: The Ronald Press Company, 1961, pp. 97-111.

② 姚永朴：《读秦风》，《民彝》1927年第1卷第1期，第2页。

中所见秦初期社会状况》[①]一文，从《秦风》十诗出发，结合《诗经》其他篇什，从疆域及地理环境、经济、政治和社会文化四个方面分析了秦初非子至秦献公时期的社会状况。该文在《结语》中总结道：

> 自疆域言，既据有渭汧雍三流域，占陕甘之中南部及东南部，故地理环境，宜于发展为以强韧之部落民族，为强秦奠定初基。为其时已为西周末期，社会制度上含有极浓厚之氏族共同体制之成分。封建之痕迹已与集权之机构渐呈递遭。就经济情况而言，自仍属青铜时代，兵器多为铜制，而耕器多为铁制，秦地产铁，故农业或较同时其他诸侯为尤发达。田制一事，就《诗经》所暗示者，初秦已行共同耕作之制，且依公田及私田之语，似留有井田制之痕迹。其时社会犹有氏族社会之遗风，……抑初秦之政治状态，一面吸收西周之封建制，且与戎翟频相接触，故氏族制度已形成阶级观念，但一面保留若干游牧部落性质。……从《诗经》中可窥见当时社会已有三种现象，一为阶级意识之觉醒，二为旧家贵族开始破产，三为封建新有产者之逐渐勃兴。而初秦及于此社会情况之演变中，日趋强盛。

20世纪以来，随着新文化运动的跃进，学术思想也由传统向现代转型。就《诗经》研究而言，以考据训诂为基础、追寻微言大义的传统经学思路遭到猛烈抨击，"用社会学的、历史的、文学的眼光重新给每一首诗下个解释"[②]成为顺应现代学术潮流的新路向。显而易见，王文对《诗经·秦风》的重新阐释也是此一学术精神下的产物，它标志着《秦风》研究进入到了新阶段。

当代以来的《秦风》研究多以揭橥其文学性为鹄的。王瑞莲、易

---

① 王迪纲：《诗经中所见秦初期社会状况》，《读书通讯》1947年总第136期，第2~6页。需要特别说明的是，《国立中正大学校刊》1944年第13~14期第26~32页刊有《诗经中所见秦初期状况》一文，除文题少"社会"二字以及《结语》部分未见笔者上引文字之外，其他内容几乎完全与王文雷同，但该文署名吴良俶。未知王迪纲、吴良俶是否一人而异名，抑或另有隐情。

② 胡适：《谈谈〈诗经〉》，载《古史辨》（第三册），上海古籍出版社，1982年第1版，第557页。

莹娴、白丽媛在分别题为《〈诗经·秦风〉诗篇之研究》①、《〈诗经·秦风〉研究》②、《〈诗经·秦风〉文化透视》③ 的硕士学位论文中对其进行了比较全面的初步研究，涉及诗篇的写作技巧、风格特征以及文化背景等。殷光熹在《〈秦风〉总论（下）》④ 中对《秦风》的艺术成就作了概括。赵璐在其标题长达40字的硕士学位论文中指出，秦风既折射了秦文化的民族性，也反映了其涵容殷商文化、戎狄文化和西周礼乐文化的多元性；该文还将《秦风》与《豳风》进行了比较，认为二者在主题上具有相似性。⑤ 在《秦风》十诗中，《蒹葭》因其独特的风貌而成为研究者关注的重点，相关的研究论文非常多，涉及其艺术、心理、意象和文化意义诸多方面，⑥ 致使对《秦风》具体篇章的讨论呈现出较严重的不平衡性。

《谏逐客书》和《吕氏春秋》向来都被视作寂寥的秦代文学的代表，而常常出现在各种版本的中国文学史著中。事实上，从创作时间看，它们都是秦人统一六国之前的作品，属于"秦国文学"的范畴。《谏逐客书》以其辩丽恣肆之文辞、委婉用逆之技法、锋利剀切之析论为历代文士所瞩目。刘勰于《文心雕龙·论说》中赞曰："李斯之止逐客，并顺情入机，动言中务，虽批逆鳞，而功成计合，此上书

---

① 王瑞莲：《〈诗经·秦风〉诗篇之研究》，台湾东吴大学中国文学研究所硕士学位论文，1989年。
② 易莹娴：《〈诗经·秦风〉研究》，台湾玄奘人文社会学院中国语文研究所硕士学位论文，2002年。
③ 白丽媛：《〈诗经·秦风〉文化透视》，西北大学硕士学位论文，2008页。
④ 殷光熹：《〈秦风〉总论（下）》，《楚雄师专学报》，1999年第2期，第46~51页。
⑤ 赵璐：《秦、豳风诗与近楚风诗的比较研究——论〈诗经〉中二〈南〉、〈陈风〉与〈秦风〉、〈豳风〉的文化背景与诗风》，西北师范大学硕士学位论文，2012年。
⑥ 相关的代表作有：于年河《从〈诗·蒹葭〉看先秦形神兼备文艺观》《河北保定师专学报》，1999年第3期，第40~42页；张保宁《〈诗经〉没有记梦诗吗？——从心理学层面解析〈蒹葭〉的主题》，《人文杂志》2000年第3期，第89~91页；杜云《晶莹剔透，哀婉迷离——从意象分析来看〈秦风·蒹葭〉》，《语文学刊》2002年第2期，第7~9页；陶思遥《从〈蒹葭〉与〈山鬼〉看北南歌诗文化之不同》，《华侨大学学报》2003年第1期，第112~116页；武学军《中国人的诗意存在——〈诗经〉》，《兰州学刊》2006年第8期，第64~65、151页。

之善说也。"①鲁迅先生更因此而叹："秦之文章，李斯一人而已。"②钱基博先生《中国文学史》第二编有专章论《秦》之文学，但其实际内容只有《李斯》一节。该节纵论李斯之《谏逐客书》和诸篇刻石文，在诸多讨论《谏逐客书》的论著当中，令人印象最为深刻。其文曰：

> 然李斯颇有文采，而所为文章，深于诗教。上书论逐客，多方设譬，得《诗》比兴之意。而为泰山、琅牙诸刻石文，敷政诵德，亦《诗》雅颂之体。或嫌法家辞气，体乏弘润。而不知《雅》以为后世法，《颂》诵德广以美之，天心布声，讽切治体，本自与十五《国风》之体物言志，优游涵泳者不同。特以斯之笔情轻侠，秋声朝气，揄扬未能雍容，气韵自欠深远，未能如《雅》《颂》之天心布声，优游涵泳，达其深旨也。至于上书谏逐客，辞特弘赡，而用笔急转直驶，终是削刻本色。大抵秦法峻急，秦文刻核，骨多少肉，气峻无韵，比周文意欠温醇，视汉代气不宏远；峭削峻嶒，觇其祚促。声音之道，与政通矣。然如斯之疏而能壮，亦一代之绝采已！③

钱氏溯及《诗经》，认为《谏逐客书》深得比兴之意，文辞亦富，只是秦法峻刻，世情质木，致使其文上不及周文之醇厚，下无有汉文之阔大，终究乖离温柔敦厚之诗教。此论拘于经学立场，虽稍显牵合，却是机杼自出，可堪参酌。

《吕氏春秋》一书，古人措意不多，且毁誉不一。最早从文学角度评论《吕氏春秋》的当属汉人桓谭，他说吕书"其事约艳，体具而言微"④。《文心雕龙·诸子》篇有言："吕氏鉴远而体周。"⑤武三思在《大周无上孝明高皇后碑铭并序》中称："量包江海，气逸烟霄。文则

---

① 《文心雕龙校证》，第128页。
② 鲁迅：《汉文学史纲要》，《鲁迅全集》第十卷，人民文学出版社，1973年12月第1版，第551页。
③ 钱基博：《中国文学史》，中华书局，1993年4月第1版，第45页。
④ [汉] 桓谭：《新论》，上海人民出版社，1977年6月第1版，第1页。
⑤ 《文心雕龙校证》，第120页。

《吕氏春秋》，武则《孙吴兵法》。"① 可知他对吕书之文是很欣赏的。纵观汉唐之论，尽管有人对《吕氏春秋》意有不屑，② 但总体评价尚较正面。

宋元学者对前人因鄙薄吕不韦而轻视《吕氏春秋》做法颇为不满，③ 于其文学特性几无注目。明人对《吕氏春秋》相对重视，今日所见的吕书刊本多刻于彼时，④ 但对吕书的评价则呈两极分化之势。誉之者谓《吕氏春秋》之文奇谲独造。汪一鸾云：

> 至论其文则神奇而不吊诡，浩荡而不谬悠，峻杰而不凌兢，婉约而不懦缓，含弘而不庞杂，独造而不偏枯，遍采诸家之文，而斧凿之，遂夐出其表，……斯又后世文章家之所望而震惊焉者。⑤

毁之者则谓吕书文辞低俗。王世贞对吕不韦的生平行藏十分不屑。"恨"屋及乌，《吕氏春秋》不幸亦被鄙视。王氏云：

---

① ［唐］武三思：《大周无上孝明高皇后碑铭并序》，董浩等编《全唐文》卷239，上海古籍出版社，1990年12月1版，第1068页。

② 王充《论衡·自纪篇》云："然则辩言必有所屈，通文犹有所黜。言金由贵家起，文粪自贱室出。《淮南》、《吕氏》之不无累害，所由出者，家富官贵也。夫贵，故得悬于市；富，故有千金副。观读之者，惶恐畏忌，虽见乖不合，焉敢遣一字。"（《论衡》，上海古籍出版社，1990年11月1版，第281页），已显鄙薄之意。唐司马贞说："不韦钓奇，……徙蜀愍谤，悬金作语。筹策既成，富贵斯取。"（参《史记·吕不韦列传》索隐述赞，中华书局，1959年版，第2514页）轻视之意甚明。

③ 黄震《读诸子·吕氏春秋》引韩彦直之言云："《吕氏春秋》言天地万物之故，其书最为近古，今独无传焉，岂不以吕不韦而因废其书耶？"（参黄震《黄氏日抄》卷56，《影印文渊阁四库全书》第708册，台湾商务印书馆，1983年版，第421页）

④ 目前所见的《吕氏春秋》最早刻本是元至正嘉兴路儒学刊本。《中国科学院图书馆藏中文古籍善本书目》所收录的《吕氏春秋》善本有十种，而明刊本就占九种，包括弘治十一年许州刻本（按：即河南巡抚李瀚重刊元本）、嘉靖七年许宗鲁刻本、万历七年维扬资政左室刻本、万历七年张登云刻本、万历二十四年刘如宠刻本、万历刻凌毓枏校朱墨套印本、吴勉学刻二十子全书后印本、天启七年刻本（按：即天启丁卯南亭李氏刊本）、宋邦乂等刻本（科学出版社，1994年月第1版，第284~285）。其他明刊本尚有：万历乙巳汪一鸾校本、钱塘朱梦龙本、万历新安黄之寀本等。

⑤ ［明］汪一鸾：《吕氏春秋序》，载王利器《吕氏春秋注疏·附录三》，巴蜀书社，2002年1月第1版，第3232页。

> 不韦者，一贯人子耳，操子母之术，以间行于秦而得志焉，举秦之国于股掌间，挟其劲东向而瓜剖天下，位相国，号仲父，爵通侯十万户，彼岂有所不足哉，而顾孜孜焉，思成一家言，以与诸儒生角，而割后世名。……且以不韦之诡谲狙奸，岂其果与闻于道，而其客亦务相尚为权奇，错厕于鸡鸣狗盗之雄，虽间采圣贤之长辞以文之，即中夜一静思验其言于所为之迹，有不渷洇汗浃者耶。①

> 其文辞错出不雅驯，往往有类齐谐稗官者，其食客所为耳。②

清人对《吕氏春秋》的评价亦多着眼于文辞。毕沅云："其书沈博绝艳，汇儒、墨之旨，合名、法之源，古今帝王天地之故，后人所以探索而麋尽与。"③ 评价甚高。《四库全书总目提要》比较了吕书与诸子书的语言，并对前人因人废言的做法提出了批评：

> 不韦固小人，而是书较诸子之言独为醇正大，大抵以儒为主而参以道家、墨家，故多引六籍之文与孔子、曾子之言。其他如论音则引《乐记》，论铸剑则引《考工记》，虽不著篇名，而其文可案；所引庄、列之言，皆不取其放诞恣肆者；墨翟之言，不取其非儒、明鬼者；而纵横之术，刑名之说，一无及焉，其持论颇为不苟。论者鄙其为人，因不甚重其书，非公论也。④

汪中对《吕氏春秋》的语言也颇为赞赏："然其所采摭，今见于周、汉诸书者十不及三四，其余则本书已亡，而先哲之话言，前古之佚事，赖此传于后世，其善者可以劝，其不善者可以惩焉。亦有闾里小智，一意采奇词奥旨，可观可喜，庶几乎立言不朽矣。"同时，他还

---

① [明] 王世贞：《重刻吕氏春秋序》，《弇州续稿》卷41，《影印文渊阁四库全书》第1282册，台湾商务印书馆，1983年版，第542~543页。

② [明] 王世贞：《读吕氏春秋》，《读书后》卷5，《影印文渊阁四库全书》第1285册，台湾商务印书馆年版，1983，第66~67页。

③ [清] 毕沅：《吕氏春秋新校正序》，参《丛书集成初编》本《吕氏春秋》，中华书局，1991年第1版，第2页。

④ [清] 永瑢等：《四库全书总目提要》第23册，王云五主编《万有文库》本，上海商务印书馆，1933年版，第8页。

注意到了吕书的文献学价值："然则是书之成不出于一人之手，故不名一家之学，而为后世修文、御览、华林、编略之所托始，《艺文志》列之杂家，良有以也。"① 这个观点后来为梁启超所发挥。梁氏云：

> 《吕氏春秋》实类书之祖，后世《艺文类聚》、《太平御览》、《永乐大典》等，其编纂之方法及体裁，皆本于此。②

钱基博也有类似的观点："排比谐隐，韩非储说之属也；征材聚事，吕览类辑之义也。"③傅斯年亦持同样的看法：

> 《吕氏春秋》一书，即所谓八览六论十二纪之集合者，在思想上全没有一点创作，体裁乃是后来人类书故事集之祖。……自吕氏之后，汉朝人著文，乃造系统，于是篇的观念进而为书的观念，淮南之书，子长之史，皆从此一线之体裁。④

傅氏声称吕书全无思想创新固可商榷，不过他和梁、钱等人从文体发展的角度来观察《吕氏春秋》，体现出了宏阔的历史意识，同时也反映了近代西学思潮影响下吕书文学研究的新思维。

近现代学者的吕书研究成果中，许维遹的《吕氏春秋集释》较为突出。许氏在该书的自序中说：

> 夫吕览之为书，网罗精博，体制谨严，析成败升降之数，备天地名物之文，总晚周诸子之精英，荟先秦百家之眇义，虽未必一字千金，要亦九流之吭襟，杂家之管键也。⑤

总结吕书的文化史价值和地位，要言不烦，亦可见研究者对是书

---

① ［清］汪中：《吕氏春秋序（代毕尚书作）》，《新编汪中集》，广陵书社，2005年3月第1版，第422页。
② 梁启超：《浙江书局覆毕校本〈吕氏春秋〉》，载梁启超著、吴松等点校《饮冰室文集点校》，云南教育出版社，2001年8月第1版，第3704页。
③ 钱基博：《古籍举要》，世界书局，1933年10月初版，第123页。
④ 傅斯年：《战国子家叙论》，《傅斯年全集》第二卷，湖南教育出版社，2003年9月第1版，第302页。
⑤ 许维遹：《吕氏春秋集释》，文学古籍刊行社，1955年4月第1版，第19页。

由局部特色而整体意义的认识转向。

当代学者对《吕氏春秋》的文学价值有更清晰的论述。尹仲容说："《吕览》行文，明畅流利。"[①] 陈奇猷在《〈吕氏春秋〉新校释》的编纂说明中指出："以文学而论，文笔简练流畅，推理有条不紊，诚为学文者之典范。"[②] 二人对吕书的文学价值评价都比较高。在总体的评价之外，《吕氏春秋》的文体特征是学者们关注的重点之一。章沧授说《吕》文吸收百家之长，而创成杂家散文的特色。[③] 王启才曾发表多篇专门论文，对吕书的文学性进行了不同程度的阐释，[④] 用力甚勤。李家骧认为《吕氏春秋》是先秦政论文学的大总结而具有里程碑性质，他指出《吕氏春秋》的政论文有四大特点，即简明凝练、切实精当；平朴近人、自然舒展；严谨周密、形象生动；浩荡宏广、雄奇洒脱，[⑤] 所论具有总结性。

对《吕氏春秋》寓言的剖析也一直是吕书文学研究的一个重要着眼点。公木的《先秦寓言概论》设有专章，从先秦寓言发展史的角度论述了《吕氏春秋》一书中的寓言，认为其有"杂家"的特色。[⑥] 吴福相撰有以《〈吕氏春秋〉寓言研究》为题的学位论文。[⑦] 这些局部的研究不仅丰富了人们对《吕氏春秋》文学意义的总体认识，也启发了学者对该书文学价值的全面思考。近年出版的《中国古代文学史长编》专设一节，从体式、文风和寓言三个方面论其文学价值。[⑧] 蔡艳有

---

① 尹仲容：《吕氏春秋校释·初版序》，国立编译馆中华丛书编审委员会，1979 年 2 月再版，第 1 页。

② 陈奇猷：《〈吕氏春秋〉新校释》，上海古籍出版社，2002 年 4 月第 1 版，第 3 页。

③ 章沧授：《论〈吕氏春秋〉的文学价值》，《文学遗产》，1987 年第 4 期，第 48~53 页。

④ 王启才：《略论〈吕氏春秋〉的文采》，《阜阳师院学报》1997 年第 4 期，第 51~57 页；《略论〈吕氏春秋〉的文学价值》，《宁夏大学学报》1998 年第 4 期，第 94~101 页。

⑤ 李家骧：《吕氏春秋通论》，岳麓书社，1995 年 3 月第 1 版，第 482~496 页。

⑥ 公木：《先秦寓言概论》，齐鲁书社，1984 年 12 月第 1 版，第 154~162 页。

⑦ 吴福相：《〈吕氏春秋〉寓言研究》，中国文化大学博士学位论文，1998 年。

⑧ 郭预衡：《中国古代文学史长编·先秦卷》，北京师范大学出版社，1992 年 5 月第 1 版，第 340~345 页。

《〈吕氏春秋〉研究》的博士学位论文，分析了《吕氏春秋》的文学思想、故事戏剧性和语言方式，并重点讨论了其故事论证的方式和作用。[1]

另外，美国学者 Burton Watson 在 Early Chinese Literature（《早期中国文学》）一书中对《吕氏春秋》的内容和形式也进行了专门的讨论。他指出：

> The book is interesting first of all because it is the earliest work in Chinese literature whose form is obviously intended to convey some meaning. （笔者译：《吕氏春秋》之所以引人入胜，首先是因为它是中国文学中最早的一部明显地试图通过其形式来传达某些意义的著作。）
>
> The Lü shih ch'un–ch'iu displays little originality; with the exception of a few legends not preserved elsewhere, it is made up almost entirely of ideas and anecdotes borrowed from earlier works, though among such compilations of earlier material it is perhaps the most readable. Like other works of this period, it is written in a clear, dignified style, marked by wit and sophistication.[2] （笔者译：《吕氏春秋》并没有展示出多少独创性，除了少数的传说另有所本外，几乎所有构成其书的思想和轶事均袭自前人的著作，虽然它们和这些早先的材料相比可能最具可读性。正如同期的其他著作一样，该书的风格明朗而庄重，技巧精致而复杂。）

可作补充的是，顾实先生在初版于1926年的《中国文学史大纲》中，将周末文学分为北、南、中、西三部分，其中，北方文学包括孔、孟、荀及左丘明之作品，南方文学则是老、庄、屈、宋为代表，管子、韩非子及《战国策》代表了中部文学思潮，李斯、《吕氏春秋》则为西方文学之代表。[3] 这种分类讨论是早期中国文学地域研究的代表，但

---

[1] 蔡艳：《〈吕氏春秋〉研究》，北京大学博士学位论文，2000年。

[2] Burton Watson. Early Chinese Literature. Columbia University Press, 1962, pp. 187 – 188.

[3] 顾实：《中国文学史大纲》，上海商务印书馆，1933年第2版，第48~49页。

流于表面，未能对地域文化与文学的关系作深入探寻。

纵观《吕氏春秋》的接受史，可以发现，随着因人废言等陈腐观念的破产，近代以来的学者对《吕氏春秋》一书的认识愈来愈客观，对其文学性的发掘和研究也正步入一个新天地。

秦国出土文献方面，以对《石鼓文》的研究最为丰富。不过，历来论者多是考订年代、辨析文字，于其文学性则不甚关注，唯间有称其文辞者。明人王世贞说："石鼓文辞既深典，出入雅颂而书法淳质。"① 郭宗昌更认为《石鼓文》有上古遗风："文无不典字无不雅，民休王游，自相宝爱，此三代有道之长也。"② 这和董迪对《诅楚文》的看法非常相似："文辞简古，犹有三代余习，非之罘、琅邪可况后先。"③ 赵古则认为《石鼓文》是孔子删诗之余。他说：

> 其词繁而不杀，不若《车攻》、《吉日》二诗严肃简洁，足该十篇之意，故偶见删削。古诗三千余篇，而夫子定为三百篇者，此类是也。④

现代较早从文学角度研究《石鼓文》的是郭沫若。他在《石鼓文研究·重印弁言》中指出：

> 《石鼓文》中，如上所说，直接的社会史料虽然不多，但从文学史的立场来看，却当做不同的评价。《石鼓文》是诗，两千七百年前古人所刻写的诗遗留到现在，这样的例子在别的国家并不多见。它在诗的形式上是每句四言，遣词用韵、情调风格都和《诗经》中先后时代的诗相吻合。这就足以证明：尽管《诗经》可能

---

① ［明］王世贞：《岐阳石鼓文》，《弇州四部稿》卷134，台北伟文图书出版有限公司，1976年6月，第6174页。

② ［明］郭宗昌：《周岐阳石古文》，《金石史》卷1，《影印文渊阁四库全书》第683册，台湾商务印书馆，1983年版，第536页。

③ ［宋］董迪：《书诅楚文后》，《广川书跋》卷4，《影印文渊阁四库全书》第813册，台湾商务印书馆，1983年版，第373页。

④ ［明］赵古则：《石鼓文跋》。说存都穆《金薤琳琅》卷1。（《影印文渊阁四库全书》第683册，台湾商务印书馆，1983年版，第228页）清人李光暎《金石文考略》卷1亦引赵说，并记其题曰《石鼓文跋》，但所引只有都氏一半，未及该句。

经过删改润色，但在基本上是原始资料。因此我们对于《诗经》的文学价值和史料价值便有了坚实的凭证。而且，石鼓刚好是十个，所刻的诗刚好是十首，这和《小雅》、《大雅》以十首为'一什'的章法恰恰相同，这也恐怕不是偶合。故从文学史的观点看，《石鼓诗》不仅直接提供了一部分古代文学作品的宝贵资料，而且更重要的贡献是保证了民族古典文学一部极丰富的宝藏《诗经》的真实性。①

郭氏强调要从古典文学史的角度来认识《石鼓文》，并给以较高评价。同样的视角，刘大杰的评价却与之相异。他说："其文体颇近《雅》《颂》，但其艺术远比不上《秦风》。……他们在文学发展史上，自然是没有什么重要的地位。"② 可见现代学者对《石鼓文》的文学价值和文学史意义的看法是有争议的。

台湾学者张光远有《石鼓诗之文史论证》一书。其中的一个重要结论是："石鼓十诗已具连咏形式，实为中国连篇史诗之首创。"③ 作者因之将《诗经·秦风》与石鼓十诗放在一起综合考察，并排定其年代，值得注意。蔡秋莹曾作《石鼓文研究》，从形制、源流、年代、文字等方面对石鼓文进行了较全面的探讨，并将其与《诗经》作形式、语言风格上的比较，进行文学上的研究。④ 不过，总体而言，石鼓文的文学研究还比较薄弱。

其他出土文献方面，刘奉光在《秦墓〈为田律〉文学译解》中，将青川木牍中的《为田律》按韵文断句重新释读，说它颇具"秦人的朴实文风"，⑤ 反映了对秦简文学性的敏锐把握。姚小鸥曾指出："《睡

---

① 郭沫若：《石鼓文研究》，载《郭沫若全集·考古编》第九卷，科学出版社，1982年9月第1版，第16~17页。

② 刘大杰：《中国文学发展史》，《民国丛书》第二编58册，上海书店影印中华书局1949年本，1990年12月第1版，第89页。

③ 张光远：《石鼓诗之文史论证》，著作人自行出版，中国文化印刷厂印刷，1968年，第40页。

④ 蔡秋莹：《石鼓文研究》，台北"国立"政治大学中国文学系硕士学位论文，2002年。

⑤ 刘奉光：《秦墓〈为田律〉文学译解》，《新疆大学学报》2002年第2期，第113~114页。

虎地秦墓竹简》公布已经二十多年了，至今未见有从文学方面对其进行全面研究的文章。这是赋体文学研究等方面的重大资源浪费。"①而他本人的《〈睡虎地秦墓竹简成相篇〉研究》正是这方面的尝试之一。②该文详细论述了睡简《成相篇》的赋体特征、用韵规律等，并对其文化史价值作出了评价，是近年秦简文学研究方面的一篇力作。谭家健在《云梦秦简〈为吏之道〉漫论》一文中也讨论了睡简成相辞，同时他还结合战国后期韵文的发展情况对《为吏之道》的第一、五段作了较细致的分析，指出这两段文字应被视作韵文，它们和睡简成相辞都属文学作品，具有无可否认的美学价值，他还诙谐地将其称作"当时文学百花园里一丛生长在原野上的小花"。③对于放马滩秦墓出土的《墓主记》一文，李学勤、张宁二人都认为它是后世志怪小说的滥觞。④另外，饶宗颐在《从云梦腾文书谈秦代文学》一文中指出云梦秦简中的"《腾文书》（引者按：即《语书》）是一篇很好的散文，笔调很像韩非子的句法，行文很精彩，念起来有铿锵的节奏，是水准非常高的一篇散文"。⑤这些关于秦简文学性的讨论，虽然还比较零散和简略，但毕竟已经迈开了前行的步伐，具有拓荒意义。

要之，目前学界对于东周时代的秦文学这个课题，整体研究方面尚处于起步阶段，鲜有将视野拓展至出土文献者，而局部研究多聚焦于传统载籍和习惯话题，论述尚显零散和简略。另外，在方法上，以传统考据和文本分析为主。因此，二重比勘秦国传世文献与近年面世

---

① 姚小鸥：《出土文献研究与学术评价的若干问题》，载姚小鸥主编《出土文献与中国文学研究》，北京广播学院出版社，2000年8月第1版，第78页。

② 姚小鸥：《〈睡虎地秦墓竹简成相篇〉研究》，载姚小鸥主编《出土文献与中国文学研究》，北京广播学院出版社，2000年8月第1版，第129~146页。

③ 谭家健：《云梦秦简〈为吏之道〉漫论》，《文学评论》1990年第5期，第87~93页。

④ 李学勤：《放马滩简中的志怪故事》，《文物》1990年第4期，第43~47页；张宁：《放马滩〈墓主记〉的文学价值》，载《秦文化论丛》第七辑，西北大学出版社，1999年5月第1版，第452~457页。

⑤ 饶宗颐：《从云梦腾文书谈秦代文学》，《饶宗颐二十世纪学术文集》第五册，台北新文丰出版有限公司，2003年10月初版，第48页。饶宗颐还有一篇讨论秦文学的文章：《出土資料から見の秦代の文學》（即《从出土资料看秦代文学》，发表于日本《東方學》第54辑，1977年）。从题目看，两文相类，惜未寻获该文，不敢论定。

的秦出土资料,将其作为一种独特的文学存在进行整体讨论应是一个值得用力的研究方向。

第四节 秦国文学研究的思路与意义

对"秦国文学"之研究,本书总体拟依循"文献清理—宏观阐释—细部缕析"的思路进行。在本书中,相关传世、出土文献既是基本资料,亦属研究对象,但它们大多都存在一个共同的问题:制作年代难定,这就使得文献时间序列的厘清成了本课题的首要问题。吾邑先贤戴南山在论及作史时曾谓:"证之他书,参之国史;虚其心以求之,平其情而论之。"[①] 修史如此,为文亦应如是。褒贬任声,抑扬过实,均不可取。故本书拟全面检讨先进时贤之所论,本诸无征不信之原则,既不轻苟立异,亦无矜其标新,力求客观评议,有所发明。

本书研究的核心是,依循"历史—文化研究"的思路,对东周五百五十年的秦文学史进行梳理和讨论,绘出其时间线索只是从整体上把握其文学发展历程的前提,关键是如何认识其内在的发展脉络和独特性,借以观察"文学"的发生与演进。先秦时代的"文"是一个由各种价值体系构成的集合体,它体现为典章制度、民族风尚、宗教信仰、伦理道德等,当然也包括文学艺术,这就意味着在文化的背景下考察先秦文学更符合历史的本然。近几十年的学术研究业已证明,秦文化是一种具有鲜明特质的文化体系。如此,在东周秦文化发展史的大背景下探寻秦国文学的变迁路,当是必要且可行的。论者认为,东周秦文化是一个具有极强适应性的开放的、动态的系统,它会因应时代的变化而吸收异质因素,并加以整合、突破,在不同时期呈现出不同的面貌,而秦国文学正在其不断迁延中获得发生、发展的动力,并获得了独特性。对于秦文化的衍变,拟在"中心—边缘"的视角下展开。相对于以周为核心的中原诸国,秦国不唯在地理上,在文化上亦被视为边缘国度,一直以来,他们都在努力向"中心"靠拢,在这一过程中,秦文化由单纯模仿而吸收融合而弃陈创新的发展脉线大体可

[①] [清]戴名世:《史论》,《南山集》卷1,载沈云龙主编《近代中国史料丛刊三编》第三十九辑,文海出版社,1988年初版,第100页。

见。本书特别关注西周礼乐文化、法家文化和战国后期伴随着兼并战争、社会流动等出现的文化融合思潮对秦国文学发展的影响。

美国文学批评史家勒内·韦勒克指出："文学研究的合情合理的出发点是解释和分析作品本身。"[①] 因此，本书还将深入剖析秦国文学史上的具体作品，发掘其不同层面的意涵、价值和意义。文学是社会生活的反映，亦是一种审美意识形态；文学作品是创作者情感、个性和形式技巧等的结晶。倘若仅仅关注文学作品发生、发展的脉线和内在特质，势必让文学研究显得冷漠而枯燥，深入文学作品内部，揭示其多层面的艺术价值、情感意蕴和审美经验等，亦是文学研究的应有之义。但本书并不打算对所有研究对象进行同等描述，而重点论说《石鼓文》、秦诗、秦简牍文等；也不拟对上述对象进行同类分析，而是或揭示其艺术风貌，或论定其文学成就，或讨论其文学史意义等，如放简《墓主记》的志怪成分、睡简《黑夫尺牍》和《惊尺牍》的情感意蕴、《日书》的神话传说等。

本书聚焦于东周时代的秦文学，以新出秦文学资料为中心，结合传世文献，对统一六国前的秦人的文学进行整体考察，以呈现其发生、发展的过程，揭示其多层面的文学价值，以及它区别于春秋战国时期其他诸侯国文学的内在特质等。这一研究意在"先秦国别文学史"研究方面进行初步的尝试，以丰富对早期中国文学的认识，推动先秦文学研究进入更广阔的断面和更深刻的层次。另一方面，本书在秦文化演变的背景下讨论东周秦文学的发生与发展，意在通过构建一个具有范式性质的文学标本，观察在"文学"尚未独立的"文学史史前"阶段，文学与社会、政治、文化的辐辏关系，即通过描述秦国文学的发展史来探究先秦时代的文化迁延与文学发展、国家政治与文学命运、民族精神与文学特质之间的关系。

---

① [美] 勒内·韦勒克、奥斯汀·沃伦著，刘象愚等译：《文学理论》，江苏教育出版社，2005年8月第1版，第155页。

第三章 秦国出土文献年代综考

第一节 秦国出土文献对象及其年代问题

出土文物年代的判定向来是个难题。就本书涉及的秦国出土文献而言，除了少数可判明年代外，余者皆难论定。究其具体，约有三端，次论如下。

一、可准确判断年代者

此类文献包括秦公大墓石磬铭文、秦封宗邑瓦书、青川木牍文、放马滩秦简《墓主记》、睡虎地秦简《语书》和《黑夫尺牍》及《惊尺牍》。

秦公大墓石磬，20世纪80年代出土于陕西凤翔县南指挥村秦公一号大墓。该墓曾遭严重盗掘，石磬出土时多残断不全，相关的整理工作进展缓慢。直到1996年，王辉等人发表《秦公大墓石磬残铭考释》一文，并附部分拓本照片（图1），外界才对这些珍贵的石磬稍有了解。据称，整理所得较清晰的拓铭有26片，计206字，包括重文6字。由于残铭中有"天子匽喜，龏（共）趆（桓）是嗣"、"隹（惟）四年八月初吉甲申"等清晰的人物、时间标志，故可断为秦景公四年（前573年）器。是年，秦

图1 秦公一号大墓残磬铭拓局部（据王辉等《秦公大墓石磬残铭考释》一文附图翻拍）

景公举行亲政冠礼禘祭，在获得周天子认可后，正式宣布继承先祖之业。① 器铭所记，即事后宴乐之辞。

秦封宗邑瓦书（图2），据段绍嘉先生说，是20世纪抗日战争期间陕西户县一农民疏浚沣河时掘出，他闻讯后即赴现场购获。现藏陕西师范大学图书馆。瓦书泥质灰陶，外形似板，长24、宽6.5、厚0.5～1.0厘米，正、背两面刻字，共9行121字，包括合文3字，重文2字。② 陈直和郭子直都曾著文对其铭文进行考释。③ 瓦书铭云："四年，周天子使卿夫。（大夫）辰来致文武之酢（胙）。"这与历史记载一致。《史记·秦本纪》载："（秦惠文君）三年，王冠。四年，天子致文武胙。"这个"天子"指周显王。《周本纪》称，显王三十五年，"致文武胙于秦惠王"。④ 可见，瓦书作于秦惠文君四年（前334年）。⑤

青川木牍，1980年出土于四川青川县

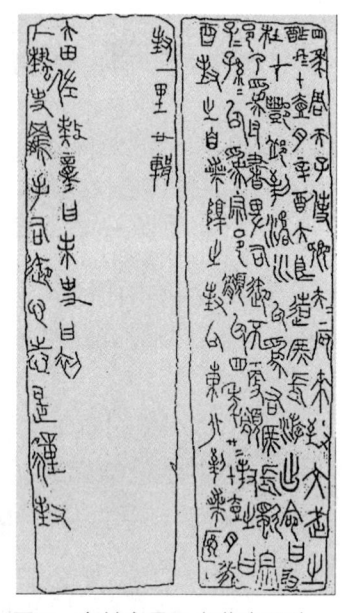

图2　秦封宗邑瓦书摹本照片
（据郭子直《战国秦封宗邑瓦书铭新释》一文附图翻拍）

---

① 王辉、焦南峰、马振智：《秦公大墓石磬残铭考释》，载王辉《一粟集：王辉学术文存》，台北艺文艺术馆股份有限公司，2002年1月版，第305～375页。王辉在《秦出土文献编年》中对秦公大墓石磬也有介绍和释读（台北新文丰出版公司，2000年9月台1版，第33～43页）。本书所据石磬铭文及其释文均来自王文。另外，姜采凡在《秦公大墓的磬》一文中也有简单讨论（《秦文化论丛》第七辑，西北大学出版社，1999年5月第1版，第547～551页）。

② 袁仲一：《读秦惠文王四年瓦书》，载《秦文化论丛》第一集，西北大学出版社，1993年5月第1版，第275页。

③ 陈直：《考古论丛·秦陶券与秦陵文物·秦右庶长歜封邑陶券》，《西北大学学报（人文科学版）》1957年第1期，第68页；郭子直：《战国秦封宗邑瓦书铭新释》，《古文字研究》第14辑，中华书局，1986年6月，第177～196页。

④ 《史记》，第205、160页。

⑤ 相关的秦封宗邑瓦书论文还有：尚志儒《秦封宗邑瓦书的几个问题》，《文博》1986年第6期，第43～49页；李学勤《战国秦四年瓦书考释》，载《联合书院三十周年纪念论文集》，香港中文大学，1987，第71～77页。

城郊郝家坪五十号秦墓，共两件，编号为 M50：16、M50：17，后者文字漫漶不辨，前者则保存完好，长 46、宽 2.5、厚 0.4 厘米。M50：17 木牍两面墨书秦隶，笔力沉静，结体自然，隽秀恬淡，正面 3 行共 121 字，背面 4 行共 33 字。牍文说的是秦王命丞相茂等更修田律，律令的内容为修改封疆、筑堤修桥、疏通河道等事，故称更修田律木牍，也通称青川木牍。牍文谓：

> 二年十一月己酉朔朔二日，王命丞相戊（茂）、内史匽：民臂（辟）更修《为田律》：田广一步，袤八则为畛。亩二畛，一百（陌）道。百亩为顷，一千（阡）道，道广三步。封高四尺，大称其高。埒（埒）高尺，下厚二尺。以秋八月，修封埒（埒），正疆（疆）畔，及芟（芟）千（阡）百（陌）之大草；九月，大除道及阪险；十月，为桥，修波（陂）堤，利津梁，鲜草离。非除道之时而有陷败不可行，辄为之。（正面）
>
> 四年十二月，不除道者：□一日，□一日，辛一日，壬一日，亥一日，辰一日，戌一日，□一日。（背面）①

牍文称"王"且不避秦王政之讳，是知其年代在嬴政称帝前。《秦本纪》载，武王二年，"初置丞相，樗里疾、甘茂为左右丞相"。"丞相戊"即甘茂。所以牍文时限当在武王二年至始皇称帝前。据《秦本纪》和《樗里子甘茂列传》，秦昭襄王元年，甘茂亡走，出魏奔齐，"竟不得复入秦，卒于魏"。是故，更修《为田律》之命的发布当在秦武王二年（前 309 年）。或谓青川木牍的抄写不一定也在该年。其实，以商鞅变法后秦国的法治主义国策和雷厉风行的行政作风，不大可能把这样一个全国性法令拖到第二年才布告天下，青川木牍正面之文的抄录亦当在秦武王二年，背面之文的年代在秦武王四年（前 307 年）。

《墓主记》，1986 年夏出土于甘肃天水市放马滩战国秦汉墓群的一号秦墓。当时该墓共发掘竹简 460 余枚，大部分简文为历术性质的《日书》，另有编号为 M1：14：1-8 的简文记述了一个名字叫丹的人

---

① 四川省博物馆、青川县文化馆：《青川县出土秦更修田律木牍——四川青川县战国墓发掘简报》，《文物》1982 年第 1 期，第 1~21 页。

死而复活的故事，发掘者定名为《墓主记》。简报发表了原简照片，并其释文：

> 八年八月己巳，邶丞赤敢谒御史：大梁人王里□□曰丹□：今七年，丹刺伤人垣雍里中，因自刺殹。弃之于市，三日，葬之垣雍南门外。三年，丹而复生。丹所以得复生者，吾犀武舍人，犀武论其舍人□命者，以丹来当死，因告司命史公孙强。因令白狗（？）穴屈出丹，立墓上三日，因与司命史公孙强北出赵氏，之北地柏丘之上。盈四年，乃闻犬狋（吠）鸡鸣而人食，其状类益、少麋（眉）、墨，四支（肢）不用。丹言曰：死者不欲多衣（？）。市人以白茅为富，其鬼受（？）于它而富。丹言：祠墓者毋敢骰，骰，鬼去敬（惊）走。已收胶而罄之，如此□□□□食□。丹言：祠者必谨骚（扫）除，毋以□淊祠所。毋以羹沃胶上，鬼弗食殹。①

大梁，战国时魏国首都，即今河南开封。垣雍，亦魏地，在今河南原阳以西原武西北五里。北地，即北地郡，秦昭王三十六年（前271年）置，郡治义渠，在今甘肃宁夏西北。犀武，魏将。可见，这个故事是发生在魏、秦两地。简报作者根据简文中的"八年"、"邶"、"北出赵氏"等语，考订其时间为秦王政八年（前239年）。何双全在同期发表的《天水放马滩秦简综述》一文中持相同意见。② 但是，李学勤细察简文后发现，简首组痕下面还有一个字，下宽，上露三竖笔，该字不是"十"或"廿"，而是"卅"字。李学勤认为，从简文所记时间看，其开头历朔也不可能是八年，因为简文说"今七年"，应该"属于同王"纪年，而丹自刺伤人到复活、能食共历十四年；另外，秦昭王八年和秦王政八年八月均没有己巳日，且在他们之间的孝文、庄襄两王在位时间又都没有超过八年。③ 李氏所言细致周详，获学界认

---

① 甘肃省文物考古研究所、天水市北道区文化馆：《甘肃天水放马滩战国秦汉墓群的发掘》，《文物》1989年第2期，第1~11页。
② 何双全：《天水放马滩秦简综述》，《文物》1989年第2期，第23~31页。
③ 李学勤：《放马滩简中的志怪故事》，《文物》1990年第4期，第43~47页。

同。何双全在后来的《简牍》一书中也改从李说。① 这样，放马滩秦简《墓主记》首句应为"卅八年八月己巳"，其写作时间即在秦昭王三十八年（前269年）。

云梦睡虎地秦简，1975年12月发掘于湖北云梦睡虎地战国末期至秦代墓葬群的十一号秦墓和四号秦墓。其中，十一号墓出土的竹简计达1155枚（另残片80枚），整简一般长23.1~27.8厘米，宽0.5~0.9厘米，简文为墨书秦隶。整理后的简文计有十种：《编年记》、《语书》、《秦律十八种》、《效律》、《秦律杂抄》、《法律答问》、《封诊式》、《为吏之道》、《日书》甲种、

图3　睡简《语书》局部（据文物出版社1990年版《睡虎地秦墓竹》图版）

《日书》乙种，其中《语书》、《效律》、《封诊式》、《日书》四种简上原有书题，其他几种书题是整理小组拟定的。② 睡虎地秦简是我国文物考古史上的一个大发现，也是秦文化研究史上一次极其重要的发现。在这批竹简中，明确标明写作时间的是十一号墓出土的《语书》（图3）。其首句云："廿年四月丙戌朔丁亥，南郡守腾谓县、道啬夫……"。据《秦本纪》，秦昭王二十九年，"大良造白起攻楚，取郢为南郡，楚王走"。是知南郡为秦占领楚地后新设的行政区。秦国昭王以后在位超过二十年的君主唯有嬴政。所以，这里的"廿年"当指秦王政二十年。又据历朔推算，"丙戌朔丁亥"指初二。至于"郡守腾"，很可能就是做过南阳郡守和秦内史的腾。《秦始皇本纪》载："十六年九月，发卒受地韩南阳假守腾。……十七年，内史腾攻韩，得韩王安，尽纳其地，以其地为郡，命曰颍川。"可见，《语书》是秦王政二十年（前227年）四月初二南郡守腾向治下县、道发布的一篇公文。

---

① 何双全：《简牍》，敦煌文艺出版社，2004年2月第1版，第41页。
② 孝感地区第二期亦工亦农文物区考古训练班：《湖北云梦睡虎地十一号秦墓发掘简报》，《文物》1976年第6期，第1~10页。

《黑夫尺牍》和《惊尺牍》出睡虎地四号秦墓,分书于两件木牍,皆隶书墨写。整理者指出:

> 一件(M4:11)保存完好,长23.1、宽3.4、厚0.3厘米,两面均有墨书文字,字迹尚清晰可识,共二百余字。另一件(M4:6)保存较差,下端残缺,残长17.3、宽2.6、厚0.3厘米,两边也有墨书文字,正面尚较清晰可识,背面近下部因被墨染黑,文字也看不清了,只一百余字。①

从性质看,两件木牍所撰均为家书,且内容互有关联。其中11号木牍是黑夫、惊二人共同写给一个叫中的人的,整理者名之以《黑夫尺牍》;6号木牍是惊写给衷的,故称《惊尺牍》。②但本书考虑到其内容的切近性,将其统称为睡虎地秦墓木牍家书。这是我国目前所见的最早的书信实物,有很高的文献学、史学以及文学价值。两件木牍虽然有部分文字被墨迹所掩,不可辨识,但总体意思还是很清楚的。其释文如下:

> 二月辛巳,黑夫、惊敢再拜问中,母毋恙也?黑夫、惊毋恙也。前日黑夫与惊别,今复会矣。黑夫寄益就书曰:"遗黑夫钱,毋操夏衣来。"今书节(即)到,母视安陆丝布贱,可以为襌裙襦者,母必为之,令与钱偕来。其丝布贵,徒[以]钱来,黑夫自以布此。黑夫等直佐淮阳,攻反城久,伤未可智(知)也,愿母遗黑夫用勿少。书到皆为报,报必言相家爵来未来,告黑夫其未来状。闻王得苟得毋恙也?辞相家爵不也?书衣之南军毋……不也?为黑夫、惊多问姑姊、康乐孝须(嫂)、故术长姑外内[苟得毋恙也?]为黑夫、惊多问东室须(嫂)苟得毋恙也?为黑夫、惊多问婴沪季事可(何)如?定不定?为黑夫、惊多问夕阳吕婴、匧里闻误丈人得毋恙……矣。惊多问新负、嫈得毋恙也?

---

① 孝感地区第二期亦工亦农文物区考古训练班:《湖北云梦睡虎地十一座秦墓发掘简报》,《文物》1976年第9期,第51~61页。

② 目前研究者对这两件木牍文的称谓较随意,本书系据周凤五先生的命名。参周凤五《从云梦简牍谈秦国文学》,载《古典文学》第7辑,台北学生书局,1985年8月版,第152~159页。

第三章　秦国出土文献年代综考　39

新负（妇）勉力视瞻丈人，毋与……勉力也。（《黑夫尺牍》）

惊敢大心问衷，母得毋恙也？家室外内同……以衷，母力毋恙也？与从军，与黑夫居，皆毋恙也。……钱、衣，愿母幸遗钱五、六百，綈布谨善者毋下二丈五尺。……用垣柏钱矣，室弗遗，即死矣。急！急！急！惊多问新负（妇）、妴皆得毋恙也？新负勉力视瞻两老……惊远家故，衷教诏妴，令毋敢远就，若取新（薪），衷令……闻新地城多空不实者，且令故民有为不如令者实……为惊祠祀，若大发（废）毁，以惊居反城中故。惊敢大心问姑秭（姊），姑秭（姊）子产得毋恙？新地入盗，衷唯毋方行新地，急！急！急！（《惊尺牍》）[1]

两封信提到的收信人"中"与"衷"应该是同一个人，他与写信人黑夫、惊皆是亲兄弟。两信的内容是征战在外的黑夫、惊写信给在家的中，汇报近况，索要购置襌裙襦（即夏衣）的钱款，同时问候母亲和亲友。睡虎地四号墓的年代，整理者认为它与葬于昭王五十一年的七号墓相当，即在秦统一六国之前。准此，四号墓的家书木牍的年代当在战国末期到秦始皇二十六年之间。又，《黑夫尺牍》云"直佐淮阳，攻反城久"，淮阳即今河南淮阳县，春秋时为陈国之都，后为楚灭，战国后期楚顷襄王一度以此地为楚都。据黄盛璋考证，秦始皇二十三年，项燕立昌平，起兵反秦于淮阳。秦遂派王翦、蒙武率军征伐。黑夫信中所提到的征战就是《史记》记载的秦始皇二十四年"取陈以南至平舆"的战役。[2] 查汪曰桢《历代长术辑要》，秦始皇二十四年二月癸亥朔辛巳为十九日。也就是说，《黑夫尺牍》写于秦始皇二十四年（前223年）二月十九日。《惊尺牍》未注明写信日期，但其中提到"居反城中"，而《黑夫尺牍》谓"攻反城久"，则该信必在《黑夫尺牍》之后。又，惊在信中以"急！急！急！"表达购置夏衣的心情，

---

[1] 本释文系据《湖北云梦睡虎地十一座秦墓发掘简报》附录之《睡虎地四号秦墓木牍释文》（《文物》1976年第9期，第61页），以及周凤五《从云梦简牍谈秦国文学》的释读（《古典文学》第7集，台北学生书局，1985年8月版，第153~159页）综合而成。《黑夫尺牍》中的"闻误"，周文释作"阎净"。

[2] 黄盛璋：《云梦秦墓两封家信中有关历史地理的问题》，《文物》1980年第8期，第74~77页。

比起前书来要急迫得多，这可能是因为写信时天气转热，急需换装。战国后期秦用颛顼历，以十月为岁首，但不改称十月为正月，故其春夏秋冬和月份之搭配，和夏历全同。① 以此推之，《惊尺牍》当写于《黑夫尺牍》之后的两三个月，即秦始皇二十四年（前223年）五月前后。

二、可推定年限者

此类文献包括不其簋铭文、秦子簋盖铭文、怀后磬铭文、睡虎地秦墓简文《为吏之道》以及岳麓书院所藏秦简文《为吏治官及黔首》等。

不其簋乃传世重器，不过在相当长的时间内一直有盖无器。最早著录不其簋盖铭的是晚清徐同柏的《从古堂款识学》（光绪十二年同文书局石印本）一书。王国维、郭沫若等人均对其铭文作过考释，并泛言乃西周晚期之器。1956年，陈梦家在《殷墟卜辞综述》一书中明言不其簋为"秦人之器"，并举不其簋盖铭，认为它与虢季子白盘铭文等所记皆为"西周晚期（约当宣王时）""伐狁狁之役"，② 实首开"不其簋为宣王秦器"之论，惜未有具体论述。1980年在山东滕县后荆沟出土了一批青铜器，其中包括不其簋器和一盖。据出土简报介绍，器有铭而盖无铭，且器铭与传世不其簋盖铭文相同，仅行款略有差异，"在第六行'戎大敦'下比盖铭少一'搏'字"（图4）。简报作者据此认为此盖非原盖，而传世不其簋盖原属此器。③ 不其簋之器和盖经历了悠长莫测的时空变幻，竟在20世纪80年代破镜重圆，真乃文物考古史上的一段奇缘！李学勤在著名的

图4 不其簋铭文拓本局部（据万树瀛《山东滕县后荆沟出土不其簋等青铜器》一文附图截录）

---

① 此据林剑鸣说。参其《秦史稿》，上海人民出版社，1981年2月第1版，第303页。
② 陈梦家：《殷虚卜辞综述》，科学出版社，1956年7月第1版，第284、619页。
③ 万树瀛：《山东滕县后荆沟出土不其簋等青铜器》，《文物》1981年第9期，第25～29页。

《秦国文物的新认识》一文中，对器、盖铭文作了综合考释，认为："不其"即指秦庄公其；该簋铭文所记是"周宣王时秦庄公破西戎的战役"；不其簋是现存最早的一件秦国青铜器。① 该文发表后，虽然在某些细节上尚存争议，但不其簋为周宣王时秦国青铜器成为学界共识。据《史记·秦本纪》，庄公破西戎在其任秦嬴部族首领（前821年）后不久。不过，庄公立四十四年，一生与西戎交战多次，故该铭的作年还是定在宣王、庄公共同在位时间（前821～782年）的交集内为妥。

秦子簋盖，系澳门萧春源珍秦斋藏品，长期不为人知，直到近年才露出庐山真面目。该器已残，仅余圆形捉手和周围部分盖顶，捉手内有相对的夔纹，盖面饰瓦纹。盖内铭文虽不清晰，但大部分尚可辨读。铭文分8行刻写，共40字，包括三个重文。铭曰：

時。又（有）夔（柔）孔嘉，保其宫外。𥁕（温）共（恭）穆=（穆穆），秉□受命屯（纯）鲁，义（宜）其士女，秦子之光，邵（昭）于闻三（四）方，子=孙=（子子孙孙），秦子姬甬（用）享。②

从内容看，该铭应该是承簋身铭而来的后半段残文。"秦子"之谓，秦器数见。传世秦子戈、矛均有"秦子作造"之语；日本滋贺县MIHO博物馆所藏的秦子钟有"秦子作铸"字样。③ 至于"秦子"究竟指谁，目前学界并未有一致意见，但多认为是静公或出子。秦子簋盖的纹饰与甘肃礼县大堡子山M2出土的漆匣非常相似，可能是同区的出土品。大堡子山是春秋初期的秦公墓地所在地。《史记·十二诸侯年表》载，秦襄公八年（前770年），"初立西畤，祠白帝"。铭文既称"畤"，可知其作年必在襄公立国之后。由这些资料看来，秦子簋盖铭

---

① 李学勤：《秦国文物的新认识》，《文物》1980年第9期，第25～31页。
② 目前介绍该器相关情况的文章仅两篇，分别是李学勤的《论秦子簋盖及其意义》（《故宫博物院院刊》2005年第6期，第21～26页）和董珊的《秦子姬簋盖初探》（《故宫博物院院刊》2005年第6期，第27～32页。二文对该器的不同称谓是因为对铭文内容理解不同所致。本书参照不其簋、秦公簋的命名惯例并依据对铭文的理解，取李说。铭文系参照李、董二人的释读，并结合其他秦器铭文而定。
③ 祝中熹、李永平：《青铜器》，敦煌文艺出版社，2004年2月第1版，第116页。

文应该是春秋初期的作品。

怀后磬，吕大临《考古图》卷七称为"遣磬"，① 薛尚功《历代钟鼎彝器款识》卷八称为"窖磬"，② 孙诒让《古籀拾遗》引薛氏之录而注曰："此当题为遣磬"，且谓铭文"不能属读，其义不可晓也"。③ 吕、薛两书所录铭文字数相同，但摹写的器形和铭文均有差异，足见该器铭文在传抄过程中的讹变，已非原貌。现据李学勤的研究录其释文如下：

□之配，氒（厥）益曰鄩。子（孔）圣尽巧，唯敏□竈，以虔夙夜才（在）立（位）。天君赐之厘，择其吉石，自乍（作）遣（造）殹（磬）；氒（厥）名曰怀后。其音鎗鎗鉈鉈，□允异，以□辟公。王始（姒）之厘，乐又（有）鄏（闻）于百□。④

磬铭意思并不完整，可能该器是某套磬中的一件。依据李释，该磬器主是一位秦公夫人，周王后曾经赐祭胙给她，她感念其恩而作是器。由于吕、薛两人对该器的年代、出土情况均未置一词，且实物亡佚不可考，所以过去颇有疑其伪者。王辉有《"遣磬"辨伪》一文，认为该器"极有可能出于伪造"。⑤ 而李学勤、徐宝贵等则依据它与南指挥磬形制上的共同性，文字、语言风格与其他春秋秦器的相似性，断其为春秋中晚期秦器。⑥ 所说颇有道理，当可信从。

睡虎地十一号秦墓竹简文《编年记》是一篇大事记性质的文件，记录了秦统一全国的主要战事和墓主喜的人的生平事迹。其记事始于

---

① ［北宋］吕大临：《考古图》卷7，《影印文渊阁四库全书》第840册，台湾商务印书馆，1983年版，第222页。

② ［南宋］薛尚功：《历代钟鼎彝器款识》，辽沈书社，1985年7月1版，第150~152页。

③ ［清］孙诒让：《古籀拾遗·古籀余论》，中华书局，1989年9月第1版，第9、10页。

④ 李学勤：《秦怀后磬研究》，《文物》2001年第1期，第54页。

⑤ 王辉：《"遣磬"辨伪》，载《古文字研究》第十九辑，中华书局，1992年8月，第358~364页。

⑥ 详参李学勤《秦怀后磬研究》（《文物》2001年第1期，第53~55、101页）和徐宝贵《怀后磬年代考》（《古文字研究》第二十四辑，中华书局，2002年7月，第340~345页）。

秦昭王元年，终于秦始皇三十年。简文在昭王、孝文王、庄王后，书"今元年"，可知简文写于秦始皇时代。整理者称："从字体看，从昭王元年到秦王政（始皇）十一年的大事，大约是一次写成的；这一段内关于喜及其家事的记载，和秦王政（始皇）十二年以后的简文，字迹较粗，可能是后来续补的结果。"① 据此，《编年记》的写作当在秦始皇三十年（前 217 年）前后。南郡入秦在昭王二十九年（前 278年），其法律文书等大量行于该地必在是年之后。据《编年记》，墓主喜生于昭王四十五年（前262年），并于秦王政三年（前244年）八月"揄史"，即成为从事文书事务的小吏。他应该在此时才能有机会接触大量的法律文书，并摘抄其中的一部分。这就是说，十一号墓的其他竹简《秦律十八种》、《效律》、《秦律杂抄》、《法律答问》、《封诊式》、《为吏之道》、《日书》甲种、《日书》乙种的抄写时间当在秦王政三年到秦始皇三十年（前 244～前 217 年）之间，而它们的成文当然要早一些。其中，《为吏之道》简第五栏末附抄了两条魏律，且在开头均说明了时间："廿五年闰再十二月丙午朔辛亥"。据推算，这是指魏安釐王二十五年（秦昭王五十五年，即公元前 252 年）十二月初六。又，该简多次提到"正"或"政"，并不避秦王政之讳，可见其是产生于嬴政即位前。就是说，《为吏之道》的抄写年代在秦昭王五十五年到秦王政元年（前 252～前 246 年）之间，其写成时间应该在此之前。其他简文的具体年代不可确考，可能有自商鞅变法后流传下来的律文，但总体上其年代应该在战国末期到秦始皇三十年之间。另外，湖南大学岳麓书院所藏秦简，即《为吏治官及黔首》，包括《日志》《官箴》《梦书》《数书》《奏谳书》《律令杂抄》六类，其内容与睡简《为吏之道》基本相同，其年代亦应相近。②

三、年代莫衷一是者

此类文献包括太公庙秦公钟镈铭、秦公簋铭、《诅楚文》、《石鼓文》及秦骃玉版铭，这些文献之镌刻年代争讼甚多，无有定论。尤其是《石鼓文》，自唐迄今，众多学者殚精竭虑，用力穷索，或主西周，

---

① 睡虎地秦墓竹简整理小组编：《睡虎地秦墓竹简·释文注释》，文物出版社，1990年9月第1版，第3页。下引《睡虎地秦墓竹简释文注释》篇简文均出此书，不再详注。
② 陈松长：《岳麓书院所藏秦简综述》，《文物》2009 年第 3 期，第 75～88 页。

或主秦，或主汉，或主北魏，或主北周，其具体结论竟有十数种之多，且差别甚大，治丝益棼，令人莫之所从。①《石鼓文》的具体刻制年代之所以众说纷纭，主要原因是鼓文残泐过甚，无法从其本身获得更多的第一手信息，而现有文献资料和出土文物也无法提供有力的旁证。当然，除了这些客观原因之外，研究者的思路等主观因素也需检视。向来的学者都致力于《石鼓文》具体制作时间的追索，企图提出一个"绝对年代"而一劳永逸地解决难题。这种愿望是好的，也是研究最终应达到的目标。然而，千年的《石鼓文》年代研究史表明，在目前的资料条件下要达成这一目标是不现实的。学问之道，多闻阙疑可矣！与其纠缠于聚讼千年而不能决的难题，不如务实一点，考订《石鼓文》的"相对年代"，取得认同后再徐图将来。事实上，这种思路近年来已为越来越多的学者所接受，并且据此获得的结论相当接近。

有鉴于此，并虑及本书的研究对象，"相对年代"的将是本书考察秦国金、石、陶文年代的首要思路。既是相对，必有参照；既求参照，必欲概观。是故，整体观照又将成为本书划定秦国出土文献时间序列的主要方法。

第二节 从秦系文字发展史判定诸铭刻的年代序列

从出土文物的文字来判断其年代是考古学常例。对秦国金石铭文的字形进行比较并据以判断器物年代，宋人郑樵实开先河。在《石鼓音序》一文中，郑樵比较了石鼓文字与秦斤、秦权文字后，定其为秦国文物。其文存陈思《宝刻丛编》：

> 观此十篇皆是秦篆。秦篆者，小篆也。简近而易晓，其间有可疑者，若以"也"为"殹"、以"丞"为"丞"之类是也。及考之铭器"殹"见于秦斤，"丞"见于秦权。正如作越语者岂不知其人生于越，作秦篆者岂不知其人生于秦乎？秦篆本于籀，籀本

---

① 石鼓文年代争议的相关总结文章甚多，以徐畅《石鼓文年代研究综述》（《中国书法全集4·春秋战国刻石简牍帛书》，荣宝斋，1996年11月第1版）和杨宗兵《石鼓文新鉴》（世界图书出版公司，2005年6月第1版，第45~60页）述之较详。本书在后面讨论石鼓文的年代时，将依据行文需要，择其要者和二著未及的观点予以说明。

于古文，石鼓之书间用古文者，以篆书之所本也。秦人虽创小篆，实因古文、籀书加减之取成类耳，其不得而加减者用旧文也。或曰石鼓固秦文也。知为何代文乎？曰：秦自惠文称王，始皇称帝。今其文有曰"嗣王"，有曰"天子"。"天子"可谓帝，亦可谓王。故知此则惠文之后始皇之前所作也。①

从现存出土文献看，"殹"字确是秦文字的特色。除郑氏所言的秦斤、秦权外，《诅楚文》、新郪虎符、睡虎地秦简都有此字，而秦以外的文献中则未见该字。尽管郑樵认为《石鼓文》刻写于"惠文之后始皇之前"这一结论有所疏漏，在当时也不为大多数学者所接受，但石鼓文为秦国文物却为后世的研究所证实。自是以后，从字形比较的角度来考订年代成为石鼓文研究中最常用、最重要的方法之一。近人罗振玉比较了秦公敦（即秦公簋）与《石鼓文》的字体："此敦书体，与岐阳石鼓文甚相类，而与其他吉金文字殊。此百有三字中，见于石鼓文者十三字，……书法字体，纤悉不殊，惟石鼓结字稍敛，而此稍纵耳。"② 王国维先生也曾指出秦公簋的"文字体势，与宝盘猎碣血脉相通，无足异也。"③ 罗君惕先生更是将比较的范围扩大到《诅楚文》、秦权量器铭和新郪虎符铭等，并"断十碣必在惠文与始皇未同文之时"。④ 唐兰先生则从秦公簋铭、《诅楚文》中的第一人称"我"、"朕"、"𠮩"的运用先后情况出发，认为"石鼓应在春秋末年以后"。⑤ 由于彼时新出秦器有限，学者据以比较的秦国文字资料不尽相同，故得出的结论也不尽一致。

近二十年来，随着湖北睡虎地秦墓、陕西凤翔秦公一号大墓、甘

---

① [宋] 陈思《宝刻丛编》（第一册），商务印书馆，1937年12月初版，第3页。
② 罗振玉：《秦公敦跋》，《雪堂类稿·丙·金石跋尾》，辽宁教育出版社，2003年，第31页。
③ 王国维：《秦公敦跋》，《观堂集林》卷18，中华书局，1959年6月第1版，第902页。
④ 罗君惕：《秦刻十碣考释》，齐鲁书社，1983年12月第1版，第283~284页。
⑤ 参唐兰《石鼓文刻于秦灵公三年考》（《申报·文史》，1947年12月6日9版、13日8版）。该文发表后，童书业很快发表了《评唐兰先生〈石鼓文刻于秦灵公三年考〉》（《中央日报·文物周刊》第68期，1948年1月7日第7版），对唐文的相关论据，特别是"吾"、"𣍘"、"朕"的行用年代提出不同看法，由此揭开了20世纪石鼓文研究

肃礼县大堡子山秦公墓等重要考古工程的开展，秦国出土文物，尤其是文字资料骤增，使得今天的学者拥有了比前人更多的第一手资料，从而具备检讨旧说、突破樊篱的客观条件。从汉字史的角度看，其构形的基本趋势是由象形模拟而抽象线条。在春秋战国时期，这个过程尚未完全结束，汉字构形仍然很不稳定。更重要的是，随着姬周王室的衰落，它对各诸侯国的文化影响力也逐渐减弱，表现在文字上就是金文宗周的传统被打破，而代之以多元化的地域金文审美风格：齐鲁金文线条纤弱、内敛沉郁；江淮金文花体杂篆风行、装饰意味浓厚等。区域性的文字异形阻碍了西周以来的线条化、规范化和符号化的汉字构形发展倾向。秦国文字系直承西周正体文字而来。由于立国较晚，经济、文化诸方面相对落后等原因，秦系文字较其他诸侯国文字的活跃多变，异化现象并不突出，但也正在逐渐形成自己的风格。这就为在秦文字发展史的整体背景下考察《石鼓文》等出土文献的字形差异性、观察其特点以确定年代的方法提供了前提。在这方面，徐宝贵先生和陈昭容教授作出了令人印象深刻的探索。②

不过，需要注意的是，整体文字风格的未定型也意味着一定时期文字构形的不稳定性；又由于书写材质、书写工具和书写者的差异，人们很难区分秦国金、石、陶文中的某些字形，尤其是某些独体部首的微小差异到底是时代的先后所致还是书写中的随意性所致。即如徐

(接上页注)史上最著名的一次论战的序幕。双方以分别以《申报·文史》、《中央日报·文物周刊》为阵地，从1947年底到1948年6月就石鼓文的年代及其相关问题展开的前后四轮的大论战。争辩的论文还包括：唐兰《关于石鼓文的时代答童书业先生》（《申报·文史》1948年3月6日第8版）、童书业《石鼓文的时代——再质唐兰先生》（《中央日报·文物周刊》第77期，1948年4月）、唐兰《论石鼓文用'逌'不用'朕'——再答童书业先生》（《申报·文史》，1948年5月1日第7版）、童书业《论石鼓文的用字——三质唐兰先生》（《中央日报·文物周刊》第85期，1948年6月）、唐兰《关于石鼓文'逌'字问题致〈文史〉编者一封公开信》（《申报·文史》1948年6月19日第7版）。加入论战的还有叶华《驳唐兰〈石鼓文刻于秦灵公三年考〉》（《中央日报·文物周刊》第67期，1947年12月31日）、凤《因唐童二先生的辩论而记及石鼓文'殹'字的读解》（上海市立博物馆研究所，《文物周刊》第77期，1948年4月）。

② 徐宝贵：《石鼓文年代考辨》，《国学研究》第4卷，北京大学出版社，1997年8月，第395~434；陈昭容：《秦系文字研究——从汉字史的角度考察》，中央研究院历史语言研究所集刊之一〇三，2003年7月，第193~212页。

宝贵先生在《石鼓文年代考辨》一文中所列举的"心"等字（部首），它们在《石鼓文》中出现了几种不同的写法，而这几种写法都能在秦公镈铭、秦公簋铭和封宗邑瓦书找到类似者。显然，在这种情况下，它们就不能作为判断年代先后的例证。这就提醒我们：在选取某些笔画简单的字形或部首进行比较是要特别慎重；同时，字形比较的结果只能作为判断时间的相对参考，并不具有决定性。尽管如此，字形比较作为一种形象而直观的方法，只要审慎操作，它对判断出土文献年代的作用还是毋庸置疑的。

从比较分析的角度看，虽然只要有两个关联对象就足资比勘，但用以对照考察的对象越多，定量分析的结论就越直观和准确。因此，本书不再作单一的比较尝试，而将涵于研究范围的秦国金、石、陶文，包括太公庙秦公钟镈铭、秦公一号大墓石磬铭、秦公簋铭、《石鼓文》、《诅楚文》以及秦封宗邑瓦书之互见字形或能独立成字的偏旁部首作整体比较，列表观照，以确定其年代序列。需要说明的是：第一，南指挥石磬铭和封宗邑瓦书年代明确，极具参照意义，故置于表中；第二，秦骃玉版有甲、乙两版，前者刻写，字类隶书，后者朱书，书似小篆，差别明显，需单独讨论（详后），故不入表；第三，为了避免琐碎，增强直观性，列表之字形样本主要以"三三互见"为入选准则；第四，在同篇铭文中多次出现但构形不稳定的字形或偏旁部首不作比较的样本。依据以上原则，检视诸铭，获表如下（表1）：

表1　相关铭文中字形对照表

器铭 字形	太公庙镈铭	秦公簋铭	景公墓石磬铭	石鼓文字	诅楚文字	封宗邑瓦书铭
壽						
屯						
疆						
龏						
敬						
余						

续表

器铭\字形	太公庙镈铭	秦公簋铭	景公墓石磬铭	石鼓文字	诅楚文字	封宗邑瓦书铭
邵						
即						
左						
立						
王						
我						
金						
静						
竈						
穆						
帝						
火						
巾						
萬						
隹						
申						
用						
羊						
束						
弓						
允						

第三章　秦国出土文献年代综考　49

续表

器铭字形	太公庙镈铭	秦公簋铭	景公墓石磬铭	石鼓文字	诅楚文字	封宗邑瓦书铭
事						
鱼						
受						
緐						
方						
皇						
咸						
無						
秦						
且						
屰						
命						
公						
多						
其						
康						
霝						
皿						
是						
亘						
鼎						
之						
木						
自						
不						
以						

续表

器铭 字形	太公庙镈铭	秦公簋铭	景公墓石磬铭	石鼓文字	诅楚文字	封宗邑瓦书铭
又						
廿						
虎						
乍						
四						
日						
月						
于						
土						
子						
示						
天						
頁						
禾						
戈						

上表计 6 种考察对象，68 个字形样本，270 幅拓本书字照片。① 就

---

① 该表字体照片均据相关研究论著所附之器铭拓本或摹本所摄。分别是：卢连成、杨满仓：《陕西宝鸡县太公庙村发现秦公钟、秦公镈》，《文物》1978 年第 11 期插页；郭沫若：《两周金文辞大系图录考释》，《郭沫若全集·考古编》第 7 卷，科学出版社，2002 年 10 月；王辉等：《秦公大墓石磬残铭考释》，见《一粟集：王辉学术文存》，台北艺文艺术馆股份有限公司，2002 年 1 月版；郭沫若：《两周金文辞大系图录考释》，《郭沫若全集·考古编》第 7 卷，科学出版社，2002 年，第 525 页。2002 年 1 月版；郭沫若：《石鼓文研究》、《诅楚文考释》，《郭沫若全集·考古编》第 9 卷，科学出版社，1982 年 9 月版；郭子直：《战国秦封宗邑瓦书铭新释》，《古文字研究》第 14 辑，中华书局，1986 年 6 月。另外，基于资料和技术原因，本表中的某些字形与拓本书字照片并非完全对应。如，"示"字形，六个

图 5 《石鼓文》先锋本局部（据郭沫若《石鼓文研究》附图选录）

对象言，太公庙秦公镈铭笔道纤细，字体修长；舒展圆转，略有篆意；某些字如"王"、"又"、"于"等的写法与西周晚期金文虢季子白盘铭颇为相类，可见其传承，而其疏朗婉丽的审美风格亦隐约有其余绪。但从其隽秀多姿的文体风格看，镈铭已表现出不同与西周的文化特色，可视作早期秦文化的表征。秦公簋铭字形方正，左右大致均衡；折笔较多，且下行之笔略瘦；整篇铭文风骨嶙峋，呈现出粗犷奔放之气。南指挥石磬铭突出的特征是线条粗细划一，几类规范秦篆的"玉筯"用笔；字形取纵势，笔道圆润柔和，灵动自然，具有雍容纯净的气质。石鼓文字的篆意十分明显，其线条圆润浑厚，已是典型的圆笔篆法；结字取纵势类于南指挥磬，虽然某些字结体参差错落，但总体对称平正，胜于磬铭；章法均衡规整，凝重自然；字形定型化程度较高，某些字或构字部件出现多次，但写法前后一致。如，"子"出现 7 次，"鱼"出现 10 次，"之"出现 23 次，"其"出现 24 次，写法都没有发

(接上页注)考察对象并非尽有该字形，所以只能取含有此字形的"福"、"祝"、"礼"、"宗"等字来比较。其他字形，如"亘"、"廾"、"土"、"頁"、"禾"、"戈"等皆依此一方法处理。

生变化，这表明石鼓文字的构形趋于规范和理性。石鼓文结字构形和空间布局上的规范整饬，展现了严谨、和谐、静穆的审美风格，这种美学追求与金文的灵动活泼相去甚远而近于成熟的秦篆。秦王朝时代的小篆，以中锋行笔，齐一化线条，均衡分割空间，章法布局井然有序，呈现出严整静穆的风格，但这种美学追求使得文字构形的自足性无由发挥，线条的运动感亦丧失殆尽，小篆因之成了"静态美"的典范字体

图6　《峄山刻石》邹县本局部（据容庚《秦始皇刻石考》一文附图截录）

（图5、图6）。《诅楚文》字体几近小篆，为古今共识。封宗邑瓦书的字体总体看属于小篆，但线条普遍比较平直，方折笔居多；字体大略呈正方形；用笔率性随意，隶化倾向相当明显，"周"、"文"、"辛"、"杜"、"司"、"宗"、"里"等字与早期隶书非常接近，而与石鼓文、诅楚文的差别有很大不同，在年代上显然要晚于它们。

　　以上综合分析了6种铭刻文字的整体风格。就具体对象而言，循着太公庙秦公镈铭、秦公簋铭、景公墓石磬铭、石鼓文、诅楚文的方向，秦系文字结体越来越方直，象形意味渐弱。如，"頁"字上"首"下"人"，都渐次失去原有的形象性，而变得简洁；又如，"我"字渐失兵器之象形，"穆"字原本表示谷粒成熟后簌簌落下的意蕴逐渐模糊，"萬"字原来象形蝎子头尾之圆转笔法也变得方直；还有，"亘"字回旋之笔法渐次分离，"竈"、"需"等字的笔法也逐渐平直。另一方面，秦系文字的平衡空间架构的意识越来越明显。如，"王"字中间的一横被移到中点，字体变得上下平衡；"不"字的上部渐渐圆转开阔，也注意到了上下的平衡；"受"字斜向的布局渐渐平整；"方"和"左"字不仅用笔渐渐平衡，而且充分利用了空间，变得舒展大方；"絲"字的笔势渐次收敛，字体左右对称，且布局严整；另外，"無"、"秦"、"其"等字也从松散随性变得紧密平衡。这些趋势与汉字的总体发展规律是契合的。从成体系的文字甲骨文开始，不论书体如何变

化，符号化、构形稳定性、空间平衡意识一直都是汉字的迁延趋势。甲骨文以象形为基础，写实性很强，空间构形意识稚拙；金文虽然形象性仍很强，但偏旁趋于稳定，笔道丰满圆润，春秋金文的线条化和平直化倾向已经很明显；小篆依然用圆笔，但线条粗细一致，字形规整，象形性降低，而符号感增强；隶书则变小篆的圆润线条为方折笔画，彻底改变了汉字的象形面貌，奠定汉字方正对称的基本构形。从这一点看，太公庙秦公镈铭→秦公簋铭→景公墓石磬铭→石鼓文字→诅楚文字→封宗邑瓦书文，是秦系文字合理的进化序列。

下面引入聚类分析（cluster analysis）法对74种字形样本予以说明。聚类分析是多元统计分析的一种，所谓"聚类"就是按照一定的要求和规律对事物进行区分和归类的过程，聚类分析的目的在于辨别在某些特性上相似的事物，并按这些相似特性将样本划分成若干类群。① 首先，我们在6个对象中任意取两个进行排列组合；然后，找出每种组合的互见字形和相似字形（从"用笔"、"结体"、"取势"三个方面考察其相似性）；最后计算其相似率。结果显示，以秦公簋铭—南指挥村石磬铭、秦公簋铭—《石鼓文》、南指挥村石磬铭—《石鼓文》三对组合的相似率最高，分别达到63.8%、67.6%和63.3%，远高于其他组合。依据聚类分析原则，再在6个对象中任意取3个进行排列组合，以同样的步骤可知，秦公簋铭—南指挥村石磬铭—《石鼓文》组合的相似率最高，达到48.4%。（见表2）

表2　秦系文字聚类分析表

组合	互见字形	相似字形	相似率
秦公簋铭—石磬铭	寿屯疆龏金静竈穆帝火弓允事鱼受繇皇咸命公多其余是亘虎乍方无秦且卑皿鼎天页禾戈不以又艹三曰土子示	疆龏金静竈帝事鱼受皇命是亘乍无秦且卑鼎天禾戈不以又艹三土子示	（30/47）·100% =63.8%

---

① 高新波：《模糊聚类分析及其应用》，西安电子科技大学出版社，2004年第1月1版，第37页。聚类分析一般要涉及多步、复杂的数学运算，本书主要借用其概念和功用，依据考察目的，在应用中只进行初步的数学分析。

续表

组合	互见字形	相似字形	相似率
秦公簋铭—石鼓文	敬金静竈巾各弓允事鱼受繇公多其余王是亘万虎乍方鼎之天页禾戈不以又卅三土子示	金静竈巾各弓事受多其余是万虎乍之天戈不以又土子示	(25/37)·100%=67.6%
石磬铭—石鼓文	即左立邵金静竈隹阳弓允事鱼受繇康需公多其余王我是亘用羊申东虎乍方皿鼎木自天页禾戈不以又卅三于土子示	即左立金静竈隹阳允事繇康需是用羊申乍方皿自天戈不以又卅于土子示	(31/49)·100%=63.3%
……	……	……	……
秦公簋铭—石磬铭—石鼓文	金静竈弓允事鱼受繇公多其余亘是虎乍方鼎天页禾戈不以又卅三土子示	金静竈事是乍天戈不以又卅土子示	(15/31)·100%=48.4%
……	……	……	……

　　从上表可知，秦公簋铭、景公墓石磬铭与石鼓文三者具有高度的相似性，可看做一个类群。这样，字形比较表中的 6 个对象，依其相似性，可划分为四个类群，即：[太公庙秦公钟镈铭]、[景公墓石磬铭、秦公簋铭、石鼓文]、[诅楚文]、[封宗邑瓦书]，它们的年代先后应依此排序。

第三节　从礼乐背景、铭史互证等角度考察诸铭刻的镌写年代

一、太公庙秦公钟、镈铭

1978年1月下旬，宝鸡县杨家沟公社太公庙大队社员在一个窖穴内发现了一批青铜器，计有钟5件，镈3件。出土简报介绍，5件铜钟均有铭文（图7），其中甲、乙两钟铭文可合成一篇，为一组；丙、丁、戊三钟铭文可合成一篇，为另一组。两组铭文内容完全相同，计135字，其中重文4，合文1。三件镈的鼓正面下部有铭文26行135字，与秦公钟刻铭完全相同。① 笔者曾在上海博物馆亲见一件秦公镈。据展品一旁的文字介绍，该镈于1998年底入藏，出土于甘肃礼县大堡子山秦公墓地。② 大堡子山墓地即秦西垂陵区，其年代不晚于秦文公（详后）。从该器器形，特别是主纹上下的祥带和前后高出舞部的扉棱看，它是承西周晚期的克镈而来。③ 而太公庙镈的纹饰要比这件秦公镈豪华得多。太公庙镈身上下各有一条由变形蝉纹、窃曲纹和菱形枚组成的祥带，其间的纹饰分为四个区段，每一区段有六条飞龙勾连，龙身线条流畅，布局疏密有当，舞部纹饰也可分为四区段，每一区段内有两龙相绕，前后扉棱所饰的一龙一凤经舞部向上攀援，接近钮部，较之秦公镈又有不同，显系晚出。

图7　太公庙秦公镈铭拓局部（据卢连成、杨满仓《陕西宝鸡县太公庙村发现秦公钟、秦公镈》一文附图截录）

1. 关于太公庙秦公钟、镈年代的三种异说

关于器主和刻制时间，铭文开头本来有清晰的指示：

---

① 卢连成、杨满仓：《陕西宝鸡县太公庙村发现秦公钟、秦公镈》，《文物》1978年第11期，第1~5页。

② 李朝远：《上海博物馆新藏秦器研究》，载礼县西垂文化研究会编《秦西垂文化论集》，文物出版社，2005年4月第1版，第521~522页。

③ 陈邦怀：《克镈简介》，《文物》1972年第6期，第14~16页。

秦公曰：我先祖受天命，商（赏）宅受或（国）。剌₌（烈₌）邵（昭）文公、静公、宪公。①

"我"，即作器者追叙先祖谱系云：文公、静公、宪公，显见"我"是紧接宪公后的一位"秦公"。这样一来，只要据史籍查考继宪公为君者即可确定铭文年代。但问题并没有这么简单。

据《秦本纪》和《秦始皇本纪》，宪公生子三人：武公、德公、出子，长男武公为太子。宪公死后，"大庶长弗忌、威垒、三父废太子而立出子为君。出子六年，三父等复共令人贼杀出子。出子生五岁立，立六年卒。三父等乃复立故太子武公。……三年，诛三父等而夷三族，以其杀出子也"。就是说，宪公死后，即位的不是太子武公，而是其弟出子。出子非嫡传而先即君位，武公是正统而后登大宝。那么，宪公之后的秦君谱系该如何算呢？太公庙钟镈的制作时代由是产生了三种歧见。

其一，"秦武公说"。原简报作者即认为是秦武公，② 但未给出具体理由。持这一说的学者比较多，如吴镇烽、张天恩、李学勤、聂新民、王辉、祝中熹、陈平等。③ 其二，"出子说"。林剑鸣先生力主此说。④ 其三，"德公说"。此说的代表者是伍士谦先生。⑤ 以上三说中，"出子说"令人不解。铭文语"秦公曰"，表明这位君主是经过告庙仪

---

① 《史记·秦本纪》载继秦文公立者（静公早卒，不享国）为"宁公"，而《秦始皇本纪》又记作"宪公"，一直未有定论。太公庙秦公钟、镈的出土，以无可辩驳的证据证明文公后乃"宪公"，"宁公"因形似而讹。

② 卢连成、杨满仓：《陕西宝鸡县太公庙村发现秦公钟、秦公镈》，《文物》1978年第11期，第1~5页。

③ 吴镇烽：《新出秦公钟铭考释与有关问题》，《考古与文物》1980年创刊号；张天恩：《对〈秦公钟考释〉中有关问题的一些看法》，《四川大学学报》1980年第4期；李学勤：《秦国文物的新认识》，《文物》1980年第9期，第25~31页；聂新民：《秦公镈钟铭文的考释与研究》，《秦文化论丛》第七辑，西北大学出版社，1999年5月第1版，第428~437；王辉：《秦出土文献编年》，台北新文丰出版公司，2000年9月台1版，第32~33页；祝中熹：《早期秦史》，敦煌文艺出版社，2004年2月第1版，第211~212页；陈平：《关陇文化与嬴秦文明》，江苏教育出版社，2005年4月第1版，294~295页。

④ 林剑鸣：《秦史稿》，上海人民出版社，1981年2月第1版，第52~53页。

⑤ 伍士谦：《秦公钟考释》，《四川大学学报（哲社版）》1980年第2期，第103~108页。

式后正式即位的；而"出子"之谥，说明他并不为秦之"先公谱"所承认，即使他曾经为君，也不能在宗庙礼器中称"公"。本书认同"秦武公说"。下面从铭文的礼乐背景和内容两方面予以说明。

2. 从礼乐背景看太公庙秦公钟、镈的制作年代

从铭文格式言，太公庙钟镈铭文属于追孝铭文。《礼记·祭统》云：

> 夫鼎有铭，铭者，自名也。自名，以称扬其先祖之美，而明著之后世者也。……铭者，论譔其先祖之有德善，功烈、勋劳、庆赏、声名，列于天下，而酌之祭器，自成其名焉，以祀其先祖者也。为先祖者，莫不有美焉，莫不有恶焉，铭之义，称美而不称恶。此孝子孝孙之心也。①

可见，追孝铭文意在通过器铭夸耀祖先功勋，并向祖先报告自己的德行，以示孝道。目前最长的西周追孝铭文是墙盘铭。该铭历数周代文、武、成、康、昭、穆诸王及当世天子的文功武德，并叙述了从甲微、烈祖、乙祖、亚祖祖辛到文考乙公的先祖功德；太公庙钟镈铭文首先历数"我"之前的襄公、文公、静公和宪公的伟业，颂扬祖德，再叙述自己的功绩，祈求庇佑。两铭在性质上是一致的。西周追孝铭文是因应礼制建设的需要而生。姬周代商后，周公拟定了"以礼为国"的方针，其核心按照血缘亲疏和嫡庶长幼关系建立封建宗法体制，确立人与人之间贵贱、大小诸方面的等级差异，并对他们的社会地位、伦理规范、行为准则做出严格而具体的区别，以达到"经国家，定社稷，序民人，利后嗣"②的目的。青铜器作为一种具有"永保用"特性的器具，被大量利用，勒刻铭文，或为册命，或为训诰，或为纪事，或为追孝。我们注意到，秦静公尽管未曾享国，也未有任何功业，但依然位居追颂之列，足见刻铭真正目的不在怀念，而指向当世，宣示权威，强化宗法认同，稳固现存秩序。正是在这个意义上，马承源先

---

① ［汉］郑玄注、［唐］孔颖达等正义：《礼记正义》，上海古籍出版社，1997年7月第1版，第1606页。本书所引《礼记》原文，如非必要，只记页码，不再详注。

② 杨伯峻：《春秋左传注》，中华书局，1990年5月第2版，第76页。本书下引《左传》原文及杨注均出该本，若非必要，只记页码，不再详注。

生说："作器铸铭，本质上也是礼的体现。"① 对先祖功德的追叙，是确认、宣扬本宗族地位和权威的重要手段，其目的是告诫其他宗子要恪守嫡庶有别，长幼有序的"礼"。秦武公本是嫡长子，但却为庶出的出子鸠占鹊巢长达六年，这不能不让他意识到自身权威和地位的脆弱。因此，他即位后，以追孝刻铭来宣示正统，强化权威，巩固君位。

在这里，尚需澄清一点认识。《公羊传》昭公五年："秦伯卒。何以不名？秦者夷也，匿嫡之名也。其名何？嫡得之也。"何休注云："嫡生子，不以名，令于四境，择勇猛者立之。"② 据此，很多人认定秦偏居西陲，性类戎狄，择立国君以"勇猛"为标准，不存在嫡长子继承制。林剑鸣先生说：

> 从秦国君位继承的事实来看，确是如此：庄公卒，长男世父不立，让其弟襄公；武公卒，立其弟德公；宣公有子九人，均莫立，而立其弟成公；成公卒，子七人莫立，立其弟穆公。又出子以宪公之孙而被立为国君。……就是到了穆公以后，秦国君位继承，也无定制。③

"事实"真的"确是如此"吗？察诸史籍，可以发现：秦自文公到出子之前的70余年里实行的分明是嫡长子继承制！文公太子早死，立其长子宪公；宪公在位时，"长男武公为太子"。因此，笼统地说秦国没有嫡长子制是不妥当的，而所谓的"匿嫡"在秦国早期的政治生活中是不存在的。退一步讲，即使秦国当时真的没有嫡长子继承的制度，也并不意味着他们没有嫡长子继承的意识。制度可以因文化的迟滞而不行或因外界的干扰而妥协，但意识的存在和深层影响是不自觉甚至顽固的。文公太子未及登位即死，但仍"赐谥为静公"，并且立其长子宪公，足见秦人是有嫡长子继承意识的。秦自非子复续嬴氏祀以来，与周日亲。周宣王时期的秦国礼器不其簋在形制、纹饰、铭文与体式等方面，都是典型的周式。西周对秦的政治、文化影响力可见一

---

① 马承源：《中国青铜器》，上海古籍出版社，2003年1月第1版，第350页。
② ［汉］何休注、［唐］徐彦疏：《春秋公羊传注疏》，上海古籍出版社，1997年7月第1版，第2318页。
③ 林剑鸣：《秦史稿》，上海人民出版社，1981年2月1版，第99页。

斑。关于这一点，后文还将有详细的讨论。周宣王时，秦仲死于讨伐西戎的战斗。秦仲"有子五人，其长者曰庄公"，宣王于是"召庄公昆弟五人，与兵七千人，使伐西戎，破之。于是复予秦仲后及其先大骆地犬丘，并有之，为西垂大夫"。周宣王以秦仲长子庄公为伐戎的当然领导者和西垂大夫的当然继任者，这是周人嫡长子继承制意识的体现，而这种做法不能不对秦人产生影响。据《秦本纪》，庄公本欲立长男世父为继承人，但世父矢志伐戎，为祖父秦仲报仇，因此将太子之位让给了弟弟襄公。可见，因受周王朝的影响，秦人的嫡长子继承意识在立国之前就已存在。在本族文化尚未定型之时，主动汲取先进外来文明的营养是必然选择。从这个角度看，秦人早期的嫡长子继承制度或意识，乃是效法"以礼为国"的西周社会的结果。也正是在这一制度文明的影响下，作为嫡长子的秦武公才产生通过追孝铭文宣示正统、稳固政权的意识和行动。

3. 从铭文内容看太公庙秦公钟、镈的器主应该是秦武公

从钟、镈铭的内容看，其器主不可能是出子或秦德公。铭文曰：

> 余𤕌（小子），余夙夕虔敬朕祀，以受多福，克明厥心。盭龢胤士，咸畜左右，趩趩（蔼蔼）允义，翼受明德，以康奠协朕或（国），盩（肇）百蛮，具即其服。

这是追孝铭文中的自扬辞，向先祖汇报自己的功绩，说自己秉持祖训，兢兢业业，招贤纳才，内定国政，外服蛮族。出子五岁得立，六年后被杀，死的时候还只是一个十一岁的孩子。他在位时，也只是一个傀儡，大权握在权臣弗忌、威垒、三父手里，而且当时废太子武公尚在，国内政治斗争激烈，所以不大可能有这样的文治武功。至于秦德公，据《秦本纪》，"生三十三岁而立，立二年卒"。在这短短的两年间，除了迁都雍城外，德公也没有值得称道的功业。取得如此勋业的是秦武公。按谥法，"武"者，"克定祸乱"、"折冲御侮"之谓也。以武公一生之行事，足以当之。史载，武公共在位二十年。稳定内政后，"武公元年，伐彭戏氏，至于华山下，居平阳封宫。三年，诛三父等而夷三族，……十年，伐邽、冀戎，初县之。十一年，初县杜、郑。灭小虢"。平定内乱，威服强敌，历史记载与铭文内容完全吻合。

所以，太公庙钟镈的器主是秦武公，而非出子或秦德公；制作的具体时间很可能是灭小虢后不久，即秦武公时代的后半段（前686~677年）。那时秦国内政稳定，诸戎不敢轻易叩关，武公铸器以念，自在情理之中。

4. 铭文中"王姬"的身份问题

对于钟镈铭文中"王姬"的身份，学界也有较大争议，由于她与器主关系密切，且对于理解作器时间有重要帮助，特附论如下。点校本《史记·秦本纪》云："武公弟德公，同母鲁姬子。生出子。"如此标点的依据来自《正义》："德公母号鲁姬子。"这就是说，武公与德公同是鲁姬子的儿子。然而，这一读法不仅留下"出子是谁所生"的疑案，且使前后两句扞格不通。马非百先生因此提出新的读法。他根据清人郭嵩焘的意见，认为《正义》有误，在《秦集史》中将其改读为："武公弟德公同母。鲁姬子生出子。"①如此一来，鲁姬子变成了出子的母亲，武公与德公是另母所出的兄弟；至于他们的母亲到底是谁，则无从考知。陈平先生提出己见，认为武公、德公和出子三人同母，都是鲁姬子的儿子。他因而将"同母"属下读，即："武公弟德公，同母鲁姬子生出子。"②

以上读法皆囿于《史记》原文，未考虑脱、衍问题。林剑鸣先生则不然。镈铭有言："公及王姬曰：余小子……"，此句中"王姬"与"公"并称，林先生因此推断"王姬"的地位很高，不可能是铭文中那位"秦公"的妻子，因为国君与王后并称于礼不合，且春秋金文找不到这样的先例，故"王姬"只能是"秦公"的母亲。③据此，他说《秦本纪》此句有脱文，并据器铭补为："武公弟德公，同母鲁姬子。王姬生出子。"④这样，王姬就成了出子的母亲。杨善群先生校补《秦会要》，认可了这种说法，并认为："补字后，此句文意豁然贯通，史实乃明。"⑤王辉先生也同意林氏关于"王姬"的说法，但他认为王姬

---

① 马非百：《秦集史》，中华书局，1982年8月第1版，第11页。
② 陈平：《关陇文化与嬴秦文明》，江苏教育出版社，2005年4月第1版，第295页。
③ 林剑鸣：《秦史稿》，上海人民出版社，1981年2月第1版，第52~53页。
④ 林剑鸣：《秦史稿》，上海人民出版社，1981年2月第1版，第42页。
⑤ ［清］孙楷撰、杨善群校补：《秦会要》，上海古籍出版社，第4页。

是武公与德公两人的母亲，出子的母亲则是"鲁姬子"。所以，他标点此句为："武公弟德公，同母。鲁姬子生出子。"① 2013 年出版的点校本二十四史修订本《史记》，亦如此句读。然而，令人费解的是，在此句的注释中，修订本仍仅列《正义》之文："德公母号鲁姬子"②，未提供任何其他文献或按语辨明此种注释可能导致的另一种句读：武公和德公的母亲是鲁姬子，出子的母亲也是鲁姬子。

　　细察上述五种意见，可见一个共同点，就是皆将"鲁姬子"视为女子名号。其实这样的称谓是有问题的。据笔者统计，翻检《史记》可知，"姓氏/人称代词 + 姬 + 子"的表达共出现了 13 次，其中的"子"均指"儿子"，而不是女子称谓的构成部分。如，《吕太后本纪》"戚姬子如意为赵王，薄夫人子恒为代王，诸姬子子恢为梁王，子友为淮阳王"；《孝武本纪》"乐成侯姊为康王后，毋子。康王死，他姬子立为王"。这就是说，以"鲁姬子"作为女子称谓与《史记》的文例不合，此其一。其二，据石岩对周代金文、《春秋》和《左传》的统计，西周及春秋时代没有称贵族女子为"某姬子"的。③"鲁姬"之谓又见于鲁姬鬲铭："鲁姬作尊鬲，永宝用"（集成 3·593）。所以，"鲁姬子"之谓，要么意指"鲁姬之子"，要么"子"为衍文，不应是女子的称谓。

　　另外，所谓金文中没有君后夫妻并称的例子云云，亦失考。西周晚期的𫘨叔鼎铭："唯王正月初吉乙丑，𫘨叔、信姬乍宝鼎，其用享于文祖考。𫘨叔、信姬其易寿考多宗，永令𫘨叔、信姬其万年，子子孙孙永宝。"（集成 5·2767）还有伯颡父鼎铭："伯颡父作朕皇考犀伯、吴姬宝鼎。"（集成 5·2649）另外，珍秦斋所藏的春秋早期的秦子簋铭文云："秦子之光，昭于闻四方，子子孙孙，秦子、姬□享。"④ 这些显然都是夫妻并称。由此可见，太公庙钟镈铭文中并称的"公"（秦武公）、"王姬"是夫妻关系。"王姬"的地位的确很高，因为这个称谓说明她是来自周王室的女子。这和"王妊"（王妊作簋，集成 6·

---

① 王辉：《秦出土文献编年》，台北新文丰出版公司，2000 年 9 月台 1 版，第 33 页。
② 《史记》，中华书局，2013 年 9 月第 1 版，第 130~131 页。
③ 石岩：《周代金文女子称谓研究》，《文物春秋》2004 年第 3 期，第 8~17 页。
④ 李学勤：《论秦子簋盖及其意义》，《故宫博物院院刊》2005 年第 6 期，第 21~26 页。

3347)、"王妳"(陈侯簋,集成7·3834)、"王姞"(噩侯簋,集成3·3728)之类的称谓相似。在铭文中,她与秦武公一起告功先祖,这暗示她对武公及其所取得的功业有非同小可的作用。她的王室背景很可能也是武公最终夺回君位的重要原因。王姬既然是武公之妻,当然就不可能是出子或德公的母亲了。

这样,依据对《史记》文例和王姬身份的分析,《秦本纪》的相关记载要么有脱文,其读法为:"武公弟德公,同母鲁姬子。□□生出子",即武公与德公两人同母,都是鲁姬所生,而生出子者则另有其人,但并非太公庙秦公钟镈铭文所言的王姬;要么有衍文,其读法为:"武公弟德公,同母鲁姬[子]生出子",即武公、德公与出子三同母,都是鲁姬所生。对于这两种读法,笔者推测前者的可能性较大。因为倘若武公、德公和出子三位皆是鲁姬所生,以太史公一向简洁的笔法不大会以这种拗口的表达予以说明,而完全可以说:"武公弟德公、出子,同母鲁姬子"。另一方面,据《秦本纪》,宪公死后,权臣弗忌、三父等人专擅国政。先废太子武公,立年幼的出子为君,继而贼杀出子,复立武公为君。虽然《史记》中没有明确记载其中详情,但揆之以春秋时期层出不穷的后宫、权臣勾结为祸的史实,如"骊姬乱晋"等,很可能秦国在宪公死后也发生了类似事件。正是由于武公、德公与出子异母,才使得弗忌、三父等人在秦宪公死后有机会趁隙离间,勾结后宫,废长立幼,让秦国陷入危机。

二、秦公簋铭

对秦出土文物年代的争论,石鼓文之外,就数秦公簋了。秦公簋,旧称秦公敦,其出土时间,李学勤先生说是在1919年,这个说法来自冯国瑞先生的《天水出土秦器汇考》,[1] 学者多从。近代学者柯昌济先生[2]所著的《韡华阁集古录跋尾》一书中对秦公簋有所介绍。该书书牌页标注"中华民国二十四年铅字本",则其初版在1935年。又,周

---

[1] 李学勤:《秦公簋年代的再推定》,《中国历史博物馆馆刊》1989年第13、14合刊,第231~234页。

[2] 柯昌济(1902~1990),山东胶县人,字莼卿,号息庵,著名古文字学家。1925年毕业于清华大学文史研究院,师从王国维先生。其著《韡华阁集古录跋尾》(《余园丛刻》第一种),十五卷,收录三代青铜器,有尺寸说明和考证文字,但无器形图和释文。参崇基书店(香港)1968年影印本。

进在为该书所作的序言中说:"二十年前莼卿尚未弱冠,读款识时之作也。"这就是说,《韡华阁集古录跋尾》一书虽然在1935年才出版,但其写成实际上是在二十年前。如果这个说法是可信的话,那么秦公簋的出土时间就不会迟于1916年。关于秦公簋的出土地,以前多以为在甘肃天水,但近年有人说是在甘肃礼县,[①] 莫可确考。秦公簋出土后,人们很快发现其铭文与传世秦公镈铭基本相同,[②] 二者显系同代之作。

1. 铭文对年代的指示及其引发的两个争议焦点

对于传世秦公镈年代,铭文其实有比较明确的指示:

> 秦公曰:丕显朕皇祖,受天命,肇有下国。十又二公,不坠于上,严龏夤天命,保业厥秦,虩事蛮夏。"[③]

秦公簋起首铭文与此差别不大。但对于"十又二公"究竟该怎样计数,从一开始就伤透了学者的脑筋。宋人杨南仲云:

> 秦自周孝王始邑非子于秦为附庸,平王始封襄公为诸侯。非子至宣为十二世,自襄公至桓公为十二世,莫可考之矣。

杨说见吕大临的《考古图》卷七。[④] 欧阳修亦谓:

> 按《史记·秦本纪》,自非子邑秦而秦仲始为大夫。卒。庄公立。卒。襄公、文公、宁公(按:当为"宪公")、出公、武公、

---

① 礼县永安乡大堡子山近年出土了大量秦国青铜器,陈平据此及簋盖加刻的铭文认为秦公簋亦出于此地。说见陈平《关陇文化与嬴秦文明》,江苏教育出版社,2005年4月第1版,第393页。李思孝则说秦公簋于1917年出土,地在礼县红河乡王家东台,未知所据。说见李思孝《礼县:秦的发祥地》,《人民日报(海外版)》2006年03月16日 第6版。

② 传世秦公镈,吕大临《考古图》卷7称"秦铭勋钟"(《影印文渊阁四库全书》第840册,台湾商务印书馆,1983年版,第218页);欧阳修《集古录》卷1称"秦昭和钟"(《影印文渊阁四库全书》第681册,台湾商务印书馆,1983年版,第15页);撰薛尚功《历代钟鼎彝器款识》卷7称"盠和钟"(辽沈书社,1985年7月1版,第112~116页)。

③ 郭沫若:《两周金文辞大系图录考释》,《郭沫若全集·考古编》第8卷,科学出版社,2002年,第525页。

④ [宋]吕大临:《考古图》,《影印文渊阁四库全书》第840册,台湾商务印书馆,1983年版,第219页。

德公、宣公、成公、穆公、康公、共公、桓公、景公相次立。太史公于《本纪》云襄公始列为诸侯，《年表》则以秦仲为始。今据《年表》始秦仲，则至康公为十二公，此钟为诸侯作也；据《本纪》自襄公始，则至桓公为十二公，而铭钟者当为景公。故并列之，以俟博识君子。①

自是以后，众说纷纭，无有定论。② 究其所议，焦点乃在于：一，"十又二公"从谁起算？二，不享国的秦静公和篡秦武公之位的出子是否计入？

2. 出子不应该计入"十又二公"之数

太公庙秦公钟镈面世后，秦静公应该计入"十又二公"之数遂无疑问，但对于出子依然众口不一。陈昭容教授认为应该计入："出子为武公之同父异母，兼有废立之事"，秦武公"不提出子这个不愉快的兄弟，是可以理解的。……对秦公簋的作器者而言，出子是曾经在位六年的祖先，理应计入先公中"。③王辉先生的看法与陈相同。④ 在太公庙钟、镈铭中，享国六年的出子未被计入先祖世系，而未享国的秦静公反被计入先祖世系，李学勤、吴镇烽二先生据此认为出子不该计入。⑤ 陈平、祝中熹等人也持类似意见。⑥ 笔者也认为出子不应该计入"十又二公"之数。

秦自德公元年（前677年）迁居雍城（即今陕西凤翔）至献公二年（前383年）徙都栎阳（即今陕西临潼）为止，以雍城为都几达300年。《秦始皇本纪》说秦之"先王庙或在西雍，或在咸阳"。20世

---

① ［宋］欧阳修《集古录》卷1，《影印文渊阁四库全书》第681册，台湾商务印书馆，1983年版，第15页。

② 众家歧见，雍际春先生有详细的列表说明，此不赘。详参雍文《秦公簋及"十又二公"考》，《社会科学战线》2013年第6期，第114~121页。

③ 陈昭容：《秦系文字研究——从汉字史的角度考察》，中央研究院历史语言研究所集刊之一〇三，2003年7月，第177~178页。

④ 王辉：《秦器铭文丛考》，《文博》1988年第2期，第7~11、6页。

⑤ 李学勤：《秦国文物的新认识》，《文物》1980年第9期，第25~31页；吴镇烽：《新出秦公钟铭考释与有关问题》，《考古与文物》1980年创刊号，第88~96、6页。

⑥ 陈平：《关陇文化与嬴秦文明》，江苏教育出版社，2005年4月第1版，第413~416页；祝中熹：《早期秦史》，敦煌文艺出版社，2004年2月第1版，第219~220页。

70~80年代，考古工作者在对陕西凤翔的秦国故都雍城的大规模发掘中，发现了马家庄一号宗庙建筑群遗址，由祖庙、昭庙、穆庙、中庭、围墙及门塾等部分构成，布局井然，结构严谨。这是迄今发掘的规模最大、保存最好的先秦礼制性建筑。这座建筑的总体布局及其功能与《礼记》等典籍记载的诸侯宗庙大体相同，只是在数量上有差异。《仪式·聘礼》贾疏："诸侯有五庙，太祖之庙居中，二昭居东，二穆居西。"而这座建筑只有三庙。据简报的考释，该庙的建筑时间可能在秦穆公时代。[①] 这表明，秦国至迟在春秋中叶已经形成成熟而严格的祭祀制度。秦公簋从性质来说是祭器，其刻铭属于追孝铭文。它颂扬的是先祖的嘉言懿行，向先祖宣告的是文治武功，言辞或有夸饰，但作为礼器的严肃性是不容置疑的。这与太公庙秦公钟镈是完全相同的。虽然时过境迁，但出子篡位是历史事实，后代君王不可能视而不见。在太公庙秦公钟、镈铭中，出子已经被武公排除在秦国的先公谱系之外，后来的秦公不可能把祖先已经认定的不具备配享宗庙资格的出子再纳入谱系。前人多从史籍，尤其是《史记》的相关记载来计算秦国君主的传承谱系，殊不知先公谱系的计算一个异常严肃的礼制行为，它有自己的准则。史籍叙录所谓的世系，有时并不明确，《史记》对秦国君主世系的传述，就是前后异说，致使学者们倍感掣肘而未知孰是。故从礼制的角度言，出子断无入列"十又二公"的道理。

3. "十又二公"应从襄公起算

接下来的问题是"十又二公"如何起算。这与对铭文首句的理解直接相关。秦公簋铭、传世秦公镈铭、太公庙秦公镈铭三者的扬辞十分类似，但首句略有不同。为论述之便，录之如下：

秦公曰："丕显朕皇祖，受天命，鼏宅禹迹，十又二公，在帝之坏。严龏夤天命，保业厥秦，虩事蛮夏。"（秦公簋）

秦公曰："丕显朕皇祖，受天命，肇有下国。十又二公，不坠于上。严龏夤天命，保业厥秦，虩事蛮夏。"（传世秦公镈）

秦公曰："我先祖受天命，赏宅受国。烈烈昭文公、静

[①] 陕西雍城考古队：《凤翔马家庄一号建筑群遗址发掘简报》，《文物》1985年第2期，第1~29页。

公、宪公，不坠于上。卲合皇天，以虩事蛮方。"（太公庙秦公镈）

三铭的不同之处是：簋言"受天命，鼏宅禹迹"；传世镈说"受天命，肇有下国"；太公庙镈谓"受天命，赏宅受国"。李零认为太公庙钟、镈铭的"赏宅受国"是讲两件事，即"秦先祖于周受封邑和国土"，而簋铭和传世镈铭分别对应了其中的一件，即"鼏宅禹迹"类"赏宅"、"肇有下国"类"受国"。① 这一理解得到李学勤和陈平等人的高度认同。② 李零的观点确实很犀利，但似乎将问题复杂化了。依据李氏的理解，太公庙钟、镈铭之"先祖"就要追溯到非子，传世镈铭之"朕皇祖"指秦襄公，而簋铭之"朕皇祖"却指非子。既然秦公簋和传世秦公镈公认是同一秦公所作，两者又都是庄严的祭器，但在同时代同性质的两篇铭文中，同一个秦公口中的"朕皇祖"竟然是指不同的人，这不是太奇怪了吗？

西戎祸周，秦襄公将兵纾难，又护送平王东迁，因而被封诸侯，并获赐岐以西之地。太公庙钟、镈铭所谓"受天命，赏宅受国"指的应该就是这件事。只不过，太公庙钟、镈铭是合而言之，而其他两铭虽然看起来只讲了其中的一件，但实际上也包含了另一方面的内容。簋铭之"鼏宅禹迹"是春秋常用语，器铭、载籍屡见。如，春秋中叶齐灵公时器齐侯镈钟（亦称叔夷镈）铭："虩虩成唐，又敢在帝所，敷受天命，……咸有九州岛，处禹之堵"；③《左传·襄公四年》魏绛引《虞人之箴》："芒芒禹迹，画为九州岛，径启九道"；④《诗经·商颂·殷武》："天命多辟，设都于禹之绩"⑤ 等等。以"禹迹"之类来表示领土，内中有借传说中的圣王来宣示自己正统的意味。秦人亦是

---

① 李零：《春秋秦器试探》，《考古》1979 年第 6 期，第 515~520 页。
② 李学勤：《秦公簋年代的再推定》，《中国历史博物馆馆刊》1989 年第 13、14 期，第 231~234 页；陈平：《关陇文化与嬴秦文明》，江苏教育出版社，2005 年 4 月第 1 版，第 409~410 页。
③ [南宋]薛尚功：《历代钟鼎彝器款识》，辽沈书社，1985 年 7 月 1 版，第 123 页。
④《春秋左传注》，第 938 页。
⑤ [汉]郑玄注、[唐]孔颖达疏：《毛诗正义》，上海古籍出版社，1997 年 7 月第 1 版，第 627~628 页。本书下引《诗》章及其笺注均出该本，不再详注。

如此。正如祝中熹所言：

> 从"虩事百蛮"到"虩事蛮夏"，从"鼏宅禹迹"到"匍有四方"，秦嬴人坚信自己是华夏文明从血缘族系到权力中心均为一元化总体制中的正宗后裔。①

传世镈之"肈有下国"，看似单纯讲受命立国，但已包含"赏宅"之意。古者有土不一定有国，但有国必然有土。即如秦国，非子被周孝王正式册命"邑之秦"时，只是附庸，无国号而只有族号秦嬴；周宣王"复予秦仲后，及其先大骆地犬丘"给秦族时，庄公只是"西垂大夫"；但到了周平王分封襄公为诸侯时，就同时赐以岐西之地。对青铜铭文内容的理解，当然应从其本身出发，但也不可拘泥于文字而不考虑其相关的背景。三铭首句中的"先祖"、"朕皇祖"，不是分别特指某君，而应指同一个人，即秦襄公。② 春秋齐器齐侯镈钟铭中，言"先祖"者一，言"皇君"者一，言"皇祖"者二，均为叔夷对祖先的敬称。③ 所以，三铭同为追孝铭文，首句都是追叙先祖襄公受封立国之事，其所指都是一致的，只是侧重点不同而已。

那么，襄公可以被算在十二公内吗？陈昭容教授说三铭均"先叙受天命的皇祖，次叙已升天至帝所的先公，其后曰'余小子'、'余虽

---

① 祝中熹：《早期秦史》，敦煌文艺出版社，2004年2月第1版，第262页。
② 陈昭容从"受天命"的角度考察，亦谓"我先祖"、"朕皇祖"均指秦襄公。但是，她说西周彝器铭，如大盂鼎铭、毛公鼎铭等中凡言"受大命"、"受天命"者，"皆指周文王、武王而言，没有例外"，因此，"'受天命'专指开国之君或始封之君"。（陈昭容：《秦系文字研究——从汉字史的角度考察》，中央研究院历史语言研究所集刊之一〇三，2003年7月，第180~182页）此论有可议之处。周文王并不是开国之君或始封之君。《礼记·大传》云："牧之野，武王之大事也。既事而退，柴于上帝，祈于社，设奠于牧室，遂率天下诸侯，执豆笾，逡奔走，追王大王亶父、王季历、文王昌，不以卑临尊也。"（《礼记正义》，第1506页）《史记》也说"谥为文王"。可见，他是武王克商后追封的。据史载，他生前一直被称作"西伯"。至于他断虞芮之讼，诸侯闻之曰"西伯盖受命之君"，《史记》很明白地说这是"诗人道"，就是因尊重他或出于其他目的而附会的说法，并非史实。《诗经》中的所谓"有命自天，命此文王"之类，亦应作如是观。
③ ［南宋］薛尚功：《历代钟鼎彝器款识》，辽沈书社，1985年7月1版，第116~127页。

小子'是作器者自称,层次井然",故十二公应该自文公算起,襄公不算。① 吴镇烽、张天恩和王辉等先生也持类似看法。② 簋铭、传世镈铭和太公庙钟、镈铭三者在行文体例上确实具有相当的一致性,叙述的层次也很清晰,这主要是由它们同为礼器的性质决定的。但是,在具体的表述方式上,前两者之"十又二公,在帝之坏"、"十又二公,不坠于上"与后者的"烈烈昭文公、静公、宪公,不坠于上"显然是不同的。"十又二公"是统计式,它以数量多寡来追叙先祖,不论前文是否已经提及,都要一并计算;而"烈烈昭文公、静公、宪公"则是列举式,它以世系先后来追叙先祖,既然前文已经说明,后面就没有必要再计入。这也是符合青铜铭文简省的书写特点的。所以,笔者以为襄公应该计入"十二又公"之列。

4. 从铭文内容与史实看秦公簋的器主不应是秦桓公

在"十又二公"的问题上,近年来"庄公起算说"的影响比较大,主张此说的有李零、祝中熹、陈平等先生。他们的一个主要理由是《秦本纪》中秦国称公自庄公始,"庄公"系襄公追谥于其父之号,如不把庄公算在内,便是逆襄公意而行的"蔑祖"行为。③ 据《六国年表》,司马迁载录秦史和六国大事,是依据秦国遗留的史书《秦记》。司马迁自言:"太史公读《秦记》,至犬戎败幽王,周东徙洛邑,秦襄公始封为诸侯。"准此,《史记》对秦国早期历史的记述是可信的,而庄公系秦襄公追谥的说法亦不为无据,但这并不意味着十二公就可以从庄公起算。

首先,铭文"受天命"实际上兼具有土、有国之意,而庄公只是"西垂大夫",并未有国。其次,倘自庄公起算,则十二公之后当

---

① 陈昭容:《秦系文字研究——从汉字史的角度考察》,中央研究院历史语言研究所集刊之一〇三,2003年7月,第185页。

② 吴镇烽:《新出秦公钟铭考释与有关问题》,《考古与文物》1980年创刊号,第88~96、6页;张天恩:《对〈秦公钟考释〉中有关问题的一些看法》,《四川大学学报(哲社版)》1980年第4期,第93~100页;王辉:《秦器铭文丛考》,《文博》1988年第2期,第7~11、6页。

③ 李零:《春秋秦器试探》,《考古》1979年第6期;祝中熹:《早期秦史》,敦煌文艺出版社,2004年2月第1版,第217~218页;陈平:《关陇文化与嬴秦文明》,江苏教育出版社,2005年4月第1版,第409~413页。

秦桓公。铭曰："余虽小子，穆穆帅秉明德，烈烈桓桓，万民是敕"，可是桓公并不能担当这样的美誉。据《秦本纪》，"桓公三年，晋败我一将"。二十四年，与晋在令狐订立停战盟约。次年，晋率诸侯之师伐秦，连周王室也派刘康公、成肃公参加。二十六年，秦晋爆发麻隧之战。是役，晋军率领诸侯军队深入秦国腹地，大败秦军，"追至泾而还"。这是秦自康公以来与晋国进行的规模最大的一次战役，也是第一次大败于晋的战役。二十七年，晋国派吕相至秦，痛斥桓公屡次背晋，失信诸侯，宣布与秦绝交。这就是历史上著名的"吕相绝秦"。吕相之言，有理有据，秦桓公无辞可辩，翌年即郁郁而终。终桓公之世，未见修德之事；行武方面，在与彼时最大的对手晋国的对抗中，胜少败多，处于绝对的劣势，更在麻隧一役中将秦穆公树立的赫赫声威折损殆尽，使秦国脸面扫地。他又怎能在追孝铭辞中颂祖扬己呢？这就是说，若从庄公起算十二公，势必造成铭文内容与史实的背离。

5. 秦公簋铭作于秦景公十八年（前559年）"迁延之役"后

综上所论，笔者以为在秦公簋铭和传世秦公镈铭"十又二公"的问题上，出子不应计入，而起算应自秦襄公始。"十二又公"即指：秦襄、文、静、宪、武、德、宣、成、穆、康、共、桓公。这样，秦公簋和传世秦公镈的作器者应该是秦景公。这与上文从其文字判断的结果是一致的。

至于更具体的时间，推测可能在景公十八年（前559年）夏打败晋国之后不久。秦国在春秋时期最为辉煌的是穆公时代。穆公独霸西戎，开地千里，使秦跃居大国之列。而秦晋的关系，在此时也最为密切。穆公之世，秦数置晋公，又联合抗楚伐郑，两国关系之好，可见一斑。穆公逝后，秦国渐衰。据《左传》记载，康公二年，秦因置立晋公子雍而遭晋国袭击，败，是为"令狐之役"。此后两国邦交靡常，战和无定，关系日疏。桓公二十六年的麻隧之战，对秦国来说是一次耻辱性的失败。秦景公即位后，一直伺机报复。景公十三年（前564年），机会终于来临。是年，晋国发生饥荒。秦景公没有效法乃祖穆公输粟赈济，而是立即派人去楚国，说服楚国联合伐晋，结果晋国战败。景公十五年（前562年）冬，秦晋又战于栎，晋师败绩。景公十八年（前559年）夏，晋率领诸侯伐秦，败，故自谓"迁延之役"以明无功。五年内三胜晋国，对陷于低谷的秦国来说当然是利好的消息，对急欲雪耻的秦景公来说也应该是不错的功绩。尤其是"迁延之役"对晋国的打击甚大。晋大夫栾鍼总结说："此役也，报栎之败也。役又无功，晋之耻也。"① 敌耻我荣，当然值得告慰先祖。所以，秦公簋很可能就在景公十八年（前559年）"迁延之役"胜晋后烝祭先公时所铸，铭文之作亦当在同时。

三、《石鼓文》

1.《石鼓文》的发现年代

秦国出土文物以"石鼓文"最为著名，其年代争议也最大。唐代天宝年间的书法家窦臮著《述书赋》，有"篆则周史籀"云云。其兄窦蒙注曰：

> 史籀周宣王时史官，著大篆教学童，岐州雍城南有周宣王猎碣十枚，并作鼓形、上有篆文，今见打本。吏部侍郎苏勖《叙记》卷首云："世咸言笔迹存者李斯最古，不知史籀之迹近在关中。"即其文也。②

苏勖是唐初贞观文学馆十八学士之一。这样看来，石鼓至迟在唐太宗贞观年间就已被发现，当时被称作"猎碣"。古今学者对此无异议。然而，今人饶宗颐先生却提出了不同的看法。他在为王辉先生《秦出土文献编年》一书所作的序言中说：

> 最早记录石鼓者，为羊欣《书录》，云："史籀石鼓文。"欣，刘宋齐人，南齐王僧虔曾摘录其采古来能书人名（按："采古来能书人名"应加书名号）。又见于《法书要录》。此十鼓流传，实已肇于南朝矣。非始于唐人。③

察诸《南史》，羊欣为南朝宋齐间著名书法家，撰有《药方》数

---

① 《春秋左传注》，第964~965、994~995、1008~1009页。
② ［唐］张彦远：《法书要录》，上海书画出版社，1986年8月1版，第142页。
③ 饶宗颐：《秦出土文献编年·饶序》，台北新文丰出版公司，2000年9月台1版，第5页。

十卷。① 其弟子王僧虔曾摘编其《采古来能书人名》一卷上呈朝廷。唐人张彦远所辑之《法书要录》收入了该书，但其中并没有"史籀石鼓文"之类的话。② 至若《书录》云云，遍查载籍，未见踪迹，不知饶说何所据。倒是张氏同书所收徐浩所著的《古迹记》中有"史籀石鼓文"之言，③ 为目前笔者所见该语最早之记载。

徐浩生于武周长安三年（703年），卒于唐德宗建中三年（782年），是当时有名的书法家。徐氏所言后人多有称引，但亦不乏怀疑者。宋翟耆年《籀史》"石鼓碑"条："《古迹记》云：史籀石鼓文，不知徐浩何据也。"④ 其实，徐浩的说法是唐代关于《石鼓文》年代最流行的一种意见。在他之前的苏勖、与他同时的窦蒙和稍后于他的韦应物等人均持此说。韦应物在《石鼓歌》中称石鼓乃周文王时所制，而石鼓诗则刻于周宣王时。⑤ 韩愈亦作《石鼓歌》，咏叹其古妙奇谲，

---

① ［唐］李延寿：《南史》，中华书局，1975年6月1版，第931~933页。

② ［唐］张彦远《法书要录》，上海书画出版社，1986年8月第1版，第9~13页。

③ ［唐］张彦远《法书要录》，上海书画出版社，1986年8月第1版，第94页。

④ ［宋］翟耆年：《籀史》，《影印文渊阁四库全书》第681册，台湾商务印书馆，1983年版，第431页。

⑤ 《全唐诗》录韦氏《石鼓诗》云："周宣大猎兮岐之阳，刻石表功兮炜煌煌。石如鼓形数止十，风雨缺讹苔藓涩。今人濡纸脱其文，既击既扫白黑分。忽开满卷不可识，惊潜动蛰走云云。喘逶迤，相纠错，乃是宣王之臣史籀作。……"（［清］彭定求等编：《全唐诗》，中华书局，1960年4月1版，第2002~2003页）但是，该诗的首句自宋代就有不同提法。葛立方《韵语阳秋》卷14："《左传》云'周成王搜于岐阳'，而韩退之《石鼓歌》则曰宣王，所谓'宣王愤起挥天戈'，'搜于岐阳骋雄俊'是也。韦应物《石鼓歌》则曰文王，所谓'周文大猎之阳，刻石表动何炜煌'是也。"（上海古籍出版社，1984年10月第1版，第189页）又，欧阳修《集古录》卷1、朱长文《墨池编》卷5、董逌《广川书跋》卷2等均称韦氏认为文王制鼓而宣王刻诗。这意味着他们所见的韦氏《石鼓诗》首句当为"周文大猎兮岐之阳"。而胡仔《苕溪渔隐丛话后集》卷9则引作"周宣大猎兮岐之阳"（参万有文库本《苕溪渔隐丛话》，商务印书馆，1937年3月初版，第475页）。陈岩肖《庚溪诗话》卷上更引作"周人大猎兮岐之阳"（［清］丁福保辑：《历代诗话续编》，中华书局，1983年8月第1版，第166页）。首句的不同造成了后人对韦应物关于石鼓文年代看法的混乱。本书暂依欧阳修等人的意见。

他认为石鼓乃周宣王时物。① 这代表了唐人对石鼓年代的普遍看法。石鼓字体与《说文》所录籀文相似，而许书《叙目》又有"宣王太史籀著大篆十五篇"之言，故而时人不假思索，都认为《石鼓文》作于宣王时代。实际上，他们并没有进行具体的讨论，盖因《石鼓文》的年代在唐代根本不是一个问题。

2. 唐宋以来的《石鼓文》年代歧见简述

与唐人对《石鼓文》多猎奇惊羡且不知所以然地信从"宣王说"的态度不同，宋代学者对其明显倾注了更冷静而严谨的学术眼光。欧阳修对《石鼓文》在唐代的横空出世感到难以理解，遂提出了三点疑问：

> 岐阳石鼓，初不见称于前世，至唐人始盛称之。而韦应物以为周文王之鼓、宣王刻诗；韩退之直以为宣王之鼓。……然其可疑者三、四：今世所有汉桓、灵时碑往往尚在，其距今未及千岁，大书深刻而磨灭者十犹八九，此鼓按太史公《年表》，自宣王共和元年至今嘉祐八年，实千有九百一十四年，鼓文细而刻浅，理岂得存？此其可疑者一也。其字古而有法，其言与《雅》、《颂》同文，而《诗》、《书》所传之外三代文章真迹在者，惟此而已。然自汉以来，博古好奇之士皆略而不道。此其可疑者二也。隋氏藏书最多，其《志》所录秦始皇刻石、婆罗门外国书皆有，而独无石鼓，遗近录远，不宜如此。此其可疑者三也。前世传记所载古远奇怪之事类多虚诞而难信，况传记不载，不知韦、韩二君何据而知为文宣之鼓也。隋唐古今书籍粗备，岂当时犹有所见而今不见之耶？然退之好古不妄者，余姑取以为信尔。至于字画，亦非史籀不能作也。②

欧阳修的怀疑虽在情理之中，但也并非不可解释。首先，石鼓虽

---

① 韩愈《石鼓诗》云："张生手持石鼓文，劝我试作石鼓歌。少陵无人谪仙死，才薄将奈石鼓何。周纲凌迟四海沸，宣王愤起挥天戈。大开明堂受朝贺，诸侯剑佩鸣相磨。搜于岐阳骋雄俊，万里禽兽皆遮罗。镌功勒成告万世，凿石作鼓隳嵯峨。……"载〔清〕彭定求等编：《全唐诗》，中华书局，1960 年 4 月 1 版，第 3810~3811 页。

② 〔宋〕欧阳修：《集古录》卷 1，《影印文渊阁四库全书》第 681 册，台湾商务印书馆，1983 年版，第 14 页。

久在荒野，然质系天然花岗岩，其物理特性是纹理密实、质地坚硬、结构稳定、不易风化，纵然雨淋日炙千年，也难以漫灭。石鼓现世后，自唐迄今，亦逾千年，其间历经委弃榛菅、椎拓填金、寥落蓟野、战时颠沛等劫难沧桑，① 较之第一个千年有过之而无不及，然尚余二百多字。以此视之，自周至宋的千年，石鼓得以留存，不也是可以理解的吗？再者，今日之出土文献，两千年间未见诸于载籍者，不知凡几。《石鼓文》初唐前不见史载，有何不可？更何况，秦族长期偏居西部，与中原诸国交通有限，其文献不传于东，又何怪之有？有趣的是，欧阳修尽管有所怀疑，但依然声言：因尊重前贤韩愈的学术人格，而暂信石鼓之不伪并认同鼓文为史籀所书的说法。这种遮遮掩掩的态度，遭到了赵明诚的批评。赵氏在《金石录》跋尾中斩钉截铁地说："此文字画奇古，决非周以后人所能到！"② 董逌作长文《石鼓文辩》，剖析前贤诸说，力主《石鼓文》为周成王之物。③ 程大昌也认为"宣王说"的两个主要证据都不可靠：

> 鼓语偶同《车攻》，安得便云宣诗也？惟其文字正作籀体，似为可证，而大篆未必创于史籀，古载又何考也。舍此二说，则无所执据以名宣鼓矣。如予所见，则谓此鼓不为宣鼓，而当为成王之鼓也。④

董、程二人创成王新说，其基本依据是《左传》昭公四年所记椒举（伍举）之言："成有岐阳之蒐"。他们认为这句话与石鼓诗所描述的渔猎畋游相契。后世凡称"成王说"的亦举此为证。然而，渔猎之举，何代没有？他朝帝王难道就不曾畋游至岐阳？怎能据此孤证推定石鼓年代！总体看来，宋代金石学昌炽，"石鼓文"研究水涨船高。对其年代，学者们虽有新主张，但多半还是认为《石鼓文》出于西周。

---

① 关于石鼓文发现后的迁播情况，著录多见，以韩长耕《先秦石鼓简说》一文（《史学史研究》，1984 年第 3 期，第 75~78 页）述之较详，可参看。
② [宋] 赵明诚：《金石录》卷 13，上海书画出版社校证本，1985 年 10 月第 1 版，第 240 页。
③ [宋] 董逌：《石鼓文辩》，《广川书跋》卷 2，《影印文渊阁四库全书》第 813 册，台湾商务印书馆，1983 年版，第 345~347 页。
④ [宋] 程大昌：《雍录》卷 9，中华书局，2002 年 6 月第 1 版，第 200 页。

在这样的情形下，郑樵、巩丰提出的《石鼓文》刻于秦的说法不为人所注意也就可以理解了。①

元、明、清三代的学者在这个问题上虽有异见，但亦多宗"西周说"。如，明代的王士性在《广志绎》中说："石鼓十枚，乃周宣王田猎之碣，与《小雅·车攻》大同小异。"② 需要特别提出的是金人马定国和明人郭宗昌的意见。据《金史》记载，马定国曾"以字画考之，云是宇文周时所造，作辩万余言，出入传记，引据甚明，学者以比蔡正甫《燕王墓辩》"。③ 可见，马氏关于石鼓文年代的观点在当时是很有影响的，在明清时代也获得不少学者的呼应。不过，这个多少有些惊世骇俗的观点，而今已无信者，其失察处正如宋代的董、程二人一般无二，仅据史载的帝王畋猎之事而断之，完全没有看到石鼓诗文和石鼓书体的时代特征。作为《石鼓文》年代研究史的一种声音，它告诉人们对出土文物的研究一定要联系其固有特征和相关的时代文化背景作整体的考察，而不可只据一点历史记录去比附臆断。而郭宗昌的论述则代表了学术研究的另一种不良倾向。他在《周岐阳石古文》一文中，赞成董逌、程大昌的"周成王说"，认为"其言真如岳峙不可复撼"，而于韦应物、欧阳修、郑樵及马定国的意见大肆嘲讽，以为"皆瞽说，迷谬不足与辩"、"一似无目者，益大可笑"；他称曾手抚石鼓，其石质"坚润"，石形"自然"，石文典雅，有三代之风，故"石鼓文"须改称"石古文"；他还自认为己说"足刊古今之谬"。④ 郭氏对合乎己意者竭力颂扬，对悖于己见者则漫加侮辞，这种轻佻恣意且对前人缺乏尊重的学术心态，吾侪当戒之。

古人对《石鼓文》年代的讨论，就方法言，运用最多、也最娴熟

---

① 巩丰云："岐本周地，平王东徙，以赐秦襄公矣。自此岐地属秦。秦人好田猎。是石鼓诗之作，其在献公之前、襄公之后乎？地，秦地也；字，秦字也，其为秦物可知。"巩说存明代杨慎《石鼓文》（《升庵全集》卷62，《万有文库》本，商务印书馆，1937年3月第1版，第784~485页）。

② ［明］王士性：《广志绎》卷2，《王士性地理书三种》，上海古籍出版社，1993年4月第1版，第258页。

③ ［元］脱脱等：《金史》卷125，中华书局，1975年7月第1版，第2719页。

④ ［明］郭宗昌：《周岐阳石古文》，《金石史》卷1，《影印文渊阁四库全书》第683册，台湾商务印书馆，1983年版，第535~536页。

的是从其字体入手，由此也形成了最广为人知的说法："周宣史籀石鼓文"。同样的方法除了带来类似的结论外，就是陈陈相因之言了。20世纪初的《石鼓文》年代研究取得了突破性进展，而这一突破是正是由研究方法的转变带来的。彼时随着大量甲骨简牍文献的出土和西方文化的传入，学术研究不仅有了令人期待的新材料，治学方法的变革也获得了契机。罗振玉先生在1915年初版的《殷虚书契考释》一书中，以《说文》、金文与新出卜辞相互证验纠谬，把中国传统考据和西方近代实证结合起来。他同时把这一方法应用于"石鼓文"研究。这种方法突破了笺注传疏的传统研究路向，形成了重视实物的科学观念和实事求是的学术态度。马衡先生在1923年发表的《石鼓为秦刻石考》一文正是实证主义方法的又一尝试。马氏依据古、近出土的秦公簋、钟、簠等铭刻资料，考订石鼓文为秦穆公时猎碣。① 该文发表后，"石鼓为秦刻石"的结论很快成为学界共识，《石鼓文》的年代争议亦由"刻于何时"转向"刻于秦国何时"。学者们或发挥旧说，或另立新说，各有依凭，孰是笃论，亦无遽断。任熹谓："以史实考之，前期（按：指襄、文、穆、献四公时期）事多关连，较为可信；以文字证之，则形体结构，后期（按：指惠文至始皇时期）为尚"，② 可见其纷争和窘迫。

3. 近年《石鼓文》年代问题的两种新思路

对于现当代的《石鼓文》年代研究情况，笔者在《1923年以来的"石鼓文"研究述要》一文有详细介绍，③ 此不赘言。值得说明的是近年关于该问题的两种新思路。

第一个是越来越多的当代学者相信：在目前的资料条件下，只能考订出石鼓文的"相对年代"。黄奇逸先生认为这个"相对年代"在秦武王元年至秦昭王三年之间。④ 陈昭容在由其博士学位论文《秦系文字研究》修订而成的专著中说："我们倾向于留一个弹性空间，暂定

---

① 马衡：《石鼓为秦刻石考》，《国学季刊》1923年第1期，第17~26页。
② 任熹：《石鼓文概述》，《考古学社社刊》1936年第5期，第77~114页。
③ 倪晋波：《1923年以来的"石鼓文"研究述要》，《宝鸡文理学院学报》2006年第4期，第46~52页。又见人大复印报刊资料《历史学》2006年第11期，第46~52页。
④ 黄奇逸：《石鼓文年代及相关诸问题》，载《古文字研究论文集》，四川人民出版社，1982年5月第1版，第227~254页。

为春秋晚期。"① "相对年代"的思路表明学者在石鼓文刻制年代问题上趋于务实，不再渴望找出具体年代而一劳永逸地解决难题。

第二个"新"思路是石鼓文字与石鼓诗不同代。1995年，裘锡圭先生发表《关于石鼓文的时代问题》一文，总结前人关于《石鼓文》年代的研究方法和结论，品评其得失，并认为石鼓内容和字体在时间上是矛盾的。他说：

> 我们初步认为石鼓文是春秋晚期或战国早期，也可以说是（公元）前5世纪（如认为秦公簋非景公器，而是桓公或共公器，便可以说是〔公元〕前6世纪晚期至〔公元〕前5世纪之间）的秦人所刻的、秦襄公时代的一组诗。②

徐宝贵先生认同裘说，其结论亦更明确："见于石鼓的诗原为秦襄公时所作，石鼓上的文字则为秦景公时所写所刻。"③但王辉先生却不同意裘文所论。他反诘道：

> 依裘氏说，石鼓诗作于襄公时，依时公称'公'之例，固无不可。但裘氏说又说，石鼓诗刻于春秋晚期之后，我们要问：后辈刻先代之诗，内容改不改呢？如果改，则石鼓诗对襄公就应依秦公及王姬镈、秦公簋、磬之例改称'皇祖'，而不能径称为'公'；如果不改，也不是不可以，但石鼓诗第一人称用'吾'，不用'朕''余'，已是较晚的习惯，又不能说未改。我们总不能说后代的刻石对先辈的诗重要的称谓（公）不改，次要的人称（吾）改动吧？那将使我们陷入双重标准的困境。④

陈平先生承认"王氏对裘先生意见的反驳是很具说服力的"，他说

---

① 陈昭容：《秦系文字研究——从汉字史的角度考察》，《中央研究院历史语言研究所集刊》之一〇三，2003年7月，第193~212页。

② 裘锡圭：《关于石鼓文的时代问题》，《传统文化与现代化》1995年第1期，第48页。

③ 徐宝贵：《石鼓文年代考辨》，《国学研究》第4卷，北京大学出版社，1997年8月第1版，第395~434页。

④ 王辉：《由"天子"、"嗣王"、"公"三种称谓说到石鼓文的时代》，《中国文字》新20期，1995年12月，第144页。

"诗与刻石基本是同时代的作品"。①

其实,将石鼓和石鼓诗或石鼓文字和石鼓诗视为异时之制在唐人韦应物和近人罗君惕那里就已存在,只是少有注意而已。韦说已见上文。罗说见其发表于1935年的论文《秦刻十碣时代考》。罗君惕认为碣文是先秦佚诗,早于石鼓的勒制年代:"十碣必在惠文与始皇未同文之时。"②裘锡圭先生的意见正是受到罗氏的启发而生的:"罗氏所定的时代虽然不足信,他所提出的石鼓所刻之诗是早于刻石时代的想法,却十分具有启发性。"③将石鼓诗作年与刻石时间分开考虑,与其说是一种关于《石鼓文》年代问题的"新"思路,不如说是"相对年代论"背景下对《石鼓文》年代旧说的牵合。因为无论是对石鼓诗歌的评论还是对石鼓文字的分析,论者在研究方法上其实还是循着传统的思路,也没有提出令人耳目一新的结论。它除了必须面对质疑外,还引发了新的问题。如,秦襄公时代是否有创作石鼓十诗的文学水平?秦景公为何要将200年前的先祖之诗铭刻于石?大约正是因为如此,裘文末尾特别强调其意见只是一个"假设"。这个妥协性的思路反映了《石鼓文》年代问题的复杂性和学界对这个问题的些许无奈。

总之,正如前文所说的那样,对《石鼓文》年代的基本态度,我们认为在目前的资料条件下,要断定其"绝对年代"是不现实的,而"相对年代"则是一种可行的思路。根据第一节的结论,《石鼓文》和南指挥石磬铭、秦公簋铭的时代最为接近,而后两者均产生于秦景公时代,如此,《石鼓文》即使不是景公时物,也不会距离太远。另一方面,在"相对年代"的思维下,我们认为应该从其他的路径,比如从文学的角度去探求其年代。这个思路鲜有注目者。饶宗颐说:

> 余甚愿学人放弃一般文字学观点,捃撦字形之少数相似以论

---

① 陈平:《关陇文化与嬴秦文明》,江苏教育出版社,2005年4月第1版,第434页。

② 罗君惕:《秦刻十碣时代考》,《考古学社社刊》1935年第3期,第99~106页。该文后收入其著《秦刻十碣考释》为第六部分。(齐鲁书社,1983年12月第1版,第211~322页)

③ 裘锡圭:《关于石鼓文的时代问题》,《传统文化与现代化》1995年第1期,第48页。

其时代，另从文学观点，重新论此猎碣，或可取得更客观之结论。①

要从文学的角度去观察石鼓十诗，就必须对秦国文学在不同时期的状况、水平有所了解。其实，从文学角度观察，和从文字角度出发并不矛盾，没有必要顾此而舍彼，相反地，结合二者讨论或能获得更客观的结论。

四、《诅楚文》

《诅楚文》是北宋时期发现的秦国石刻文献。原石在南宋时即已湮灭无闻。现存诅文共三篇，根据所祈神灵之不同分别命名为《巫咸文》、《大沈厥湫文》、《亚驼文》。三文因所祈之神的不同而首尾稍异，字数也略有参差，分别存326、318、325字，但内容皆同，为秦王诅咒楚王的告神之文。②

和《石鼓文》一样，《诅楚文》面世后，其真实性也受到了人们的怀疑。元人吾丘衍、明人都穆、近人欧阳辅等都认为诅文书体成熟，不似古迹。③ 当代学者陈炜湛更从文字、情理、史实、词语四个方面论

---

① 饶宗颐：《秦出土文献编年·饶序》，台北新文丰出版公司，2000年9月台1版，第5页。

② 关于三石的发现和三文的著录情况，陈昭容《论〈诅楚文〉的真伪及其相关问题》一文述之甚详，参陈著《秦系文字研究——从汉字史的角度考察》，中央研究院历史语言研究所集刊之一〇三，2003年7月，第215～218页。

③ 吾氏称："乃（诅楚文）后人假作先秦之文。以先秦古器比较其篆，全不相类，其为伪明矣！"（[元]吾丘衍：《学古编》，《影印文渊阁四库全书》第839册，台湾商务印书馆，1983年版，第846页）；都氏称："予特疑其自秦至宋千有余年，尝沉之于水、瘗之于地，其字画纤细，理难完好。唐人编《古文苑》虽尝载其辞，而自宋以前荐绅君子曾无一言及之。董氏谓岁久石渐刓阙，因据旧本得其完书。不知所谓旧本果出何时。元吾子行（按：即吾丘衍），博古士也，以先秦古器比较此篆，绝不相类，以为后人伪作。但宋世诸公爱其笔迹，无有异论，予固不得而定之也。"（[明]都穆：《金薤琳琅》卷2，《影印文渊阁四库全书》第683册，台湾商务印书馆，1983年版，第235～236页）欧阳氏称："其字体非古文、非大小篆，与钟鼎文尤不类。"（欧阳辅：《集古求真续编》，《石刻史料新编》第1辑11册，台北新文丰出版有限公司，1978年版，第7页）陈从文字、情理、史实、词语四个方面论其可疑，称是"唐宋间好事之徒伪作"。（陈炜湛：《诅楚文献疑》，《古文字研究》第14辑，中华书局，1986年6月，第197～207页）

其可疑，认为《诅楚文》是"唐宋间好事之徒伪作"。① 另外，郭沫若认为《诅楚文》是部分伪作，即《亚驼文》为伪，而《巫咸文》、《大沈厥湫文》不伪。② 近年陈昭容教授从秦系文字的发展史、诅文的字体风格及宋人的古文字研究水平诸方面力证其不伪，资料翔实、论证细密，当可信从。③ 关于《诅楚文》原作的年代，自宋代以来就有"秦惠文王说"与"秦昭王说"两种观点的交锋。郭沫若先生的《诅楚文考释》述之甚详。④ 争议的焦点在于文中的"十八世"该从秦国还是楚国算，又该如何算起。其实，《诅楚文》篇幅较长，内容丰富，本身提供的内证甚多，可据以考察年代。

其一，诅文开头称"有秦嗣王"，这表明其年代在秦惠文君始称王的前元十三年（前325年）到秦王嬴政始称帝的二十六年（前221年）之间。历来学者攻讦"惠文王说"的一个主要理由是："嗣王"意指继前王而立之王，秦称王自惠文王始，而《诅楚文》既称"嗣王"，必不是秦惠文王自称，可自称"嗣王"的只能始于秦昭王。郭沫若先生引《礼记·曲礼》"践阼临祭祀，内事曰孝王某，外事曰嗣王某"，谓"嗣王"应理解为"承继先人祭祀之王"。⑤ 这样的解释看似妥帖，但是细品之下，也不能排除"继前王而立"的意思。王辉先生则认为"嗣王"是"'王'初即位时的特殊称呼"。⑥ "嗣王"确是新即位之王，但从词语的本义和史籍的运用情况看，凡自称"嗣王"者必有已

---

① 陈炜湛：《诅楚文献疑》，载《古文字研究》第14辑，中华书局，1986年6月，第197~207页；《诅楚文献疑·补记》，《陈炜湛语言文字论集》，上海古籍出版社，2005年10月第1版，第91~93页。

② 郭沫若：《诅楚文考释》，《郭沫若全集·考古编》第九卷，科学出版社，1982年9月第1版，第283~285页。

③ 陈昭容：《论〈诅楚文〉的真伪及其相关问题》，收《秦系文字研究——从汉字史的角度考察》，中央研究院历史语言研究所集刊之一〇三，2003年7月，第213~246页。

④ 郭沫若：《诅楚文考释》，《郭沫若全集·考古编》第九卷，科学出版社，1982年9月第1版，第286~289页。

⑤ 郭沫若：《诅楚文考释》，《郭沫若全集·考古编》第九卷，科学出版社，1982年9月第1版，第292~293页。

⑥ 王辉：《由"天子"、"嗣王"、"公"三种称谓说到石鼓文的时代》，《中国文字》新20期，1995年12月，第141页。

立之前王，他们之间有一种对应关系。大盂鼎"丕显文王受天有大命，在武王嗣文作邦"，秦公大墓残磬铭"天子匽喜，共桓是嗣"，均为显证。所以，将诅文中的"嗣王"理解为秦惠文王是可以的，但不必以割裂词语的历史运用为代价，而应着眼于《诅楚文》本身的性质。从太公庙秦公钟镈铭文、秦公簋铭文中的"丕显朕皇祖，受天命，鼏宅禹迹，十又二公，在帝之坏"、"我先祖受天命，赏宅受国。烈烈昭文公、静公、宪公，不坠于上"等描述看，秦人很早就具有君权神授的意识，诅文所祀的对象是高高在上的神，目的是祈求神灵庇佑自己获胜。因此，诅文之"嗣王"不是相对地上的君王而言的，而是相对天上的神灵而言的，其目的在于强调其君位的合法性。秦惠文王完全可以据以自称。

其二，诅文谓："率诸侯之兵，以临加我，欲灭伐我社稷，伐灭我百姓，……今又悉兴其众，张矜亿怒，饰甲厎兵，奋士盛师，以偪我边境。"这说明楚在不长的时期内连续两次进攻秦国：第一次是率诸侯联军，第二次是倾全国之兵，规模都非常庞大。考诸《史记·楚世家》等，合乎铭文内容的只有：秦惠文王后元七年（前318年），楚怀王为纵长，率六国之兵攻秦；秦惠文王后元十二年（前313年）年，楚怀王因受张仪所谓献商於六百里地之骗而攻秦，翌年（前312年）兵败丹阳后恼羞成怒，"乃悉国兵复袭秦，战于蓝田"。"悉国兵"与"悉兴其众"意同，史与铭合。蓝田距秦都咸阳不远，诅文"以偪我边境"并非虚言。此史、铭契合之又一例。

其三，关于"十八世"及其计算问题，前人曾有该从楚还是秦算起以及在位之君可否自称"一世"的争议。《诅楚文》为秦人所作，所谓"十八世"云云，自然是从秦起算比较妥当。对于第二个问题，《秦始皇本纪》载嬴政之言曰："朕为始皇帝。后世以计数，二世三世至于万世，传之无穷。"又，《战国策·秦策四》记黄歇说秦昭王之言云："先帝文王、庄王、王之身，三世而不接地于齐。"[①]可见，无论是国君自己，还是臣下，都可以将当代视为一世。至于这"十八世"的所指，我们可以《史记·周鲁世家》的记述入手探究："鲁起周公至顷公，凡三十四世"，这是说，鲁国从周公受封到末代国君顷公为止，

---

① 《战国策》，第242页。

共历三十四世。这一说法其实并非始自司马迁。《吕氏春秋·长见》："鲁公以削至于觐存，三十四世而亡。"① 吕书是秦相吕不韦组织起门下各国宾客所编，所以这一个看法应该能代表战国时期人们对于君王世系的算法。从《周鲁世家》的具体记述可知，从周公到鲁顷公，鲁国实际为"君"者凡三十五人，其中包括在位长达十一年的伯御和在位仅两个月的子斑；称"公"者凡三十四人，其中包括未曾就封的周公。这就是说，所谓的"世"和君王在位与否并没有关系，而与其是否称"公"密切相关。"公"从何来？来自君王死后的讳名立谥。周公尽管以其子伯禽代受封为鲁公，但他是受周王朝正式册封；伯御尽管在位长达十一年，但他是弑君自立，并最终为周宣王杀死，说明他并不为周王室和鲁国公室所认同；子斑尽管是鲁庄公授意而立，但并没有获得公室的认可。这些都昭示君权的合法性并非源自君位本身而是来自王朝册命或者宗族认同。死后未被赐谥，就意味着没有被认可，就不能进入宗庙配享祭祀，也就不能被算作一"世"。准此，自秦惠文始，排除昭子和出子，而计入夷公，上推十八世为秦穆公。秦穆公于元前659年到元前621年在位，其间享国的楚君有成王（前671~626年）和穆王（前625~614年），其中，穆公和成王二人同时为君长达三十三年。诅文曰"昔我先君穆公及楚成王寔戮力同心"，并举穆公和成王而不言他君，其原因也正在此。此诅文内容与历史事实遥相呼应之三例。

其四，诅文云："昔我先君穆公及楚成王寔戮力同心，两邦若一，绊以婚姻，衿以齐盟。"言或夸饰，但整个春秋时期秦楚关系比较良好却也是事实。穆公称霸西戎之前，秦国最主要的敌人是四面环伺的诸戎，根本无力东顾扰晋，遑论南下衅楚了。终穆公之世，秦、楚之间的冲突也只有两次。前一次是穆公二十五年（前635年），秦攻打秦楚之间的小国鄀。鄀是楚的附庸，因此楚派申公子仪和息公子边领兵进驻鄀境。但是，两军尚未接战，秦即以计谋瓦解了楚军。这样的军事行动在春秋时代根本算不上真正的战争。第二次便是穆公二十八年

---

① ［战国］吕不韦辑、［清］毕沅辑校：《吕氏春秋》，《丛书集成初编》本，中华书局，1991年第1版，第279页。本书下引《吕氏春秋》原文，皆出该本，若非必要，只记页码，不再详注。

（前632年）著名的"城濮之战"。① 但这次战争的主导者是晋、楚，秦只是晋国的同盟军而已。可以说，这两次冲突并不是秦、楚两国正面对峙和直接对抗的标志性事件。所以，林剑鸣先生说："在春秋时期，绝大部分时间秦国同楚国保持着联盟关系，以共同对晋。"② 秦穆公与楚成王结盟之事，史册虽然未有明确记载，但也不无蛛丝马迹可寻。秦桓公二十七年，晋国派吕相绝秦，历数穆公之过，其中之一就是"即楚谋我"！③ 由此看来，秦穆公和楚成王"绊以婚姻，衿以齐盟"很可能确有其事，只是史载阙如而已。穆公之后，秦楚联姻、结盟，史籍多见。据《左传》，秦康公十年，楚庄王伐庸，"秦人、巴人从楚师。群蛮从楚子盟，遂灭庸"。秦景公十六年，"秦嬴归于楚"。此秦嬴乃秦景公妹，楚共王夫人。④ 秦哀公十一年，"楚平王来求秦女为太子建妻。至国，女好而自娶之"（《秦本纪》）；秦孝公五年，楚宣王派"君尹黑迎女秦"（《楚世家》）。诅文所指的联姻结盟也可能包含了秦穆公、楚成王之后的事实。

总之，从铭文内容与历史事实二者可以相互印证看，《诅楚文》应当作于秦惠文王后元十三年、楚怀王十七年（前312年）。而文中透露出的紧张气氛和同仇敌忾的动员性质，暗示诅文很可能作于双方决战蓝田前夕。

五、秦骃玉版铭文

1. 秦骃玉版的发现及命名

秦骃玉版，长期私藏秘府，史上未闻。直到近年李零先生撰《秦骃祷病玉版的研究》撩其神秘面纱，才名动天下，视为珍品。据李文绍，玉版一式两件（以甲、乙别之），皆用墨玉制成，正、背两面刻文。甲、乙两版的书体差别甚大（图8）。前者笔道纤细，结体均衡，折笔居多，趋于隶化；后者字体圆润，笔势倾斜，左高右低，篆意明显；两版的句读、重文符号亦有差别，这说明甲、乙两版的文字是出自两人之手。形制方面，甲版长23.2、宽4、厚0.5～0.7厘米，有刻

---

① 《春秋左传注》，第434～435、451～466页。
② 林剑鸣：《秦史稿》，上海人民出版社，1981年2月第1版，第116页。
③ 《春秋左传注》，第863页。
④ 《春秋左传注》，第619、997页。

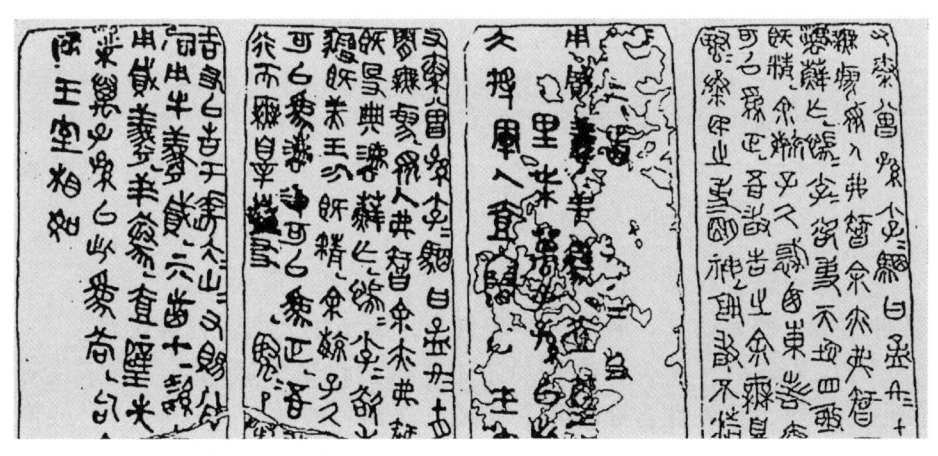

图8　秦骃玉版摹本照片局部（左起：乙背、乙正、甲背、甲正）（据李零《秦骃祷病玉版的研究》一文附图截录）

铭176字，包括合文、重文各3字；乙版长23、宽4、厚0.4～0.6厘米，有朱书116字，其中合文4、重文1。两版内容相同。甲版正面铭和乙版背面铭较完整清晰，两者缀合，计得298字，含重文7、合文4。现据《秦骃祷病玉版的研究》录其释文如下：

又（有）秦曾孙小=（小子）骃曰：孟冬十月，毕（厥）气？（败）周（凋）。余身曹（遭）病，为我感忧。患=（辗转）反匥（侧），无闲无瘳。众人弗智（知），余亦弗智（知），而靡又（有）□休。吾窳（窮）而无奈之可，永（咏）難（叹）忧盞（愁）。

周世既曼（没），典濾（法）薛（散）亡，慺=（慺慺）小=（小子），欲事天地、四亟（极）、三光、山川、神示（祇）、五祀、先祖，而不得毕（厥）方。

義（牺）犾既美，玉帛既精，余毓子毕（厥）惑，西东若悫。东方又（有）土姓，为刑濾（法）氏，其名曰陉，洁可以为濾（法），□可以为正。吾敢告之：余无皋（罪）也，使明神智（知）吾情。若明神不□其行，而无皋（罪）□友（宥）刑，堅=（硻硻）粢（烝）民之事明神，孰敢不清（敬）？小=（小子）骃敢以芥（介）圭、吉璧吉丑（纽）以告于蕐（华）大=山=（太山。太山）又（有）赐：□己□□已心以下至于足□之病，能自复如故。□□□用牛義（牺）貳（二），亓（其）齿七，□□□及羊、豢，路车四马,三□壹(一)家,壹(一)璧先之。□□用贰(二)義(牺)、羊、豢、壹(一)璧先之。而□嶨(华)大(太)山之阴阳,以□□砮。(□砮。□砮)□□,元(其)□□里。枼(世)万子孙,以此为尚。句(后)令孚=(小子)骃之病自复。故告大壹、大将军、人壹(一)□,□王室相如。①

这是一篇祷祝文,说的是秦曾孙骃不幸罹患重病,久不能愈,便祈神庇佑,禳病祛灾;后来,骃病自复,遂至华大山,告神还愿。

李文发表后,不少学者纷纷跟进,撰文讨论玉版的文字、年代等问题。孰料,首先在名称问题上就歧见迭出:或称"秦玉牍",②或谓"秦骃玉版",③或云"秦曾孙骃告华大山明神文",④或者干脆连同年代一起呼为"秦惠文王祷祠华山玉简"⑤、"秦惠文王祷祠华山玉版"⑥。玉版之称,典籍多见。《韩非子·喻老》:"周有玉版,纣令胶鬲索之,文王不予。"⑦《史记·太史公自序》云:"周道废,秦拨去古文,焚灭诗书,故明堂石室金匮玉版图籍散乱。"《集解》引如淳语曰:"刻玉版以为文字。"20世纪80年代,在安徽凌家滩史前文化遗址出土的900多件玉器中,发现了一件略呈长方形的玉版,其正面中心刻有两个大小相套的圆,在小圆内八角星纹,大圆外有四个等大的圭形纹饰,两圆之间则有八个同样的圭形纹饰;其四周边沿均钻有小孔,两短边各5个,两长边分别有4个和9个。论者以为它反映了古人"天圆地

---

① 李零:《秦骃祷病玉版的研究》,《国学研究》第六卷,北京大学出版社,1999年11月版,第526~527页。

② 李学勤:《秦玉牍索隐》,《故宫博物院院刊》2000年第2期,第41~45页。

③ 曾宪通、杨泽生、肖毅:《秦骃玉版文字初探》,《考古与文物》2001年第1期,第49~54;李家浩:《秦骃玉版研究》,《北京大学中国古文献研究中心集刊》2001年第2期,第99~128页。

④ 王辉:《秦曾孙骃告华大山明神文考释》,《考古学报》2001年第2期,第143~158页。

⑤ 连劭名:《秦惠文王祷祠华山玉简文研究》,《中国历史博物馆馆刊》2000年第1期,第52~54页。

⑥ 周凤五:《秦惠文王祷祠华山玉版新探》,《中央研究院历史语言研究所集刊》第72本第1分,2001年3月,第217~232页。

⑦ [战国]韩非:《韩非子》,上海古籍出版社,1989年9月1版,第58页。本书下引《韩非子》原文,皆出此本,若非必要,只记页码,不再详注。

方"的宇宙观。① 可见，玉版不一定刻写文字，但很罕见、珍贵。上述论者均企图在称谓中融入自己对器铭内容等的理解，固无不可，但或过于简略，或稍显繁琐，不如径称为"秦骃玉版"，既简洁明了，又合乎对出土文物命名的通例。

2. 玉版器主为一代秦王

玉版之器主骃，从铭文看，必为一代秦王。铭中称"小子"者凡三，且是合文，与不其簋铭、太公庙钟镈铭和秦公簋名皆同。而三器器主均是一代秦君。此其一。

其二，《礼记·曲礼下》云："天子祭天地，祭四方，祭山川，祭五祀，岁遍；诸侯方祀，祭山川，祭五祀，岁遍；大夫祭五祀，岁遍；士祭其先。"② 天子为天下之主，故可以祭天地；诸侯为一国之主，故可祭一国社稷山川。秦骃自言："欲事天地、四极三光，山川神祇、五祀先祖。"可见其之地位非同一般。铭文同时提到乘"路车"、以"介圭"告祭华大山。《诗·大雅·韩奕》："其赠为何？称马路车。"郑笺："人君之车曰路车。"③《尚书·顾命》："太保承介圭。"孔传："大圭尺二寸，天子守之。"④《诗·大雅·崧高》："锡尔介圭，以作尔宝。"郑笺："圭长尺二寸谓之介，非诸侯之圭。"⑤春秋战国时期，礼崩乐坏，诸侯僭用天子之礼层出不穷。秦国也不例外。位于今陕西凤翔的秦故都雍城三号建筑群遗址，"符合周礼的'左祖右社'的布局原则，也与周礼所说的天子的宫室'五门'、'三朝'的礼制相符。这是秦僭越了天子的宫室建制。"⑥三号建筑群是春秋中叶的遗存。那么，秦骃这样说、这样做就一点也不奇怪了，于此亦可窥其身份。

---

① 李修松：《试论凌家滩玉龙、玉鹰、玉龟、玉版的文化内涵》，《安徽大学学报》2001年第6期，第40~45页。
② 《礼记正义》，第1268页。
③ 《毛诗正义》，第571页。
④ ［汉］孔安国传、［唐］孔颖达疏：《尚书正义》，上海古籍出版社，1997年7月第1版，第240页。本书下引《尚书》原文，皆出该本，若非必要，只记页码，不再详注。
⑤ 《毛诗正义》，第567页。
⑥ 袁仲一：《从考古资料看秦文化的发展和主要成就》，《文博》1990年第5期，第7~18、111页。

其三，文末称："世万子孙，以此为尚。"完全是王侯训诫后辈的口气；又云："故告大令、大将军、人壹□□，王室相如。"知此时秦国已称王。

3. 从铭史互证看玉版的相对年代

连劭名、李学勤和周凤五等先生将玉版年代定在秦惠文王时，许有失考。甲版有语："周世既没，典法散亡。"据《秦本纪》，秦昭襄王五十一年，"西周君背秦，与诸侯约从，将天下锐兵出伊阙攻秦"，昭襄王怒攻西周，"西周君走来自归，顿首受罪，尽献其邑三十六城，口三万。秦王受献，归其君于周。五十二年，周民东亡，其器九鼎入秦。周初亡"；秦庄襄王元年，"东周君与诸侯谋秦，秦使相国吕不韦诛之，尽入其国"。就是说，周世之亡有两次：初亡在秦昭襄王五十二年（前255年），终灭于秦庄襄王元年（前249年）。所谓"周世既没"，决不在周初亡，即秦昭襄王五十二年（前255年）之前；而秦惠文王的在位时间是公元前337年至公元前311年。所以，玉版不可能是秦惠文王时所制，其时代上限应在秦昭襄王五十二年（前255年）。其下限也有迹可寻。《秦始皇本纪》载，嬴政在二十六年（前221年）即皇帝位后，"更名民曰'黔首'"。版铭云："□可以为正"、"坚坚烝民之事明神"，既不讳"正"，又称"民"，故知玉版之制必在始皇称帝前。也就是说，秦骃玉版的年代在秦昭襄王五十二年（前255年）至秦王政二十六年（前221年）之间。

李零先生从铭文相关内容出发，亦称"铭文很可能作于秦昭王灭西周后，秦始皇即位前"，这与本书的思路一致。但他接着说这一时限即在"公元前256年至公元前246年之间"，则有失精审。察诸史籍可知，公元前256年昭王只是接受东周君的投降，而作为周朝初亡标志的"九鼎入秦"事件是发生在第二年，此其一；其二，公元前246年是嬴政即王位之年，他当时并未称帝，称帝是二十六年之后的事情。"即王位"和"称皇帝"是断不可混为一谈的。另外，曾宪通等人认为，"骃"和"楚"的本字"髭"均有"多种颜色、杂色的意思"，故"骃"应该是秦庄襄王子楚的私名，而子楚是字；又，"周室既没"应该指周王朝的彻底灭亡，时在公元前249年，庄襄王死于公元前247

年，所以玉版的年代在这两者之间。① 然而，根据《战国策·秦策》的记载，子楚本名"异人"，后来为了讨嫁自楚国的华阳夫人的欢心，故意穿楚服，自称是楚人，并且"变其名曰楚"。② 就是说，"楚"是庄襄王的名而不是字。又，《说文》云："楚，丛木，一名荆也"，"駰，马阴白杂毛黑"，二者在字源上相去甚远，似不当为同一人之字与名。对于"駰"到底指谁，不少学者推测是秦惠文王，因其名为"駰"，而版铭作"駰"，很可能是形近而讹。③ 这个猜测有些道理，惜缺少旁证，未敢论定。

所以，本书认为，在未获得有力的证据之前，不宜勉强推论比附，秦駰玉版的年代还是定在秦昭襄王五十二年至秦王政二十六年（前255～前221年）之间为妥。

---

① 曾宪通、杨泽生、肖毅：《秦駰玉版文字初探》，《考古与文物》2001年第1期，第53～54页。
② 《战国策》，第275～280页。
③ 李学勤：《秦玉牍索隐》，《故宫博物院院刊》2000年第2期，第42页。

第四章　秦国传世文献年代综考

秦国传世文献中，除《秦记》和李斯《谏逐客书》有明确的写作时间外，① 余者均异见纷纭，难以悬断。本章拟在检讨前说的基础上，厘清争议，发明己见。

第一节　《诗经·秦风》年代考

一、《秦风》的年代范围

《秦风》是"十五国风"之一，因着《诗经》的关系，它成为最受关注、研究最多的秦国传世文献。不过，就年代论，实多陈陈相因之言。大体谓《秦风》皆道国君之事，无间巷之风，故世系明确，时间清晰。此论本诸《毛诗序》。《序》注《秦风》曰：

《车邻》，美秦仲也。秦仲始大，有车马礼乐侍御之好焉；
《驷驖》，美襄公也。始命有田狩之事、园囿之乐焉；
《小戎》，美襄公也。备其兵甲，以讨西戎。西戎方强而征伐不休，国人则矜其车甲，妇人能闵其君子焉；
《蒹葭》，刺襄公也。未能用周礼，将无以固其国焉；
《终南》，戒襄公也。能取周地，始为诸侯，受显服。大夫美之，故作是诗以戒劝之；
《黄鸟》，哀三良也。国人刺穆公以人从死而作是诗也；
《晨风》，刺康公也。忘穆公之业，始弃其贤臣焉；
《无衣》，刺用兵也。秦人刺其君好攻战亟用兵，而不与民同欲焉；

---

① 《秦记》始作于秦文公十三年（前753年），但其记事至少追溯至秦襄公时代。《谏逐客书》作于秦王政十年（前237年）。

《渭阳》，康公念母也。康公之母，晋献公之女。文公遭丽姬之难未返，而秦姬卒。穆公纳文公。康公时为太子，赠送文公于渭之阳，念母之不见也，我见舅氏，如母存焉。即其即位，思而作是诗也；

《权舆》，刺康公也。忘先君之旧臣与贤者，有始而无终也。①

这就是说，《秦风》十诗上溯秦仲，下迄康公，时限在西周后期到春秋中叶（约前841~前609年）之间。但是，根据《左传》的记载，这个下限应该再往后推迟。鲁襄公二十九年，吴公子季札使鲁，鲁国乐工为他演奏各国风诗和雅颂之乐，依次为：《周南》、《召南》、《邶》、《鄘》、《卫》、《王》、《郑》、《齐》、《豳》、《秦》、《魏》、《唐》、《陈》、《郐》、《小雅》、《大雅》、《颂》。与今本《诗经》相比，只少《曹风》，诗次也基本相同，季札并且对《秦风》作出了很高的评价。② 这表明至迟在该年，《秦风》已经有固定的文本，并在其他诸侯国流传。换言之，《秦风》的总体年代不会晚于鲁襄公二十九年，也即秦景公三十三年（前544年）。

二、《黄鸟》、《渭阳》的作年

《诗序》以"美"、"刺"论诗，多穿凿之言，其述《秦风》之背景、年代亦多附会，今之学者信之者寡。然其述《黄鸟》、《渭阳》之事，于史有征，须另当别论。《黄鸟》诗云：

交交黄鸟，止于棘。谁从穆公？子车奄息。维此奄息，百夫之特。临其穴，惴惴其栗。彼苍者天，歼我良人！如可赎兮，人百其身！

交交黄鸟，止于桑。谁从穆公？子车仲行。……

交交黄鸟，止于楚。谁从穆公？子车鍼虎。……

《左传·文公六年》："秦伯任好卒。以子车氏之三子奄息、仲行、鍼虎为殉。皆秦之良也。国人哀之，为之赋《黄鸟》。"事又见《史

---

① 本章所引《诗序》、《秦风》及其相关笺注均出《毛诗正义》卷六之三、六之四，第368~374页。

② 《春秋左传注》，第1161~1165页。

记·秦本纪》。可见,《黄鸟》是秦人哀悼奄息、仲行、鍼虎三人的挽歌,作于秦穆公三十九年(前621年)。《黄鸟》是《诗经》中历史背景、人物和年代最为清楚的诗作之一,自古无争议。

《渭阳》诗云:

> 我送舅氏,曰至渭阳。何以赠之?路车乘黄。
> 我送舅氏,悠悠我思。何以赠之?琼瑰玉佩。

《礼记·玉藻》曰:"古之君子必佩玉。右徵角,左宫月,趋以采齐,行以肆夏,周还中规,折还中矩,进则揖之,退则扬之,然后玉锵鸣也。故君子在车则闻鸾和之声,行则鸣佩玉,……君子无故,玉不去身,君子于玉比德焉。"[①]《秦风·终南》:"君子至此,黻衣绣裳,佩玉将将,寿考不忘。"显然,佩玉是贵族身份的标记。可见,诗中所言"舅氏"非一般人物。据《左传》记载,僖公四年,晋国发生"骊姬之乱",群公子出亡,重耳后来达到秦国。其姊穆姬为秦穆公夫人,秦康公罃之母。僖公二十四年(前636年),秦穆公派兵护送重耳入晋为君,是为晋文公。此前,穆姬卒。康公当时还是太子,其送重耳当在此年。穆公时,秦都雍城,在渭水北岸。《毛序》关于该诗本事的叙述,与诗意吻合,应该是可信的。唯《序》云"即其即位,思而作是诗也",则令人疑惑。晋文公于周襄王25年(前628年)卒,而秦康公即位则在八年之后的周襄王33年(前620年),此时距当年他送晋文公已经16年了!此时思舅及母,似不比当年更合情境。16年前,历经坎坷的舅舅即将归国为君,自己执手送远,斯时母亲新逝,触景生情,别舅思母,自然而然,更符合人之常情。为什么要等到16年之后呢?当然,也可以有另一种解释。那就是,这首诗的主题不在思母,而在借甥舅之情感怀秦晋两国的关系。文公之时,秦晋联手在城濮之战中大败楚国,嗣后,"穆公助晋文公围郑",两国俨然是亲密盟国。及文公死,"尚未葬",晋襄公即攻秦,并在殽"大破秦军",两国关系破裂。康公即位时,晋襄公亦死。康公效法其父,派兵护送出亡在秦的襄公弟公子雍归国即位,但却在途中被晋军偷袭得手,是为"令

[①] 《礼记正义》,第1482页。

狐之役"。① 康公即位之年，置立晋君未果，反遭兵败。这不禁让康公想起十六年前自己送文公回国即君位时的情景。当年的甥舅之国如今视若仇雠，康公因此作诗感怀，当亦合理。就是说，若视此诗为太子罃别舅思母之作，当在鲁僖公二十四年（秦穆公二十四年，公元前636年）；若论此诗为秦康公感怀秦晋两国关系之作，则当在鲁文公七年（秦康公元年，公元前620年）。

三、《秦风》其他八诗的大致作年

在《黄鸟》、《渭阳》两诗之外，《秦风》的其他篇章均没有明确的历史背景，其时代实难遽断。本书拟依据出土文物、诗歌内容等，试着推测它们的相对年代。

《车邻》是一首描写贵族宴乐的诗。首章云："有车邻邻，有马白颠。未见君子，寺人之令。"《郑笺》"寺人，内小臣也"，即宫中供使唤的小臣。"车"，疑是"辇车"。1986年，陕西陇县边家庄M5出有一辆木车，单辕两轮，前有一横木，横木下站立着两个木俑。这就是古文献中所说的"辇车"。据出土简报，边家庄M5是一座春秋早期偏晚的墓葬。②边家庄地区迄今已经出土春秋秦墓30多座，其附近还有一座春秋古城遗址。不少学者据此认为边家庄一带就是秦襄公二年徙居的汧邑。③再从后二章内容看，此位秦君宫廷内的礼制已经初备。所以，《车邻》一诗很可能是春秋早期的作品。

《驷驖》诗云："公之媚子，从公于狩。"周孝王时，秦之非子为"附庸"；周宣王时，庄公为"西垂大夫"；周平王时，襄公被封为"诸侯"，立国称公。庄公之称，乃是追谥。至于追封者，很可能是襄公。周武王灭商后，即追尊其父西伯为"文王"。秦襄公立国后，很可能比照此例，追尊其父为"庄公"。这样，此诗之作，当在庄公之后。又，诗云："游于北园，四马既闲。"1981年，在陕西凤翔高庄秦墓出

---

① 《史记》，第190、192、195页。
② 陕西省考古研究所、宝鸡市考古工作队：《陕西边家庄五号春秋墓地发掘简报》，《文物》，1988年第11期。
③ 张天恩：《边家庄春秋墓地与汧邑地望》，《文博》1990年第5期，第227~231、251页。

土刻有"北园王氏缶"、"北园吕氏缶"等字样的陶缶,① 说明"北园"即在此附近。高庄地处雍水南岸,对岸即是秦故都雍城。韩伟认为"北园"就是后来称为"三畤原"的地方,因其地处秦宪公时迁居的平阳之北而得名;又,其地包括部分原来属于西虢的土地,这说明"北园"只有在秦武公十一年(前687年)灭小虢后垦建。② 前文已经提到,武公即位后,整顿军备,四面出击,消除戎患,武功赫赫。本诗中"驷驖孔阜"、"辰牡孔硕"云云,表明其时秦国军容鼎盛。这样的话,说《驷驖》之作年当在秦武公之时,应该是可信的。

《小戎》诗云:"言念君子,温其如玉。在其板屋,乱我心曲。"《汉书·地理志》言:"天水、陇西,山多林木,民以板为室屋。及安定、北地、上郡、西河,皆迫近戎狄,修习战备,高上气力,以射猎为先。"③ 这样看来,该诗确如《毛序》所说,是写妇人思念在前方备战西戎的"君子"的,但是说它作在襄公之时就有些武断了。魏源《秦风答问》云:

> 襄公伐戎至岐山而卒,何尝有深入戎廷,"在其板屋"之事?何尝有克复故地,"温其在邑"之事?④

又,所谓"西戎",泛指秦地以西诸多戎族。《史记·匈奴列传》:

> 自陇以西有绵诸、绲戎、翟、獂之戎,岐、梁山、泾、漆之北有义渠、大荔、乌氏、朐衍之戎。而晋北有林胡、楼烦之戎,燕北有东胡、山戎。各分散居溪谷,自有君长,往往而聚者百有余戎,然莫能相一。

秦自非子以来,各代与西戎均有力战、血战。"秦仲为大夫,诛西

---

① 陕西省雍城考古队:《陕西雍城高庄秦墓地发掘简报》,《考古与文物》1981年第1期,第12~38页。
② 韩伟:《北园地望与石鼓诗之年代小议》,《考古与文物》1981年第4期,第92~93页。
③ 《汉书》,第1644页。
④ [清]魏源:《秦风答问》,参氏著《诗古微》,岳麓书社,1989年12月第1版,第533页。

戎。西戎杀秦仲";庄公昆弟五人"伐西戎，破之"，襄公二年，"戎围犬丘，世父击之，为戎人所虏"。秦襄公虽然因抗戎勤王之功而被封诸侯，但自己却最终在伐戎的途中死去。由《史记》的记载看，在襄公以前，秦多败于戎；襄公以后，局面虽然有所改观，但西戎的威胁并未消除，所以如何对付西戎，成为春秋前期秦国面临的最大问题。文公"十六年，文公以兵伐戎，戎败走"；宪公三年，"与亳战，亳王奔戎，遂灭荡社"；武公十年，"伐邽、冀戎，初县之"、十一年，"灭小虢"。直到穆公三十七年，"秦用由余谋伐戎王，益国十二，开地千里，遂霸西戎"。这是秦国对西戎诸族取得的决定性胜利。从此，秦国的目光开始转向中原，与残余的戎族只有战略周旋，没有持续的战斗行为。由诗中"方何为期？胡然我念之"这一句看，秦国此次对戎的武装守备应该很长，但具体是什么时候，不可确知。总之，从秦国与西戎的关系看，《小戎》之作应该是在秦襄公卒后至秦穆公三十七年（前623年）这段时间内。

《无衣》诗云："王于兴师。"表明此番秦人是奉王命而战。考诸《史记》，这样的战事有两次。第一次，周宣王七年，秦仲死于伐戎的战斗，"周宣王乃召庄公昆弟五人，与兵七千人，使伐西戎"；第二次，周平王封襄公为诸侯的同时，赐之岐以西之地，并说："戎无道，侵夺我岐、丰之地，秦能攻逐戎，即有其地。"两次王命，到底是哪一次呢？我看前一次的可能性大。诗言："修我戈矛，与子同仇。"王先谦说："西戎杀幽王，是于周室诸侯为不共戴天之仇，秦民敌王所忾，故曰'同仇'也。"[①] 这样的解释是没有看到"同仇"的对象，即诗所言的"子"。倘是与周王同仇敌忾，如何能称"子"？据统计，《诗经》中"子"共有11种义项，但并没有用以指代"王"或"天子"的。[②]所以，这里的"子"是一种尊称，当指庄公。何楷《诗经世本古义》卷十七：

> 《序》云："刺用兵也。秦人刺其君好攻战亟用兵，而不与民同欲焉。"朱子以为序意与诗情不协。良是。然谓是秦俗强悍乐于

---

① [清]王先谦：《诗三家义集疏》，中华书局，1987年2月1版，第457页。
② 庄穆：《诗经综合辞典》，远方出版社，1999年12月1版，第1243~1245页。

战斗之诗，则胥失之矣。子贡传、申培说皆云秦襄公以王命征戎，周人赴之赋。此较为近之。然襄公之世周西之地已为秦有，宜不复知有王；而此诗尚谆谆以"王于兴师"为言，则固周人诗也。考《史记》称宣王以兵七千与秦庄公使伐西戎，正与王"于兴师之言"合。故仁山金氏编次此诗属之庄公，不为无见也。

何氏所说的"仁山金氏"指宋人金履祥。他在《资治通鉴前编》卷九将《无衣》系于秦庄公之时。本书以为何、金二人的说法是可信的。从这首诗的语气看，它所表现出的是一种急不可耐的报仇雪恨心理。庄公之父秦仲被杀时，秦邑仅是一个"大夫"的领地，它是秦民族经过浴血奋斗换来的聚居地，是本民族的安身立命之所。从本质上说，这时的秦民族还是一个带有原始公社性质的氏族集团，他们的首领被杀，不仅威胁到了他们的生存地，更是挑战了他们全族的安全和尊严。所以，他们非常急切地请求追随首领的儿子去报仇。这一心理从庄公的长子世父宁可放弃继承权而要去为祖父报仇这件事上可以很清楚地看出，尽管这时候他的父亲已经打败过西戎了。又，《左传·定公四年》载：

（楚为吴败）申包胥如秦乞师，……秦伯使辞焉，曰："寡人闻命矣。子姑就馆，将图而告。"对曰："寡君越在草莽，未获所伏，下臣何敢即安？"立，依于庭墙而哭，日夜不绝声，勺饮不入口七日。秦哀公为之赋《无衣》，九顿首而坐，秦师乃出。

有论者据而认为《无衣》作于该年。其实，这里的"赋"是引诗吟诵的意思，借以表示将出兵救楚，并非"创作"之意。所以，《无衣》之制应该在周宣王命庄公伐西戎的那一年，即公元前821年。

《终南》一诗，从"锦衣狐裘"、"佩玉将将"等语来看，显然是在描写一位贵族。"寿考不忘"一语有劝诫意味，亦多见于典籍。《诗·小雅·蓼萧》"其德不爽，寿考不忘"；《仪礼·士冠礼》"承天之休，寿考不忘"。从这一点看，《毛序》说它是秦国大夫劝诫襄公之所作，也有道理。不过，方玉润认为："此必周之耆旧，初见秦君抚有西土，皆膺天子之命以治其民，而无如何，于是作此以颂祷之。……盖美中寓戒，非专颂祷。不然，秦臣颂君，何至作疑而未定之辞，曰'其君也哉'，此不必然也。"① 其说可从。此乃周王室的臣子见秦襄公受封岐周故地，特颂扬之并寓劝诫意，令其不忘天子之德。

《权舆》一诗，其作者应该是一个贵族。首句言："於我乎，夏屋渠渠，今也每食无余"。"夏"者，大也。"渠渠"，盛也，修饰语。第二章又云："每食四簋，今也每食不饱。"簋是食器。《诗三家义集疏》引马瑞辰语："《玉藻》云'少牢五俎四簋'，是四簋为公食大夫之礼。"② 由此看来，作者曾经是一个贵族，高门大户，衣食讲究，可如今却沦落得连饭也吃不饱，因而发出今不如昔的慨叹。《毛序》说秦康公"不念先君之旧臣与贤者，有始而无终"，故诗人作诗以讽之。这是附会之言。秦康公确不曾有其父穆公的雄才大略，因其好战与短视，强盛一时的秦国在他手上开始衰落。但是，人生之起伏跌宕，并不总随时代变迁而起舞，家族的衰败和生活的窘迫在任何一种时代的任何时候都是存在的。所以，这首诗的具体年代仅凭诗歌的内容尚难确定。

《兼葭》、《晨风》二首乃纯为感怀之作，内证、外证均难寻觅，其具体创作时间，实难遽断。方玉润论《权舆》云："今观诗词，以为'刺康公'者固无据，以为妇人思夫者亦未足凭。总之，男女之情与君臣义原本想通，诗既不露其旨，人固难以意测。与其妄逞臆说，不如阙疑存参。"③ 诚哉斯言！

第二节 《秦誓》作年辨惑

一、《秦誓》作年的两种意见

《秦誓》是《尚书》的最后一篇。关于它的创作年代，历来有两种说法。第一种说法来自《史记》。《秦本纪》云：

> （穆公）三十六年，穆公复益厚孟明等，使将兵伐晋，渡河焚船，大败晋人，取王官及鄗，以报殽之役。晋人皆城守不敢出。于是穆公乃自茅津渡河，封殽中尸，为发丧，哭之三日。乃誓于

---

① [清] 方玉润：《诗经原始》，中华书局，1986年2月第1版，第274页。
② [清] 王先谦：《诗三家义集疏》，中华书局，1987年2月第1版，第461页。
③ [清] 方玉润：《诗经原始》，中华书局，1986年2月第1版，第277页。

军曰："嗟士卒！听无哗，余誓告汝。古之人谋黄发番番，则无所过。"以申思不用蹇叔、百里奚之谋，故作此誓，令后世以记余过。

司马迁认为《秦誓》的作年在王官之役（前624年）后。

第二种说法源于《书序》。序云："秦穆公伐郑，晋襄公帅师败诸殽。还归，作《秦誓》。"① 这是将《秦誓》系于穆公三十三年（前627年）殽之战秦国失败后。据《左传》记载，僖公三十三年，秦穆公乘郑、晋新丧，派军潜越晋桃林、殽函，奔袭郑都。因途遇郑商人弦高犒师，以为郑已有防备，遂灭晋边邑小国滑而还。班师至殽山，遭晋军埋伏，大败，统帅百里孟明视、西乞术、白乙丙被俘。这是秦晋争霸中原的首次交锋，以秦国的惨败告终。在秦军袭郑前，秦国老臣蹇叔曾力阻穆公，说："劳师以袭远，非所闻也。师劳力竭，远主备之，无乃不可乎！师之所为，郑必知之。勤而无所，必有悖心。且行千里，其谁不知。"并预言秦军必败。穆公大怒，骂道："尔何知？中寿，尔墓之木拱矣。"等到秦军惨败，穆公意识到自己的鲁莽和无礼，遂"素服郊次，乡师而哭"。②《书序》认为《秦誓》就是在这种背景下诞生的，其说比《史记》早三年。

《史记》和《书序》对《秦誓》的作年都言之凿凿，哪一个更可靠呢？阎若璩《四书释地又续》云：

> 余以《左氏传》考之，誓当作于僖三十三年夏秦伯素服郊次向师而哭之日，不作于文三年封尸殽将霸西戎之时，盖霸西戎则志遂矣，岂复作悔痛之词哉？③

今人林剑鸣也觉得《书序》的说法"较为可信"。他认为《秦誓》"反映了作誓者心情十分沉重，并多所自责之辞，与殽失败后的心境是一致的。若说王官之役全胜后，才发表这样令人痛悔的言论，是很难

---

① 《尚书正义》，第256页。
② 《春秋左传注》，第489~491、494~501页。
③ ［清］阎若璩：《四书释地又续》卷下，《影印文渊阁四库全书》第210册，台湾商务印书馆，1983年版，第402页。

令人相信的"。① 但是，金建德先生并不这样看。他发挥《秦本纪》的意思说：

> 封殽尸和作《秦誓》这二回事，道理原本相通。封殽尸为之发丧而哭，这是因为已胜晋后而思及前此于殽战败之故，因而表示悔过；同样地把这种鉴戒的意思广示于众，垂训后世，便作了《秦誓》。②

以上诸家都是从作誓的情境，尤其是当事者的心理来判断《秦誓》的年代，但结论却南辕北辙。殽山一战，秦国惨败，作为决策者的秦穆公痛悔不已，这时候去发表表示悔过和反省的誓辞是很自然的事。但是，王官之役是复仇之战，而且秦国获得了胜利，在胜利的时刻去封殽尸、悼念死国难者，并以此番之胜利去观照前次之失败，检讨得失，总结教训，不是可以让全军将士体会更深切吗？不是更能让军民认识到自己深切真诚的悔意吗？不也是符合情理的事情吗？而说秦穆公独霸西戎后就不可能"作悔痛之词"是没有看到秦国的发展战略。早期秦国的发展史有两个特点：不断向东迁徙、不断受到西戎部落的侵袭。扫平西戎是秦国生存和发展的当然前提之一，但其长远目标并不在此，而是争雄中原，这在穆公时代表现得非常明显。不幸的是，秦国在其东进的第一战——殽之战就折戟沉沙，这样的打击是深沉而惨痛的，此后穆公收起野心，全力对付西戎，在解除了戎族的威胁才复东出击晋，终于报仇雪恨。可见，霸西戎非但不能作为否定穆公不复作悔痛之词的理由，反而可以成为诱发穆公悔痛之心的原因！总之，从穆公当时的心理来推测《秦誓》的作年是不可靠的，而须从两种说法和《秦誓》本身入手。

二、《史记》关于《秦誓》作年的说法不可信

较之《书序》，太师公不仅说明了穆公作《秦誓》的时间、地点和原因，而且引用了其内容，其说严密而具体。然细审之，看起来无懈可击的叙述其实是有问题的。

---

① 林剑鸣：《秦史稿》，上海人民出版社，1981年2月第1版，第132页。
② 金建德：《秦誓作于秦穆公三十六年考》，载《中国古代史论丛》第9辑，福建人民出版社，1985年4月第1版，第425~432页。

其一，太史公说穆公作誓的诱因是"以申思不用蹇叔、百里奚之谋"。这里所谓的"蹇叔、百里奚之谋"是指殽之战前蹇叔、百里奚"哭师止兵"之举。拿《史记》的这一段描写和《左传》的相关记载及《吕氏春秋·悔过篇》相比较，可以发现，《左》、《吕》所记载的战前哭师者只提到了蹇叔而没有百里奚。按照《秦本纪》的记载，百里奚于秦穆公五年（前655年）被赎入秦，其时"年已七十余"；哭师事在穆公三十二年（前626年）。就是说，哭师之时百里奚已是百岁老人了。这可能吗？清人牟庭说：

> 盖自僖二年百里奚始用秦。用秦十三年，年八十三，卒于僖十五年。是年十一月，战于韩，获晋侯，《传》无百里之言是其已卒之验也。①

准此，则百里奚在殽之战前即已去世，当然不可能"哭师"了。即使我们不以牟说为据，也须看清一个事实：《史记》对百里奚的记载前后抵牾。《秦本纪》记百里奚是穆公以五羖羊皮赎之于楚，而《商君列传》则说是百里奚"闻秦穆公之贤而愿望见，行而无资，自粥于秦客，被褐食牛。期年，缪公知之，举之牛口之下"。这自然会增加我们对所谓百里奚哭师的怀疑。另外，《左传·僖公三十三年》载晋原轸之言曰："秦违蹇叔，而以贪勤民，天奉我也。"《吕氏春秋》载穆公之语云："天不为秦国，使寡人不用蹇叔之谏，以至于此患。"② 二者都只说蹇叔而不言百里奚。《史记·十二诸侯年表》记："将袭郑，蹇叔曰不可。"也没有提到百里奚。又，《秦誓》声言"昧昧我思之，如有一介臣，断断猗无他技，其心休休焉，其如有容"、"邦之杌陧，曰由一人；邦之荣怀，亦尚一人之庆"，反复提到的只是"一"而没有"二"或"多"，似乎是针对某个特定的人而言的。总之，种种迹象都表明：殽之战前百里奚哭师止兵之说非常可疑。这样一来，穆公在王官之役后作誓"以申思不用蹇叔、百里奚之谋"的说法自然也就难以让人信服了。

---

① ［清］牟庭：《同文尚书》卷31，影印乐陵宋氏抄本，齐鲁书社，1981年11月第1版，第1577页。

② 《吕氏春秋》，第438页。

其二,《秦本纪》云:"三十六年,穆公复益厚孟明等,使将兵伐晋,渡河焚船,大败晋人,取王官及鄗,以报殽之役。"又云:"乃誓于军。"即作誓的对象为三军将士。这两点与《秦誓》的内容有抵牾。誓辞云:"仡仡勇夫,射御不违,我尚不欲。"战前对诸将厚遇有加,战后却在军中公开声言要弃之如敝屣。用这样话来告诫刚刚获胜的三军将士,岂不令其齿冷?如此言行出于一代雄主秦穆公,岂不令人疑惑?司马迁大约也意识到了其间的矛盾,所以只引用了誓辞开头的一小段而避录全文。由是可见,《史记》关于《秦誓》作年的说法不可信。

三、《秦誓》或是秦史官据穆公殽役之败后的悔过辞增饰而成

《书序》关于《秦誓》作年的说法来自《左传·僖公三十三年》的相关记载。不过,细审传文,其中并未提到秦穆公作誓之事,而只是说他自我检讨云:"孤违蹇叔以辱二三子,孤之罪也。不替孟明,孤之过也。大夫何罪?且吾不以一眚掩大德。"这一点前人业已察觉。金履祥指出:

> 此篇秦穆公晚年悔过之书也。秦晋交兵之故,本末具见《左氏传》,而不言作誓之事,《书序》误云殽败退还之作。惟《史记》载誓辞于取王官及郊封殽尸之后,穆公自是师不复东矣。此篇老成惩艾之言,极为真切。穆公平日贪利功,于五伯为末,而晚年之悔若此。[①]

不过,金氏据此把《秦誓》的作年定在郊封殽尸(前624年)到穆公去世(前621年)的四年间,似可商。秦晋殽之战确实是《左传》浓墨重彩加以叙写的篇章之一,对该役的前因后果均有详细描写,但是,这并不意味着作者就必须把《秦誓》载录其中。此其一。其二,从秦穆公的"检讨词"看,他确有悔过之意。誓辞云:"我心之忧,日月逾迈,若弗云来。惟古之谋人,则曰未就予忌;惟今之谋人,姑将以为亲。虽则云然,尚猷询兹黄发,则罔所愆。"二者在情感基调和内容方面是契合的。

---

① [宋]金履祥:《尚书表注》卷下,《影印文渊阁四库全书》第60册,台湾商务印书馆,1983年版,第476页。

所以，在《史记》和《书序》两者之间，笔者以为后者的说法较为可信。不过，从《秦誓》全篇看，它不大像是一时的感兴之言。誓辞一开始便引古训表达自己深沉的悔意："古人有言曰：'民讫自若，是多盘。'责人斯无难，惟受责俾如流，是惟艰哉！我心之忧，日月逾迈，若弗云来。"接着开始反思在用人之过：疏远有"古之谋人"气质的人和年老的"番番良士"，亲近"截截善谝言"的"今之谋人"。正是这种不当的用人态度导致了失败，由此作者总结出了关于用人的经验教训：要重用德才兼备的"人之彦圣"，而远离"冒疾以恶"的小人。作者最后感叹："邦之杌陧，曰由一人；邦之荣怀，亦尚一人之庆。"可见，誓辞以悔恨为基本情感基调，以用人为中心内容，层层深入，条分缕析，逻辑性非常强，意图也很明确，完全不似一般的即兴演说。《孔疏》云：

> 秦穆公使孟明视、西乞术、白乙丙三帅帅师伐郑。未至郑而还，晋襄公帅师败之于殽山，囚其三帅。后晋舍，三帅得还于秦。秦穆公自悔自过，誓戒群臣。史录其誓，作《秦誓》。

这个说法有两点值得注意。第一，穆公誓言的对象是"群臣"而非三军将士。这与《秦誓》的内容相契。第二，《秦誓》并非穆公所作，而是秦国史官据秦穆公在殽之战后的悔过誓辞加工而成。这个说法是可信的。该史官可能就是内史廖。《秦本纪》记：

> 穆公退而问内史廖曰："孤闻邻国有圣人，敌国之忧也。今由余贤，寡人之害，将奈之何？"内史廖曰："戎王处辟匿，未闻中国之声。君试遗其女乐，以夺其志；为由余请，以疏其闲；留而莫遣，以失其期。戎王怪之，必疑由余。君臣有闲，乃可虏也。且戎王好乐，必怠于政。"穆公曰："善。"……而后令内史廖以女乐二八遗戎王。戎王受而说之，终年不还。

秦穆公问计于内史廖这件事是发生在殽之战失败后，王官之役前。穆公在东进战略受挫，转而重新对付西戎之时向内史廖询问计策，足见他对内史廖十分倚重。这个时机很重要。它暗示内史廖对殽之战前后穆公的言行举动是非常了解的。内史是周官，秦承其制。这是一个十分尊崇的职位。《周礼·春官宗伯》：

> 内史掌王之八枋之法，以诏王治：一曰爵，二曰禄，三曰废，四曰置，五曰杀，六曰生，七曰予，八曰夺。执国法及国令之贰，以考政事，以逆会计；掌叙事之法，受讷访，以诏王听治；凡命诸侯及孤卿大夫，则策命之；凡四方之事书，内史读之；王制禄，则赞为之，以方出之；赏赐，亦如之。内史掌书王命，遂贰之。①

内史是君主的重要谋臣，而且熟读典籍，文化水平很高。所以，记录穆公誓辞的"史"有可能就是内史廖。

综上所述，本书认为：《秦誓》是秦穆公三十三年（前627年）秦史官依据穆公在殽战失败的悔过辞增饰而成的，该史官可能是内史廖。

第三节　《吕氏春秋》成书年代异说平议

一、《吕氏春秋》作年的两个关节点

《吕氏春秋》本来是先秦典籍中唯一标明写作时间的著作，但由于对吕书《序意》篇中"岁在涒滩"这句话的歧见，竟致其成书年代成了一个聚讼千年而未决的悬案。据李家骧先生的统计，这个问题的古今异说至少有六种：1、八年说，宋吕祖谦、清周中孚、郭沫若等据《序意》主此说；2、驳迁蜀说，明方孝孺是代表；3、吕氏死后说。明顾亭林说吕书成于秦初并三晋时。徐复观认为吕书"初稿成于秦政八年。但其补缀之功，直至秦统一天下之后"；4、七年说，清姚文田、钱穆、持此说；5、分部问世说，以陈奇猷为代表；6、六年说，代表者宋王应麟、牟钟鉴。② 李家骧本人也持此说。③ 李氏的总结稍显繁复，其实问题的关节点只有两个：一，《吕氏春秋》之《十二纪》、

---

① [汉]郑玄注、[唐]贾公彦疏：《周礼注疏》，上海古籍出版社，1997年7月第1版，第820页。本书所引《周礼》相关文字，均出自此书，如非必要，不再详注。

② 李家骧：《中外"〈吕氏春秋〉学"评考综要（下）》，《湘潭大学学报》1999年第1期，第41~46页。

③ 李家骧：《〈吕氏春秋〉成书年代新考》，《湘潭大学学报》1995年第2期，第6~10页。

《八览》、《六论》三个部分是否成书于同一时期；二、若是，则成书于何时？若否，则又分别在何时写成？

二、《吕氏春秋》的三个部分系一次性撰成

对于第一个问题，陈奇猷给出了否定的回答：《十二纪》、《八览》、《六论》并非成于一时一地。通行的吕书《序意》篇是编排在《十二纪》之后的，陈氏据此认为："《序意》只序《十二纪》，不包括《览》、《论》在内。"因为按古人的习惯，书成之后才写序。他还说："《序意》只提《十二纪》，不提《览》与《论》，可知此时《览》、《论》尚未完成。……凡此都充分证明了秦八年只完成了《十二纪》"；"史记《自序》说'不违迁蜀，世传《吕览》'，张守节《正义》说'即《吕氏春秋》也'。这就是说，《吕氏春秋》成于吕不韦迁蜀之后"；"迁蜀之后，更令宾客完成《八览》与《六论》"。① 刘慕方亦据"良人请问《十二纪》"而不及《八览》、《六论》，认为当时编写好的仅《十二纪》一个部分。②

古人书成序意、例在篇末，据此可知吕书《十二纪》当时确已杀青。然而，这并不意味着《八览》和《六论》就一定没有完成。因为吕书三个部分的次序一直存在争议，《序意》最初的编排位置也是不能确知的，今本所列只是惯例而不一定是原貌。在最早记录《吕氏春秋》成书情况的《史记》一书中，司马迁在《吕不韦列传》和《十二诸侯年表》中两次提到的吕书顺序都是：《八览》、《六论》、《十二纪》。按照序于篇末的惯例，这岂不证明了"览"、"论"在"纪"之前就告完成？③ 即使我们不拘泥于太史公的记录而认为这仅仅是行文之便，也须虑及一个古今学者都认同的事实：吕书《序意》是残篇，且有错简，自"赵襄子游于囿中"以下，全系它篇错入。很显然，我们不能依据

---

① 陈奇猷：《〈吕氏春秋〉成书的年代与书名之确立》，《复旦学报》1979年第5期。此文又见其著《吕氏春秋校释》（学林出版社，1984年4月第1版，第1885~1889页）及其修订版《吕氏春秋新校释》之附录（上海古籍出版社，2002年4月第1版，第1885~1889页）。

② 刘慕方：《论〈吕氏春秋〉的成书》，《学海》1999年第5期，第116~119页。

③ 杨树达认为《吕氏春秋》三部分的顺序应以《史记》记载为准。他在《读吕氏春秋书后》中说："今本《吕氏春秋》经后人易置其次，非吕氏之旧也。"（载《积微居小学金石论丛》，科学出版社，1955年10月第1版，第245~246页）

残篇错简来判断它是哪一个部分的序言，更不能由于它在开头只提到了《十二纪》而断言《八览》、《六论》当时没有完成。我们怎么能够断定在接下的文句中就没有"良人请问《八览》"或者"良人请问《六论》"这样的表达呢？

再者，所谓"《八览》、《六论》则成于迁蜀之后"的说法是有问题的。因为吕不韦根本就没有迁蜀！这一点自来多有未审者。依据《史记》的记载，可以给吕不韦人生的最后几年排一个年表：

> 秦王十年十月，免相国吕不韦。（《吕不韦列传》）
> 十一年，吕不韦之河南。（《六国年表》）
> 岁余，诸侯、宾客、使者相望于道，请文信侯。秦王恐其为变，乃赐文信侯书曰："君何功于秦？秦封君河南，食十万户。君何亲于秦？号称仲父。其与家属徙处蜀！"吕不韦自度稍侵，恐诛，乃饮鸩而死。秦王所加怒吕不韦、嫪毐皆已死，乃皆复归嫪毐舍人迁蜀者。（《吕不韦列传》）
> 十二年，文信侯不韦死，窃葬。其舍人临者，晋人也逐出之；秦人六百石以上，夺爵迁；五百石以下，不临，迁勿夺爵。（《秦始皇本纪》）

由上可见，吕不韦在秦王政十年去职；次年回封地河南；秦王政十二年，诏令其迁蜀。但是，他在接到诏令后因惧自杀了，还没有来得及迁蜀。《吕不韦列传》在写到吕不韦自杀后，紧接着说："秦王所加怒吕不韦、嫪毐皆已死，乃皆复归嫪毐舍人迁蜀者。"这句话很有意味：对秦始皇而言，具有威胁的是吕不韦、嫪毐本人，而不是他们的舍人、家属等；所以，二人一死，就把舍人、家属等从流放地召回。但是，复归的人中只有嫪毐舍人而没有吕不韦的家属，这从侧面说明吕不韦根本就没有迁蜀。另外，从上下文看，太史公说"不违迁蜀，世传《吕览》"，只是为了论述"发愤著书"的理论而起兴的提法，并不是在叙说史实。所以，胡应麟说："《吕氏春秋》，太史以迁蜀后作者，一时信笔之词。"[1] 所谓《吕览》，是《吕氏春秋》一书的简称，

---

[1] ［明］胡应麟：《九流绪论（上）》，《少室山房笔丛》卷27，上海书店出版社，2001年8月，第269页。

意在强调是吕不韦编著的书,而并非特指《八览》。吕思勉先生对此曾有精当的论述:

> 其曰:"不违迁蜀,世传《吕览》",亦但取身废书行之意耳。此语本非叙不韦之著书,正不必斤斤于迁蜀与传书之先后也。而借吹毛求疵,将寻常述意达情之语,一一作叙事文看……①

吕不韦既未迁蜀,《八览》、《六论》成于迁蜀之后云云,自然就无从谈起。这意味着《吕氏春秋》的三个部分很可能是在同一时期完成的,且其成书必在秦王政十二(前235年)年吕不韦自杀前,因为吕不韦死后,他的门客都被驱逐遣散,聚集在一起著书的可能性微乎其微。

又,钱穆先生谓:"史公谓不韦迁蜀而著吕览,然则吕书确有成于迁蜀之后,并有成于不韦之身后者。"其根据是《孟冬纪·安死》中的一句话:"以耳目所闻见,齐、荆、燕尝亡矣,宋、中山已亡矣,赵、魏、韩皆亡矣,其皆故国矣",他引顾亭林的解释认为这句话表明当时六国都已经灭亡了。②徐复观先生也说"这分明是秦政二十六年灭六国以后的口气",故亦据之判断吕书并非一次性写定:"始皇八年,乃此书初次定稿之年。实则吕氏迁蜀,死于十二年,其后,秦政尚使人继续作整理工作。"③不韦迁蜀云云,上文已辩。唯吕书是否有成于不韦身后者,尚需厘清。钱、徐二人所持的关键证据是《安死》篇中所谓"尝亡"、"已亡"、"皆亡",认为它们指的是国家灭绝。国灭为"亡",固然不错,然而在战国时代,这并不是"亡"的唯一义项。《荀子·君道》云:

> 故人主无便嬖左右足信者,谓之闇;无卿相辅佐足任使者,谓之独;所使于四邻诸侯者非其人,谓之孤;孤独而晻,谓之危。

---

① 吕思勉:《史学四种·史通评》,上海人民出版社,1981年12月第1版,第189页。
② 钱穆:《吕不韦著书考》,《先秦诸子系年》卷4,商务印书馆,2001年8月第1版,第564页。
③ 徐复观:《〈吕氏春秋〉及其对汉代学术与政治的影响》,《两汉思想史》第二卷,华东师范大学出版社,2001年12月第1版,第51页。

国虽若存，古之人曰亡矣。①

这是说，倘若人君昏聩，各类人才不为所用，致使国势衰微，即使国土尚存，也可以称作"亡"。《韩非子·孤愤》更明确指出：

> 人主所以谓齐亡者，非地与城亡也，吕氏弗制而田氏用之；所以谓晋亡者，亦非地与城亡也，姬氏不制而六卿专之也。②

这里的"齐亡"、"晋亡"之"亡"是君权旁落的意思。同时，这句话还说明："亡"也可以指国土沦丧、国都陷落。《安死》篇用"尝"、"已"、"皆"等来分别修饰"亡"，已经暗示其并非尽指国破祀绝。傅武光先生曾考订出《安死》篇所言诸国之"亡"的所指：

> 齐之尝亡，当指临淄破于燕，愍王亡莒之事言（前284年）；荆之尝亡，当指郢都拔于秦，襄王走陈之事言（前278年）；燕之尝亡，当指燕哙让国、子之当权，以致齐人破燕，杀哙子之之事言（前314年）。所谓"宋中山已亡"者，《宋微子世家》："王偃立四十七年，齐愍王与魏、楚伐宋，杀王偃，遂灭宋而三分其地。"（前286年）又，《赵世家》："惠文王三年，灭中山，迁其王于肤施"（前296年），是二国并灭绝而不祀。所谓"赵魏韩皆亡"者，言其土地四削，日趋于危也。③

傅氏之论以史实为基础，严谨合理。所以，《安死》中的"亡"并非都是国灭祀绝的意思，而各有不同的含义，应该区别对待。钱、徐二人以今人之意妄度古人之意，没有注意到词汇意涵的时代性和复杂性，所论不可取。徐氏还称，吕不韦死后，秦王嬴政曾派人整理《吕氏春秋》，但他却没有给出任何资料来证明这一点，不知斯言何据。

---

① ［清］王先谦：《荀子集解》，中华书局，1988年9月第1版，第245页。本书下引《荀子》原文，皆出此本，若非必要，只记页码，不再详注。
② 《韩非子》，第30页。
③ 傅武光：《吕氏春秋与诸子之关系》，私立东吴大学中国学术著作奖助委员会，1993年2月，第106~107页。

姑且不论吕书是否暗含针砭嬴政之意，① 以吕不韦晚年两人水火不容的恶劣关系看，说嬴政有此举实在令人难以置信；而从嬴政称帝后发布"挟书律"、焚书、坑儒等行为中，我们也实在看不出他对整理、保存政敌的著作会有兴趣。总之，钱、徐所举的孤证是不可靠的，所作的猜测是不合理的，所得的结论是不可信的。

还有学者曾指：吕书三个部分中，以《十二纪》最为严谨，而《六论》、《八览》结构松散、错讹甚多，可见并非同时撰成。此论亦不无可议。《十二纪》以季节为序，按春生、夏长、秋收、冬藏之理，论治国治术，每纪首篇将人君的行事与时令、物候、天象联系起来，指明其起居、服色、祭祀及各项禁忌，构成一年的行政大纲，其结构确实井然有序。但览、纪并非无规律可循。其为文大致以首篇指出意旨，再举掌故、寓言、史实等分别阐述，以下每篇也准此而行，其史论结合的写作方式也甚为明晰，其结构并不松散。至若览、论的错讹，高诱曾说："既有脱误，小儒又以肆意改定。"② 可见吕书的本来面目在两汉时就已遭到破坏。据田凤台辑录前贤的研究成果所得的资料，③笔者统计出吕书的错讹，包括错简、脱讹、误引、重文计有83处，其中《十二纪》（包括《序意》）有28处，《六论》、《八览》共55处。以纪与览、论的错讹比例对照其篇数比例，可以发现，《十二纪》的错讹与《八览》、《六论》的错讹在数量级上是相当的。所以，据《十二纪》、《六论》、《八览》三部分的错讹推论其撰写时间的先后是不妥当的。

综上所论，我们认为所谓《吕氏春秋》是分部完成的说法是不可取的。吕书的成书还是应该以《史记》的记载为准，系同期一次性完

---

① 自来多有学者相信《吕氏春秋》暗含贬抑秦政的微言大义。如，钱穆认为该书《功名》篇"欲为天子，民之所走，不可不察"云云分明是"讥秦政虽以武强伸于一时，犹不为民之所走也"；又谓"即观其维秦八年之称，已显无始皇地位。当时秦廷与不韦之间，必有猜防冲突之情，而为史籍所未详者"。（《吕不韦著书考》，《先秦诸子系年》卷4，商务印书馆，2001年8月第1版，第564页）郭沫若更是说吕书："每一篇每一节差不多都是和秦国的政治相反对，尤其是和秦始皇后来的政见与作风简直是在作正面的冲突。"（《十批判书》，群益出版社，1947年4月，第351页）说《吕氏春秋》乃吕不韦的政治宣言书，尚有端倪可循，但若云吕氏企图藉此书来反对、对抗秦始皇，则纯是猜测。

② 《吕氏春秋》，第8页。

③ 田凤台：《吕氏春秋探微》，台湾学生书局，1986年3月初版，第94～118页。

成,而且其时间必在吕不韦自杀前。

三、"岁在涒滩"是指秦始皇六年

厘清了第一个问题,就可以进行具体的讨论了。本书据以讨论的基础是《吕氏春秋·序意》中的一句话:"维秦八年,岁在涒滩。"《序意》虽然是残篇,但这句话在文章的开头,且是吕不韦亲口所说,不存在错讹。这一点古今无异议。"维秦八年"是诸侯纪年,"岁在涒滩"是太岁纪年,二者并称,指谓同一年份。只要弄清二者的所指,便可据之推断吕书的完成时间,然纷纭争讼亦发端于此。

"维秦八年"这个说法有些奇怪,怪就怪在那个"秦"字。"维"是发语词。在出土文献表示时间的句子中,经常出现"隹"字,一般隶定后写作"惟",在文法上与这里的"维"是类同的,都是语气词,没有实在的意义。如,秦国早期的《不其簋》铭文首句:"隹(惟)九月初吉戊申。"《春秋》以君王即位年次纪年,再系之月,而日多用干支,如《隐公》:"元年,春,王正月"、"二年……秋八月庚辰"等等。从出土的战国时期秦文献看,按君王即位年次纪年是当时秦国通行的纪年方法。究其具体,则有两种:君王称号加上年份,如睡虎地秦简《编年记》"昭王元年"、"庄王三年"等等;还有一种更常见的是不加君王名号而径言年、月、日,如秦武王《更田律》"二年十一月己酉朔二日"等。《吕氏春秋》是秦王嬴政时期的著作,纪年不说"秦王八年"或"八年",而称"秦八年",显然"秦"包含了特别的意思——继周祚而立。据《史记·秦本纪》,秦庄襄王元年,"东周君与诸侯谋秦,秦使相国吕不韦诛之,尽入其国"。吕不韦亲率大军消灭东周,彻底断绝了周王朝800年的国运,而当时的秦国在诸侯国当中国力最盛,一匡天下几乎已无障碍。这使得吕不韦完全有理由相信秦承周祚只是时机问题,因而自称"秦"。这从与吕书差不多同时的秦骃玉版铭也可以获得印证。铭云"周世既没,典法散亡",表明周已灭亡。器主秦骃自言"欲事天地、四极三光,山川神祇、五祀先祖",又说"世万子孙,以此为尚",这完全是天下共主的口气。所以,"维秦八年"是指庄襄王灭周后之八年,而不是秦始皇即位后之八年。

那么,这个"八年"从何时起算呢?陈奇猷先生说应该"从庄襄王灭东周的第二年癸丑（前248年）起算"①。他依据的是清人孙星衍对"岁在涒滩"的考证。"岁在涒滩"实际上是春秋战国时期盛行的岁星纪年法。岁星指的是木星。古人很早就认识到木星12年运行一周天。人们把周天分为12分，称为12次，木星每年行经一次，就用木星所在星次来纪年。"涒滩"为岁星纪年的名称之一，对应于地支中的"申"。孙星衍《太阴考》曰：

> 考庄襄王灭国后二年，癸丑岁，至始皇六年（按：准确的说法应该是"秦王政六年"。当时嬴政尚未自称"始皇帝"），共八年，适得庚申岁，申为"涒滩"，吕不韦指谓是年。高诱注误以秦始皇即位八年，则当云"大渊献"也。②

孙氏之说包含三层意思：首先，"维秦八年"指庄襄王灭周后八年，非秦始皇即位八年。这与本书的意见是一致的。其次，为了使"涒滩"与太岁纪年干支"申"相契，须从庄襄王灭东周的第二年（癸丑岁）开始计算"八年"之数。再次，《序意》所说的"维秦八年"指"秦王政六年"。孙说影响很大，后来的很多学者都据之以推论吕书年代。陈奇猷先生即是其中之一。

但是，反对者同样言之凿凿。姚文田先生作《〈吕览〉"维秦八年，岁在涒滩"考》，认为"维秦八年"当指"秦王政七年"。他说："考淮南王安封于孝文之十六年，子长著之《史记》，孟坚仍其旧文，计孝文十六年，下至太初元年，六甲适一周，则是年亦当为丁丑。淮南子云：淮南元年冬，太一在丙子。太一即太岁，与班史显差一岁。上推始皇元年，实为甲寅。"就是说，据《淮南子》之文可知秦始皇（王政）元年的干支非《史记》所载的乙卯而是甲寅。这样往后数六年得庚申（涒滩），是年为秦王政七年。姚氏又据《韩非子·五蠹》篇"周去秦为纵，期年而举"之言认为庄襄王元年（辛亥）灭东周是

---

① 陈奇猷：《〈吕氏春秋〉成书的年代与书名之确立》，《复旦学报》1979年第5期。又见其著《吕氏春秋校释》附录第1885页（学林出版社，1984年4月第1版）及其修订版《吕氏春秋新校释》的附录第1885页（上海古籍出版社，2002年4月第1版）。
② ［清］孙星衍：《太阴考》，《问字堂集》卷1，《孙渊如先生全集》，王云五主编《万有文库》本，商务印书馆，1935年3月初版，第19页。

不确切的，应是庄襄王二年（壬子）。这意味着，只有从庄襄王三年（癸丑）以后才能称"秦"，但甲寅已是秦王政元年，所以吕不韦所称的"秦八年"实际上包含庄襄王三年在内。钱穆先生全引姚说，并称其论"甚辨而核"。① 但傅武光先生却认为其说有百密一疏之憾。他说：

> 秋农（按：姚文田，字秋农。）据淮南元年冬太岁在丙子之言，遂以丙子当此年全年之岁名，未察太初以前以十月为岁首，一年中跨夏正两岁之甲子也，实则淮南明言"淮南元年冬，太一在丙子"，元年冬乃元年之岁首，非岁末。其夏秋冬，太一在丁丑矣。故淮南元年（孝文十六年），可称丙子，亦可称丁丑。并非差一岁。同理，太初元年，亦可兼称丙子与丁丑，而始皇元年可称甲寅，亦可称乙卯。秋农之疑，至此可以冰释。
>
> 顺此以推，始皇七年，可称庚申，亦可称辛酉。该是年之冬（岁首），岁次庚申，而春夏秋则岁次辛酉也。秋农误以庚申为是年全年之岁名。……然则吕览所谓"岁在涒滩"者，实不当始皇之七年。因吕览于"岁在涒滩"之下，明言"秋甲子朔"；而始皇七年秋，已非"涒滩"（申），而为作噩（酉）！涒滩之秋，乃在始皇之六年。故吕览所谓"维秦八年，岁在涒滩"者，实在始皇之六年。②

傅武光所谓"太初以前以十月为岁首，一年中跨夏正两岁之甲子也"的说法，实脱胎于清人王引之的"夏正秦正纪岁相错"论。王氏《太岁考·论夏正秦正纪岁相错》谓：

> 秦自文公建亥之月为岁首，而终于建戌之月。汉初因之，每岁取夏正之冬，益以第二年之春夏秋为一岁。于是，一岁之中，常跨夏正之两年；而纪岁之甲子，亦兼两年之甲子。如岁首为夏正甲子寅年之冬，则纪岁可称甲寅矣；而春夏秋则又在夏正乙卯

---

① 钱穆：《吕不韦著书考》，《先秦诸子系年》卷4，商务印书馆，2001年8月第1版，第560~561页。
② 傅武光：《吕氏春秋与诸子之关系》，私立东吴大学中国学术著作奖助委员会，1993年2月，第88~89页。

年中，故亦可依乙卯纪岁。①

马王堆汉墓帛书《五星占》和《刑德》在秦始皇元年上的矛盾似乎印证了王氏的观点。《五星占》开头列举了十二岁星之名及相应岁星的晨出位置，云：

> 东方木，其帝大浩（皞），其丞句苋（芒），其神上为岁星。
> 岁处一周，是司岁。岁星以正月与营宫晨［出东方］，［其名为摄提格］。［其明岁以二月与东壁晨出东方］，［其名］为单阏。……［其明岁以正月与营宫晨］出东方，复为聂（摄）提［格］。［十二岁］而周。②

《五星占》不仅证实了古人所谓十二岁星及其名称的存在，而且其开头文字记录的岁星行度和《淮南子·天文训》的记载几乎相同：

> 东方，木也，其帝太皞，其佐句芒，执规而治春；其神为岁星，其兽苍龙，其音角，其日甲乙。
> 太阴在寅，岁名曰摄提格，其雄为岁星，舍斗、牵牛，以十一月与之晨出东方，东井、舆鬼为对。太阴在卯，岁名单阏，……太阴在甲子，刑德合东宫，常徙所不胜，合四岁而离，离十六岁而复合。③

陈久金先生据此推断出秦始皇元年（前246年）为"摄提格"岁，即是甲寅年。④但是，在马王堆帛书《刑德》乙本的"刑德大游

---

① ［清］王引之：《论夏正秦正纪岁相错》，《经义述闻》卷29，王云五主编《万有文库》本，商务印书馆，1935年9月初版，第1176~1178页。
② 刘乐贤：《马王堆天文书考释》，中山大学出版社，2004年5月第1版，第29~30页。
③ 张双棣：《淮南子校释》，北京大学出版社，1997年8月第1版，第263、373~374页。
④ 陈久金：《从马王堆帛书五星占的出土试探我国古代的岁星纪年问题》，《中国天文学史文集》第一集，科学出版社，1978年版，第48~65页。

甲子图"中，在乙卯小图的左下角明白地写着"秦皇帝元"！① 据刘乐贤的研究，《五星占》和《刑德》分别抄写于"汉文帝前元三年至十二年之间"、"高后元年至汉文帝前元十二年之间"，② 也就是西汉初年，而它们的写成时期显然要更早。这就是说，从出土文献看，在秦汉之际，秦始皇元年既被称作甲寅年，又被称作乙卯年。由是观之，"岁在涒滩"指谓秦始皇六年是可以信赖的。傅武光的结论和孙星衍的推断看似殊途同归，实则前者所依据的用历事实更可靠。

四、《吕氏春秋》成书于秦王政五年至七年之间

行文至此，似乎可以对"岁在涒滩"的指称做出结论了，但事情并没有这么简单，因为太岁纪年还存在更为复杂的是否"超辰（跳辰）"的争论。自清人钱大昕提出"太岁超辰说"③ 以来，赞同或反对的声音就没有停止过。首先站出来挑战钱说的便是他的学生孙星衍。孙氏《再答钱少詹书》谓：

> 今按《史记·十二诸侯年表》，自共和讫孔子，太岁未闻超辰。表自庚申纪岁，终于甲子，自属史迁本文，亦不可谓古文不以甲子纪岁。……吾师又谓：汉太初元起丙子，而后人命为丁丑，以为超辰之故。不知太初改元之正月，为丁丑岁，以先一年丙子冬至，下诏定历，故云太岁在子，非超辰之谓。④

王引之有《太岁考》一文，其第 23 条专论太岁超辰之法古今所不见。⑤ 蒋南华先生同意王说，并谓："'太岁'只是一个假想的天体，它不像真岁星那样，要以天象观测为依据。因此它也不像岁星那样存

---

① 陈松长：《马王堆帛书〈刑德〉甲、乙本的比较研究》，《文物》2000 年第 3 期，第 79 页。
② 刘乐贤：《马王堆天文书考释》，中山大学出版社，2004 年 5 月第 1 版，第 21 页。
③ ［清］钱大昕：《太阴太岁辨》，《潜研堂文集》卷 16，吕友仁标校《潜研堂集》上海古籍出版社，1989 年 11 月第 1 版，第 251～253 页。
④ ［清］孙星衍：《再答钱少詹书》，《问字堂集》卷 5，《孙渊如先生全集》，王云五主编《万有文库》本，商务印书馆，1935 年 3 月初版，第 131 页。
⑤ ［清］王引之：《太岁考·论太岁超辰之法古今所不见》，《经义述闻》卷 30，王云五主编《万有文库》本，商务印书馆，1935 年 9 月初版，第 1197～1199 页。

在'跳辰'的问题。"① 但是，潘师啸龙先生则引实例证明："东汉采用的纪年干支不跳辰，而西汉以前的岁星纪年的'太岁'却是有'跳辰'的。"他所据以推论的实例之一是《汉书·律历志》中记载的高祖元年（前206年）纪年："岁在大棣，名曰敦牂，太岁在午。"若按不超辰推算，则至王莽五年（13年）为"太岁在申"；但是，《汉书·王莽传》所记的王莽五年的纪年是："岁在寿星，苍龙癸酉。"可见这是因为实测岁星出现了超辰，而太岁则由"壬申"跳入了"癸酉"。② 刘坦先生指出："后之学者，忽略从秦始皇八年迄汉武帝太初元年，其间有两处超越顺序之岁次——汉高帝元年超癸巳在甲午——汉武帝太初元年超丙子在丁丑，但取四分历纪年岁次之体系完整，推数顺利，于是言秦始皇八年之岁次者遂曰壬戌。"③ 这是说孙星衍等人依据汉代才实行的"四分历"对《吕氏春秋》的时代进行推测，没有考虑到当时的历法实际及其误差。考虑到两处"超辰"问题，"岁在涒滩"的庚申岁必须在孙氏的数字上推后两年，是为秦王政八年，也就是《序意》所说的"维秦八年"，也即是公元前239年。

在"超辰"问题上，两派的意见可谓旗鼓相当。之所以会出现这样的争议，笔者认为是因为春秋战国时期，人们的天文知识有限，所用历法并不精密，此诚如钱大昕所言："推步之学，古疏而今密。"④ 另外，相关的文献记录也比较缺乏，致使今人对古人用历的具体情况知之甚略。虽然汉以后流传下来不少历法著作，但对前人之用历要么语焉不详，要么错讹抵牾，使得在对古历的推定、十二次的形成过程等问题上言人人殊，在相关问题上人们总能找到一些资料来支持自己、否定对方，而不能取得一致的意见。这给后来的人带来更大的困扰。钱大昕在谈到他作《太阴太岁辨》的动机时就说："予恐读《淮南》《太史公》者不得其解而详考之，知其误自《汉志》始，因书以谂同

---

① 蒋南华：《中国传统天文历术》，海南出版社，1996年2月第1版，第60页。
② 潘啸龙：《论"岁星纪年"及屈原生年之研究》，《安徽师范大学学报》1997年第3期，第317～325页。
③ 刘坦：《"吕览"涒滩与"服赋"单阏、"淮南"丙子之通考》，《历史研究》1956年第4期，第77-89页。
④ ［清］钱大昕：《太阴太岁辨》，《潜研堂文集》卷16，吕友仁标校《潜研堂集》，上海古籍出版社，1989年11月第1版，第252页。

志者。"① 所以，要平复异议、取得共识彻底地解决这些问题，一方面要求研究者具有专、精的学识，另一方面恐怕还要寄望于新出土文献。马王堆汉墓帛书《刑德》的出土，就为人们重新认识太岁纪年等问题提供了新材料。

一般认为，太岁纪年行用于战国及秦汉之际，而历史干支纪年法的使用远在其后。但是，马王堆汉墓帛书《刑德》乙篇甲子表的出现使这个通行的观点面临挑战。《刑德》乙篇的六十甲子纪年与干支纪年法完全一致，更关键的是它还提到三个年代，其中最早的是"秦皇帝元"②。法国学者 M. 卡林诺斯基据此指出：

> 《刑德》乙篇提供了战国末使用六十甲子编年的确凿证据，尤其是从秦始皇元年（前246年）开始每年的干支纪年完全与在东汉末普及的传统干支纪年法协调一致，即使起初这种编年法可能只是在星占历数家中间流行，但历代编年法是在此形式的基础上改造完成是毋庸质疑的。
>
> 因此用"太岁超辰"这类观点解释汉武帝以前的岁星纪年应持谨慎态度。③

而刘乐贤先生的意见更直截了当："根据马王堆帛书的资料，我们可以说早期的太阴就是后来的太岁，以前所谓的太岁超辰的说法显然不能成立。"④ 陶磊先生通过对马王堆《五星占》的研究得出了相同的结论。⑤ 所以，对于"太岁超辰"的说法，限于学识和上面提到的疑虑，本书认为目前断言其错误尚虽为时过早，但确实应该审慎对待，

---

① ［清］钱大昕：《太阴太岁辨》，《潜研堂文集》卷16，吕友仁标校《潜研堂集》上海古籍出版社，1989年11月第1版，第253页。

② 傅举友、陈松长：《马王堆汉墓文物》，湖南出版社，1992年5月第1版，第134~143页。

③ ［法］M. 卡林诺斯基（Marc Kalinowski）著、方玲译：《马王堆帛书刑德试探》，载饶宗颐主编《华学》第一期，中山大学出版社，1995年8月第1版，第87页。

④ 刘乐贤：《马王堆天文书考释》，中山大学出版社，2004年5月第1版，第224页。

⑤ 陶磊：《〈淮南子·天文〉研究——从数术史的角度》，齐鲁书社，2003年7月第1版，第73~85页。

不宜据其推断《吕氏春秋》的年代，而应以《史记》的相关历史记载来确定是书的完成时期。

最后总结一下：《吕氏春秋·序意》中的"岁在涒滩"是指秦王政六年（前241年）。这与《史记·吕不韦列传》将吕氏编书之事记在秦王政元年到七年之间是契合的。又，吕不韦终灭周在秦庄襄王元年（前249年），其自称"秦"当然只能从庄襄王二年（前248年）开始，如此，前后恰是"维秦八年"。但在确定《吕氏春秋》的成书时期之前，还需考虑两个方面的问题：一、要完成这一部前所未有的巨制，前期的构思准备工作必不可少，这必然要花费一定的时间，但不会超过一年；二、吕不韦号称有"食客三千人"，这个数字或有夸饰，但当时参与著书的人一定不在少数；《史记》同时指出吕不韦编书的动机之一是"羞不如"战国四公子而欲藉此书邀誉天下，所以这项"形象工程"不会拖得很久，大约在《序意》写完后的一年内即告成书。综合这些因素，本书认为：《吕氏春秋》成书于秦王政五年到七年之间（前242～前240年）。

第五章　秦国文学史年表

刘跃进先生曾对秦代文学有编年，起于秦王嬴政元年（前246年），讫于秦二世胡亥三年（前207年），就其内容而言，不仅记录文学行为和作品，更兼及文化活动。[①] 本章则是根据本书三、四两章的考述结果，以秦国的文学活动和作品为核心，按照时间顺序进行编年，并据相关载籍对诗、文、铭、书等的内容略加说明，其目的在于简明扼要地总结东周秦人的文学活动和文学成果，同时也企图从"史"的角度直观秦人的文学特色。

周宣王时秦庄公（前820年左右），不其簋铭文

　　周宣王时，猃狁侵扰周朝的西部。王命伯氏和不其（秦庄公）率军抵抗。胜之。伯氏回朝向周王报功，并令不其追击穷寇，又有斩获。秦人因是铸铭以纪之。铭文属于纪功铭。

春秋初期（秦襄公立国后），秦子簋盖铭文

　　宣扬秦子温良恭敬之德行。铭文属于追孝铭。

秦庄公时代至秦景公三十三年（前821～前544年），《诗经·秦风》

　　《无衣》。周宣王七年（前821年），秦仲死于伐戎的战斗。"周宣王乃召庄公昆弟五人，与兵七千人，使伐西戎"。秦人同仇敌忾，踊跃参战，因有该诗。

　　《终南》。此乃周王室的臣子见秦襄公受封岐周故地，特颂扬之并寓劝诫意，令其不忘天子之德。

　　《车邻》。秦襄公之时，贵族宴乐，因赋该诗。

　　《兼葭》。《序》云："刺襄公也。未能用周礼，将无以固其国

[①] 刘跃进：《秦汉文学编年史》，商务印书馆，2006年5月1版，第3～45页。

焉。"不可信。

《驷驖》。秦武公之时，狩猎北园，因赋该诗。

《小戎》。秦穆公三十七年（前623年）以前，秦与西戎诸族力战不断。将士守边备战，其妇于家思之，因有该诗。

《黄鸟》。鲁文公六年（前621年），"秦伯任好卒。以子车氏之三子奄息、仲行、鍼虎为殉。皆秦之良也。国人哀之，为之赋《黄鸟》"。

《渭阳》。鲁僖公二十四年（前636年），秦穆公派兵护送重耳入晋为君。太子罃（即后来的秦康公）送至渭水。重耳历经坎坷，流浪国外十数年而终得归国为君，斯时值罃之母，亦即重耳之姊穆姬新逝。别舅思母，触景生情，太子罃因赋该诗。或谓，康公元年（前620年），晋襄公卒。康公乃效法其父，派兵护送出亡在秦的襄公弟公子雍归国即位，却在途中被晋军偷袭得手，遭遇兵败。康公不禁想起十六年前自己送文公回国即君位时的情景。当年的甥舅之国如今视若仇雠，康公因作《渭阳》以感怀之。

《晨风》。爱情诗，描写一女子忧虑男子无情、怕他忘了自己，细腻地反映了恋爱中的女子患得患失的心理。写作时间不可确考。

《权舆》。写落魄贵族对过去锦衣玉食生活的怀念，感慨今不如昔。写作时间亦不可确知。

秦文公十三年（前753年），《秦记》

秦文公13年，秦国开始以史官记事，并教化百姓，其直接成果就是《秦记》。该著上溯秦襄，下及六国。司马迁说它"不载日月，其文略不具"，可见其文体特征。

秦武公时代的后半段（前686～前677年），太公庙秦公钟、镈铭文

秦武公夺回君位，稳定内政后，把目标转向威胁秦国生存的戎狄部族。从武公元年至十一年，先后败彭戏氏、邽戎、冀戎，灭小虢，诸戎自是不敢轻易叩关。武公因是铸铭，告功先祖，并

纪己功。铭文属于追孝铭。

秦穆公三十三年（前627年），《秦誓》

秦穆公三十三年，秦派军潜越晋桃林、崤函，奔袭郑都，未果而还。行军至崤山，遭晋军埋伏，大败，统帅百里孟明视、西乞术、白乙丙被俘。这是秦晋争霸中原的首次交锋，以秦惨败告终。袭郑前，秦国老臣蹇叔曾力谏穆公，说："劳师以袭远，非所闻也。师劳力竭，远主备之，无乃不可乎！师之所为，郑必知之。勤而无所，必有悖心。且行千里，其谁不知。"并预言秦军必败。穆公大怒，骂道："尔何知？中寿，尔墓之木拱矣。"及败，穆公省悟己之鲁莽和无礼，遂"素服郊次，乡师而哭"，并作悔过辞。秦国史官据此增饰而成《秦誓》。

秦景公四年（前573年），秦公大墓残磬铭文

秦景公四年，秦国举行亲政冠礼禘祭，在获得周天子认可后，宣布正式继承先祖之业。器铭是事后宴乐时所作。

秦景公十八年（前559年），秦公簋铭文

桓公之时。秦国屡遭晋败。秦景公即位后，一直伺机报复。十三年（前564年），晋饥，景公遂联楚伐晋，败之；十五年（前562年）冬，秦晋战于栎，晋师再败；十八年（前559年）夏，晋率领诸侯伐秦，又败。五年三战，皆胜晋国，对秦景公来说自是不错的功绩。三战之中，尤十八年的"迁延之役"对晋国打击最大。晋大夫栾鍼说："此役也，报栎之败也。役又无功，晋之耻也。"敌耻我荣，值得告慰先祖。秦公簋很可能就在该年（前559年）胜晋后烝祭先公时所铸，铭文之作亦当在同时。

秦景公时代，《石鼓文》

秦君率部渔猎畋游，宴乐赋诗，刻石以纪。

春秋中晚期，怀后磬铭文

  周王后赐祭胙给秦公夫人，秦公夫人感念其恩泽而作该器。

秦惠文君四年（前334年），秦封宗邑瓦书铭文

  秦惠文君"三年，王冠"。第二年，周显王"致文武胙于秦惠王"。瓦书即作于该年（前334年）。

秦惠文王后元十三年（前312年），《诅楚文》

  秦惠文王后元七年（前318年），楚怀王为纵长，率六国之兵攻秦。十二年（前313年）年，因受张仪所谓献商於六百里地之骗，楚怀王复又攻秦，翌年（前312年）兵败丹阳。怀王恼羞成怒，"乃悉国兵复袭秦，战于蓝田"。决战前夕，秦人作诅文，祈神佑军，激荡士气，以期战胜楚军。

秦武王二年（前309年），青川木牍文（正面）

  秦武王二年（前309年），王命丞相甘茂等更修《为田律》。布告天下后，有人抄录其文于木牍。

秦昭王三十八年（前269年），放马滩秦简《墓主记》

  简文记述了一个名字叫丹的人死而复活的故事，是目前所见的最早的一篇志怪文学作品。

秦王政五年至七年之间（前242~前240年），《吕氏春秋》

  秦灭周后，一统天下指日可待。吕不韦"乃使其客人人著其所闻，集论为八论、六览、十二纪，二十余万言"，以为新王朝治道之用。事在秦王政五年到七年之间（前242~前240年）。司马迁说，《吕氏春秋》乃是吕不韦为比美"战国四公子"，邀誉天下而作。

秦王政十年（前237年），李斯《谏逐客书》

秦王政十年，"韩人郑国来间秦，以作注溉渠，已而觉。秦宗室大臣皆言秦王曰：'诸侯人来事秦者，大抵为其主游闲于秦耳，请一切逐客。'李斯议亦在逐中。"斯乃上书，力陈利弊。"秦王乃除逐客之令，复李斯官，卒用其计谋。"

秦昭王五十二年至秦王政二十六年（前255－公元前221年），秦骃玉版铭文

"孟冬十月"，秦曾孙骃"身遭病"，久而不愈，遂至华大山，祈神佑之。后来，"骃之病自复"，故祷祝还愿。玉版刻铭即是其祷祝辞。

秦昭王五十五年至秦王政元年（前252～前246年），云梦睡虎地M11《为吏之道》

秦王政二十年（前227年）四月初二，云梦睡虎地M11《语书》

秦昭王二十八年，"大良造白起攻楚，取鄢、邓，赦罪人迁之。二十九年，大良造白起攻楚，取郢为南郡，楚王走。"秦王政二十年（前227年）四月初二，南郡守滕向治下县、道负责官员发布公文，饬令其恪守律法，移风易俗。

秦始皇二十四年（前223年）二月十九日，《黑夫尺牍》

征战在淮阳的黑夫、惊写信给在家的兄弟中，汇报近况，索要夏衣，同时问候母亲和亲友。

秦始皇二十四年（前223年）三、四月间，《惊尺牍》

征战在淮阳的惊写信给在家的兄弟中，急索购置夏衣的钱款，同时问候母亲、妻女和亲友。

秦始皇三十年（前217年）前后，云梦睡虎地M11《编年记》

秦国文书小吏喜，以编年方式记录了秦统一全国的主要战事和自己的生平事迹。其记事始于秦昭王元年，终于秦始皇三十年。该墓出土的秦律简可能也是他在任时所摘抄。

战国末期至秦始皇三十年（前217年），云梦睡虎地M11《秦律十八种》、《效律》、《秦律杂抄》、《法律答问》、《封诊式》、《为吏之道》、《日书》甲种、《日书》乙种

　　八种简文的抄写当在秦王政三年到秦始皇三十年之间，其成文时间当然要早一些，可能有部分商鞅变法时期流传下来的律文。

从上表可以看出，五百五十年间秦国文学的发展呈现出一种明显的不平衡状态：立国到春秋晚期（秦景、哀公）之前的约300年的时间内，文学作品比较多且以四言诗歌为主；而战国早、中期（秦厉公到秦武王）比较沉寂，几乎没有什么文学作品；到了战国末期（秦昭襄王、孝文王、庄襄王、秦王政）则有所改观，除了有较多来自下层民众的作品，还出现了像《吕氏春秋》这样的巨制，在文学样式上以散文为主。

第六章 秦文化与秦嬴文化精神

第一节 秦民族与秦文化的渊源

秦人嬴姓，其同姓有徐氏、郯氏、莒氏、终黎氏、运奄氏、菟裘氏、将梁氏、黄氏、江氏、修鱼氏、白冥氏和蜚廉氏，他们"或在中国，或在夷狄"，① 秦氏就是生活在西部夷狄之地的嬴姓分支。对秦嬴的族源和早期历史的认识，目前所能依凭的主要材料是《史记·秦本纪》。遗憾的是，它的相关记载过于简略，且杂糅了明显的神话成分，致使学者们只能雾里看花而未敢悬断。②

20世纪80年代，北京大学考古系和甘肃省文物工作队在甘肃天水地区的甘谷县毛家坪村，发现了面积达二百平方米的居址遗迹，内有灰坑、残房基地面等。根据底层堆积判断，其年代从西周早期一直延续到战国中晚期。另外，考古工作者还在这里发掘出一批秦文化墓葬，

---

① 《史记》，第221、174页。

② 对于秦族和秦文化的渊源问题，学界素有"西来说"和"东来说"两种观点。前说以王国维、蒙文通等人为代表，认为秦人源出西方，本为戎族；后说以卫聚贤、黄文弼、林剑鸣等人为代表，认为秦人来自东方，本是东夷部族。两说针锋相对，聚讼不断，至今未决，不过近年信奉"东来说"的学者渐多。陈平先生在《关陇文化与嬴秦文明》一书中有专节介绍（江苏教育出版社，2005年4月第1版，第133~146页），可参看。赵化成先生试图从近年发现的早期秦文化遗存和墓葬出发，对其渊源进行了新探索，这应该是一个值得努力的方向（参其论文《寻找秦文化渊源的》，《文博》1987年第1期，第1~7、17页）。另外，黄留珠先生曾提出"秦文化二源说"（《秦文化二源说》，《西北大学学报（哲学社会科学版）》1995年第3期，第28~34页），认为秦文化"源于东而兴于西"。这个意见是在文化渊源和族属渊源不可分割的前提下提出来的，意在调和二说。这个问题最新的进展是，李学勤先生根据2008年入藏清华大学的战国竹简文《系年》提出：秦的先人是原在东方的商奄之民，后在周成王时期西迁至朱圉，即今甘肃甘谷县西南（参李学勤《清华简关于秦人始源的重要发现》，《光明日报》2011年9月8日第11版）。

出土了不少陶器。① 在距毛家坪约 50 公里的天水县董家坪村，考古工作者也发现了与之年代接近、文化面貌类似的秦文化遗存。② 甘谷和天水都处于渭水上游谷地，自然条件优越，适合人类生存。《史记·秦本纪》云：

> 自太戊以下，中衍之后，遂世有功，以佐殷国，故嬴姓多显，遂为诸侯。其玄孙曰中潏，在西戎，保西垂。生蜚廉。……蜚廉复有子曰季胜。季胜生孟增。孟增幸于周成王，是为宅皋狼。

"西垂"，又称"犬丘"或"西犬丘"，地在今甘肃礼县。③ 孟增受宠于周成王，其曾祖中潏"保西垂"，由此上推，可知最晚在殷周之际，嬴姓部族就已活动在现在的甘肃东部一带。

《秦本纪》载，西周中期，周孝王听说中潏的八世孙、大骆的庶子非子善于养马，于是，"召使主马于汧渭之间，马大蕃息"。孝王因此想让非子作为大骆的嫡嗣，代替大骆的嫡子成，但遭到申侯的反对，于是便封非子为附庸，"邑之秦，使复续嬴氏祀，号曰秦嬴。亦不废申侯之女子为骆嫡者，以和西戎"。由此可知，所谓的"秦"是指嬴姓部族非子一支的封地，"秦人"便是居于秦地的非子族人及其后裔，而

---

① 甘肃省文物工作队、北京大学考古系：《甘肃甘谷毛家坪遗址发掘报告》，《考古学报》1987 年第 3 期，第 359～396 页。

② 赵化成：《甘肃东部秦和羌戎文化的考古学探索》，收俞伟超主编《考古类型学的理论和实践》，文物出版社，1987 年 5 月第 1 版，第 166～167 页。

③ 关于中潏之"西垂"、后来大骆和非子所居之"犬丘"以及后来秦庄公至文公所居之"西犬丘"，过去人们对其地望和相互关系一直有不同认识。1921 年，王国维先生发表《秦都邑考》，认为"犬丘"乃"西犬丘"之省，并怀疑三者本一地（《观堂集林》卷 12，中华书局，1959 年 6 月第 1 版，第 529～533 页），但认同者不多。直到 20 世纪 80 年代，段连勤先生从《左传》中发现新材料，证成王说。隐公八年，《经》："宋公卫侯遇于垂"；《传》："宋公以币请与卫，请先相见。卫侯许之，故遇于犬丘。"杜注："犬丘，垂也，地有两名。"由此可见，"西垂"、"犬丘"以及"西犬丘"乃一地之异名，地即汉陇西郡之西县，亦即今甘肃省礼县。段说获得了普遍赞同。详参段文《关于夷族的西迁和秦嬴的起源地、族属问题》（《秦文化论丛》第一集，西北大学出版社，1993 年 5 月第 1 版，第 159～174 页）。至于"西犬丘"更具体的位置，人们也有争议。近年通过对西汉水上游汉以前文化遗址的调查，张天恩认为位于今礼县永兴乡赵坪村以西、龙槐沟以东、漾水河以西和以南的面积约 30 万平方米的赵坪遗址就是西犬丘故墟。参张文《甘肃礼县秦文化调查的一些认识》（《考古与文物》2004 年第 6 期，第 76～80 页）。

"秦文化",准确地说,是指由非子一裔创造的各方面的文明成果。当然,其族源和文化渊源可以追溯到中潏,甚至更早的传说时代。

非子本居犬丘,获封附庸后,便移居秦邑,犬丘仍由大骆及成居住。《史记正义》引《括地志》云:"秦州清水县本名秦,嬴姓邑。"这是说,秦之地望在今甘肃清水县境内。自来的学者多信此说。然据《秦本纪》,秦文公四年(前762年)东猎至汧渭之会,云:"昔周邑我先秦嬴于此,后卒获为诸侯。"清楚地表明:"汧渭之会"与"秦"是同一个地方。据考,汧渭之会即古陈仓,地在今陕西宝鸡境内,和清水县无涉。①《史记》所言,意思本来很明白,但有的学者为了迁就《括地志》之说而强作它解,②实无必要。问题是,既然非子一支已经居于"汧渭之会",他的后代秦文公为什么还要率军东猎至此并卜居之呢?这就涉及秦族早期的生存环境,特别是和西戎的关系问题了。非子封于秦邑后,其子秦侯、其孙公伯一直安居于此,但到了其曾孙秦仲的时候,周边形势发生了变化。《秦本纪》:

> 秦仲立三年,周厉王无道,诸侯或叛之。西戎反王室,灭犬丘大骆之族。周宣王即位,乃以秦仲为大夫,诛西戎。西戎杀秦仲。秦仲立二十三年,死于戎。有子五人,其长者曰庄公。周宣王乃召庄公昆弟五人,与兵七千人,使伐西戎,破之。于是复予秦仲后及其先大骆地犬丘,并有之,为西垂大夫。庄公居其故地西犬丘,生子三人,……襄公为太子。

---

① 2003年,陕西省考古研究所与宝鸡市考古工作队在宝鸡凤翔县长青乡孙家南头村清理出100余座秦墓,并发掘了与墓地相关联的先民聚居遗址350多平方米。据称,这些墓葬中,春秋秦墓的葬式均为仰身屈肢,随葬陶器也显示了典型的秦人风格。另外,东岭M191、M126随葬品规格很高,系贵族墓葬。考古人员相信,汧渭之会应该就在这一带。(原建军、生王勇:《秦国都邑"汧渭之会"横空现世》,《西安日报》2004年11月1日第7版)

② 陈平先生谓:"第二种是笔者新近才作出的另一种理解,即将该语作'昔日周王正是在此地将秦邑封赏给了我先人秦嬴'理解。这一理解只是强调封邑这个仪典所举行的地点在'汧渭之会',而不管秦邑这个地方是否即在'汧渭之会'。照这种理解,非子邑秦就不一定非在后来秦文公立足的'汧渭之会'。"(参陈著《关陇文化与嬴秦文明》,江苏教育出版社,2005年4月第1版,第225页)

由上可知，秦仲三年（前842年），西戎消灭了秦人先祖大骆留居犬丘的其他分支后裔，并鸠占鹊巢长达二十余年。期间，秦、戎双方展开了长久而惨烈的拉锯战，秦仲战死。最终，秦仲长子秦庄公赶走西戎，收复了祖地，周宣王随后封庄公为西垂大夫，领有秦和犬丘两地，庄公选择居于犬丘，① 秦族的活动中心也随之转移到了犬丘一带。秦庄公之子襄公也居犬丘，② 直到其孙文公四年复又迁居"汧渭之会"。换言之，秦族自非子至秦文公早年的主要活动区域有两个：秦和陇上的西垂，并曾因与西戎的角力在两地间往来反复。这一点对厘清秦人早期的历史和文化起源非常重要，不可不辨。

较之新建的秦邑，西垂一带是秦族祖地，自商周之际到西周末年一直是秦嬴民族核心活动区域，其文化积淀要深厚得多。近年发现的礼县大堡子山秦西垂陵区证明了这一点。考古调查同时发现，在陇上地区存在一条秦文化带，"东起陇山脚下的张家川回族自治县、清水县一直延伸到天水县、秦安县、甘谷县、武山县的鸳鸯镇一带为止。沿渭水两侧，东西长约150多公里（直线），宽3~30公里不等"。③ 秦文化即孕育于此。秦文公四年营邑于汧渭之会，标志着秦人正式进入关中地区。他们在以后的漫漫岁月中不断东向，由陈仓而平阳（今陕西宝鸡阳平镇）、雍城（今陕西凤翔）、栎阳（今陕西临潼县武屯乡）、咸阳，并在这个过程中创造出独树一帜的秦文化。

---

① 庄公之所以选择回归犬丘，一方面是因为这里是其祖地，经营已久，非立邑仅数十年的秦可比，另一方面"极有可能与经济利益有较大的关系"，因为犬丘附近的盐关镇一带是一个重要的产盐区，居有重要的经济和军事价值。参张天恩《礼县等地所见早期秦文化遗存有关问题刍论》（《文博》2001年第3期，第67~74页）。

② 有不少学者认为秦襄公二年迁都于"汧"，其根据是《括地志》所引《帝王世纪》（《史记》，第179页）。这一说法不可信。司马迁论秦系据秦国官修国史《秦记》，而《史记》并未有此说，反而在《封禅书》中很明白地说："秦襄公既侯，居西垂。"在《秦始皇本纪》文末言襄公死后"葬西垂"（《史记》，第1358、285页）。李零说《括地志》所引《帝王世纪》系"误引"（《史记中所见秦早期都邑》，《文史》第二十辑，中华书局，1982年）。

③ 徐日辉：《秦建国前活动考察》，载礼县西垂文化研究会编《秦西垂文化论集》，文物出版社，2005年4月第1版，第269页。

第二节　秦文化的地理背景、考古发现及其阐释

陇上、关中地处我国多级地形的第二级阶梯，陇山横亘其间，冈峦参差，渭水贯通两地，泱漭无疆，为中华形胜之域。陇上地区南有西秦岭、西有华家坡、东北边有六盘山，是一个近似三角形的盆地；散度河和葫芦河由北向南，注入渭水，是其间的主要水系。秦邑就在这个盆地的东南隅。越过西秦岭，有嘉陵江水系的一级支流西汉水，西垂就在它的上游。关中地区更是自古称胜的四塞之地，它西依陇山，南凭秦岭，东得黄河，北抵北山。黄河最大的支流渭水自西向东流贯全境，支流若脉，因有"八百里秦川"和泾、渭、浐、灞、沣、滈、涝、潏八水分流之盛景。关陇两地不仅山河险峻，水量丰沛，而且气候温暖。据竺可桢的研究，从五千年前的仰韶时代到三千年前的殷墟时代是中国的温和气候时代，年平均温度比现在高2℃左右，正月份的平均温度高3~5℃。[①]《诗·秦风·车邻》："阪有漆，隰有栗。"《秦风·终南》："终南何有？有条有梅。"漆、梅都是亚热带乔木，在关陇地区出现，说明那时候本区气候温暖湿润。适合的水量和温暖是植被生长的前提。《尚书·禹贡》说关陇区域地貌的主要特点是"原隰厎绩"，也就是平原和原下的低湿之地密织交错。《汉书·地理志》谓秦地"有鄠、杜竹林，南山檀柘，号称陆海"；"天水、陇西，山多林木，民以板为室屋"。[②]曾经到过秦国的荀子曾说其地"山林川谷美，天材之利多"。[③]可见，直到战国时期，关陇地区还是林木荟郁、植被茂密的胜境。地理环境是文化萌发的空间基础，在人类发展的早期阶段，优越的自然条件对文化进程更有着不可替代的作用。班固在《两都赋》中写道："汉之西都，在于雍州，实曰长安。左据函谷二崤之阻，表以太华终南之山；右界褒斜陇首之险，带以洪河泾渭之川。众流之隈，汧涌其西。华实之毛，则九州之上腴焉；防御之阻，则天下

[①]　竺可桢：《中国近五千年来气候变迁的初步研究》，《竺可桢全集》第四卷，世纪出版集团，2004年7月第1版，第448页。

[②]　《汉书》，第1642、1644页。

[③]　《荀子集解》，第303页。

之陕区焉。是以横被六合,三成帝畿,周以龙兴,秦以虎视。"① 关陇地区正是秦文化的摇篮和故乡。

然而,作为中华文明的一个独特部分,秦文化在历史上并没有得到恰当的理解和尊重。突破和转变始于田野考古。1934年4月至1937年6月,当时的北平研究院对陕西宝鸡斗鸡台遗址沟东区先后进行了三次调查,并发掘了82座墓葬。苏秉琦先生在他撰写的斗鸡台沟东区墓葬发掘报告中,把这些墓葬分为三个阶段,即瓦鬲墓时期、屈肢葬墓时期和洞室墓时期,并谓:"说是三个文化亦未尝不可。"对于第二时期,报告称:

> 此期的主要特征为东西竖穴墓和侧身屈肢葬(多数是头顶向西,少数是头顶向东),与前期的南北竖穴墓和北首仰身葬完全异趣,甚至可以说是与中原的古代传统习惯不合。……则此时期的屈肢葬所代表者,似当是一种新的外来文化。……它如果不是一支早已华化的外族文化,便当是一支早已夷化的华夏文化。②

苏秉琦先生尽管没有提出"秦文化"的概念,但他把以屈肢葬为特征的墓葬看做一种新的文化,事实上已经划定了秦文化的考古学分类标准。可以说,正是苏秉琦先生打开了"秦文化"的大门。20世纪50年代,中国社科院考古研究所在西安半坡和沣西客省庄分别清理了112座和71座东周墓葬,但当时并未讨论其文化性质。60年代中叶,陕西考古研究所勘查了秦故都咸阳、雍城和秦始皇陵园遗址,对秦及其文化遗存进行有意识的调查和研究。20世纪七八十年代,随着秦始皇兵马俑、云梦秦简和放马滩秦简等一批遗存的发现,作为一个全新的考古学概念并进而作为一种中国历史上具有鲜明特征的区域文化——"秦文化"终于获得广泛认同和热烈回响。③ 2002年,总数高

---

① [汉]班固著、[明]张溥辑、白静生校注:《班兰台集校注》,中州古籍出版社,1991年9月第1版,第4页。

② 苏秉琦:《斗鸡台沟东区墓葬》,《国立北平研究院史学研究所陕西考古发掘报告》第一种第一号,1948,第275、278~279页。

③ 滕铭予:《秦文化的考古学发现与研究》,《华夏考古》1998年第4期,第63~72页。

达 36000 余枚的湘西里耶秦简横空出世,① 秦文化再一次牵动了人们的目光。有关秦文化的渊源、特征及其对秦王朝兴衰成败的影响等方面的研究持续升温,至今不减。

对于秦文化的概念和内涵,迄今已有不少学者给出了自己的阐释。黄留珠先生在《秦文化概说》中说:

> 秦文化,具体指是秦族(即建国前的秦人)、秦国和秦朝文化。这里,我们所说的"文化",不是单纯的考古学概念,而是把文化看做人类在社会历史发展过程中所创造的物质财富与精神财富的总和。就秦族、秦国文化而言,它们是中国的一种地域性文化,其地域范围主要在今甘肃东部至陕西关中地区。就秦朝文化来看,它则远远超出了中国地域文化的范围,是统治整个中国的文化,亦即中国文化。②

葛剑雄先生则指出,一般所言的秦文化包括以下四个互相关联的不同方面:

> 秦人文化,这是以文化的载体为划分标准的,即指秦人所拥有的文化。……秦国文化,这是以文化的地域范围为划分标准的,即指在秦国境内存在过的文化。……秦朝文化,这是指在秦朝疆域内存在过的文化。……秦地文化,这是指在秦地存在的文化。③

类似的说法比较多。广义的文化是一个无所不包的概念体系,几乎涵盖了人类文明的各个方面,诸如政治、经济、宗教、艺术、道德、法律等等。从物质表现和精神形态两个方面来阐述某种文化,是对其最简洁明了的理解和运用。但是,倘若我们把上述阐释中的"秦"换成"楚"或其他任何一个同类的字眼,就会发现,它们也是通顺无碍

---

① 湖南省文物考古研究所、湘西土家族苗族自治州文物处、龙山县文物管理所:《湖南龙山里耶战国—秦代古城一号井发掘简报》,《文物》2003 年第 1 期,第 4~35 页。

② 黄留珠:《秦文化概说》,载《秦文化论丛》第一集,西北大学出版社,1993 年 5 月第 1 版,第 71 页。

③ 葛剑雄:《移民与秦文化》,载《秦文化论丛》第三辑,西北大学出版社,1994 年 12 月第 1 版,第 67~72 页。

的。显然，这种通俗化、模式化的表述并不能提供关于秦文化的有效信息，更不足以让人们理解其特质。

美国著名的文化人类学家露丝·本妮迪克特（Ruth Benedict）在《文化模式》一书中指出：

> 一种文化就像一个人，是思想和行为的一个或多或少贯一的模式。每一种文化中都会形成一种并不必然是其他社会形态都有的独特的意图。①

这就是说，每一种文化都是独特的存在，都有区别于其他类型文化的内涵。本妮迪克特将文化的独特性归因于"民族精神"（ethos），也就是通常所说的"文化精神"：

> 文化精神（ethos），又称"民族精神"，指一种文化的成员在"态度"、"情绪"及价值观上所表现出的精神品质。由于这些精神品质体现了该文化独具一格的特色，因此，萨姆纳（W. G. Sumner）在1906年出版的《民风》一书中认为，文化精神就是"使一个群体不同于其他群体的那些特质的总和"。②

可见，文化精神是指一种文化独有的价值观念体系，如果我们把文化看成是一个系统，那么文化精神就是其中最核心的部分，是该文化区别于其他文化的本质要素。美国学者博克指出："文化精神一词是由人类学家阐释的、用以描述价值系统整合性的一般模式和方向。……它将复杂的价值体系减少为影响价值体系各个方面的几个基本模式，并说明诸如经济、道德、审美价值之间的一致性。"③ 这是说，文化精神是对文化主体的道德、宗教、艺术、法律、风习等意识形态的抽象。所以，从文化精神的角度去体认秦文化及其表现形式之一的文学，无疑是一个恰当的方向。

---

① ［美］露丝·本妮迪克特著、王炜译：《文化模式》，生活·读书·新知三联书店，1988年5月第1版，第48页。
② 陈国强：《简明文化人类学词典》，浙江人民出版社，1990年8月1版，第96页。
③ ［美］P. K. 博克著、余兴安等译：《多元文化与社会进步》，辽宁人民出版社，1988年10月1版，第293页。

一般而言，文化是一个开放的体系，它具有一种"自适应性"，会因应时代的变化而吸收异质因素，并加以整合，从而在不同时期呈现出不同的面貌。上文所谓秦族文化、秦国文化和秦朝文化正是基于此而作出的区分。但是，秦文化之所以在20世纪获得独立的学术地位和历史评价，根本原因在于出土的秦人墓葬、居址遗存、兵马陶俑、竹简木牍等都显示了其不同于同期其他区域文化的民族特征和价值取向，也就是所谓的秦嬴文化精神。毋庸置疑，任何主体的文化精神都不是生来就有的，也不是一蹴而就的，它的形成也需要一个历史过程。所以，本书不仅要在变动的秦文化的背景下来论述秦国文学的发展，更注意到相对稳定的秦嬴文化精神对它的影响。

第七章　文化接触、华夏认同与春秋时期秦文学的发生

在对中国古典文学的研究中，至少有两种最为常见的路向。一种是"史"的观照，即以文学作品、作家、文学思潮等为核心，对文学的发展变化作历时性的考察；另一种就是"美"的审视，即以文学作品为核心，对其篇章结构、艺术技巧、审美风貌等进行细致的分析。这两种方法的共同点是以固有的文学文本为研究对象，作描述性的阐释与解读。显然，就文学研究的使命而言，"描述的历史"和"精细的剖析"并不能完全满足我们对文学的好奇与想象；也许只有当我们开始追问"它何以发生"时，才进入了一个更为深邃的时空，接近文学的本原。换言之，就是要不仅要分析现有文学文本怎么样，还要追溯它是怎么来的。那么，文学究竟何以发生？严绍璗先生认为："'文化语境'（Culture Context）是文学文本生成的本源。"[①]的确，文学文本作为审美意识的一种物化形态，它无论如何都脱离不了特定时空内的文化背景。本书对东周秦国文学的分析将循发生学路向，以文化语境分析为立足点，考察其发生、发展的过程。

第一节　《秦风·无衣》：周秦文化接触与秦国文学的萌芽

就目前的史料言，要考察秦文化的渊源及其早期面貌是一件很困难的事，而要厘清早期嬴族对关陇秦人的文化及文学的影响更是渺茫无绪。依据本书的目标，我们对秦文化的观察将从学界公认的可信的考古遗存，

---

① 严绍璗：《"文化语境"与"变异体"以及文学的发生学》，《中国比较文学》2000年第3期，第1~14页。

即甘肃甘谷县毛家坪秦文化墓葬开始。① 据考古报告，毛家坪地区共发掘秦文化墓葬31座，按陶器演变序列可分为五个时期，即西周中、西周晚、春秋早、春秋中、春秋晚至战国早，其中西周中晚期墓葬12座，这些墓都是长方形土圹竖穴墓，葬式均为屈肢，其中八座蜷屈特甚，死者的头均朝西。这与其他19座春秋战国秦墓有明显的承袭关系。屈肢葬是秦文化的突出特征。这些墓葬的随葬器具以陶器为主，其基本组合为鬲、盆、豆、罐，大部分是火候较低的红陶，与其他时期的墓葬中火候较高的灰陶有明显的差别。但是，就陶器形态说，数量较多的陶鬲是侈沿的联裆绳纹鬲，有的瘪裆，这与周墓文物相似。② 这就是说，从葬式上看，这些墓葬体现了独特的秦文化特色，而在墓葬形制和随葬器物上它们又具有周文化因素。据《史记·秦本纪》，秦人自成王以来就与西周保持了密切的联系。"孟增幸于周成王"；其孙造父"以善御幸于周穆王"；非子被周孝王"分土为附庸"。③ 周王朝这样做，首先当然是着眼于政治。王明珂先生在《华夏边缘的形成：周人族源传说》一文中考察了当时姬、姜、嬴与戎的族群政治关系后认为："至少从孝王开始，周人便有计划地培植秦人的势力，以对抗姜姓与归附姜姓的戎人。"④ 但由此也开启了秦人"周化"的进程。

关中地区是周民族的崛起之域，也是周文化的渊源所自。至西周中期，周王朝的政治势力已经东抵淮上，西达川陕。1973年前后，甘肃灵台县出土了一批两周墓葬，其中姚家河西周墓和洞山墓属于西周康王时期，西岭墓葬的年代在西周中期甚至更早。⑤ 灵台县位于陇东黄

---

① 刘军社根据陕西扶风壹家堡遗址认为："商代早期偏晚些时候，早期秦人进入关中地区以后，已受到了秦文化的影响，殷墟二期（按：指商王武丁到祖甲之间）的时候已基本接受了周文化，殷墟三期（按：指商王廪辛、康丁、武乙、文丁时代）开始归附于周，其陶器文化面貌自然就呈现出浓厚的周文化色彩。"这一看法甚为大胆（详参其文《从考古遗存看早期周秦文化关系》，《考古与文物》2000年第5期，第32～28页）。

② 甘肃省文物工作队、北京大学考古系：《甘肃甘谷毛家坪遗址发掘报告》，《考古学报》1987年第3期，第359～396页。

③ 《史记》，第175～177页。

④ 王明珂：《华夏边缘：历史记忆与族群认同》，社会科学文献出版社，2006年4月第1版，第142页。

⑤ 甘肃省博物馆文物队、灵台县文化馆：《甘肃灵台县两周墓葬》，《考古》1976年第2期，第39～48、38页。

土高原南缘，与礼县和清水县相距不远。这就是说，至迟在西周中期，周文化的触角已经伸入秦族聚居地，二者的文化接触自是不可避免。赵化成指出：

> 在甘肃东部，从总的地域范围看，周、秦文化处在一种交错分布的状态下；从局部看，可能相对集中。如陇山以东的平凉、庆阳地区，……这里的"周代遗存"，主要的应当属于周文化系统。……陇西西河滩遗址在今天水以西，这一地点如果像《甘肃文物考古三十年》中所讲的那样是属于周文化系统的遗存，那么类似的遗址应当还有一定数量。这样，以天水一带为中心的秦文化遗存便处在东西两面周文化的包围之中。①

在文化人类学的观察当中，两个或以上的社群的持久接触，必然会引起对方的文化变化。② 上述考古发现与文献资料互证，表明至少自西周中期开始，秦人就开始吸收周文化了。当然，就当时周秦双方的文化状况而言，他们的文化接触和影响是单向度的，即周文化的介入引起秦文化的变化，而秦对周文化的触动则微乎其微。从《史记》的记载看，秦之先祖大费能调驯鸟兽，孟戏、中衍、造父善御，非子本人也因长于养马而为孝王赏识，这些都暗示秦人在早期是一个畜牧业方面比较发达的游牧部族，直到非子受封为附庸，并"邑之秦"，他们才正式成为周王朝分封体制下的一级，才建立了属于自己的统治区域，从而由氏族社会转向阶级社会，迈出构建国家政权的第一步。而此时的西周则是个具有成熟的政治架构、先进的意识形态和广阔的疆域宗主国，其文化自然也不是初生的秦文化可与之同日而语的。而且，在政治上，此时的秦人实际上奉周王室为宗，接受其分封和支配。所以，西周中期秦国吸收先进而强势的周文化是很自然的选择。不过，从毛家坪墓葬出土的器具看，当时秦族对周文化的吸收主要表现在物质文明的层面上。到西周后期，周文化对秦文化的影响更加明显，而且深

---

① 赵化成：《甘肃东部秦和羌戎文化的考古学探索》，载俞伟超主编《考古类型学的理论和实践》，文物出版社，1987年5月第1版，第168~169页。
② [日]祖父江孝南等著、乔继堂等译：《文化人类学事典》，陕西人民出版社，1992年3月第1版，第296页。

入到精神层面。不其簋及其铭文即其显例。

作为目前所见最早的一件秦国青铜器，不其簋对考察早期秦文化具有极其重要的作用。该簋身椭圆，子母口带盖，腹部有兽首双附耳，圈足外铸三伏兽形足；盖、身饰瓦纹和窃曲纹，顶饰蟠龙纹，圈足间饰重环纹。其器形和纹饰与西周晚期的师酉簋非常相似；二器铭文笔道圆润，书法刚劲，文字风格也异常接近。这表明不其簋并没有显示出秦文化特质，而是周文化的产物。在政治上，宣王封秦仲、庄公为西垂大夫，令其抗击西戎，说明初生的秦政权已经全面接受了西周王朝的领导。在这样的情况下，周文化对秦民族的强势介入和影响也就很自然了。而秦国最早的文学作品《诗经·秦风·无衣》和不其簋铭文也就此诞生。《无衣》诗云：

> 岂曰无衣？与子同袍。王于兴师，修我戈矛。与子同仇！
> 岂曰无衣？与子同泽。王于兴师，修我矛戟。与子偕作！
> 岂曰无衣？与子同裳。王于兴师，修我甲兵。与子偕行！①

这首诗是目前所见的最早的秦国文学作品。诗作的背景是秦人首领秦仲死于伐戎的战斗，周宣王发兵七千，由庄公率领，讨伐西戎。《汉书·赵充国辛庆忌传》赞曰：

> 山西天水、陇西、安定、北地处势迫近羌胡，民俗修习战备，高上勇力，鞍马骑射。故《秦诗》曰："王于兴师，修我甲兵，与子皆行。"其风声气俗自古而然，今之歌谣慷慨，风流犹存耳。②

秦族自殷商后期就在西戎，既肩负"保西垂"的国家使命，也处于民族生存的压力之下，长期与戎狄部族的杂处、周旋，养成了尚力、勇斗的民族性格。首领被杀，是全族的仇恨，兼领王命，因此同仇敌忾，踊跃参战，而有此诗。德国学者格罗塞指出："大多数的原始诗歌，它的内容都是非常浅薄和粗野的。但是，这种诗歌还是值得我们深刻注意，因为它可以帮助我们对原始民族的情绪生活有一种直接的

---

① 《毛诗正义》，第 373~374 页。
② 《汉书》，第 2998~2999 页。

洞察。"①《无衣》一诗正是如此。它虽然内容简单，但其言激昂，其气慷慨，表现了誓死杀敌，保卫家园的集体意识和勇武尚力的文化精神。

《无衣》是早期秦人具有代表性的文学作品，且所表现的内容与不其簋铭文相契。不其簋铭曰：

> 唯九月初吉戊申，伯氏曰："不其，驭（朔）方严允广伐西俞，王命我羞追于西，余来归献擒。余命汝御追于䈕，汝以我车宕伐严允于高陶，汝多折首执讯。戎大同永追汝，汝及戎大敦搏。汝休，弗以我车函（陷）于艰，汝多擒，折首执讯。"伯氏曰："不其，汝小子，汝肇海（敏）于戎工。锡汝弓一矢束、臣五家、田十里，用永乃事。"不其拜稽手，休，用作朕皇祖孟姬䣙簋，用丐多福，眉寿无疆，永纯灵终，子子孙孙，其永宝用享。②

该铭共152字（包括重文2、合文1），内容涉及周宣王时秦庄公破西戎的一次战役。全文记录了三件事情：不其随伯氏讨伐猃狁，获胜后，伯氏回朝向周王献俘；不其率军追击残寇，多有斩获，因以受赐；不其作铸器刻铭颂扬公伯和孟姬。如果说《无衣》表现的是抗戎前秦人澎湃激昂的意志的话，那么不其簋铭文则是描写了这类战斗的结果，在内容上它们是有继承关系的。不过，就文学艺术的角度而言，《无衣》最初是秦人的民间歌谣，在形态上还比较稚拙。对于不其簋铭文，有学者指出：

> 秦庄公所作的不其簋恐非秦族之工匠所铸，其铭文原稿恐亦非秦之史官所撰，铭文当亦非秦之书吏所书，似皆假手于周王室之工匠、书吏、史官而为者。③

---

① ［德］格罗塞著、蔡慕晖译：《艺术的起源》，商务印书馆，1984年10月2版，第184页。
② 该簋铭文的释读或有差异，此据李学勤先生之释文。参见《秦国文学的新认识》，《文物》1980年第9期，第25页。
③ 陈平：《关陇文化与嬴秦文明》，江苏教育出版社，2005年4月第1版，第243～244页。

这个推断是有道理的。20世纪90年代，在甘肃礼县大堡子山秦西垂陵区出土大量文物，其中不少流失海外。上海博物馆斥资回购了4鼎2簋，其中簋器与不其簋在形制上非常相似，但其铭文相当简略，均谓："秦公作宝簋"；鼎器铭文也很简单："秦公作铸用鼎"、"秦公作宝用鼎"。[①] 礼县公安局缴获的同地出土的二鼎一簋铭文亦复如是。据介绍，鼎、簋在不但在器形上仿照周器，而且其所用的纹饰及其配合规律也袭自周器，如鼎饰中的窃曲纹配垂鳞纹，簋饰中的窃曲纹配瓦棱纹等。[②] 这表明此时秦人对周文化的吸收还处在模仿的阶段。大堡子山陵区目前探明的只有两座大墓，又据《史记》，秦国君死后葬西垂的有秦庄公、襄公及文公，鼎、簋铭文既称"秦公"，而"庄公"又是死后追谥，故其墓主很可能是秦襄公和文公。彼时的作器、刻铭水平尚且如此粗糙，以庄公时代的文化水准而言，秦人自然更不可能自行撰写、镂刻长达百余字的铭文了。也就是说，作为秦国最早的具有文学质素的作品之一，其创作者竟非秦人。不过，模仿从来都是创造的源泉之一。假周人之手而作的不其簋铭文，一定也成为秦人模仿的对象。所谓"秦公作宝用鼎"云云，明显是仿自"永宝用享"；而像"用匄多福，眉寿无疆"之类的赞语在后来的秦子簋盖铭、太公庙秦公钟镈铭和秦公簋铭中都有出现。

秦国文学正是从民间歌谣和模仿周人起步的，并从诗歌和散文两个方面同时前行。因此，我们可以将秦庄公时期看做秦国文学的萌芽阶段。

第二节 《秦记》：秦文化的自立与秦国文学的肇始

一、《秦记》的诞生及其流传

中潏至襄公时代的秦、周政治关系可以说是秦依附周室而周以秦制戎，互相利用，各取所需，而以周占主导地位。襄公立国时，周室

[①] 李朝远：《新出秦公器铭文与籀文》，《考古与文物》1997年第5期，第82～83页。
[②] 祝中熹：《大堡子山秦陵出土器物信息梳理》，《陇右文博》2004年第1期，第20～27页。

已衰,渐渐失去了对诸侯的政治控制,但对新生的秦国而言,它仍然具有很强的吸引力。秦人追寻周文化的步伐并没有停止。秦人大规模吸收周文化是在秦文公时代。秦文公是秦国早期颇有作为的一个君主。他即位后的第四年,率军抵达汧渭之会,正式进入关中地区。此后,秦文公一面率军打击戎狄,一面积极继续向东发展。而在文化上,则开始大规模、有意识地吸收周文化。《秦本纪》云:

> 四年,至汧渭之会。曰:"昔周邑我先秦嬴于此,后卒获为诸侯。"乃卜居之,占曰吉,即营邑之。十年,初为鄜畤,用三牢。

秦文公卜居营邑与周公卜居洛邑颇为相类。《史记》和《尚书》对此均有记载。《洛诰》云:

> 召公既相宅,周公往营成周,使来告卜,作《洛诰》。周公拜手稽首曰:"朕复子明辟。王如弗敢及天基命定命,予乃胤保,大相东土,其基作民明辟。予惟乙卯,朝至于洛师。我卜河朔黎水,我乃卜涧水东、瀍水西,惟洛食;我又卜瀍水东,亦惟洛食。伻来以图,及献卜。"[1]

又,所谓"用三牢"之典亦是周礼。《礼记·祭统》曰:"三牲之俎,八簋之实,美物备矣。"[2] 当然,秦人吸收周文化最具象征性的事件发生在秦文公十三年(前753年)。是年,秦国"初有史以纪事,民多化者"。一般认为,礼乐文化是西周的核心文化,而史官文化和乐官文化则是其中最重要的两个子系统。[3] 关于史官文化,历来论著甚多,本书不拟置喙,唯需指出的是:秦自文公十三年始,以史官担负起记录国家大事、教化国民的职责,是秦文化由宗教而人文的标志,也可谓是秦文化自立的标志。它的直接成果就是司马迁据以撰秦史的《秦记》。《史记·六国年表》屡涉该著:

---

[1]《尚书正义》,第214页。
[2]《礼记正义》,第1603页。
[3] 阎步克:《乐师与史官:传统政治文化与政治制度论集》,生活·读书·新知三联书店,2001年7月第1版,第83~114页。

第七章 文化接触、华夏认同与春秋时期秦文学的发生

> 太史公读《秦记》,至犬戎败幽王,周东徙洛邑,秦襄公始封为诸侯,作西畤用事上帝,僭端见矣。
>
> 秦既得意,烧天下诗书,诸侯史记尤甚,为其有所刺讥也。诗书所以复见者,多藏人家,而史记独藏周室,以故灭。惜哉,惜哉!独有《秦记》,又不载日月,其文略不具。
>
> 余于是因《秦记》,踵《春秋》之后,起周元王,表六国时事,讫二世,凡二百七十年,著诸所闻兴坏之端。后有君子,以览观焉。

从以上引文可以看出:第一,《秦记》作为秦国的官方历史文献,其初创在秦文公13年(前753年),在创作年代上要早于《春秋》。第二,《秦记》叙事上溯秦襄立国,下及六国时事,其述史起始比《春秋》早了近五十年,起讫范围也远超后者。第三,《秦记》记事述史的特点是只纪年,而不载日月,文字简略。第四,司马迁曾读过《秦记》,并根据它撰写了《六国年表》和有关秦的历史。他所见的《秦记》应该是汉代皇家藏书之一,其最初的来源很可能是秦末萧何抢在项羽焚烧咸阳前所收藏的"秦丞相御史律令图书"。

《秦记》现已失传,关于它的流传下限,马非百、金德建等先生都认为该书在魏晋时代犹存。[①] 他们所依据的材料是相同的,主要有两条:

> 吾读《秦纪》,至于子婴车裂赵高,未尝不健其决,怜其志。
>
> 挚虞《决疑录要注》云:"世祖武皇帝因会问侍臣曰:'旄头之义何谓耶?'侍中彭权对曰:'《秦记》云:国有奇怪,触山截水,无不崩溃,唯畏旄头。故使虎士服之,卫至尊也。'中书令张华言:'有是言而事不经。臣以为壮士之怒,发踊冲冠,义取于此也。'"[②]

金、马二人认为第一条材料中的"《秦纪》"即"《秦记》"。这则

[①] 马非百:《秦集史》,中华书局,1982年8月第1版,第530页;金德建:《司马迁所见书考》,上海人民出版社,1963年2月第1版,第423页。

[②] [宋]李昉:《太平御览》卷680,中华书局,1960年2月第1版,第4034页。

资料首见于《史记·秦始皇本纪》所附之《评贾马秦赞对》。《史记索隐》认为《评贾马秦赞对》是班固所作：

> 汉孝明帝访班固评贾马赞中论秦二世亡天下之得失，后人因取其说附之此末。

此说可疑。据班固《典引》序，东汉永平十七年，明帝下昭班固，谓："太史迁下赞语中宁有非邪？"班固遂上表应答，是为《典引》。[①]审其文意，《典引》系"符命"文，通篇都在称颂汉德；而《评贾马秦赞对》说的是在秦始皇、尤其秦二世的残暴统治之下，秦之灭亡不可避免，势非子婴所能为，从而驳斥了贾谊、司马迁"向使婴有庸主之才，仅得中佐，山东虽乱，秦之地可全而有，宗庙之祀未当绝也"的观点。就是说，《典引》和《评贾马秦赞对》二者在内容上无甚关联。此其一。其二，《评贾马秦赞对》首句曰："孝明皇帝十七年。""孝明"者，死后赠谥也。班固上明帝之昭问，断不会有此称。事实上，《典引》序原文写的是"永平十七年"，而非"孝明皇帝十七年"。其三，若是应对皇帝昭问之文，班固必当自称"臣"。《典引》一文正是如此。但是，《评贾马秦赞对》却径言"吾读《秦纪》"云云，显非对君之言。总之，《秦始皇本纪》附录之《评贾马秦赞对》很可能不是班固之文，而是出于他人伪托，据此来判断《秦记》的流传时间是不妥当的。另一方面，班固所编《汉书·艺文志》，向称宏富，其录秦之著述，有《左冯翊秦歌诗》、《京兆尹秦歌诗》、《羊子》、《黄公》、《奏事》等等，而独不见《秦记》。金德建先生说："《艺文志》不曾把它著录，这未免也是疏漏了。"[②]倘若班固真的读过该书，并熟悉其内容，焉有不记录在册之理？以"疏漏"作解，实在难以令人信服。又，《评贾马秦赞对》云："吾读《秦纪》，至于子婴车裂赵高。"说赵高是被子婴车裂而死，但据《秦始皇本纪》，赵高是被子婴及其子诱之斋宫刺杀而死的。二文所记迥然不同。看来，班固即使真的读过《秦纪》，

---

① [汉] 班固著，[明] 张溥辑、白静生校注：《班兰台集校注》，中州古籍出版社，1991年9月第1版，第70页。

② 金德建：《秦记考征》，《司马迁所见书考》，上海人民出版社，1963年2月第1版，第423页。

第七章　文化接触、华夏认同与春秋时期秦文学的发生　139

恐怕也是另有所本，并非司马迁所见的《秦记》。

对于第二条材料，《宋书》卷十八有类似记载。其文略异：

> 晋武尝问侍臣："旄头何义？"彭推对曰："秦国有奇怪，触山截水，无不崩溃，唯畏旄头，故虎士服之，则秦制也。"张华曰："有是言而事不经。臣谓壮士之怒，发踊冲冠，义取于此。"挚虞《决疑》无所是非也。徐爰曰："彭、张之说，各言意义，无所乘据。"①

"彭推"，《太平御览》作"彭欋（权）"，当是形近而误。在这里，徐爰已经很明白地指出彭推所言的秦国怪兽故事"无所乘据"。就是说，它并不是来自《秦记》。唐懿宗时代的樊绰著有《蛮书》（又称《云南志》等），其中有语："按《秦纪》，始皇十八年，巴郡出大人，长二十五丈，一夫两妻，号曰左右也。"②《史记集解》引徐广注云："巴郡出大人，长二十五丈六尺。"显然，樊氏所言本诸徐注，而托名《秦纪》。以此观之，挚虞《决疑录要注》所谓"《秦记》"云云，很可能也是据前人之言附会而成的。

总之，马、金等人所依凭的两则材料都不无可议之处，不能据以判断《秦记》失传的下限。目前我们只能依据《史记》论定：《秦记》至少在汉武帝时代还保存完好。

二、《秦记》佚文考索

《秦记》之原貌，今已不复得见。不过，司马迁既然说他是基于《秦记》而编著《六国年表》的，那么该表中必然包含了《秦记》的某些内容。孙德谦和金德建二人因此提出一个辑佚原则：只见于《六国年表》而《世家》、《列传》等不载的秦事必出自《秦记》。这一方法实际上源于王国维先生的启示。金德建先生在《〈秦记〉考征》一文中引述了孙德谦先生的辨析结果，共45条：

> 厉共公五年楚人来赂。　六年义渠来赂。緜诸乞援。　七年

---

① ［南朝］沈约：《宋书》，《二十四史》本，中华书局，1995年11月第1版，第500页。

② ［唐］樊绰著、向达原校、木芹补注：《云南志补注》，云南人民出版社，1995年12月第1版，第142页。

彗星见。 十年庶长将兵拔魏城。彗星见。 十四年晋人、楚人来赂。 十六年补庞戏城。二十年公将师与绵诸战。二十六年左庶长城南郑。 二十八年越人来迎女。二十九年晋大夫智宽率其邑人来奔。

躁公八年六月雨雪。日月蚀。

怀公元年生灵公。

灵公元年生献公。 三年作上下畤。 八年城堑河濒。初以君主妻河。十年补庞城。

简公二年与晋战，败郑下。 五年日蚀。 十四年伐魏至阳狐。

惠公三年日蚀。 五年伐緜诸。 九年伐韩宜阳，取六邑。十年与晋战武城。县陕。

献公三年日蚀，昼晦。 六年初县蒲、蓝田、善明氏。十年日蚀。 十一年县栎阳。 十六年民大疫。日蚀。 十九年败韩、魏洛阴。

孝公元年彗星见西方。 十一年城商塞。卫鞅围固阳，降之。十三年初为县，有秩史。 十九年城武城。从东方牡丘来归。二十一年马生人。二十四年秦大荔围合阳。

惠文王二年宋太丘社亡。 三年拔韩宜阳。 四年魏夫人来。七年义渠内乱，庶长操将兵定之。 十二年会龙门。

昭王十七年魏入河东四百里。 二十七年地动，坏城。 五十二年王稽弃市。

始皇十一年吕不韦之河南。十二年发四郡兵助魏击楚。①

除了这个原则之外，其实还有一个辨析《秦记》原文的路径。《六国年表》所罗列的魏、韩、赵、楚、燕、齐六国以及周室的时事记，凡与秦事互见者，即同年发生的同一件事，文字表述亦相类者，极有可能是《秦记》原文。《六国年表》所录大事记涵盖了七个诸侯国以及周王室，但却称"六国"而不言"七国"，原因就在于《秦记》

---

① 金德建：《司马迁所见书考》，上海人民出版社，1963年2月第1版，第415~416页。

第七章 文化接触、华夏认同与春秋时期秦文学的发生

是其蓝本，秦国是其主轴。凡《秦记》所录，且与他国有关的，均可发散敷衍，分述其事。如秦惠文王后元七年（前318年），表记：

秦　　五国共击秦，不胜而还。
魏　魏哀王元年　击秦不胜。
韩　十五　　　　击秦不胜。
赵　八　　　　　击秦不胜。
楚　十一　　　　击秦不胜。
燕　三　　　　　击秦不胜。

六国该年所列时事相同，文字也是惊人的一致，显然它们是本诸同一文献。秦国一栏该年所记时事，亦同。可见"五国共击秦，不胜而还"云云当出《秦记》。根据这一原则，检视《六国年表》，除去与上文孙德谦的辨析结果相同的3条，得《秦记》佚文共46条如下：

秦惠公二十三年与魏战少梁，虏其太子。

秦孝公二年天子致胙。　七年与魏王会杜平。八年年与魏战元里，斩首七千，取少梁。　十九年天子致伯。

秦惠文王二年天子贺。八年魏入（少梁）河西地于秦。　九年渡河，取汾阴、皮氏。与魏会应。　十年魏纳上郡。十一年归魏焦、曲沃。后元七年五国共击秦，不胜而还。后元八年与韩、赵战，斩首八万。后元九年取赵中都、西阳。　后元十二年樗里子击蔺阳，虏赵将。　后元十三年庶长章击楚，斩首八万。

秦武王四年拔宜阳城，斩首六万。

秦昭王五年魏王来朝。六年伐楚。八年楚王来，因留之。十四年白起击伊阙，斩首二十四万。二十二年蒙武击齐。二十三年尉斯离与韩、魏、燕、赵共击齐，破之。二十四年与楚会穰。二十七年击赵，斩首三万。二十九年白起击楚，拔郢，更东至竟陵，以为南郡。　四十七年白起破赵长平，杀卒四十五万。五十年王龁、郑安平围邯郸，及龁还军，拔新中。

秦庄襄王元年蒙骜取成皋、荥阳。三年魏公子无忌率五国却我军河外，蒙骜解去。

始皇帝元年击取晋阳。　三年蒙骜击韩，取十三城。五年蒙

骜取魏酸枣二十城。十二年发四郡兵助魏击楚。十三年年桓齮击平阳，杀赵扈辄，斩首十万，因东击。　十四年桓齮定平阳、武城、宜安。十五年兴军至邺。军至太原。取狼孟。　十六年发卒受韩南阳。　十七年内史（胜）[腾] 击得韩王安，尽取其地，置颍川郡。二十年燕太子使荆轲刺王，觉之。　二十一年王贲击楚。二十二年王贲击魏，得其王假，尽取其地。　二十三年王翦、蒙武击破楚军，杀其将项燕。　二十四年年王翦、蒙武破楚，虏其王负刍。　二十五年王贲击燕，虏王喜。又击得代王嘉。　二十六年王贲击齐，虏王建。初并天下，立为皇帝。

以上是自《六国年表》中辑出的《秦记》佚文。司马迁在行文中可能有所笔削，但它们应该是最接近《秦记》原貌的。那么，《十二诸侯年表》中是否存有《秦记》佚文呢？很有可能。太史公所见到的《秦记》，"至犬戎败幽王，周东徙洛邑，秦襄公始封为诸侯，作西畤用事上帝"，其上限直溯襄公时代。既然有这样完整的材料，没有理由只用部分而不及其余，只是司马迁没有明言，故存而不论。

三、《秦记》的内容、文体特征及文学意义

从以上佚文看，《秦记》记录的内容侧重在三个方面：天象、筑城置县、对外战事，而以后者为最；在记述方法上，确如司马迁所说"不载日月"、"文略不具"。这一行文特征也适用于云梦睡虎地秦简《编年记》。张政烺先生因此主张将《编年记》改称"云梦竹简《秦记》"，并认为"《编年记》中所录藏者为传世唯一可能的《秦记》抄本，殆无可疑。"① 单就两者的形式来说，这个论断是合理的，但情况似乎没有这么简单。《编年记》的内容比较奇特。昭王四十五年以前的简文记录的全是对外战事，且遵循"年份+攻+地名"的记录格式，如"二年，攻皮氏"、"卅九年，攻怀"等等，鲜有例外；昭王四十五年以后的简文内容稍显丰富，除了对外战事，还记录了若干国内大事，并且加入了一个叫"喜"的人的生平记录。从本简看，喜是一个从事文书工作的小吏，平时的工作是抄写往来公文，包括战报等。秦律严

---

① 张政烺、日知编：《云梦竹简［Ⅰ］》，吉林文史出版社，1990年5月第1版，第5页。

苛，一个下级文吏断不敢在公文里加入自己的生平行事，《编年记》很可能是他所抄战报公文自留的副本。既然《编年记》是喜所抄录的时事、战报等，那么它与《秦记》在内容上有重合的地方是不奇怪的，但要说它录自后者，则不可能。须知《秦记》是国史，有专门的史官书写、保存，且不会轻易示人。《史记·封禅书》载："秦穆公立，病卧五日不寤；寤，乃言梦见上帝，上帝命穆公平晋乱。史书而记藏之府。"以喜的身份，想要看到这样的国家档案，是不可能的。《编事记》简与《秦记》在写法上确有类似之处，但是仅据形式上的相似性就断定《编年纪》为《秦记》的抄本是不妥当的。

《秦记》的文体与《春秋》相似而又有不同。第一，它们都以时间为序作提纲式的记录，但《秦记》仅纪年而后者具体到月、日。第二，它们都言简意赅，但《春秋》遣词更为严格，用语也较丰富。比如，对战事的记录，《春秋》会因战争性质等方面的不同而用专门词汇进行描述。表现战争性质的有伐、侵、袭；表现战场状态的有战、围、还、追等；表现战事结果的有克、取、灭等。[①] 而《秦记》在这些方面则显得单薄。它表现战事最常用的两个词是"击"和"取"。它们分别表示战争状态和结果，感情色彩简捷而又强悍，显示了秦人质朴、勇武的民族性格。总之，从文学的角度看，《秦记》表现了秦人明确的叙事时间意识、初步的叙事能力和文字表达技巧。需要指出的是，《秦记》作为秦国的"春秋"，其时间跨度长达数百年，但从《六国年表》看，其记事方式保持了高度的稳定性，并没有随着时间的迁延而改变，因此我们可以据以观察秦国早期的文学状况。

秦人虽然在非子时代就已经迈出了建立政权的第一步，但在此后很长的一段时间内，在制度建设诸方面并没有取得实质性的进展，因为他们始终面临戎狄争地的威胁。据《史记》，自秦侯至襄公，秦、戎战事频仍，而秦总体上处于下风。在生存都得不到保证的情况下，文化、制度建设当然也就无从谈起。直到秦文公向东迁居，避其锋芒，秦族才稍得安定，其文化发展获得了一个相对稳定的环境。秦文公借鉴周制设立史官记述国史，是秦文化发展史上的一个标志性事件。它表明秦国对周文化的吸收由单纯的器物模仿向物质和精神并重层面转

[①] 褚斌杰等编：《先秦文学史》，人民文学出版社，1998年11月第1版，第186页。

变。文公十六年,"以兵伐戎,戎败走。于是文公遂收周余民有之,地至岐,岐以东献之周"。所谓"周余民",就是没有跟随周平王东迁的那部分西周民众。据樊志民的估计,这些归秦的周余民"至少应有二、三十万左右"。① 在当时的状况下,西周是先进文化的代表,而秦文化还处于起步阶段。虽然不能确定这些民众的具体组成,但如此数量的周族发祥地的居民,对秦文化,包括秦文学一定有相当的促进作用。除了外部的刺激外,秦人也从内部积极推动社会变革。史载,文公二十年,"法初有三族之罪"。法制是规范社会和调节族群的重要工具。在相当的程度上,它是社会文明化的标志。文公定律制民,标志着秦人正式由以陈规习俗相守的部族联合体步入以法律约束的文明社会。据祝中熹《大堡子山秦陵出土器物信息梳理》一文的介绍,20世纪90年代,甘肃礼县大堡子山秦西垂墓区出土了大量的文物,包括数十件金饰片、金虎、青铜鼎、青铜簋、青铜盘、青铜壶、青铜钟镈、车马器、玉器、漆匣、石磬和编钟等等,不仅种类丰富,而且多数质地优良,品味高雅。② 值得指出的是,这些文物仅是该墓区遭遇群体性、毁灭性盗掘后的劫余且业已公开的部分。该墓区的具体时代虽然尚未论定,但多数学者认为墓主是秦襄公和文公。陈平先生曾对大堡子山秦公铜器及其铭文做过细致的分析,他说:

> 如将礼县秦公器与关中地区其他春秋秦墓铜器联系起来考察,我们不难发现:最先具有春秋秦青铜器文化特色的是秦器铭文的书体,随后是性质,最后才是纹饰。形制中最先出现变化的是壶,其次才是鼎,最后才是簋。秦式铭文书体,出现于春秋早期的秦文公时……③

就是说,在秦文公统治期间,秦人不但对周文化的吸收达到了一个新层次,而且其文化本身也获得了突破性的进展,逐步形成了自己

---

① 樊志民:《试论'周余民'在初秦农业发展进程中的重要作用》,《人文杂志》1995年第5期,第98页。

② 祝中熹:《大堡子山秦陵出土器物信息梳理》,《陇右文博》2004年第1期,第20~27页。

③ 陈平:《关陇文化与嬴秦文明》,江苏教育出版社,2005年4月第1版,第283页。

的特色和文化体系。如果说秦文公十三年以史记事是秦文化自立的标志的话,那么与之相应,《秦记》可以被视作秦国文学的开端。

第三节 《秦风》等:秦人的"诸夏"意识及其文学经典的诞生

一、秦人的"诸夏"意识及其周文化认同

文公之后的秦国,虽然经历了内乱,但其周化的步伐并没有停止。秦德公元年(前677年),迁都雍城,至秦献公二年(前383年)徙都栎阳止,此地作为秦国的政治、文化中心近300年。雍城诸公中,功业最为特出的是秦穆公。他所开创的"开地千里,独霸西戎"的政治局面是春秋秦国辉煌的顶点。穆公打败西戎后,秦国的领土扩展至黄河西岸,与晋相望,往西则达到今天的甘肃中部甚至更远的地方,从而成为公认的大国之一。秦穆公三十四年(前626年),戎王"闻穆公贤",便派由晋入戎的由余"使秦"、"观秦"。《秦本纪》:

> 秦穆公示以宫室、积聚。由余曰:"使鬼为之,则劳神矣。使人为之,亦苦民矣。"穆公怪之,问曰:"中国以诗书礼乐法度为政,然尚时乱,今戎夷无此,何以为治,不亦难乎?"由余笑曰……

面对戎使,秦穆公自称"中国",这是其"诸夏"意识的体现。"诸夏"之说,首倡于管仲。《左传·闵公元年》:

> 狄人伐邢。管敬仲言于齐侯曰:"戎狄豺狼,不可厌也;诸夏亲暱,不可弃也。宴安鸩毒,不可怀也。《诗》云:'岂不怀归?畏此简书。'简书,同恶相恤之谓也。请救邢以从简书。"齐人救邢。①

"诸"者,多也;"夏"者,夏族或华族之谓也。"诸夏"的字面意思就是指众多夏族或华族的诸侯国。由上引传文看,管仲提出这个概念是基于周室衰落,戎狄交侵的社会现实,而它的合法性则来自于

---

① 《春秋左传注》,第256页。

"亲"。所谓的"亲",既有"血缘之亲"的意思,又有"文化之亲"的味道。钱穆先生说:"在古代的观念上,四夷与诸夏实在是有一个分别的标准,不是'血统'而是'文化'。所谓'诸侯用夷礼则夷之,夷狄进于中国则中国之',此即是以文化为'华'、'夷'分别之明证。这里所谓的'文化',具体言之,则只是一种'生活习惯与政治方式'。诸夏是以农耕生活为基础的城市国家之通称,凡非农耕社会,又非城市国家,则不同为诸夏而为夷狄。"① 这个说法很有道理,不过以此来观察中原诸国对待春秋中叶的秦国的态度,则又有不同。

《公羊传·僖公四年》云:

> 楚屈完来盟于师,盟于召陵。……师在召陵,则曷为再言盟?喜服楚也。何言乎喜服楚?楚有王者则后服,无王者则先叛。夷狄也,而亟病中国,南夷与北狄交。中国不绝若线,桓公救中国,而攘夷狄,卒占荆,以此为王者之事也。其言来何?与桓为主也。前此者有事矣,后此者有事矣,则曷为独于此焉?与桓公为主序绩也。②

很明显,对于齐桓公来说,"尊王攘夷"是一个绝佳的工具,其实质是以与周王室的血缘亲疏为标准来区分夷、夏,排斥有实力与其抗衡的楚国,借保护周室来谋取自己的霸权。晋文公后来也以此号令诸侯,居心亦类。楚、秦俱为边疆大国,尤其是秦国,在穆公时代曾数置晋公,晋文公是其中之一,其雄心、实力为其亲历,不可不戒。秦国早期局促于西部一隅,经济、文化诸方面较落后,因而为东方各国所不屑。史籍于此多有记载。《史记》云:"秦始小国僻远,诸夏宾之,比于戎翟";"秦僻在雍州,不与中国诸侯之会盟,夷翟遇之"。《华阳国志·蜀志》亦云秦在"有周之世,限以秦巴,虽奉王职,不得与春秋盟会"。③ 但到了穆公时代,秦国已今非昔比。雍城之宏富,

---

① 钱穆:《中国文化史导论》(修订本),商务印书馆,1994年6月修订版,第41~42页。
② [汉]何休注、[唐]徐彦疏:《春秋公羊传注疏》,上海古籍出版社,1997年7月第1版,第2249页。
③ [晋]常璩:《华阳国志》卷3,商务印书馆,1939年12月第初版,第27页。

由余惊叹鬼神亦不能作;"泛舟之役",援助晋国的粮船粮车,"自雍相望至绛",可见其技艺、经济之发达。所以,秦一直被中原诸国视为夷狄,除了"文化中心观"作祟之外,恐怕还有政治上的考量。顾颉刚指出:

> 所谓诸夏,是夏商之后,和由西方入主中原的姬姜两大族。在这四族以外的,都被看做蛮夷。虽有很高文化的楚国,奄有西周旧畿的秦国,中原人还是用了蛮夷的眼光看他们,而他们也自居于蛮夷。①

中原人蛮夷的眼光看待秦国是事实,秦民族在某些风习上也确实接近戎狄民族。《史记·商君列传》载,商鞅相秦十年,宗室多有不满,便派赵良前去与商鞅辩论。商鞅说:"始秦戎翟之教,父子无别,同室而居。今我更制其教,而为其男女之别,大筑冀阙,营如鲁卫矣。"赵良对此并无异议。可见,秦国直到孝公变法之时,在文化习俗上与代表了周文化正宗的鲁国还是有区别的。但是,顾氏说秦人因此"自居于蛮夷",就不对了。睡虎地秦简《法律答问》云:

> 臣邦人不安其主长而欲去夏者,勿许。何谓夏?欲去秦属是谓"夏"。
>
> 真臣邦君公有罪,致耐罪以上,令赎。何谓真?臣邦父母产子及产它邦而是谓"真"。何谓"夏子"?臣邦父、秦母谓也。②

离开秦国,就是离开华夏;只要母亲是秦国人,哪怕其父是秦境内的少数民族,小孩都是华夏的后代。可见,秦人并不认为自己是蛮夷之民,而是诸夏一族。③ 睡虎地竹简虽然是战国末期的产物,但它所记录的秦人的"诸夏"意识却由来已久。《秦本纪》云:

---

① 顾颉刚:《战国秦汉间人的造伪与辨伪》,《古史辨》第七册上编,上海古籍出版社,1982年3月版,第17页。
② 《睡虎地秦墓竹简·释文注释》,第135页。
③ 有趣的是,楚人倒是常常以蛮夷自居。据《史记·楚世家》,周夷王时,熊渠说:"我蛮夷也,不与中国之号谥。"又,楚武王熊通曾说:"我蛮夷也。今诸侯皆为叛相侵,或相杀。我有敝甲,欲以观中国之政,请王室尊吾号。"

秦之先，帝颛顼之苗裔孙曰女修。女修织，玄鸟陨卵，女修吞之，生子大业。大业取少典之子，曰女华。女华生大费，与禹平水土。已成，帝锡玄圭。禹受曰："非予能成，亦大费为辅。"帝舜曰："咨尔费，赞禹功，其赐尔皂游。尔后嗣将大出。"乃妻之姚姓之玉女。大费拜受，佐舜调驯鸟兽，鸟兽多驯服，是为柏翳。舜赐姓嬴氏。

在秦人的祖先神话系统中，他们自认是颛顼的苗裔孙女修之后，而且早已与少昊后裔通婚，其先祖大费（伯益、柏翳）曾辅助禹治水、帮助舜驯化鸟兽，功勋卓著，地位显赫。这种"诸夏"意识在秦人的青铜礼器铭文中也屡见不鲜。

我先祖受天命，赏宅受国。……邵合皇天，以虩事蛮方……盗百蛮，具即其服。（太公庙秦公钟镈铭）

高阳有灵，四方以鼏平。（秦公一号大墓残磬铭）

肇敷蛮夏，亟事于秦，即服。（秦公一号大墓残磬铭）

丕显朕皇祖，受天命鼏宅禹迹，……严龚夤天命，乂厥秦，虩事蛮夏。（秦公簋铭）

高阳即颛顼。按照《史记》的古代帝王谱系，夏与秦都是颛顼之后，殷与周同为帝喾之后，而颛顼与帝喾又同出黄帝一脉。如此，则夏、商、周、秦俱是夏族。日人泷川资言曰："古重氏族，托名圣贤，以华其所自出者，不独秦嬴。"[①] 可见，秦人自称是颛顼之后，主要目的在于证明自己也是华夏族，而不是时人鄙薄的戎狄民族。

既然秦人自认为"诸夏"一族，那么他们对作为天下政治、文化核心的周王室自然有不可推卸的义务。春秋初年，秦襄公将兵勤王；春秋中叶，秦穆公也屡次出兵保卫周室。据《左传》记载，秦穆公十一年，"秦、晋伐戎以救周"；秦穆公二十五年，"秦伯师于河上，将纳王"。勤王是一种现实的政治行为，但其间应该也包含了文化认同的意味。对秦人来说，来自周王室的封赏和认可是其立国的政治基础，

---

① ［汉］司马迁著、［日］泷川资言会注考证：《史记会注考证》卷5，北岳文艺出版社影印本，1999年1月第1版，第3页。

而在秦民族由弱小而壮大的过程中，周文化的一直是其最丰富的营养。因此，立国以后，秦人努力维护与周王室的良好关系，同时保持着对周文化的兴趣，而这种认同和追求在穆公时代达到了一个顶峰。

二、秦国上层阶级对礼乐文化的娴习及其文学意义

春秋中叶，秦国对周文化的认同和吸收表现在其政治、外交和日常生活的各个方面。秦穆公向来使展示宫殿等建筑，反映了对国力和文化的自信；而由余的话则从侧面证明了此时的秦国文化足以令人惊叹。凤翔马家庄一号建筑群遗址的发掘也证实了这些。据简报，这是一处宗庙建筑遗址，位于雍城遗址中部，平面呈长方形，由祖庙、昭庙、穆庙、门塾、中庭等部分组成，四周环以围墙，形成一个全封闭式的大型建筑群。南北复原长 84 米，东西长 90 米，总面积达 7560 平方米，是迄今发掘的规模最大、保存最好的先秦礼制性高级建筑遗存。它的建造者被认为是秦穆公。据介绍，这座宗庙建筑的布局特点与凤雏西周甲组建筑遗址的布局有着一脉相承的关系，除在宗庙的数目上与史籍记载略有差异外，其用太牢、少牢等祭祖的礼仪制度等与周礼契合。① 在这座建筑的西侧，还有一座同期的三号建筑群遗址。它呈南北向长条状，由五进院落和五座门庭组成，总面积达 21800 多平方米。据研究，这是一座大型的朝寝建筑遗址，它不仅与《周礼·秋官》所记载的"五门三朝"的礼制相契，也符合周礼"左祖右社"的建筑布局原则。② 另外，在雍城遗址中部还发掘出了一座保存完整的凌阴建筑遗址。③ 此亦周制。《诗·豳风·七月》："二之日凿冰冲冲，三之日纳于凌阴。"《周礼》有凌人之官："凌人掌冰。"④

穆公不仅在建筑等方面借鉴周制，在生活中践行周礼。以"客礼"待戎使由余，以礼对待流亡至秦的晋公子重耳，就是其证。不仅穆公本人，秦公室也普遍知"礼"。《国语·晋语二》载大夫子明称赞公子

---

① 陕西雍城考古队：《凤翔马家庄一号建筑群遗址发掘简报》，《文物》1985 年第 2 期，第 1~29 页；尚志儒、赵丛苍：《〈凤翔马家庄一号建筑群遗址发掘简报〉补正》，《文博》1986 年第 1 期，第 11~13 页。
② 韩伟：《秦公朝寝钻探图考释》，《考古与文物》，1985 年第 2 期，第 30~38 页。
③ 陕西雍城考古队：《陕西凤翔春秋秦国凌阴遗址发掘简报》，《文物》1978 年第 3 期，第 43~45 页。
④ 《周礼注疏》，第 671 页。

縶之语云：

> 縶敏且知礼，敬以知微。敏能窜谋，知礼可使；敬不坠命，微知可否。①

公子縶，字子显，秦国公子。后来他受穆公之命安抚重耳、夷吾，果然知礼善言，进退自如，不辱使命。又，《左传·僖公二十二年》：

> 晋大子圉为质于秦，将逃归，谓嬴氏曰："与子归乎？"对曰："子，晋大子，而辱于秦，子之欲归，不亦宜乎？寡君之使婢子侍执巾栉，以固子也。从子而归，弃君命也。不敢从，亦不敢言。"遂逃归。

太子圉即晋怀公，嬴氏即怀嬴。《礼记·曲礼下》："自世妇以下自称婢子。"② 嬴氏以"婢子"自称，可见她对周礼很了解。怀嬴后来又嫁给重耳，称辰嬴。《左传·僖公二十三年》：

> 秦伯纳女五人，怀嬴与焉。奉匜沃盥，既而挥之。怒，曰："秦、晋匹也，何以卑我！"公子惧，降服而囚。

杨伯俊注曰："《礼记·内则》云：'进盥，少者奉盘，长者奉水，请沃盥。'奉水即奉匜，以水盛匜中也。此怀嬴奉匜以注水，注水曰沃，而重耳盥之。……挥之者，重耳挥去手中余水使干。本待授巾使拭干，《内则》'盥卒，授巾'是也。重耳不待巾干而挥去余水，非礼，故怀嬴怒。"从这两则故事看，怀嬴熟悉家庭生活之礼，显然受过较系统的礼制教育。

又，《左传·文公九年》：

> 秦人来归僖公、成风之襚，礼也。诸侯相吊贺也，虽不当事，苟有礼焉，书也，以无忘旧好。

---

① ［清］韦昭注：《国语》，影印商务印书馆1934年本，上海书店，1987年1月第1版，第109页。

② 《礼记正义》，第1267页。

第七章 文化接触、华夏认同与春秋时期秦文学的发生　151

鲁文公九年即秦康公三年。康公是穆公之子。秦国向鲁国致送赗仪，并被当做外交中的友好事件记载下来。可见，康公是知晓周礼的。又，《左传·文公十二年》：

> 秦伯使西乞术来聘，且言将伐晋。襄仲辞玉，曰："君不忘先君之好，照临鲁国，镇抚其社稷，重之以大器，寡君敢辞玉。"对曰："不腆敝器，不足辞也。"主人三辞。宾客曰："寡君愿徼福于周公、鲁公以事君，不腆先君之敝器，使下臣致诸执事，以为瑞节，要结好命，所以藉寡君之命，结二国之好，是以敢致之。"襄仲曰："不有君子，其能国乎？国无陋矣。"厚贿之。

杨伯俊注云："玉乃使者所赍之国宝，若圭、璋之属以为聘礼者。据《仪礼·聘礼》'宾袭执圭，摈者入告，出，辞玉'之文，则使者至于所聘国庙门内之中庭，必舒其上服之袗以掩其中衣（即所谓袭），执圭；上摈乃入以告其君，然后出，辞不受圭。则辞玉为聘礼中应有之仪节。"[①] 西乞术显然是对这套礼仪了然于胸，因此才能应对自如，并获得尽得周礼的鲁人的高度赞扬。"国无陋矣"既是对秦国君臣娴熟周礼的赞扬，也是对其时秦国上层阶级总体文化面貌的一种概括。

除了娴习周礼外，秦穆公时代的音乐应该也很发达。据《史记》，穆公接受内史廖的建议，"以女乐二八遗戎王"以夺其志。"戎王而说之，终年不还"。可见秦乐之魅力。又，《吕氏春秋·音初》云：

> 辛余靡振王北济，又反振蔡公。周公乃侯之于西翟，实为长公。殷整甲徙宅西河，犹思故处，实始作为西音。长公继是音以处西山，秦穆公取风焉，实始作为秦音。[②]

这个记述或有附会，但任何传说并非全是空穴来风。太公庙秦公钟，与西周中期的克钟很相似，形制均为兽纽阔腔式，且在腔外都饰有四透雕交龙形脊；其铭文中的表示乐声的"鎗鎗雍雍"语亦见于西

---

① 《春秋左传注》，第588页。
② 《吕氏春秋》，第165页。

周晚期厉王㝬钟铭。可见,周乐对秦乐的影响。怀后磬铭有"其音铩铩铊铊"之语,秦公一号大墓残磬铭文有"百乐咸奏"之语,这说明春秋中后期的秦国音乐已达到一个较高的水准。

礼、乐是西周文化的核心。以秦穆公时代为顶点,秦人在秦武公至秦景公时代对周礼乐文化的汲取直接催生了太公庙秦公钟镈铭文、怀后磬铭文、秦公簋铭文、秦公大墓石磬铭文等具有文学质素的作品。另一方面,"乐之用广,则诗之用广",① 与周代礼、乐紧密关联的诗歌也因之在秦国获得了空间。且看《秦风·渭阳》:

> 我送舅氏,曰至渭阳。何以赠之?路车乘黄。
> 我送舅氏,悠悠我思。何以赠之?琼瑰玉佩。

这首诗是秦康公还是太子时,送重耳回国时所作。佩玉是贵族身份的象征,而赠玉则是常见于外交礼聘等场合的一种礼节,有示好的意味。《卫风·木瓜》云:"投我以木瓜,报之以琼琚。匪报也,永以为好也!投我以木桃,报之以琼瑶。匪报也,永以为好也!投我以木李,报之以琼玖。匪报也,永以为好也!"基于对这种礼节及其意义的了解,康公创作了这首诗歌。再如《秦风·车邻》"既见君子,并坐鼓瑟。……既见君子,并坐鼓簧"云云,很明显是秦代礼乐在诗歌中的再现。

在另一个层面上,对《诗》的掌握能更直接地促进文学活动及其成果的发生。《左传·僖公二十三年》:

> 他日,公享之。子犯曰:"吾不如衰之文也。请使衰从。"公子赋《河水》,公赋《六月》。赵衰曰:"重耳拜赐。"公子降,拜,稽首,公降一级而辞焉。衰曰:"君称所以佐天子者命重耳,重耳敢不拜。"

《国语》亦载此事,但内容较详。《晋语四》之《秦伯享重耳以国君之礼》章:

> 他日,秦伯将享公子。公子使子犯从,子犯曰:"吾不如衰之

---

① [清]魏源:《诗古微》,岳麓书社,1989年12月第1版,第28页。

文也，请使衰从。"乃使子余从。秦伯享公子，如享国君之礼，子余相，如宾。卒事，秦伯谓其大夫曰："为礼而不终，耻也。……"明日宴，秦伯赋《采菽》，子余使公子降拜，秦伯降辞。子余曰："君以天子之命服命重耳，敢有安志，敢不降拜？"成拜卒登，子余使公子赋《黍苗》。子余曰："重耳之仰君也，若黍苗之仰阴雨也。若君实庇荫膏泽之，使能成嘉谷，荐在宗庙，君之力也。君若昭先君之荣，东行济河，整师以复强周室，重耳之望也。重耳若获集德而归载，使主晋民，成封国，其何实不从？君若恣志以用重耳，四方诸侯，其谁不惕惕以从命？"秦伯叹曰："是子将有焉，岂专在寡人乎？"秦伯赋《鸠飞》，公子赋《河水》，秦伯赋《六月》，子余使公子降拜，秦伯降辞。子余曰："君称所以佐天子匡王国者以命重耳，重耳敢有惰心，敢不从德？"

这是史册记载的最早的春秋"赋诗"事件。它发生在一个外交场合，实际上也是一个礼仪场合。韦昭注云："《采菽》，《小雅》篇名，王赐诸侯命服之乐也。"秦穆公是借此诗表示对重耳的欢迎。"《黍苗》，亦《小雅》，道召伯出职劳来诸侯也"，重耳以此回应，表达对穆公的敬重。"《鸠飞》，……言己念晋先君洎穆姬不寐，以思安集晋之君臣也"；"（《河水》）言己返国，当朝事秦"；"《小雅·六月》道尹吉甫佐宣王征伐，复文武之业。……此言重耳为君，必霸诸侯，以匡佐天子"。[①] 宾主双方以"赋诗断章"之法来往应答，互表心曲，所凭借的就是对《诗》的熟练掌握。重耳是晋国公子，熟读《诗》当在情理之中；而秦穆公是时人所鄙视的僻远蛮夷之国的君主，竟也对《诗》异常熟稔。值得一提的是，它所赋《河水》，是一首逸诗，不见于今本《诗经》，但在近年新发现的上博楚简中有该诗，足见穆公所熟读的《诗》篇很多，而其在秦国传唱亦甚广。从秦国上层社会对礼乐的娴熟程度和穆公父子对朝会乐章及其他诗章的从容应用来看，秦国在春秋中叶很可能有诗乐之教。

三、《石鼓文》的礼乐文化背景

秦景公前后的《石鼓文》，风格、内容颇类《诗经》。其中，《吾

---

① ［清］韦昭注：《国语》，影印商务印书馆1934年本，上海书店，1987年1月第1版，第128~129页。

车》诗"吾车既工，吾马既同"与《诗经·车攻》中的"我车既工，我马既同"在句式和意思上完全相同。可见，《石鼓文》与《诗经》关系非常密切。事实上，《石鼓文》与《秦风》等篇章相类，也是礼乐文化熏染之下的产物。

石鼓十诗所颂扬的畋猎宴乐之事，与《诗·小雅》非常相似，可视作秦之"雅"。饶宗颐说：

> 愚一向以为十鼓为长篇联章体，与雅颂可媲美。……涵咏十鼓之文，俨然王者气象。尤以"天子永宁，嗣王始□"句……分明为周室猎于西垂汧渭之所作，非秦公偕天子同猎之措词。盖考文辨体，当先定其宾主，十鼓之诗，自以周王为主，秦人刻石，始皇相斯，皆文辞古简，无十鼓之瑰丽，乃谓秦景公出猎，并飨周王，于事理未合。十鼓信为自来"畋猎文学"之极品，从后衍生出汉人《羽猎》、《长杨》之巨制，此非秦初列于诸侯局促于一隅时所宜有，况出土文辞，出钟磬较长外，至今未有第二类石鼓之制，故十鼓应为王室之作。①

论者因此指出要"从文学的观点"看待《石鼓文》，本书深以为然。唯其在此思维下获得的具体结论，则与本书有差异。由前文的分析看，秦国中期的文化比较发达，文学亦具相当的水准，尤其是对《诗》颇为熟稔；而且石鼓十诗在内容上与《诗》也颇相类。所以，《石鼓文》在此期诞生是完全有可能的。

下面再从石鼓的制作和形制方面考察礼乐文化对它的影响。关于石鼓的制作缘由和形制问题，学者也多有歧见。郭宗昌认为石鼓的制作并没有特别的意义。他说："就石形之自然，少加雕琢，旋转刻文。……想当时因有佳石，即刻置蒐所而已。"② 清人褚峻、牛运震曾记录过十枚石鼓的大小数据。**避**车、汧沔、田车、銮车、霝雨、而师、马荐、**避**水、吴人十鼓的高分别是：一尺七、二尺一、一尺八、二尺

---

① 饶宗颐：《秦出土文献编年·饶序》，台北新文丰出版公司，2000年9月台1版，第4页。

② [明]郭宗昌：《周岐阳石古文》，《金石史》卷1，《影印文渊阁四库全书》第683册，台湾商务印书馆，1983年版，第536页。

七、二尺一、一尺五、二尺二、一尺六、二尺九、二尺一，围（周长）分别是：六尺六、六尺三、六尺四、七尺三、六尺八、六尺八、六尺八、六尺八、七尺八、六尺三。① 可见，十鼓的外形，特别是直径的差别并不是很大，而且好几枚鼓的高或周长相等，这显然经过了人工雕琢才能如此，不太可能是借助自然石形而制。今人多相信石鼓之作有特别的因由。郭沫若先生在 1954 年的《石鼓文研究·重印弁言》中说：

> 石鼓呈馒头形，这是古代石刻中仅见的一例。……我的推测是这样：这应该就是游牧生活的一种反映。它所象征的是天幕，就如北方游牧民族的穹庐，今人所谓蒙古包子。……石鼓是襄公作西畤时的纪念碑，祠称畤而碑象天幕，即使不是生活上的直接反映，至少所体现的观念离实际生活必不甚远。②

根据目前的考古成果，秦人在西周早期就"已过着相对定居的生活"③。如果现在还说石鼓的形制与游牧生活相关，恐难服众。杨宗兵认为石鼓与秦人的宗教信仰有关。他说，秦文公十九年，天降陨石于陈仓，"落到地面成圆平状或'围形'，与鼓形相似"，而秦人又素有崇拜自然物、迷信鬼神天帝的风习，因取之而作石鼓。④ 陈平先生说，秦石刻文化是秦穆公称霸西戎后由戎族工匠传入，而后者的石刻风习、技艺则来自西亚、中亚的石刻文化，"石鼓那近似于馒头状圆首，正是早期中亚圆首碑在中原晚期变形"。⑤ 自然科学研究表明，陨石是太阳星云盘小行星区物质演化的产物，具有与地球矿物完全不同的形成环

---

① [清] 褚峻摹图、牛运震补说：《金石经眼录》，《影印文渊阁四库全书》第 684 册，台湾商务印书馆，1983 年版，第 713~718 页。

② 郭沫若：《石鼓文研究》，《郭沫若全集·考古编》第九卷，科学出版社，1982 年 9 月第 1 版，第 14~15 页。

③ 袁仲一：《从考古资料看秦文化的发展和主要成就》，《文博》1990 年第 5 期，第 7 页。

④ 杨宗兵：《石鼓制作缘由及其年代新探》，《中国历史文物》2004 年第 4 期，第 9~10 页。

⑤ 陈平：《关陇文化与嬴秦文明》，江苏教育出版社，2005 年 4 月第 1 版，页 444~447 页。

境，按其主要成分为铁、镍和硅酸盐含量的多寡可分为铁陨石、石陨石和石铁陨石三大类。①秦石鼓是花岗岩石质。花岗岩是由来自地壳深处的熔浆冷却、凝固而成的，宝鸡一带的花岗岩属于陆壳深成型，主要成分是二氧化硅和三氧化二铝，② 与陨石的化学构成有很大区别。而且，陨石在坠落地球的过程中，因与大气摩擦而发热甚至燃烧，落地时一般呈边角圆滑的不规则体，说它状似鼓形，纯属想当然。至于将秦石鼓的渊源追溯至西方石刻文化，虽然颇具想象力，无奈目前尚缺乏坚实的考古学和文献证据。所以，对于秦石鼓的制作及其用途，我们似不必故作玄言，亦无需舍近求远，而应从石鼓本身入手。

鼓之起源与运用由来已久。相传伊耆氏曾制土鼓，并用草扎的鼓槌敲击。《礼记·明堂位》云："土鼓，蒉桴，苇钥，伊耆氏之乐也。"又说夏后氏拥有加了支架的鼓："夏后氏之鼓，足。殷，楹鼓，周，悬鼓，垂之和钟，叔之离磬，女娲之笙簧。"③土鼓是陶制、革面的鼓。1997 年前后，甘肃省博物馆相继征集到十余件出自甘肃永登和青海地区的史前单面陶鼓，其中编号为 47251 的彩陶鼓，属于马家窑类型遗物，距今有 5000 多年，④ 证明传说并非空穴来风。商代有青铜鼓，目前所见的实物有出土于湖北崇阳的兽面纹鼓和河南安阳的双鸟纽怪绳纹鼓。⑤ 还有其他材质的鼓。《诗经·商颂·那》：

> 猗与那与！置我鞉鼓。奏鼓简简，衎我烈祖。汤孙奏假，绥我思成。鞉鼓渊渊，嘒嘒管声。既和且平，依我磬声。于赫汤孙！穆穆厥声。庸鼓有斁，万舞有奕。……

---

① 侯渭、谢鸿森：《陨石成因与地球起源》，地震出版社，2003 年 5 月第 1 版，第 62 页。

② 尚瑞钧等著：《秦巴花岗岩》，中国地质大学出版社，1988 年 8 月第 1 版，第 108～111 页。

③ 《礼记正义》，第 1491 页。

④ 尹德生：《甘肃新发现史前陶鼓研究》，《考古与文物》2001 年第 2 期，第 31～35 页。

⑤ 马承源：《中国青铜器》，上海古籍出版社，2003 年 1 月第 1 版，第 292 页。

可见，鼓具有娱祖乐神的功能。周有鼓人之职。《周礼·地官·司徒》：

> 鼓人掌教六鼓四金之音声。以节声乐，以和军旅，以正田役，教为鼓，而辨其声用。以雷鼓鼓神祀，以灵鼓鼓社祭，以路鼓鼓鬼享，以鼖鼓鼓军事，以鼛鼓鼓役事，以晋鼓鼓金奏。以金錞和鼓，以金镯节鼓，以金铙止鼓，以金铎通鼓。凡祭祀，百物之神，鼓兵舞帗舞者，凡军旅，夜鼓鼜，军动则鼓其众。田役亦如之。救日月，则诏王鼓。大丧，则诏大仆鼓。①

周代的鼓不仅形式多样，而且功能丰富，但主要用于祭祀和军事。从《诗经》看，它还是一种常用的乐器。在我国西南少数民族地区，常见铜鼓。1975 年云南楚雄万家坝墓地出土了多面铜鼓，其中 M23 的"馆底垫木下，并列了四面铜鼓，鼓面向下"，② 其年代在春秋中期到战国前期之间。③ 陆游曾亲睹宫内珍藏的西南少数民族铜鼓，并谓："此鼓南蛮至今用之于战阵祭享。"④ 由此看来，与后世日益娱乐化的功能不同，鼓在春秋时代多用于战争和宗教祭祀等礼乐场合。

古代的国家大事，莫过于祭祀与战事。战时号令军队，祭祀时取悦先祖，鼓贯通现世和身后两个世界，既具实用功能，也有某种超越意义。在古人的意识里，先王作器皆取法天道，鼓是象雷而作。《山海经·海内东经》："雷泽中有雷神，龙身而人头，鼓其腹。"⑤《史记正义》引此经，在"鼓其腹"后多出"则雷"二字。《周礼·夏官》谓："辨鼓铎镯铙之类。"《孔疏》云："鼓，雷之类，象仲春雷发声于

---

① 《周礼注疏》，第 720 页。
② 云南省博物馆文物队、四川大学历史系考古专业七四级学员：《云南省楚雄县万家坝古墓葬群发掘简报》，《文物》1978 年第 10 期。
③ 中国社会科学院考古研究所实验室：《放射性碳素测定年代报告（五）》，《考古》1978 年第 4 期。
④ ［宋］陆游著、陈和祥标点：《老学庵笔记》卷上，扫叶山房，1926 年 5 月第 1 版，第 21 页。
⑤ 袁珂：《山海经校注》，上海古籍出版社，1980 年 7 月第 1 版，第 329 页。

外。"① 可见，象雷作鼓，非类其形，而是拟其声响。《山海经·大荒东经》亦云：

> 东海中有流波山，入海七千里。其上有兽，……其音如雷，名曰夔。黄帝得之，以其皮作鼓，橛以雷兽之骨，声闻五百里，以威天下。②

神话虽有不经，但其间蕴含的意味却值得细品。在古人眼中，雷是一种极具震撼力的事物，威物慑人，无可匹敌。《考古记》曰："凡冒鼓，必以启蛰之日。"③惊蛰时节，雷声大壮，蛰伏的虫蛙皆闻声而动，此时蒙鼓，便可以使之获得像雷声一样神奇的力量。由此看来，古人认为，效法雷而作的鼓，不仅具有摄人心魄的威力，而且具有沟通天地的效能，其用于军阵和祭祀这两个方面的功用或由此出。蔡邕在为乔玄写的《黄钺铭》中说："是用镂石，作兹钲、钺、军鼓，陈之东阶，以昭公文武之勋焉。"④刻石象军鼓，纪念乔玄的功业，显然是他生前的身份和战功有关。秦人藉武力崛起，历代国君与戎族等周边势力均有血战。在一定程度上，鼓是秦民族发展之路的见证。穆公罢西戎之时，周王曾以金鼓相贺，亦可见鼓之意蕴。从这个方面推测，我们认为秦石鼓之作，是取石像鼓形，刻字于上，以纪念先祖的功德；其重点在鼓与辞，而以石为之，可能是料其坚顽，可以传之久远，似无特别的意涵，与所谓的拜物风习关涉不大。程大昌谓：

> 古人托物见意，不主乎物，而主乎所勒之辞，故在盘、在鼎、在策，皆无问也。今其伐石为鼓，则意义可料也。⑤

---

① 《周礼注疏》，第 836 页。
② 袁珂：《山海经校注》，上海古籍出版社，1980 年 7 月第 1 版，第 361 页。
③ 《周礼注疏》，第 918 页。
④ ［汉］蔡邕：《蔡中郎文集》卷 1，《四部丛刊初编·集部》，上海商务印书馆影印兰雪堂活字本，1936 年，第 7 页。
⑤ ［宋］程大昌：《歧阳石鼓文》，《雍录》卷 9，中华书局，2002 年 6 月第 1 版，第 201 页。

斯言可听。刻石与铸造青铜器仅有取材上的不同,而并无实质意义之别,它们都是礼乐文化的体现。

四、秦嬴文化精神对春秋秦文学的影响

外来文化对此期秦国文学的启示仅仅是一个方面,其民族精神对文学创作的影响也很明显。在前面的论述中,我们曾经指出秦族迫近戎狄,双方争战不休,至穆公时代才稍缓解,长期的生存压力和战争生活养成了秦民族好斗尚武的性格,早期的《秦风·无衣》是其产物。这种文化精神在此期的其他诗歌中也有体现。《秦风·小戎》:

> 小戎俴收,五楘梁辀。游环胁驱,阴靷鋈续。文茵畅毂,驾我骐馵。言念君子,温其如玉。在其板屋,乱我心曲。
> 四牡孔阜,六辔在手。骐駠是中,騧骊是骖。龙盾之合,鋈以觼軜。言念君子,温其在邑。方何为期?胡然我念之!
> 俴驷孔群,厹矛鋈錞。蒙伐有苑,虎韔镂膺。交韔二弓,竹闭绲縢。言念君子,载寝载兴。厌厌良人,秩秩德音。

该诗前半部分对战车、战马和弓箭等作了细致的描绘,反映了军容之盛。有意味的是,这些是从妇女的角度写的。以此与《诗·王风·君子于役》中的思妇形象相比较,立即可见其不同。前者不仅更多地表现了对车甲的喜爱,而相思只有寥寥数语,情感表达也很大气;后者则通过描绘日暮黄昏的山村日常情景与思妇焦虑失望的心情,表现了一种典型的闺怨情绪。《卫风·伯兮》也与此诗类似而与《小戎》异质。这种区别应该与民族的总体文化精神有关。朱熹说:"秦人之俗,大抵尚气概,先勇力,忘生轻死,故其见于诗如此。"① 这个分析是很有道理的。《驷驖》诗虽然描写的是田猎活动,但古代的田猎活动实际上具有很强烈的军事性质,是借以训练军队的主要手段之一。秦文公四年,率军700人东猎至汧渭之会,实际上就是一次军事行动。诗云:"驷驖孔阜,六辔在手。……公曰左之,舍拔则获。……輶车鸾镳,载猃歇骄。"尚武气息扑面而来。

《黄鸟》是《秦风》中风格最为阴沉、哀伤的一首诗,内容是秦

---

① [宋]朱熹:《诗经集传》卷3,影印明善堂重梓本,巴蜀书社,1989年7月第1版,第44页。

人反对秦穆公用"三良"殉葬。据《秦本纪》,秦之殉葬制度始自秦武公二十年(前678年)。是年,"武公卒,葬雍平阳。初以人从死,从死者六十六人。"献公元年(前384年),下令"止从死"。由此看来,在这二百九十四年间,人殉是秦国定制。对于各代具体的殉葬数目,《史记》明确记载穆公殉死者达177人;近年发掘的秦景公大墓的椁室上部埋有166个殉人。① 可见,秦国国君死后的人殉数目是很多的。另一方面,由昭襄王时宣太后欲以魏丑夫殉葬和秦始皇死后嫔妃妻妾无子者全部从死观之,秦武公二十年之前,秦国很可能已存在人殉之俗,只是未曾上升到国家制度的层面罢了,而在献公元年后,这种风习在秦国实际上并没有消失。

人殉起源于原始社会末期。《墨子·节葬下》谓:

> 若送从,曰天子杀殉,众者数百,寡者数十;将军、大夫杀殉,众者数十,寡者数人。②

人殉在殷商时代达到顶峰。1971年,安阳大司空村发现一处商代人殉坑,内有31个头颅和26具躯体。捆绑和砍头的迹象明显。③ 胡厚宣先生曾统计卜辞所载人祭人殉数目。从盘庚迁殷到帝辛亡国的273年间,共用人祭13052人,另外1145条卜辞未记载人数,若以每条卜辞一人计算,全部杀人祭祀,至少有14197人。④ 周代以德治国,未有人殉制度,但也有这一现象。从目前的史载和出土墓葬看,春秋战国时期的人殉以秦国为最。即使是与秦同被视为蛮夷的楚国也甚少人殉葬。据邱东联先生说,"综合建国以来的湖北、河南、湖南、安徽四省已发掘的近5000座楚墓,人殉墓近20座,其所占比例极少,明显少于秦墓及三晋墓,这说明两周时期人殉制度在楚国受到限制"。⑤ 秦之人殉习俗与其民族渊源和生存地域有关。有研究者指出,秦嬴与殷商

---

① 王学理主编:《秦物质文化史》,三秦出版社,1994年6月第1版,第271页。
② 墨翟:《墨子》,上海古籍出版社,1989年3月第1版,第45页。
③ 安阳市博物馆:《安阳大司空村殷代杀殉坑》,《考古》1978年第1期。
④ 胡厚宣:《中国奴隶社会的人殉和人祭(下篇)》,《文物》1974年第8期,第57页。
⑤ 邱东联:《楚墓中人殉与俑葬及其关系初探》,《江汉考古》1996年第1期,第74页。

同是东夷后裔。东夷多有人殉习俗,殷商、良渚文化圈均是明证①。秦人西迁后长期与戎狄杂处,沾染戎狄文化不可避免。在公元前2000年左右,甘青地区生活着被称为"齐家文化"的聚落。"齐家文化"属于羌戎系统,分布甚广,其东缘就在陇上一带。该地区自新石器早期开始,就是戎狄等族与华夏族的杂居之所。早期秦人就生存在该区域。在武威皇娘娘台、广河齐家坪等齐家文化墓地中,都发现了殉葬墓。由此看来,秦之人殉既是其民族性格的体现,也是戎狄文化渗透的结果。人殉是否含有某种宗教意味,现已不可确考,但它确乎展示了民族性格上野蛮、原始的一面。《黄鸟》正是这种民族特点的反映。不过,人殉和人祭等并不相同。殷墟王陵西区 M1001 墓道两侧,分布着三十余座小墓,其中20余座中的人骨身首全躯,随葬品多是青铜盔、戈等兵器。"人骨鉴定结果表明,在贵族墓中的殉葬人中有相当数量的未成年人和青年女性。大墓中的殉葬人生前大多数国王或贵族奴隶主的奴仆侍从,而那些青年女性生前可能是墓主的妃嫔宠幸,那些携带武器的青年男性生前应是职业武士。"② 这就是说,在殷商时代,人殉有相当的部分与墓主生前关系密切,是其妻妾或扈从等近侍人员,与作为人祭的奴隶或战俘是有区别的。秦国的人殉与殷俗相同。秦景公大墓的人殉中,靠近椁室的72殉人既有棺,又有椁,椁木厚达十几厘米见方,而稍远的94个殉人只有一具薄木棺材盛敛,③ 这清楚地表明这些人殉生前的身份是有差等的,有些与秦景公的关系很密切。秦宣太后想用作人殉的魏丑夫是她所宠爱的人。秦始皇死后殉葬的是其妻妾。根据《史记》的记载,当时从穆公死的人共有177人,国人独惜"三良"而不及其他人,这说明他们的身份是有差别的。《史记正义》引应劭云:"秦穆公与群臣饮酒酣,公曰:'生共此乐,死共此哀。'于是奄息、仲行、虎许诺。及公薨,皆从死,《黄鸟》诗所为作也。"可见,为穆公殉葬的"三良"也是他宠信的臣子。从诗的内容看,"三良"是人们眼中的"百夫之特"、"百夫之防"、"百夫之御",是百里

---

① 赵晔:《良渚文化人殉人祭现象试析》,《南方文物》2001 年第 1 期,第 32~37 页。
② 杨宝成:《殷墟文化研究》,武汉大学出版社,2002 年 2 月第 1 版,第 106、107 页。
③ 王学理主编:《秦物质文化史》,三秦出版社,1994 年 6 月第 1 版,第 271 页。

挑一的人才。穆公素以重视人才著称，《秦誓》就是他关于使用人才的宣誓，但他临死前却要"三良"为其"从死"，而后者也心甘情愿这样做。总之，从国人、穆公以及"三良"自身的态度看，他们对以不同身份的人从死的习俗是认同的，这无疑反映了秦文化中原始、落后的一面。那么，秦人又何以要叹息"三良"呢？"三良"都是百里挑一的人才，就这样白白牺牲了，自然令人痛惜。同时，这里可能也有周文化的影响因素。周人以礼乐治国，以德化民，残酷的人殉至少在制度是受其排斥的。穆公前后，秦国对周礼乐文化的了解和吸收达到了一个高峰，有识之士因之而对秦文化的一些陋习进行审视，也是不难理解了。《黄鸟》正是对秦文化的固有部分进行反思的文学产物。

在《秦风》十诗中，《蒹葭》最令人惊艳，也最难于理解。它清丽飘逸而朦胧怅惘的风格在不仅在《秦风》，就是和《诗经》中的其他诗歌比较起来也独树一帜。后人对该诗感到难以理解，除了其本身曲尽其妙的艺术手段外，还在于人们总是以有色眼镜观之。人们总以为秦是好战乐斗之邦，不可能有高超远举之作。在秦人的禀赋中，难道只有好战乐斗吗？通过上文的描述，答案显然是否定的。其实，该诗的出现并不突兀，而是有其地理、文化背景。在前文中，我们业已指明春秋战国时期的关陇地区，画地成川，华岳巍峨；源泉灌注，陂池交属；气候温润，茂树荫蔚；地沃野丰，百物殷阜。《秦风》对此也有展示："阪有漆，隰有栗"、"终南何有？有条有梅"、"鴥彼晨风，郁彼北林"、"山有苞栎，隰有六驳"、"山有苞棣，隰有树檖"。《石鼓文》也体现了秦地的自然、地理风貌。如《汧沔》诗："汧殹沔沔，烝皮淖渊。鰋鲤处之，君子渔之。澫又小鱼，……帛鱼皪皪，……黄帛其鳊，又鳊又鯰。……其鱼隹可？隹鱮隹鲤。可以橐之，隹杨及柳。"① 刘大杰说："地域对于艺术的影响，有两个重要的方面。一个是因地方的风土气候及经济状况不同，影响到作家的气质情感与思想而使作品现出颜色。其次自然界各种的山水花木的情状与种类的不同，影响到作家所选用的材料，而使得作品的情调全异其

---

① 郭沫若：《石鼓文研究》，《郭沫若全集·考古编》第九卷，科学出版社，1982年9月第1版，第44~45页。

趣。"①面对如此秀丽的山河,秦人发出"蒹葭苍苍"的感叹不是很自然的吗?诚然,该诗体现了作者极高的艺术技巧和审美感悟能力,但是在周文化的熏陶下,春秋时代的秦人早已不是那个驰骋在马背上而不知礼乐的落后部族,而是有着相当的文化修养的"中国",他们有此诗是毫不奇怪的。

第四节　春秋秦国文学:西周礼乐文化的最后回响

有论者指出:"'诸夏'概念提出,标志着贵族生活在宗法序列崩解一个世纪后开始认同新的共同体,也标志着贵族开始以共同文化的骄傲感来凝聚人心,鼓舞人心。流行的观念总以为春秋贵族文化是西周文化的余绪,大概就是因为春秋人物口不离古代先王、礼义诗书,殊不知'诸夏'时代谈礼义诗书,正是一种前所未有的新观念。……'诗'虽是西周旧文学,并由王官汇录,在祭祀一类重大场合演奏,但一般贵族人物却无引'诗'以言理的习惯,因为宗法时代的人尚无尊奉古典文化的意识。《左传》前40年几乎无人引'诗',这正是旧时代风尚的可靠记录。而'诸夏'观念出现以后的霸政时代引'诗'渐入高潮,则是贵族人物尊奉古典文化的意识抬头的信号。"②这个论断确有洞见,但对秦国来说,情况似乎并不是如此。秦人据有西周故地,本身的文化比较落后,它在很早开始主动的吸收周文化,在秦穆公时代前后达到一个高峰。这与其说是因"诸夏"观念的出现引起贵族尊奉古典文化的结果,不如说是秦国长期坚持"周化"政策的必然结果。清人刘逢禄《秦楚吴进黜表》云:

> 昔圣人序东周之《书》,唯存《文侯之命》及《秦誓》著其盛大旨。其于删《诗》,则列秦于《风》,序《蒹葭》曰"未能用周礼",序《终南》曰"能取周也",然则代周而改周法者,断自秦始,何其辞之博深切明也!秦始小国僻远,诸夏摈之,比于戎

---

① 刘大杰:《中国文学发展史》,《民国丛书》第二编58册,上海书店影印中华书局1949年本,1990年12月第1版,第64页。

② 颜世安:《"诸夏"聚合与春秋思想史》,《南京大学学报(哲社版)》2003年第5期,第16页。

狄。然其地为周之旧，有文、武贞信之教，无放僻骄侈之志，亦无淫佚昏惰之风，故于《诗》为夏声。其在《春秋》无僭王猾夏之行，亦无君臣篡弑之祸，故《春秋》以小国治之，内之也。故观于《诗》、《书》，知代周者秦。①

撇开其间的经学外衣，刘氏对周文化在秦地的传播及其对文学的影响的认识还是非常到位的。总之，伴随着周文化由单纯的器物层面而精神层面渗入秦人的骨髓，以及秦人民族精神的张扬，《秦风》十诗、秦景公大墓残磬铭文以及石鼓十诗为标志，秦国的文学在春秋中期达到了一个高峰，可谓大成。

秦景公之后，秦国日衰。目前所见的春秋时期秦国的最后的一次文学活动是在秦哀公三十一年（前506年）。《左传·定公四年》云：

> 及昭王在随，申包胥如秦乞师，曰：……秦伯使辞焉，曰："寡人闻命矣。子姑就馆，将图而告。"对曰："寡君越在草莽，未获所伏，下臣何敢即安？"立，依于庭墙而哭，日夜不绝声，勺饮不入口七日。秦哀公为之赋《无衣》，九顿首而坐，秦师乃出。

哀公赋《无衣》，表明《诗》在彼时的秦国贵族教育和生活中依然有着相当的地位。然而，随着秦国在春秋后期的衰落和战国时代的来临，这种传统也渐渐失落了，春秋秦文学也随之落幕。

对于周文化对春秋秦文化、秦文学的影响，有两点必须指出。第一，秦人多方面吸纳周文化，但这并不意味着他们就是一个全面"周化"的国家。周文化始终只是秦文化中的一种外来因素，只不过在春秋时期这种文化因素显得特别突出而已。事实上，秦人对周文化从一开始就保持了一种"以我为主"的态度。《史记·六国年表》云：

> 周东徙洛邑，秦襄公始封为诸侯，作西畤用事上帝，僭端见矣。《礼》曰："天子祭天地，诸侯祭其域内名山大川。"今秦杂戎翟之俗，先暴戾，后仁义，位在藩臣而胪于郊祀，君子惧焉。

---

① ［清］刘逢禄：《秦楚吴进黜表》，《春秋公羊经何氏释例》卷7，《续修四库全书》第129册，上海古籍出版社，1996年版，第533页。

第七章 文化接触、华夏认同与春秋时期秦文学的发生

站在宗周的角度，襄公所为自然是一种僭越的无礼行为，但从秦人的角度看，这何尝不是努力建设本民族文化体系的一种宣示？秦德公元年，"初居雍城大郑宫。以牺三百牢祠鄜畤"。以三百牢祭祀，在用牲数目上与周礼显然不同。《左传·哀公七年》有语："周之王也，制礼，上物不过十二，以为天之大数也。今弃周礼，而曰必百牢，亦唯执事。"制礼以十二为极数，而秦竟用三百牢，这或与其尚多崇大的民族性格有关。还有，秦民族在宗教信仰上与周人也不同。《秦本纪》载，文公十九年，立陈宝祠，祀陨石；文公二十七年，"伐南山大梓，丰大特"，祀大梓树；秦德公二年，作伏祠，"以御蛊灾"。云梦秦简中《日书》中，不仅有各种的风雨星辰等神灵，还有四十余种形形色色的鬼怪。[1] 这表明在秦人宗教体系中，除祖先崇拜外，自然物崇拜也占据了很重要的位置。再有，秦国用人的原则与周人也不同。在"尊尊亲亲"的宗法体制下，同姓宗室是首先倚重的对象。周武王初定天下，即大封诸弟，以为藩辅。而秦国采用的却是尊贤用能的政策。纵观春秋时期的秦国发展史，见诸史籍的宗室仅有公子白、公子宏、小子憗、公子絷、公子辄、公子鍼、公子蒲、公子虎八人，其中后五人或曾为将或曾为行人，其功绩均不显赫。[2] 相反地，助秦穆公成独霸西戎之局的功臣均来自他国。《史记·李斯列传》载其《谏逐客书》云：

> 昔穆公求士，西取由余于戎，东得百里奚于宛，迎蹇叔于宋，来丕豹、公孙支于晋。此五子者，不产于秦，而穆公用之，并国二十，遂霸西戎。

总之，秦人对周礼乐文化的吸收不是单纯的"拿来主义"，而在有意无意之间保持了某种疏离感。这种疏离感是基于对周文化思考和本民族发展方向的考量。不过，由于秦国立国较晚，本身的文化积累实在薄弱，所以西周礼乐文化得以在春秋时期的秦国文化体系中占据着主导地位，而后世所谓实用、功利、崇法的秦文化特征在那时尚不明显。礼乐文化最显著的文学载体是诗歌，所以此期的秦国文学以诗歌为主要形式，还有一些以四言为主的金、石韵文。

---

[1] 刘钊：《秦简中的鬼怪》，《中国典籍与文化》1997年第3期，第102页。
[2] 马非百：《秦集史》，中华书局，1982年8月第1版，第111~117页。

第二，周文化的对秦人的影响，其范围大体局限于上层阶级，对一般民众似乎并没有太大的触动。Chên Shou – Yi 说：

> In short, their mode of living continued for centuires to be characterized by crudity and fierceness, daring and quick temper, hardly touched by the refinement of the rituals and music of the so – called Central States. （总之，秦人延续了几个世纪的生活方式具有质朴和强悍、勇敢和激进的特质，他们几乎没有与所谓的"中中央之国"的高尚的礼、乐相接触。）

> The princely house and the aristocrat in Ch'in, possibly less non – Chinese in descent than commoners, were more than aware of the attractions of Chou cultural refinement. （秦国的公室和贵族，可能比庶民要多一些华夏血统，更了解周文化精致的魅力。）①

论者敏锐地观察到了秦国贵族和庶民的文化差异。不过，就血统来说，秦国庶民的华族血统不见得就比贵族少。根据太公庙秦公钟镈铭文，秦、周贵族通婚最早的是秦武公和王姬，而庶民的通婚至迟在秦文公时代就已开始。文公据有岐周故地，周原遗民为数众多，他们和秦人混居，交往、通婚是势所必然。不过，这些周族遗民对秦国下层民众的文化影响似乎并太大。商鞅入秦变法之前，秦国广大庶民的生存状态是："父子无别，同室而居"。李斯也说："夫击瓮叩缶弹筝搏髀，而歌呼呜呜快耳（目）者，真秦之声也；《郑》、《卫》、《桑间》、《昭》、《虞》、《武》、《象》者，异国之乐也。"可见，秦国的一般百姓长期以来所保持的生活习惯比较原始而质朴，西周礼乐文化的润泽进益缓慢，贵族和庶民的文化鸿沟泾渭分明。这也造成了春秋秦国文学实际上是贵族文学的现实，除了《秦风》某些篇章中的微弱呼唤之外，我们再也听不见来自普通民众的呐喊。

鲁襄公二十九年（前544年），吴公子季札使鲁观周乐，乐师为之歌《秦风》。季札闻后，叹曰："此之谓夏声。夫能夏则大，大之至也，其周之旧乎？"秦人据有岐周故地，近水楼台更兼主动汲取，虽不

---

① Chên Shou – Yi. Ch'in Literature, Chinese literature: A historical introduction, New York: The Ronald Press Company, 1961, p. 98.

能尽得周文化之精髓，但也却能于本民族粗粝质朴的固有气质中融入礼乐文明，从而创造出颇具特色的春秋秦文学。遗憾的是，由于周文化本身的式微、时代风云的变幻及秦国本身的某些困窘，到了春秋后期，秦国文学开始停滞不前。在一定程度上，春秋时期的秦国文学可谓周人礼乐文化的最后回响。对秦人来说，这是幸抑或不幸？幸耶——秦人因之可以在中国古典文学史上写下骄傲的一笔，并改变历史的偏见：他们并不是粗糙无知的"夷狄"部族，而是有着较深文学修养的"中国"人；不幸耶？——秦人只是抓住了礼乐文化的尾巴，历史的车轮就无情碾断了它通向更高境界的阶梯，就如同一个旅人，还没有攀上顶峰一览众山小，就不得不在暴风雨的威逼下转身下山。

第八章　礼乐倾圮、功利意识与战国早中期秦文学的凋零

第一节　变动的世界与秦国的危机

周元王元年（前475年），中国历史进入战国时代，① 时值秦厉公二年。对于战国与春秋之异，顾炎武曾有一段著名的评论。《日知录》卷十三《周末风俗》篇：

> 春秋时犹尊礼重信，而七国则绝不言礼与信矣；春秋时犹尊周王，而七国则绝不言王矣；春秋时犹严祭祀、重聘享，而七国则无其事矣；春秋时犹论宗姓氏族，而七国则无一言及之矣；春秋时犹宴会赋诗，而七国则不闻矣；春秋时犹有赴告策书，而七国则无有矣。邦无定交，士无定主，此皆变于一百三十三年之间，史之阙文，而后人可以意推者也，不待始皇之并天下，而文、武之道尽矣。②

如果说礼乐在春秋时代尚是诸侯争伯称霸的一方遮羞布的话，那么到了战国时代它已被彻底丢弃，只剩下赤裸裸的利益角逐和武力侵夺。顾氏所论，着眼于文化，堪称洞见。礼乐文化的飘零与封建宗法制度下贵族阶层的消亡直接相关。春秋初期，许多诸侯国由多家贵族分治，到了春秋中叶，权力逐渐转移到了少数几家专权贵族手中，这些世袭的贵族在激烈的权力斗争中逐渐衰落，至春秋末期，强宗巨室

---

① 关于战国时代的起始年份，史学界有多种意见：或认为应自《春秋》记事之末年（前481年）始；或认为应自韩、赵、魏三家灭智氏（前453年）始；或认为应自周威烈王二十三年（前403年）封魏斯、赵籍、韩虔为诸侯始。本书所据系自《史记·六国年表》。

② ［清］顾炎武著、［清］黄汝成集释：《日知录集释》，上海古籍出版社，1985年6月第1版，第1005～1006页。

第八章　礼乐倾圮、功利意识与战国早中期秦文学的凋零　169

基本消失，使得一个国家由唯一的家族统治。如此，宗法封建体制便被国君专权体制所取代，一种新型国家出现。① 韩、魏、赵正是这样的国家。这些新型国家从一开始就显得生气勃勃，雄心万丈。公元前445年，魏文侯即位，旋即任用李悝等人，实行变法，后又起用吴起，推行征兵制，使得魏国迅速富强起来。公元前403年，周王正式承认魏、韩、赵为诸侯。赵烈侯随即任用相国公仲连，进行政治改革。然而，这一时期的秦国却暮气沉沉，江河日下。

与中原诸国不同，在秦国的权力结构中贵族公室的势力一直微不足道。这一点对秦国的稳定有着至关重要的作用。整个春秋时期，除了武公时代发生过短暂的权力斗争外，秦国内政一直相当稳定。然而，长期的稳定会导致保守主义，对外界变革的反应迟钝。战国初期的秦国正是如此。面对周边诸国的崛起，秦国的缓慢反应令人惊异。直到秦简公七年（前408年），秦国才"初租禾"，即弃井田制而行税亩制，而此时距鲁国实行"初税亩"已经186年了！

不但国内的经济改革进展缓慢，对外的军事斗争也频频失利。秦简公二年（前413年），魏攻秦，到达郑地（今陕西华县），次年又占繁庞（今陕西韩城一带），六到七年，吴起先后攻取秦之临晋（今陕西大荔东）、元里（今陕西澄城南）、洛阴（今陕西大荔西）等，尽取河西之地，并设河西郡，筑城以守。② 失去河西之地，不仅使秦国丢失了大片领土，更让秦国的东境直接暴露在魏国面前，战略损失极大。除了魏国的军事威胁外，那些曾臣服于秦的西戎诸族复来侵袭。翟、獂等游荡在陇西，义渠戎甚至在躁公十三年（前430年）的时候，兴兵伐秦，一直打到渭南。③

不幸的是，外患连连之际，秦国国内更陷入了君臣乖乱的泥淖。《秦本纪》记载，公元前428年，秦躁公死，其弟怀公立。三年后，以庶长鼌为首的权臣们逼其自杀，并立其孙为君，是为灵公。灵公立十三年，卒。权臣们弃灵公之子公子连，却从晋国迎回灵公的叔父悼子，

---

① 许倬云：《中国古代社会史论——春秋战国时期的社会流动》，广西师范大学出版社，2006年1月第1版，第126~127、113页。
② 林剑鸣：《秦史稿》，上海人民出版社，1981年2月第1版，第165~167页。
③ 《史记》，第199页。

立为简公，公子连被迫亡魏。简公共在位十六年，卒后由其子惠公即位。公元前387年，惠公去世，其尚未成年的儿子，即出子被立为秦君，政权由其母小主夫人把持。这引起了国内部分大臣和民众的不满。流亡在外的公子连乘机回国，夺回政权，即位为秦献公，事在公元前384年。对于秦国这数十年的动荡局面，有学者认为是"反映了维持奴隶制的旧势力同主张进行封建改革的新势力之间的尖锐斗争"。[①] 撇开阶级斗争不论，国内的动荡局面和保守阶层得势确乎让有识之士愤懑，两个阶层的角力也有史可征。《吕氏春秋·当赏》云："秦小主夫人用奄变，群贤不说自匿，百姓郁怨非上。"公子连偷偷回国时，被派去谋害他的士兵临阵倒戈，欢迎他归国即位。[②] 这显示了其时秦国军民期待变革的心声。

到了献公之子孝公即位的时候（前361年），河东六国已成鼎足之势，且时相攻伐，"力政"时代正式形成，而秦国却已然落后。《秦本纪》云："河山以东强国六，与齐威、楚宣、魏惠、燕悼、韩哀、赵成侯并。淮泗之间小国十余。楚、魏与秦接界。魏筑长城，自郑滨洛以北，有上郡。楚自汉中，南有巴、黔中。周室微，诸侯力政，争相并。秦僻在雍州，不与中国诸侯之会盟，夷翟遇之。"秦孝公追昔抚今，痛定思痛，终于决心变法，彻底进行改革。其求贤令曰："昔我穆公自岐雍之间，修德行武，东平晋乱，以河为界，西霸戎翟，广地千里，天子致伯，诸侯毕贺，为后世开业，甚光美。会往者厉、躁、简公、出子之不宁，国家内忧，未遑外事，三晋攻夺我先君河西地，诸侯卑秦、丑莫大焉。献公即位，镇抚边境，徙治栎阳，且欲东伐，复穆公之故地，修穆公之政令。寡人思念先君之意，常痛于心。宾客群臣有能出奇计强秦者，吾且尊官，与之分土。"一场改变秦国历史和文化进程的改革就此拉开大幕。

第二节　商鞅变法对秦文化及文学的影响

据《史记·商君列传》记载，商鞅姓公孙氏，卫国宗室之后，

---

① 林剑鸣：《秦史稿》，上海人民出版社，1981年2月第1版，第169页。
② 《吕氏春秋》，第690页。

"少好刑名之学"。曾事魏相公叔痤。痤临终前曾向魏惠王举荐商鞅，惠王不用，鞅遂西入秦。孝公三年，商鞅与甘龙、杜挚等秦国保守派大臣展开激辩，说服孝公试行变法。"居三年，百姓便之"。孝公六年，"拜鞅为左庶长，卒定变法之令"。商鞅变法的基本主张保存在《商君书》中。该书是商鞅死后由其后学录其遗著，兼采其他法家之文汇编而成。《韩非子·五蠹》云："今境内之民皆言治，藏商、管之法者家有之。"① 可见，《商君书》在战国末期就已广泛流传。《汉书·艺文志》录有"《商君》二十九篇"，② 而今本《商君书》只有二十六篇，其中两篇有目无文，已非原貌，但大体仍能反映商鞅的思想体系。③ 商鞅之法的核心内容是"内立法度，务耕织，修守战之备"，④ 即法治主义和农战主义。本书拟对此稍作描述，并重点考察它们对秦文化及文学的影响。

一、任法精神与礼乐文化传统在秦国的断裂

法家思想由来已久。春秋时期，郑国名相子产就曾"铸刑书"，就是将刑律镂刻于鼎，以为国之常法，可谓法治主义的先驱。事见《左传·昭公六年》。⑤ 战国初期，魏文侯任用法家李悝进行改革，取得了很大成就。卫人吴起也曾在楚悼王时于楚国推行法治，因手段激进，竟为楚国贵戚所杀。商鞅少好刑名之学，又曾游于魏，亲睹法治主义实践之效，入秦后推行法治，颇能集前人之大成。商鞅法治主义的基础是"任法"，也就是以法作为治国的根本手段。这与西周礼主刑从的治国策略有很大不同。《商君书·慎法》：

> 故有明主忠臣产于今世而散领其国者，不可以须臾忘于法。

---

① 《韩非子》，第156页。

② 《汉书》，第1735页。

③ 陈启天曾作《商君书的考证》，详辨各篇的真伪、年代。根据陈氏的结论，今本《商君书》二十四篇中，除《靳令》、《外内》两篇是西汉人假托外，其余二十二篇都可认为是成文于战国时代。详参陈著《商鞅评传》，商务印书馆，1947年3月三版，第121～122页。

④ ［汉］贾谊：《过秦》，《新书》卷1，上海古籍出版社影印抱经堂校定本，1989年9月第1版，第6页。

⑤ 《春秋左传注》，第1274页。

破胜党任，节去言谈，任法而治矣。使吏非法无以守，则虽巧不得为奸。使民非战无以效其能，则虽险不得为诈。夫以法相治，以数相举者不能相益，訾言者不能相损；民见相誉无益，相管附恶。见訾言无损，习相憎不相害也。夫爱人者不阿，憎人者不害，爱恶各以其正，治之至也。臣故曰：法任而国治矣。①

"法"之所以能达到维护社会秩序和统治阶级的目的，所依靠的是种种强制性的惩戒手段，也就是"刑"。对于用"刑"原则，商鞅提出，首先要"壹刑"。《商君书·赏刑》云：

> 所谓壹刑者，刑无等级，自卿相、将军以至大夫、庶人，有不从王令，犯国禁，乱上制者，罪死不赦。有功于前，有败于后，不为损刑；有善于前，有过于后，不为亏法。忠臣孝子有过，必以其数断。守法守职之吏有不行王法者，罪死不赦，刑及三族。周官之人知而讦之上者，自免于罪，无贵贱尸袭其官长之官爵田禄。

封建宗法制的重要特征是等级分明，对周人来说，"礼"用于贵族，"刑"用于庶民，何尝有平等的意识存在？在这个意义上，商鞅"刑无等级"的观念，具有革命性的一面。重要的是，这一观念曾在现实中被贯彻。《商君列传》记载，孝公太子犯法，商鞅"将法太子"，但因太子是嗣君，不可施刑，便"刑其傅公子虔，黥其师公孙贾。明日，秦人皆趋令"。虽然还是有所妥协，但仍然不失为突破性进展，对推动法家意识在秦国的扎根具有明显的效用。商鞅还鼓励重刑，也就是用刑从重。《商君书》：

> 禁奸止过莫若重刑。刑重而必得，则民不敢试，故国无刑也。（《赏刑》）
>
> 不刑而民善，刑重也。刑重者，民不敢犯，故无刑也。而民莫敢为非，是一国皆善也，故不赏善而民善。（《画策》）

---

① 蒋礼鸿：《商君书锥指》，中华书局，1986年4月第1版，第137~138页。本书下引《商君书》之文均出该本，如非必要，不再详注。

以冷酷无情的刑罚，让民众产生恐惧感而不敢以身试法，这是商鞅重刑的目的。《汉书·艺文志》云："法家者流，盖出于理官，信赏必罚，以辅礼制。《易》曰'先王以明罚饬法'，此其所长也。及刻者为之，则无教化，去仁爱，专任刑法而欲以致治，至于残害至亲，伤恩薄厚。"① 这大约是因商鞅之法而生的感慨。

通过严酷的律令和无情的惩戒，商鞅割断了秦的礼乐文化传统而树立起唯法为尊的社会意识。《商君列传》记载，"商君相秦十年，宗室贵戚多怨望者"，于是派赵良去见商鞅，企图说服他调整策略。赵良引秦穆公时代的百里奚为说，指责商鞅不应该弃百里奚的"德治"而行"法治"，并预言商鞅不得善终。他说：

> 《诗》曰："相鼠有体，人而无礼；人而无礼，何不遄死。"以《诗》观之，非所以为寿也。公子虔杜门不出已八年矣，君又杀祝懽而黥公孙贾。《诗》曰："得人者兴，失人者崩。"此数事者，非所以得人也。……《书》曰："恃德者昌，恃力者亡。"君之危若朝露，尚将欲延年益寿乎？则何不归十五都，灌园于鄙，劝秦王显岩穴之士，养老存孤，敬父兄，序有功，尊有德，可以少安。君尚将贪商於之富，宠秦国之教，畜百姓之怨，秦王一旦捐宾客而不立朝，秦国之所以收君者，岂其微哉？亡可翘足而待。

赵良动辄援引《诗》、《书》，言必称礼、敬、孝、德，足见他是一个深受礼乐文化熏陶的儒士。初看赵良的言论，似乎秦国此时尚有较大的自由言论空间，殊不知赵良这些话是在预先求得商鞅的"免死令牌"后才说的。赵良说："千羊之皮，不如一狐之腋；千人之诺诺，不如一士之谔谔。武王谔谔以昌，殷纣墨墨以亡。君若不非武王乎，则仆请终日正言而无诛，可乎？"言辞恳切，近乎哀求，商鞅才同意他发言。赵良尚且战战兢兢，一般民众更是毫无申辩的机会。《商君列传》载："令行于民期年，秦民之国都言初令之不便者以千数。……行之十年，秦民大说，……秦民初言令不便者有来言令便者，鞅曰'此皆乱化之民也'，尽迁之于边城。其后民莫敢议令。"商鞅不仅压制言论自由，还排斥赵

---

① 《汉书》，第 1736 页。

良这样的儒士。赵良在谈话中提出："劝秦王显岩穴之士，养老存孤，敬父兄，序有功，尊有德。"这些"岩穴之士"显然是受秦国自周而来的礼乐文化熏陶的儒者，是秦国礼乐传统的守护者，但在商鞅的法家政策下，他们不得不遁世自保。这些暗示秦国文化体系正由以礼乐文化为主体向以任法文化为主体的转变。其实，这个变化早在商鞅开始变法前的一次宫廷辩论中就已显端倪。

《商君书·更法》记载，秦孝公欲任用商鞅主持变法，遭到保守派大臣的激烈反对。甘龙说："今若变法，不循秦国之故，更礼以教民，臣恐天下之议君，愿孰察之。"商鞅回应说："三代不同礼而王，五霸不同法而霸，故知者作法，而愚者制焉；贤者更礼，而不肖者拘焉。拘礼之人，不足与言事；制法之人，不足与论变。君无疑矣。"对商鞅之说孝公称"善"，这表明商鞅变法不是单纯的制度改良，而是由文化层面开始的彻底革命。最终，商鞅的将法治主义不仅应用于官僚体制，更深入一般民众的生活。《战国策·秦策》记，有人对惠文王说"今秦妇人婴儿皆言商君之法"，①足见商鞅变法的彻底性。

商鞅死后，秦国坚持法治，法家文化虽然不再"独尊"，但依然是"主导"。当时诸子尤其是纵横家、兵家入秦颇多，这应该和当时的风气和政治形势也有关。论者指出：

> 战国时期，是个游说风气极盛的时代，在载籍中，随处可以见到各派的游宦之士纵横捭阖在东方列国君臣之前的记载。这种现象也见于商鞅治秦之前与商鞅治秦之后，唯独不见于商鞅治秦之时。②

所论甚确。据《吕氏春秋》，秦惠王时代，东方之墨者谢子、田鸠都曾去过秦国。钜子腹䵍居秦，深得惠王信任，甚至可以在法治严苛的秦国行私刑。③钜子是对墨家领袖人物的尊称。可见商鞅死后，秦国

---

① 《战国策》，第77页。

② 余宗发：《先秦诸子学说在秦地之发展》，台湾文津出版社，1998年9月初版，第137页。

③ 《吕氏春秋》，第450、348、64页。

的墨者不在少数，墨家思想在秦国也有较大的空间。但是，这些都改变不了秦国以法治主义为主导的事实。秦昭王时，荀子曾亲临秦国进行考察。他后来发表观感说：

> 入境，观其风俗，其百姓朴，其声乐不流污，其服不佻，甚畏有司而顺，古之民也。及都邑官府，其百吏肃然，莫不恭俭、敦敬、忠信而不楛，古之吏也。入其国，观其士大夫，出于其门，入于公门；出于公门，归于其家，无有私事也；不比周，不朋党，偶然莫不明通而公也，古之士大夫也。观其朝廷，其朝闲，听决百事不留，恬然如无治者，古之朝也。故四世有胜，非幸也，数也。是所见也。故曰：佚而治，约而详，不烦而功，治之至也，秦类之矣。①

这一切和春秋时期秦国上层阶级以《诗》《书》礼乐自况的情形形成鲜明对比，其背后是严密的法网。从云梦秦简律、湘西里耶秦简律看，秦国律例之多、法网之密，罕有匹者。这显然是商鞅任法而治的后果。严格的法律使秦国民众、官吏迅速秩序化，各安其分，恪尽职守，维持国家机器的正常运转，也造就了法家文化在秦的主导地位。

二、农战为先的国策与功利主义文化的蔓延

农战是商鞅之法的另一个核心。商鞅认为农战是富国强兵的基础。《商君书·农战》云：

> 凡人主之所以劝民者，官爵也；国之所以兴者，农战也。
>
> 农战之民千人，而有《诗》、《书》辩慧者一人焉，千人者皆怠于农战矣。农战之民百人，而有技艺者一人焉，百人者皆怠于农战矣。国待农战而安，主待农战而尊。
>
> 《诗》、《书》、礼、乐、善、修、仁、廉、辩、慧，国有十者，上无使守战。国以十者治，敌至必削，不至必贫。国去此十者，敌不敢至，虽至必却。兴兵而伐，必取；按兵不伐，必富。国好力者以难攻，以难攻者必兴；好辩者以易攻，以易攻者必危。

---

① 《荀子集解》，第303页。

在商鞅看来，国家的强盛必须依赖农业和战争。农业是国家财富的来源，战争是国家安定的基础，而军功也是人们获得奖赏和升迁的唯一途径。国民必须时刻躬耕于乡野，或者准备血洒沙场，所有不利于这些的事物都在清除之列，包括文艺活动。商鞅把《诗》、《书》、礼、乐等比作嗜血之"虱"，认为他们只会使人懈怠，远离农田或战场，必须禁绝。《商君书》云：

> 夫治国舍势而任说（按：当作"谈"）说，则身修而功寡。故事《诗》、《书》谈说之士，则民游而轻其君；事处士，则民远而非其上；事勇士，则民竞而轻其禁；技艺之士用，则民剽而易徙；商贾之士佚且利，则民缘而议其上。故五民加于国用，则田荒而兵弱。（《算地》）

又，《韩非子·和氏》云："商君教秦孝公以连什伍，设告坐之过，燔《诗》、《书》而明法令，塞私门之请而遂公家之劳，禁游宦之民而显耕战之士。"[①] 可见，商鞅不仅把《诗》、《书》等看做国家富强的障碍、禁绝诸子入秦，还曾烧书、限制言论自由，更以法律手段公开打压文艺活动，实开从法治层面钳制思想和言论自由的恶劣先河。对文学来说，这些无疑都是直接的灾难。从战国早期到中期武王之世，除了一篇《诅楚文》外，再也未见其他文学作品。

关于《诅楚文》，这里有必要首先对其文本来源稍作讨论。很多研究者已经注意到，《诅楚文》和《吕相绝秦书》在用词、语气诸方面非常相似，说前者是仿自后者而作应该没有什么问题。[②] 不过，就性质而言，两文却有不同。《吕》文是外交文书，而《诅》文则是战前诅

---

① 《韩非子》，第35页。
② 两文在某些用语、语气上的确非常接近甚至相同。如《吕》文开头："昔逮我献公，及穆公相好，戮力同心，申之以盟誓，重之以昏姻。"《诅》文开头与之极其相似："昔我先君穆公及楚成王戮力同心，两邦若一，绊以昏姻，袗以齐盟。"又如，《吕》文历数秦之恶云："蔑死我君，寡我襄公，迭我殽地，奸绝我好，伐我保城，殄灭我费滑，散离我兄弟，挠乱我同盟，倾覆我国家。……又欲阙翦我公室，倾覆我社稷，帅我蟊贼，以来荡摇我边疆。"《诅》文有类似语句："率诸侯之兵以临加我，欲剗伐我社稷，伐灭我百姓，取我边城……"《吕相绝秦书》是外交文书，送达秦国后，秦人理应保存。惠文王时代的宗祝完全有可能见过该书，并仿其文。

祝文。古时作战，战前一般都向神灵倾诉对方的恶行，诅咒对方，而祈求神灵庇佑己方。商代卜辞中就记录此类行为。

> 癸卯……王（今）……
> 弜行。
> 癸卯卜，刀方其出。
> 不出。
> 丙午卜，百奠袚告于父丁，三牛。
> 其五牛。
> 庚戌，犬征允伐方。（《合》33033）

袚，疑即"祈"。《周礼·春官宗伯·太祝》云："太祝……掌六祈以同鬼神示。"郑注："祈，噭也。谓为有灾变，号呼告神以求福。"① 春秋战国时期，这类活动依然频见。《左传·襄公十八年》：

> 晋侯伐齐，将济河，献子以朱丝系玉二瑴，而祷曰："齐环怙恃其险，负其众庶，弃好背盟，陵虐神主。曾臣彪将率诸侯以讨焉，其官臣偃实先后之。苟捷有功，无作神羞，官臣偃无敢复济。唯尔有神裁之。"沉玉而济。

鲁哀公二年，晋、郑铁丘之战前，卫太子也以玉诅祷②。这类祷告通常以玉为媒介。玉在周代是一种礼器，常用于祭祀、祈福活动，因其被认为可以沟通人神。秦惠王诅祝楚怀王也是以玉为瑞器。诅祝必有辞。这类诅祝文在写法上比较程式化：首先历数对方的种种不是，声明自己是被迫出兵，再求神赐福。《诅楚文》亦如是。事实上，秦人战前祈神求胜的举动早已有之。《左传·文公十二年》载，晋秦之战前，秦康公"以璧祈战于河"。当时也应该有祷辞，惜史书未载。由此看来，《诅楚文》之类的篇章，在春秋战国时期比较多见，是一种常见的具有实用性的文辞，秦人也早已用之，并非特例。

---

① 《周礼注疏》，第 808 页。
② 《春秋左传注》，第 1036~1037、1616~1617 页。

商鞅把农战视作国家富强的基本手段，并制定一系列的激励措施，加速了功利主义文化在秦国的蔓延。事实上，孝公寻求变法本身就是基于急欲改变落后面貌的现实考量。据《商君列传》，商鞅由魏入秦后，曾以"帝道"说秦孝公，但"语事良久，孝公时时睡，弗听"。五天后，他改以"王道"说之，这次的情形是"益愈，但未中旨"。第三次，商鞅以"霸道"说之，"公与语，不自知膝之前于席也。语数日不厌。"商鞅前后三次以不同的政治方略说秦孝公，但唯有以"强国之术说君"，君才"大悦之"。太史公以极具戏剧性的笔触，深刻地揭示了当时的政治现实和诸侯心理。当礼乐彻底失去了作为国际交往的道德基础的功能的时候，当武力成为国际关系的唯一准则的时候，每个国君都必须考虑怎样使自己的国家富强起来。商鞅的法治主义提供了整合社会的方案，而农战主义则提供了相应的激励措施，从而保证整个国家都朝着一个目标——富国强兵前进，凡有利于这个目标的都得到鼓励，相反地，凡无益于这个目标的都必须禁绝。从商鞅向孝公提出的三种策略看，在他的知识结构具有多面性，并非只有刑名之学；而在秦国的上层阶级中，《诗》《书》礼乐的文化传统积淀也较深厚，但商鞅和秦孝公二人只在"霸道"这个点上相互感应，显示了这次改革强烈的现实主义诉求。功利主义心理不仅表现在国家利益层面，更彰显于普通民众的价值观念。汉人贾谊曾谓：

> 商君遗礼义，弃仁恩，并心于进取，行之二岁，秦俗日败。故秦人家富子壮则出分，家贫子壮则出赘。借父耰鉏，虑有德色；毋取箕帚，立而谇语。抱哺其子，与公并倨；妇姑不相说，则反唇而相稽。其慈子耆利，不若禽兽者亡几耳。[①]

类似的认识在战国时实际上就已出现。《史记·魏世家》载信陵君之言曰："秦与戎狄同俗，有虎狼之心，贪戾好利无信，不识礼义德行。苟有利焉，不顾亲戚兄弟，若禽兽耳，此天下之所识也，非有所施厚积德也。"在春秋时代，中原诸国也鄙视秦人，但并没有提到其"好利"，信陵君所言表明了秦国社会意识的新变。这个新变对文学来说，显然不是一个好兆头。秦国就其文化水平

[①] 《汉书》，第 2244 页。

而言，上层阶级在春秋时期吸收周文化，并具有很高的水准，但一般民众的整体文化水平并没有多大的进益。商鞅变法时更施行愚民策略。《垦令》云："民不贵学问则愚，愚则无外交，无外交则国安而不殆。"又，《农战》："国去言，则民朴；民朴则不淫。"不淫则朴。"奚谓淫道？为辩知者贵，游宦者任，文学私名显之谓也"，可见商鞅所谓"淫"是指有智慧、好学问；反之，所谓的"朴"，实际上是指一种近乎无知的蒙昧状态。荀子所见的秦国民众的精神风貌也确是"朴"。商鞅移风易俗，激发人们的事功精神，专心于农耕或战事，无心旁骛，其文化水平较之春秋时期，应该不会有什么改观。这当然不利于文学的发展。

就统治阶级而言，对农、战的优先关注，使得在人才的引进上也充满功利主义色彩。从秦孝公到惠王时代，列国入秦的士人颇多。本章就载籍所见，并有具体行事者，统计如下（表3）：

表3 秦孝公到惠王时代入秦士人行迹表

时代	姓名	籍里	学术渊源	在秦行迹
秦孝公	公孙鞅/商鞅/卫鞅	卫国	"少好刑名之学"	孝公三年，说秦变法修刑，孝公用之；孝公六年，为左庶长；十年，为大良造，将兵围魏安邑，降之；十一年，围固阳，降之；二十二年，击魏，虏魏公子卬。封为列侯，号商君；惠文君元年，车裂而死。（《史记·秦本纪》、《史记·商君列传》）
秦孝公	尸佼	晋人或鲁人	杂家	商鞅门客，师事之。鞅谋事画计，立法理民，未尝不与佼规之也。鞅死，逃亡入蜀，著《尸子》二十篇，凡六万余言。卒，因葬蜀。（《史记集解》引刘向《别录》、《汉书·艺文志》）

续表

时代	姓名	籍里	学术渊源	在秦行迹
秦惠文王	张仪	魏人	"师鬼谷子"	惠文王前元十年，为秦相，与公子华围蒲阳，降之；惠文王更元元年为秦将，取陕，筑上郡塞；二年，与齐、楚会啮桑；三年，免秦相，相魏；八年，复秦相；十三年，封于五邑，号曰武信君；武王元年，死于魏。（《史记·张仪列传》、《六国年表》）
秦惠文王	乐池			惠文王更元七年，秦相。（《史记·秦本纪》）
秦惠文王昭王	司马错	其先周人		惠文王更元九年，与张仪争论于惠王之前，欲伐蜀，后伐韩。惠王从之。伐蜀，灭之；昭王六年，蜀侯辉反，定蜀；十八年，击魏，取城小大六十一；二十七年，兵发陇西，因蜀攻楚黔中，拔之。（《史记·秦本纪》、《张仪列传》）
秦惠文王	魏章	魏人		惠文王更元十三年，为庶长，攻楚，败楚将屈丐，斩首八万，取汉中地；武王元年，逐之魏。（《史记·樗里子甘茂列传》、《六国年表》）
秦惠王武王昭王	甘茂	下蔡人也	事下蔡史举先生，学百家之术	惠文王更元十三年，使将，佐魏章略定汉中地；武王二年，使定蜀。还，为左丞相；三年秋，拔宜阳，斩首六万；昭王元年，出之魏。（《史记·樗里子甘茂列传》）

续表

时代	姓名	籍里	学术渊源	在秦行迹
秦惠王	陈轸	夏人	游说之士	以"庄子刺虎"之言谏惠王从韩、魏相攻中渔利；谏惠王以文绣、妇女利诱义渠君，赂之以抚其志。（《史记·张仪列传》）
秦惠王	公孙衍/犀首	魏之阴晋		秦惠文王前元五年，为大良造；张仪卒后，相秦。尝佩五国之相印，为约长。（《史记·张仪列传》）
秦昭王	楼缓	赵人		昭王十年，为丞相；十二年，免相。（《史记·秦本纪》）
秦昭王	向寿	楚人		昭王元年，平宜阳；二年，相秦；十三年，伐韩，取武始。（《史记·秦本纪》、《六国年表》）
秦昭王	吕礼	齐康公七世孙		为五大夫；二十三年，魏冉欲诛之，奔齐。（《史记·秦集史》）
秦昭王	魏冉/穰侯	其先楚人		昭王即位，为将军，卫咸阳，诛季君之乱，逐武王后出之魏，昭王诸兄弟不善者皆灭之；七年，相秦；十二年，楼缓免相，冉为相；十五年，谢病免相；十六年，复相，封穰，复益封陶，号曰穰侯；二十六年，复为丞相；三十二年，为相国，将兵攻魏，走芒卯，入北宅，遂围大梁；三十三年，伐魏，斩首四万，走魏将暴鸢，得魏三县。益封；三十四年，攻赵、韩、魏，破芒卯于华阳下，斩首十万，取魏之卷、蔡阳。长社，赵氏观津。且与赵观津，益赵以兵，伐齐。（《史记·穰侯列传》）

续表

时代	姓名	籍里	学术渊源	在秦行迹
秦昭王	芈戎	其先楚人		昭王八年,为将军,攻楚,取新市。(《史记·秦本纪》)
秦昭王	田文/孟尝君	齐人		昭王九年,孟尝君薛文来相秦。(《史记·秦本纪》)
秦昭王	白起	郿人		昭王十三年,为左庶长,将而击韩之新城;十四年,为左更,攻韩、魏于伊阙,斩首二十四万,又虏其将公孙喜,拔五城。起迁为国尉。涉河取韩安邑以东,到干河;十五年明年,为大良造。攻魏,拔之,取城小大六十一;十六年,起与客卿错攻垣城,拔之。二十一年,攻赵,拔光狼城;二十八年,攻楚,拔鄢、邓五城;二十九年,攻楚,拔郢,烧夷陵,遂东至竟陵;三十四年,攻魏,拔华阳,走芒卯,而虏三晋将,斩首十三万。与赵将贾偃战,沉其卒二万人于河中;昭王四十三年,攻韩陉城,拔五城,斩首五万;四十四年,攻南阳太行道,绝之。(《史记·白起王翦列传》)
秦昭王	范雎/张禄	魏人	纵横家	昭王三十六年,拜为客卿,谋兵事。卒听范雎谋,使五大夫绾伐魏,拔怀。后二岁,拔邢丘;四十一年,拜为相,封应,号应侯;四十八年,

续表

时代	姓名	籍里	学术渊源	在秦行迹
秦昭王	范雎/张禄	魏人	纵横家	用应侯谋，纵反闲卖赵，赵以其故，令马服子代廉颇将。秦大破赵于长平，遂围邯郸；五十年，白起有隙，言而杀之。任郑安平，使击赵。郑安平为赵所围，急，以兵二万人降赵。（《史记·范雎蔡泽列传》）
秦昭王	蔡泽	燕人	纵横家	范雎免相，昭王新说蔡泽计画，遂拜为秦相，东收周室。蔡泽相秦数月，人或恶之，惧诛，乃谢病归相印，号为纲成君。居秦十余年，事昭王、孝文王、庄襄王。卒事始皇帝，为秦使于燕，三年而燕使太子丹入质于秦。（《史记·范雎蔡泽列传》）
秦昭王	胡伤	魏人		昭王三十三年，秦背魏约，使击魏将芒卯华阳，破之。（《史记·秦本纪》）
秦庄襄王	蒙骜	其先齐人		庄襄王元年，为秦将，伐韩，取成皋、荥阳，作置三川郡；二年，攻赵，取三十七城；始皇三年，攻韩，取十三城；五年，攻魏，取二十城，作置东郡；七年，卒。（《史记·蒙恬列传》）

  从上表可以看出，这些引进的人才，其行事有三种，即改革、出使、征战，全然不见文化活动的踪影，这对秦国文学的发展自然无所助益。

  从历史的角度看，商鞅变法取得了巨大的成功。孝公之后，国力迅速增强。惠文王前元八年（前330年）、十年（前328年），秦国连续击败魏国，夺回河西之地。公元前318年，魏、赵、韩、燕、楚五国联合攻秦，至函谷关而败退，秦国声威大振，一扫春秋末期以来萎靡不振的局面。两年后，惠文王又派大将司马错消灭巴蜀。至此，秦国东临天险黄河，南有天府巴、蜀，西北背依陇上故地，地势险要，四境膏腴，在七国中地理条件最为优越，具备一统天下的自然基础。无怪乎秦武王蠢蠢欲动："寡人欲容车通三川，窥周室，死不恨矣。"①李斯《谏逐客书》总结道："孝公用商鞅之法，移风易俗，民以殷盛，国以富强，百姓乐用，诸侯亲服，获楚、魏之师，举地千里，至今治强。"李斯所论，是就其政治、军事方面而言的，而商鞅变法对战国早、中期秦国文化的影响更值得注意。在任法壹刑和农战为先的国策主导下，葆有传统意识的儒士在秦国受到打压，《诗》、《书》等典籍甚至被焚毁，诸侯士子禁止西来，秦自立国以来就一直在汲取的西周礼乐文明的营养被阻断，其文化体系由以礼乐文化为主体最终转向以法治文化为主体。另一方面，功利心理弥漫于社会各阶层，上层人士无视也无暇顾及文学活动，普通民众无需更无法接触文学作品。文学的生存空间遭到空前打压。在褊狭、实用的文艺观念主导下写就的文章，②自然难以有较高的文学成就。《诅楚文》不但在篇章结构上有本可循，而且很多语词也是借自它文，并无多少创造性。近年出土的《更修田律木牍文》，内容单调，语言平淡，与典雅的《秦誓》相去甚远。内外交困的秦国文学可谓遭遇寒冬。这种薄于艺文的局面直到战国后期才获得改观。

---

① 《史记》，第 209 页。

② 对于这一时期秦国由商鞅主导而形成的文艺观念，蒋师凡等撰写的《中国文学批评通史·先秦两汉卷》有详细的论述（上海古籍出版社，1996 年 12 月第 1 版，第 145 ~ 158 页），此不赘。

第九章　文化融合、学吏教育与战国后期秦文学的新变

第一节　将定于一的战国大势与和秦国文化的多元融汇

秦武王逝后，其弟昭王即位。在长达56年的在位时间（前306～前251年）里，秦昭王远交近攻，四处出击，兼并了大量领土。贾谊对昭王时代的七国态势作过评论：

> 当是时，齐有孟尝，赵有平原，楚有春申，魏有信陵。此四君者，皆明知而忠信，宽厚而爱人，尊贤重士，约从离衡，并韩、魏、燕、楚、齐、赵、宋、卫、中山之众。……常以十倍之地，百万之众，叩关而攻秦。秦人开关延敌，九国之师逡巡遁逃而不敢进。秦无亡矢遗镞之费，而天下诸侯已困矣。于是从散约解，争割地而奉秦。秦有余力而制其弊，追亡逐北，伏尸百万，流血漂卤。因利乘便，宰割天下，分裂河山，强国请服，弱国入朝。[①]

这个评论是符合历史实际的。昭王前期，秦大举进攻三晋，迫使韩、赵、魏割地求和；又多次打败楚、齐，削弱了两国的力量。秦昭王二十六年（前280年），诱杀义渠戎王，尽纳其地，置陇西、北地、上郡，彻底消除了边患。四十六年（前260年），白起破赵于长平，坑杀赵卒四十五万，天下震恐，赵国自此再也无力与秦对抗。五十二年（前255年），秦取西周。秦庄襄王元年（前249年），"东周君与诸侯谋秦，秦使相国吕不韦诛之，尽入其国"，[②] 周王朝彻底消失。长平之战和周世绝祀是战国末期极具影响的两起事件，标志着由秦统一天下

[①] ［汉］贾谊：《过秦》，《新书》卷1，上海古籍出版社影印抱经堂校定本，1989年9月第1版，第6页。

[②] 《史记》，第218～219页。

的趋势已经不可阻挡。

《孟子·梁惠王上》载，梁惠王曾问孟子："天下恶乎定？"孟子答曰："定于一。"①如果说孟子的回答是侧重于政治上的一统的话，那么荀子声称要"隆礼尊贤而王，重法爱民而霸"②则反映了文化层面的融合趋势。其实，在天下一统的政治局面明朗之前，文化融合的要求就已露端倪。《庄子·天下篇》逐一点评墨翟、禽滑厘、宋尹学派、彭蒙、田骈、慎到、惠施、公孙龙诸家，指出他们皆蔽于一隅而造成"道术将为天下裂"，必须归于"一"。③《荀子·解蔽》也有类似的说法：

> 凡人之患，蔽于一曲而暗于大理。治则复经，两疑则惑矣。天下无二道，圣人无两心。今诸侯异术，百家异说，则必或是或非，或治或乱。
>
> 墨子蔽于用而不知文，宋子蔽于欲而不知得，慎子蔽于法而不知贤，申子蔽于势而不知知，惠子蔽于辞而不知实，庄子蔽于天而不知人。故由用谓之，道尽利矣；由欲谓之，道尽嗛矣；由法谓之，道尽数矣；由势谓之，道尽便矣；由辞谓之，道尽论矣；由天谓之，道尽因矣；此数具者，皆道之一隅也。④

法家方面，韩非子融法、术、势于一体，集法家之大成，使法家学说愈益成熟。

《史记·老子韩非子列传》记载，韩非子的著作流传到秦国后，"秦王见《孤愤》、《五蠹》之书，曰：'嗟乎，寡人得见此人与之游，死不恨矣！'李斯曰：'此韩非之所著书也。'秦因急攻韩。韩王始不用非，及急，乃遣非使秦"。韩非子的思想能获得秦始皇的击节赞叹，不只是出于个人喜好，而更多的是它与自商鞅变法以来就在秦国占主

---

① ［清］焦循：《孟子正义》，中华书局，1987年10月第1版，第71页。
② 《荀子集解》，第291页。
③ ［清］王先谦：《庄子集解》，中华书局，1987年10月第1版，第287～299页。本书下引《庄子》原文，均出该本，若非必要，只记页码，不再详注。
④ 《荀子集解》，第386、392～393页。

导地位的法家意识形态深相契合。《五蠹》是韩非子晚年的作品,集中了反映了他的社会进化史观和法治主张。在文章中,韩非子纵观自有巢氏以来的社会发展,指出"上古竞于道德,中世逐于智谋,当今争于气力",历史并非一成不变,"世异则事异"、"事异则备变",所以人主治国必须变古易常而不可食古不化。这与商鞅变法时提出的"治世不一道,便国不法古"的主张相同。韩非子还批判了儒、墨学说,揭示了私学之士、纵横家、游侠、逃役之民和工商之民的危害,从而指明必须严厉打击"五蠹",加强法治。这些主张与商鞅的说法相契,但更有系统性,更重要的是,韩非子始终结合现实来加以论说,使其结论更具说服力。秦始皇三十四年,李斯上书建议正式推行"以吏为师"的教育制度,嬴政同意;"以吏为师"这个概念正是来自韩非子。《韩非子·五蠹》谓:"明主之国,无书简之文,以法为教;无先王之语,以吏为师。"[①]由此也可以看出,法家文化自商鞅以至秦统一后一直是秦国的主流文化,深入秦国政治和社会的各个方面。云梦秦简中的官方文告《语书》和繁复的律文,正是其反映。

同时,伴随着对外兼并战争的推进,各种人才纷纷入秦,秦国文化在法家这个主体之外,也融入了更多的异质因素,文化融合的现象在战国末期的秦国也越来越明显。近年出土秦印中,就有不少反映儒家意识的格言式印文,如:"中精外诚"、"日敬毋志"、"思言敬事"、"思言"、"敬事"、"正行治士"、"正行"、"壹心慎事"、"忠仁思士"等[②]。而最能反映这一时代趋势的,当推睡虎地秦简中的《为吏之道》篇。为显明其意,现将该篇所涉及的诸家思想列表示之如后(表4)。

《为吏之道》是一篇官府文书,其目的在于教导官吏如何为官。岳麓书院藏秦简《为吏治官及黔首》的内容与之相类,为简明故,相关内容不列入上表。这样的官方文献,已然杂糅了儒、法、道、墨诸家思想的文献,足见战国后期秦文化已经出现了新变,即融合先秦诸子学说而用之。

---

① 《韩非子》,第156页。
② 王辉:《秦印探述》,《文博》,1990年第5期,第236~250页。

表4 《为吏之道》所涉诸家思想分类表

	《为吏之道》之文	诸子之文
儒家 宽惠	宽容忠信；惠以聚之，宽以治之，有严不治；与民有期，安趋而步，毋使民惧。	宽则得众；惠则足以使人。（《论语·阳货》）以不忍人之心，行不忍人之政，治天下可运之掌上。（《孟子·公孙丑上》）
慎言	慎谨坚固；慎前虑后；谨之谨之，谋不可遗；慎之慎之，言不可追；怵惕之心，不可不长；戒之戒之，言不可追。	君子食无求饱，居无求安，敏于事而慎于言。（《论语·学而》）多闻阙疑，慎言其余，则寡尤。多见阙殆，慎行其余，则寡悔。（《论语·为政》）
忠信	宽容忠信；吏有五善：一曰忠信敬上；以忠为干；为人臣则忠；君怀臣忠。	主忠信，徙义，崇德也。（《论语·颜渊》）子以四教：文、行、忠、信。（《论语·述而》）言忠信，行笃敬。（《论语·卫灵公》）臣事君以忠。（《论语·八佾》）
恭敬	恭敬多让；忠信敬上；君子敬如始；敬而起之。	居处恭，执事敬，与人忠。（《论语·子路》）临之以庄，则敬；孝慈，则忠。（《论语·为政》）
孝慈	为人父则慈，为人子则孝；父慈子孝，政之本也。	君子务本，本立而道生。孝悌也者，其为仁之本欤。（《论语·学而》）
安贫乐道	安乐必戒，毋行可悔；临财见利，不取苟富；欲富太甚，贫不可得；欲贵太甚，贱不可得；毋喜富，毋恶贫。	富与贵，不以其道得之，不处也。（《论语·里仁》）饭疏食，饮水，曲肱而枕之，乐亦在其中矣．不义而富且贵，于我如浮云。（《论语·述而》）

续表

	《为吏之道》之文	诸子之文
法家	审悉无私，微密纤察；审当赏罚；毋以忿怒决；吏有五善：……五者毕至，必有大赏。	以法制行之，如天地之无私也。（《管子·任法》） 君修赏罚以辅一教，是以其教有所常，而政有成也。（《商君书·农战》）明其法禁，必其赏罚。（《韩非子·五蠹》）
道家	怒能喜，乐能哀，智能愚，壮能衰，勇能屈，刚能柔，仁能忍，强良不得。	强梁者，不得其死。（《老子·道化》）
	君子不病也，以其病病也。	圣人君子不病，以其病病也，是以不病。（《老子·知病》）
	安静毋苛	虚静恬淡寂漠无为者，万物之本也。（《庄子·天道》）
	廉而毋刖	是以圣人方而不割，廉而不刿……（《老子·顺化》）
墨家兼爱	除害兴利，慈爱万姓。	当察乱何自起？起不相爱。……若使天下兼相爱，国与国不相攻，家与家不相乱，盗贼无有，君臣父子皆能孝慈，若此，则天下治。（《墨子·兼爱上》）

《吕氏春秋》就是在天下一统即将到来的政治局面和先秦诸子学说逐渐融合的文化背景下诞生的。陈澔《礼记集说》卷三：

> 吕不韦相秦十余年，此时已有必得天下之势，故大集群儒，损益先王之礼而作此书，名曰《春秋》，将欲为一代兴王之典礼也。……不韦作相时，已灭东周君，六国削甚，秦已得天下大半，

故其立制欲如此也。①

陈氏指明了《吕氏春秋》产生的时代背景，吕不韦编写是书也确有为即将统一的秦王朝规划治国方略的意图，但陈氏以纯粹经学立场，将其著作权归于儒家，是不对的。司马迁早已说明《吕氏春秋》是吕不韦门下宾客的共同作品，而班固也指出该书是兼儒墨而合名法的"杂家"著述。清人汪中对吕书各家思想略有发明：

> 周官失其职而诸子之学以兴，各择其术以明其学，莫不持之有故，言之成理。……最后《吕氏春秋》出，则诸子之说兼有之。故《劝学》、《尊师》、《诬徒》、《善学》四篇，皆教学之方，与《学记》表里；《大乐》、《侈乐》、《适音》、《古乐》、《音律》、《音初》、《制乐》皆论乐，……凡此诸篇，则六艺之遗文也；《十二纪》发明明堂礼，则明堂阴阳之学也；《贵生》、《情欲》、《尽数》、《审分》、《君守》五篇，尚清净养生之术，则道家流也；《荡兵》、《振乱》、《禁塞》、《怀宠》、《论威》、《简选》、《决胜》、《爱士》八篇，皆论兵，则兵权谋、形势二家也；《上农》、《任地》、《辨土》三篇，皆农桑树艺之事，则农家者流也；……而《当染》篇全取《墨子》，《应言》篇司马喜事，则深重墨氏之学。……然则是书之成，不出于一人之手，故不名一家之学，……《艺文志》列之杂家，良有以也。②

察之《吕氏春秋》，可知汪氏之言并非向壁虚构。吕不韦集门下宾客，人人著其所闻，合晚周诸子要义而成巨制，不仅是时势驱策之必然，更是文化融合之硕果。

第二节 学吏制度对秦国文学的促进

《为吏之道》与《为吏治官及黔首》作为官方教材，是秦人学吏

---

① ［元］陈澔：《礼记集说》，收《四书五经》，上海古籍出版社据世界书局1936年影印本影印，1996年10月第1版，第95页。

② ［清］汪中：《吕氏春秋序（代毕尚书作）》，《新编汪中集》，广陵书社，2005年3月第1版，第422页。

制度的产物。学吏制度正式确立于秦始皇三十四年,据《史记·秦始皇本纪》,是年李斯上书建议正式推行"以吏为师"的教育制度。"以吏为师"这个概念源于《韩非子》。《五蠹篇》谓:"明主之国,无书简之文,以法为教;无先王之语,以吏为师。"李斯借用此语从法制层面将学吏制度固化为国家策略。但是,秦人"以吏为师"的教育策略和实践在商鞅变法时就已存在。《商君书·定分》曰:

> 有……诸官吏及民,有问法令之所谓也于主法令之吏,皆各以其故所欲问之法令,明告之。
> 郡、县、诸侯一受宝来之法令,学问并所谓。吏民知法令者,皆问法官。故天下之吏民,无不知法者,吏明知民知法令也。

在商鞅看来,变法能否成功,端赖于民众的接受程度;变法的过程在某种意义上就是使民众接受新政的过程。因此,如何教导民众接受、服从新法就成了改革中固有且至关重要的一环。商鞅的策略是"为置法官,置主法之吏,以为天下师",设立法官、法吏,让他们熟悉法令并教导民众。由这一策略出发,最终形成了秦国的学吏教育制度。这一制度的核心在于由国家担负起教育培训官僚的职责,在其通过相应行政能力和业务水平的考核后,即成为国家官僚体系中的一员。秦国实行这一教育政策的目标实现国家的富强。这也意味着,学吏制度实际上将国家目标视作教育的唯一追求,以国家意志排斥了春秋以来因"王官之学"沦丧而兴起的私学教育,是一种专制主义的教育制度。

事实上,学吏教育不仅是变法的需要,也是战国社会新变的需要。由西周而战国,邦国渐少,单一国家统治范围扩大,新型的国家形态和行政体系要求大量专门人才,以处理日渐增多的内政外交事务。对于一个以法为治的国家而言,如何培养具有专业素养、良好操守并忠诚于国家机器的官僚便成为当务之急。睡虎地秦简所见的《秦律十八种》、《法律答问》等文本,就是对这种现实形势的回应。由睡简的基本内容可以发现,秦国学吏教育特别强调熟悉法令、娴习文字的重要性,具备熟练的文字技能和法律运用能力的官僚正是国家行政体系维持基本运作的依靠。睡简《法律答问》所引律文多是孝公法令,但重点在对律文的解释,与《秦律十八种》一样,都是培养通晓法令的狱吏等下层官僚的教材。这从其文本特点上即可获得印证。比如，《封诊式》介绍各类案件的办理过程，引用了多种办案"爰书"，但对所涉及的人物都以甲、乙等代替，明显是将这些文书视作范本，供人习用；有时还会在"爰书"后加上"诊必先谨审视其迹"之类的经验之言，这当然意在提醒后学。

《为吏之道》和《为吏治官及黔首》是官僚的道德训练教材。虽然它们在思想层面与诸子之文多有契合，但在文本形式上却有明显差别。两文多为四言句式，与秦时的宦学教本《仓颉篇》、《爰历篇》非常相似。从语言习得看，四言句一般为"二二"节拍，节奏舒缓，易于记诵。比如，《为吏之道》："慎谨坚固；慎前虑后；谨之谨之，谋不可遗；慎之慎之，言不可追；怵惕之心，不可不长；戒之戒之，言不可追。"四言为句，两句成组，虚实错综，叠而用之，朗朗上口，极便记忆。这些特征暗示了其教本性质。《为吏之道》中的《成相篇》比较特别，它与《荀子·成相篇》内容相近，体制亦同，皆为"三、三、七、四、七"的句式。谭家健先生指出，它们是依当时民间的成相曲调而成，这种民歌形式"广泛流行，为群众所熟悉、喜闻乐见，所以才会被用来编写培训官员的教材"。[1] 在内容方面，《为吏之道》和《为吏治官及黔首》虽然驳杂，有律令、有文书、有修身格言等等，但指向却非常明确，即如何为吏、修身、治官、治民，这些正是秦时学吏的基本要求。

对于《日书》，有学者认为："《日书》之类材料乃为吏民和学吏者所时常选习者，是吏员们或学吏者为涉足民间庶务而必须掌握的应酬知识。"[2] 即使《日书》未必就是学吏的官方教材，但对基层官僚来说，对民间习俗的了解是他们必要的日常功课。进而言之，《日书》指涉的择吉、占病、祟除等技法也是学吏们日常生活的一部分。《梦篇》教导人们如何禳梦，《诘咎篇》指引民众辨怪驱鬼。作为下层文吏的喜（云梦睡虎地秦墓的墓主，睡虎地秦竹简的抄写者）将两套《日书》

---

[1] 谭家健：《云梦秦简〈为吏之道〉漫论》，《文学评论》1990年第5期，第87~93页。

[2] 张金光：《论秦汉的学吏教材——睡虎地秦简为训吏教材说》，《文史哲》2003年第6期，第65~72页。

随葬，表明这样的生活手册对他而言必不可少。因此，对学吏来说，《日书》即使没有教本之名，也有教本之实。只是，他们在孜孜矻矻、小心翼翼地研习之时，一定未曾想到：眼前的教本，还有《为吏之道》和《为吏治官及黔首》等，是他们赖以进身的阶梯，却为后人保存了珍贵的文学篇章。

第三节　秦人的宗教信仰与秦文学

一般认为，尽管天神崇拜和祖先崇拜都是夏、商、周宗教信仰的核心内容，但三代的至上神崇拜还是有所不同。《礼记·表记》云：

夏道尊命，事鬼敬神而远之，近人而忠焉。……殷人尊神，率民以事神，

先鬼而后礼。……周人尊礼尚施，事鬼敬神而远之，近人而忠焉。①

三代都事鬼敬神，但夏与周强调近人事而远鬼神，唯殷商反之，一切以神为先。据称殷商实行的是政教合一的神权政治，事无巨细均求神问卜，具有浓厚的神秘主义色彩。秦人据有宗周故地，又在早期大量吸收西周礼乐文化，在祖先崇拜这一点上颇类西周。秦子簋盖铭文、太公庙秦公钟镈铭文、秦公簋铭文、怀后磬铭文及秦公大墓石磬铭文都热烈地颂扬了先祖的勋业，表达了踵武前人的决心。不过，在更普遍的层次上，秦人的宗教信仰具有多神崇拜的特点，这或与其为殷商之后有关。

根据云梦秦简《日书》和放马滩秦简《日书》日书等资料，吴小强把秦人的多神崇拜体系分为七个层次，即上帝与天神、星宿神、土地山川神、日常生活神、动物神、鬼怪，还有祖先神。② 这样的划分大体是恰当的。秦襄公立国之始，就祠上帝于西畤，后来秦文公郊祭白帝、秦宣公于密畤祭青帝、秦灵公作吴阳上下畤祭黄帝和炎帝、秦献公作畦畤祀白帝、秦昭王郊见上帝于雍，这些都是上帝神崇拜。据

---

① 《礼记正义》，第 1641~1642 页。
② 吴小强：《略论秦代社会的神秘文化》，《广州师院学报》1997 年第 4 期，第 49~51 页。

《史记索隐》，秦文公十九年，曾作陈宝祠祀"若石"，即陨石。① 这是庶物崇拜。又，《秦本纪》载，秦德公二年，"初作伏，祠社，磔狗邑四门，以御蛊灾"。这实际上是动物神崇拜。秦惠文王《诅楚文》所祭祀的对象大沈厥湫和大神亚驼均是水神。秦简《日书》中出现的鬼怪特别多。云梦秦简《日书》甲种《诘篇》对此有集中的反映，其所涉及的鬼有二十余种，如刺鬼、丘鬼、哀鬼、鋒鬼、棘鬼、字鬼、阳鬼、凶鬼、暴鬼、游鬼、不辜鬼、疠鬼、粲迓之鬼、欮鬼、饿鬼、遽鬼、裤鬼、哀乳之鬼、夭鬼等。另外还有很多不以鬼具名的神怪，如票风、大票风、神狗、地蠢、神虫、地虫、图夫、大神、上神、狀神、爰母、会虫、女鼠等。② 秦骃玉版铭文中，秦骃自言："欲事天地、四极三光，山川神祇、五祀先祖。"所谓"三光"，即指日、月、星辰。《封禅书》谓："及秦并天下，令祠官所奉天地名山大川鬼神可得而序者。"可见，秦人的多神崇拜贯穿于其民族发展的各个阶段。正是在这种多神崇拜的氛围下，神秘主义文化蔓延于秦国各个阶层，是秦文化的一个重要组成部分。

就秦国文学作品而言，《诅楚文》、秦骃玉版铭文和放马滩秦简《墓主记》都有神秘主义文化的因子，特别是前者更具有普遍性意义，因为神秘主义文化并非秦国特有，它在春秋战国时期比较流行。《说文》曰："诅，詶也。""詶"是"咒"的异文。《尚书·无逸》云："民否则厥心违怨，否则厥口诅祝。"《孔疏》："君既变乱正法，必将困苦下民。民不堪命忿恨，必起故。民忿君乃有二事：否则心违怨，否则口诅祝，言皆患上而为此也。'违怨'谓违其命而怨其身；'诅祝'谓告神，明令加殃咎也。以言告神谓之祝，请神加殃谓之诅。"③

---

① 《索隐》说法来自《汉书·郊祀志》。《正义》关于"陈宝"说法有所不同。（详见《史记》，第180页）

② 睡虎地秦简《日书》出于楚地，有学者因此认为："《睡》简是纯楚《日书》，尽管有秦的成分，但主体不同于秦，他代表的是秦代楚人的思想。"（何双全：《天水放马滩秦简甲种〈日书〉考述》，甘肃文物考古研究所编《秦汉简牍论文集》，甘肃人民出版社，1989年12月第1版，第23页）睡虎地秦简《日书》确实与楚国江汉地区的文化氛围更接近，不过当时秦国已经统一该地，就本书的研究范围而言，它并未超越，而恰恰体现了战国末期秦文化的融合趋向。

③ ［唐］孔颖达：《尚书正义》，上海古籍出版社，1997年7月第1版，第222~223页。

可见，"诅"是一种在神灵前祷告祈求降灾给他人的古老巫术，属于原始神秘主义文化的范畴。据《周礼·春官宗伯》记载，古代有专司"诅"事的礼官"诅祝"，其人员配备是"下士二人、府一人、史一人、徒四人"；其职责是"掌盟、诅、类、造、攻、说、禬、禜之祝号。作盟诅之载辞，以叙国之信用，以质邦国之剂信"。① 制度层面的详细规定表明"诅"的巫术在先秦社会生活和政治活动中十分的常见。先秦史籍对于"诅"的频繁记载证明了这一点。《吕氏春秋·过理》载：

> 宋王筑为蘖帝，鸱夷血，高悬之，射着甲胄，从下，血坠流地。②

描述的是宋王诅咒敌国君主的巫术。又，《左传》记，鲁定公五年，阳虎作乱，"盟桓子于稷门之内。庚寅，大诅，逐公父歜及秦遄，皆奔齐"。第二年，"阳虎又盟公及三桓于周社，盟国人于亳社，诅于五父之衢"。③ 宋王和阳虎频繁的"诅"，是因为他们相信"诅"具有一种特殊的威力。列维－布留尔说："经常占据原始人的思维的那些看不见得的力量可以简略地分成三类（其实这三类常常是彼此重复的）：这首先是死人的鬼魂；其次是使自然物（动物、植物）、非生物（河流、岩石、海洋、山、人制造的东西，等等）赋有灵性的最广义的神灵；最后是以巫师的行动为来源的妖术或巫术。"④ 这在先秦时代其实也是一种普遍观念。《晏子春秋·内篇·谏上》记，齐景公病，欲杀祝、史以谢鬼神，晏婴认为不可，他说："若以为有益，则诅亦有损也。君疏辅而远拂，忠臣拥塞，谏言不出。臣闻之，近臣嘿，远臣瘖，众口铄金。今自聊摄以东，姑尤以西者，此其人民众矣，百姓之咎怨诽谤，诅君于上帝者多矣。一国诅，两人祝，虽善祝者不能胜

---

① ［唐］孔颖达：《周礼正义》，上海古籍出版社，1997年7月第1版，第816页。
② 《吕氏春秋》，第671页。
③ 《春秋左传注》，第1553、1559页。
④ ［法］列维－布留尔著、丁由译：《原始思维》，商务印书馆，1981年1月第1版，第377页。

也。"①诅，或寓一人之吉凶，或系一国之兴亡，先秦时代的人对其神秘力量还是笃信不疑的。对"诅"的迷信，还与民众对语言的认识有关。在古人的观念中，语言不仅是交流的工具，更是神秘力量的源泉。《诅楚文》云：

> 有秦嗣王，敢用吉玉瑄璧，使其宗祝邵鼛布忠告于不显大神巫咸，以底楚王熊相之多辠。……今楚王熊相庸回无道，淫泆耽乱，宣佗竞纵，变渝盟刺，内之则暴虐不辜，刑戮孕妇，幽刺亲戚，拘圉其叔父，真诸冥室椟棺之中；外之则冒改久心，不畏皇天上帝及不显大神巫咸之光烈威神，而兼倍十八世之诅盟，率诸侯之兵以临加我，欲刬伐我社稷，伐灭我百姓，……我不敢曰可，……将之以自救也，亦应受皇天上帝及不显大神巫咸之几灵德赐，克剂楚师，且复略我边城，敢数楚王熊相之倍盟犯诅，著诸石章，以盟大神之威神。②

在这篇诅文中，秦王刻意丑化楚王，几乎将所有用于描绘暴君的词汇都加诸楚王，将其塑造成殷纣一般的人物，这显然不符合历史事实。秦人这样做是因为他们相信如此描写有助于使上帝庇佑自己，打败楚军。从这篇诅文也可以看出，神秘的"诅"的巫术对秦人同样影响甚大。

秦骃玉版铭文说的是秦骃以玉为媒，到华太山祈告诸神，以求病愈。类似的事件在《尚书》中也有记载。据《金縢》，武王克商后二年，染疾，久不愈。周公遂"植璧秉珪，乃告太王、王季、文王"，祝曰：

> 惟尔元孙某，遘厉虐疾。若尔三王，是有丕子之责于天，以旦代某之身。予仁若考能，多材多艺，能事鬼神。乃元孙不若旦多材多艺，不能事鬼神。乃命于帝庭，敷佑四方，用能定尔子孙于下地。四方之民罔不祗畏。呜呼！无坠天之降宝命，我先王亦

---

① [清] 孙星衍等校：《晏子春秋》，上海古籍出版社，1989年9月第1版，第7页。
② [明] 梅鼎祚：《皇霸文纪》卷11，《影印文渊阁四库全书本》第1396册，台北商务印书馆，1983年版，第144页。

永有依归。今我即命于元龟,尔之许我,我其以璧与珪归俟尔命;尔不许我,我乃屏璧与珪。①

璧、珪均是宝玉,以此为媒,沟通人神,体现的是神秘主义文化思维。秦驷的类似举动也可视作秦人吸收西周文化之余绪。

《墓主记》也是秦国神秘主义文化的产物。它记述的是一个叫丹的人死而复活的故事。秦人复活的故事在《左传》中就有记录。鲁宣公八年,"夏,会晋伐秦。晋人获秦谍,杀诸绛市,六日而苏"。② 故事本身当然荒诞不经,不过故事发生在秦人身上,却耐人寻味。因为在《左传》中再无他国人死而复活的记录,可见秦人的神秘主义文化在当时也为他国所熟知。无独有偶,《录异传》也有秦人鬼神故事的传说。《史记正义》引《括地志》曰:

> 《录异传》云:"秦文公时,雍南山有大梓树,文公伐之,辄有大风雨,树生合不断。时有一人病,夜往山中,闻有鬼语树神曰:'秦若使人被发,以朱丝绕树伐汝,汝得不因耶?'树神无言。明日,病人语闻,公如其言伐树,断……

在这个故事中,被发驱鬼的意识值得注意。因为云梦秦简《日书》也提到披发的驱鬼作用。四六背叁简:"人行而鬼当道以立,解发奋以过之,则已矣。"③ 可以说,正是神秘主义文化思维在秦民族的意识中的长期存在,才使得类似的鬼神故事在秦国屡传不绝,也为秦国文学增添了别样的色彩。

---

① 《尚书正义》,第196页。
② 《春秋左传注》,第696页。
③ 吴小强:《秦简日书集释》,岳麓出版社,2000年7月第1版,第133页。

第十章 "秦诗"的思想意涵与艺术风貌

"秦诗"之称，古已有之，皆谓《诗经·秦风》。在本书中，它指春秋时代的秦人之诗，包括传世已久的《秦风》十诗和出于地下的《石鼓文》以及《秦公大墓石磬铭文》等韵文。秦之出土文献以《石鼓文》为最早。郭沫若先生说："《石鼓文》是诗，……它在诗的形式上是每句四言，遣词用韵、情调风格都和《诗经》中先后时代的诗相吻合。"[①] 它实际上是四言诗，共十首，所咏乃君臣渔猎、燕飨之事，在形式、内容两方面均类于《诗经》，文辞亦近雅颂，其文学特征最为明显。石鼓十诗是四言韵文。近年出土的太公庙秦公钟镈铭文和秦公大墓残磬铭文，还有20世纪出面世的秦公簋铭文也都入韵。如前者的一段铭文："䲹䲹雍雍。百乐咸奏，允乐子煌。𣄹虎𣄹入，又𣄹業。天子匽喜，龚桓是嗣。高阳又𣄹，四方以鼐平。"[②] 这段铭文押阳部、之部、耕部韵。其中，后四句"天子匽喜"云云，与《周颂·桓》之"桓桓武王，保有厥士。于以四方，克定厥家"句相似。太公庙秦公钟镈铭文与《周颂·烈文》、《鲁颂·烈祖》的风格也较相似。[③] 这样看来，三篇春秋秦器的铭文在内容、用词上近于颂诗。至于石鼓十诗，徐宝贵先生曾将其诗句与《诗经》详加比较，[④] 统计知相类者共25句96字，其中与《小雅》诗句的相似处最多，有6篇17句。如，石鼓《田车篇》曰："田车孔安……四介既闲。"《小雅·车攻》则云："戎车既安……四牧既佶，既佶且闲。"石鼓《吾车篇》之"吾车既工，吾马既同"句更与《车攻》之"我车既工，我马既同"句相同，只是人称代词有别而已。秦之韵文，传世最著者是《秦风》，古人以"秦

---

① 郭沫若：《郭沫若全集·考古编》第九卷，科学出版社，1982年9月版，第16~17页。
② 王辉：《出土文献编年》，台北新文丰出版公司，2000年8月版，第33页。
③ 王辉：《出土文献编年》，台北新文丰出版公司，2000年8月版，第31~32页。
④ 徐宝贵：《石鼓文整理研究》，中华书局，2008年1月版，第640~641页。

诗"称之。倘将上述出土文献纳入其中，则秦诗的内涵当可扩大，即《秦风》为秦之"风诗"，石鼓十诗为秦之"雅诗"，春秋秦人的祭祀铭文为秦之"颂诗"。秦诗各篇，特别是《秦风》的创作时间不尽相同，但总体不出春秋时期。在前文中，我们已经讨论了秦诗产生的文化背景，本章的任务是观察其思想意涵和艺术风貌。

第一节　"秦诗"的生活世界和心灵世界

一、"秦诗"描画了礼乐文化氛围中的秦国贵族的生活图景

《诗经》是周人礼乐文化的产物。在春秋中叶前后，秦民族对周文化的吸收已经达到相当的高度，秦诗是其体现。秦诗的一个主要内容就是记录了秦国贵族的礼乐生活，包括飨宴、渔猎、戎事和祭祀。

飨宴诗是《诗经》的一个重要题材，其内容是描写君臣或宗族的欢聚宴饮，如《小雅·鹿鸣》、《小雅·南有嘉鱼》、《小雅·宾之初筵》等。秦诗中直接的宴享场面描写并不多。《秦风·车邻》：

有车邻邻，有马白颠。未见君子，寺人之令。
阪有漆，隰有栗。既见君子，并坐鼓瑟。今者不乐，逝者其耋。
阪有桑，隰有杨。既见君子，并坐鼓簧。今者不乐，逝者其亡。

瑟、簧都是常见的乐器，用以歌诗助舞。从这首诗的描写看，应该是君臣宴饮。不过，就其所表现的思想而言，却与《诗经》中的一些宴饮诗不同。《小雅》中有很多宴饮诗，它们对宴饮场面也有较多的描绘，但很多诗歌在其意涵上都强调"德"的重要性。《小雅·蓼萧》云："蓼彼萧斯，零露瀼瀼。既见君子，为龙为光。其德不爽，寿考不忘。"接下来的一章亦云："宜兄宜弟，令德寿岂。"《湛露》、《鹿鸣》等诗也有同样的意味。论者指出："宴饮诗所歌颂的不仅是宴礼的外在的节文形式，更重要的是人的内在道德风范，是好礼从善的能动欲求。"[①] 以此来观照《车邻》，却发现迥异的结果。该诗看起来强调的

[①] 赵沛霖：《〈诗经〉宴饮诗与礼乐文化精神》，《天津师大学报》1989 年第 6 期，第 63 页。

是"今者不乐,逝者其耋"、"今者不乐,逝者其亡"的及时行乐思想。君臣欢宴之上,高歌及时行乐,这实际上是秦人在长期而残酷的军事斗争中积淀的一种思想意识。①秦民族自其诞生之日起,就面临着与周边各种势力不断战斗的现实,谁也不知道今日欢宴之后,明天还能否见到日出。论者谓:"今者不乐逝者其耋,悲壮感慨之气也。"②所言甚当。该诗初读之以为快意盎然,文笔轻松,实则道出了一个民族的浴血奋斗史,蕴藉悲怆。

秦诗对贵族的渔猎活动有较多的展示。《秦风·驷驖》:

> 驷驖孔阜,六辔在手。公之媚子,从公于狩。
> 奉时辰牡,辰牡孔硕。公曰左之,舍拔则获。
> 游于北园,四马既闲。輶车鸾镳,载猃歇骄。

这是一首描写秦武公率领亲信冬猎的诗歌。首章从车、马和狩猎者入手,咏叹马匹之健硕有力、车御之技术高超;次章言猎物肥美,并赞扬武公射术精湛;末章描写田猎结束后游览北园的情景:众人悠闲地骑在马背上,任马儿慢慢地踱过北园,它们嘴边的铃铛随着缓缓的步伐不时鸣响,猎犬挤在车上,享受着猎后的休息时间。整首诗节奏明快,笔触轻松,表现了狩猎者在畋事前后的愉悦、满足之情。石鼓诗之《田车》篇也分猎前、猎中和猎后三个阶段描绘了田猎整个过程,二诗歌在内容和所表现的情感上甚为相似。诗云:

> 田车孔安,鋚勒马马,四介既简。左骖旛旛,右骖騝騝,䢦以陵于原。䢦戎止陕,宫车其写,秀弓寺射。麋豕孔庶,麀鹿雉兔。其趚又旆,其□趚夜,四出各亚。□□吴□,执而勿射。多庶趚趚,君子卣乐。

与上述二诗《驷驖》以均平之笔描写田猎不同,石鼓诗之**《䢦车》**

---

① 《诗经》中表现及时行乐的篇章多见于《唐风》,其中《山有枢》与《车邻》在篇章结构上非常类似。唐风产生于晋昭公初年至献公中叶这一百年间,亦即春秋前百年,与《车邻》有时间交集;秦、晋两地接壤,《车邻》或是受其影响,亦未可知。
② 吴闿生:《诗义会通》,中华书局,1959年6月第1版,第98页。

篇重点描写了猎中的情形。诗云：

>   **避**车既工，**避**马既同。**避**车既好，**避**马既駓。君子员邋，员邋员斿。麀鹿速速，君子之求。牸牸角弓，弓兹以寺。**避**敺其特，其来趩趩。趩趩爨爨，即邋即时。麀鹿趚趚，其来大次。**避**敺其朴，其来亹亹，射其豩蜀。

本篇首句与《诗·小雅·车攻》首句相同，唯"吾"在这里写作"**避**"、"攻"作"工"，实则"吾"与"**避**"同、"攻"作"工"通。郭沫若依《车攻》之名题本诗作《车弓》。本书据石鼓其他诗篇命名通例，取起始二字为名，作《**避**车》。下面对其文字略作疏解。"駓"，即"騜"，亦即"騜骏"。《说文》："騜骏，北野之良马。""邋"，同"猎"。"牸牸角弓"，类《诗·小雅·角弓》之"骍骍角弓"。《毛传》"骍骍，调利也"，意即将弓弦调到适合射击的程度。"敺"即"驱"。"**避**敺其特"，例同"**避**敺其朴"。《说文》"朴、特，牛父也"，即大公牛。"趚"，《说文》："行声也。一曰不行貌。从走异声。读若敕。""趩"，《说文》："走意。从走宪声。"这里叠用，形容走得很急迫。"爨"，即"炱"。《说文》："炱，灰，炱煤也。"《玉篇》："炱煤，烟尘也。"本诗叠用，意指野兽奔走扬起灰尘。"时"，或通"埘"，本意为鸡窝，这里与"邋"一起，疑皆借指为捕猎所设的陷阱。"趚"，通"蹐"，小步疾走的样子。《诗·小雅·正月》曰："谓地盖厚，不敢不蹐。"王先谦注引《齐诗》云："'蹐'作'趚'。"①"亹"，《说文》"蠜亹也"，"蠜"有"近"义，这里指野兽迫近。"豩"，通"猏"，又写作"豜"。《吕氏春秋·知化》："今释越而伐齐，譬之犹惧虎而刺猏。"高诱注云："兽三岁曰猏也。"②"蜀"，《尔雅·释山》："独者，蜀。"邢昺疏曰："言山之孤独者名蜀。"③诗篇开始四句，以交错复沓之句讴歌车乘之坚、车饰之美和马队之严整、马匹之名贵。以下四句写狩猎队伍声势浩大，

---

① ［清］王先谦：《诗三家义集疏》，中华书局，1987年2月第1版，第668页。
② 《吕氏春秋》，第666页。
③ ［晋］郭璞注、［宋］邢昺疏：《尔雅注疏》，上海古籍出版社，1997年7月第1版，第2618页。

母鹿见了纷纷逃窜,"麀鹿速速"一句是侧面烘托,显示了诗人高超的写作技巧,同时也暗示作者对狩猎相当熟悉。接着诗人从两个方面描绘了狩猎过程。"辀辀角弓,弓兹以寺",一队人马调弦搭箭,等待猎物;另一队人马则去把大公牛等驱赶到陷阱旁边:"避𬳿其特,其来趩趩。趩趩燹燹,即邀即时"。这个狩猎策略是伏击,于此也可见古时狩猎的军事性质。接下来四句描写的是捕猎过程中野兽惊惧奔逃的景象。最后一句写猎杀技巧。诗篇以动词串写狩猎过程,同时兼用重言叠语描绘细节,场面宏大,生动形象。与《驷驖》的悠游闲适相比,《避车》更显秦人的雄壮之气。

古代帝王四季均有行围渔猎之事,而且各有专名。《左传·隐公五年》谓:"故春蒐、夏苗、秋狝、冬狩,皆于农隙以讲事也。""讲事",杨伯峻注云:"讲习武事,所谓教民战也。"[①] 可见,畋猎活动具有明显的军事性质。当然,它们与真正的军事行动相比还是有差异的。秦诗中也不乏戎事诗,其代表作是《秦风·小戎》。诗云:

  小戎俴收,五楘梁辀。游环胁驱,阴靷鋈续。文茵畅毂,驾我骐馵。言念君子,温其如玉。在其板屋,乱我心曲。
  四牡孔阜,六辔在手。骐骝是中,騧骊是骖。龙盾之合,鋈以觼軜。言念君子,温其在邑。方何为期?胡然我念之!
  俴驷孔群,厹矛鋈錞。蒙伐有苑,虎韔镂膺。交韔二弓,竹闭绲縢。言念君子,载寝载兴。厌厌良人,秩秩德音。

《诗经》中的战争诗有很多,如《大雅·常武》《大雅·江汉》等,它们以热情的笔触歌颂了国君的煊赫武功,《小戎》却有不同。它没有战争场面描写,也没有正面赞扬君王的功业,而是通过描写军容之盛来写战事。首章前六句写车乘之盛美。"小戎俴收"说的是兵车精悍灵巧;"五楘梁辀"意谓以花皮条缠绕车辕使其坚固;"游环胁驱"写的是以缰绳、活环控制马匹;"阴靷鋈续"的意思是以银质的环扣把引车的皮条栓牢;"文茵畅毂"则是用虎皮毯子铺在车上。次章前六句写的是战马之雄壮。左足白的馵马、赤身黑鬣的骐马、黄身黑喙的騧马和浑身黑色的骊马,个个肥壮俊爽。末章前六句写的是兵器之精良。

[①]《春秋左传注》,第42页。

"厹矛鋈錞"，底端装了白银鐏的三隅矛；"蒙伐有苑"，绘饰了羽纹的盾牌；"虎韔镂膺"，刻有金饰的虎皮弓囊。三章各有侧重，合言则表现了秦军军容之盛。另一方面，这首诗是从妇女的角度写的，在各章末四句也表达了怀人的意念，是闺怨主题却少闺怨情绪。《卫风·伯兮》也是一首妇人怀念征人的诗。

> 伯兮朅兮，邦之桀兮。伯也执殳，为王前驱。
> 自伯之东，首如飞蓬。岂无膏沐？谁适为容！
> 其雨其雨，杲杲出日。愿言思伯，甘心首疾。
> 焉得谖草？言树之背。愿言思伯，使我心痗。

诗之首章写丈夫英勇杰出，奉王命出征；次章写丈夫出征后女子自感生活寂寥乏味，连梳妆打扮之类的事都无心去做；三章和末章写女子对丈夫的思念，"甘心疾首"、"心痗"，思念之情深切而痛苦，闺怨意绪非产突出。以《伯兮》来观照《小戎》，显然后者更多的是表达了对秦军的自豪感而非闺怨。《小戎》也有类似的情感。朱熹指出："西戎者，秦之臣子所与不共戴天之仇也。……国人往而征之，故从役者之家人先夸车甲之盛如此，而后及其私情。盖以义兴师，则虽妇人亦知勇于赴敌而无所怨矣。"[1] 总体而言，这首诗风格明朗，壮美与深情兼具。

秦国贵族的祭祀活动在秦诗中也有反映。景公大墓石磬铭文：

> 瀞瀞（汤汤）㱃（厥）商。百乐咸奏，允乐子（孔）煌。餯虎（鉏铻）齵（戠）入，又（有）孈羕（漾）。天子匽喜，龏（共）趄（桓）是嗣。高阳又（有）灵（灵），四方以鼏（宓）平。

这是其中最长的一段，它介绍了祭祀的背景。铭文提到了"高阳"，这是传说中的颛顼帝的号。《秦本纪》云："秦之先，帝颛顼之苗裔。"秦景公在亲政后的祭祀中赞扬高阳，反映了其追宗认祖的意识，这也是祭祀应有之意。祭文还赞扬了先祖受天命征服蛮夷的伟大

---

[1] [宋] 朱熹：《诗经集传》卷3，影印明善堂重梓本，巴蜀书社，1989年7月第1版，第39页。

功绩：

　　□翮（绍）天命，曰：竉（肇）尃（敷）蠻（蛮）夏，极（亟）事于秦，即服。
　　䎽（申）用无疆。乍（作）虔配天，□常（寝）龏雒（雍）。四方穆穆，□珊□□宜政，不廷錤（镇）瀞。上帝是眹，左（佐）以龗（灵）神。

铭文还有祝福语："受豐（眉）寿无疆，屯（纯）鲁吉康，齌□。"这一般出现在祭文的结尾。秦子簋盖铭文、太公庙钟镈铭文和秦公簋铭文中有类似的语句。值得注意的是还有一句残铭：
　　□煌龢盠（淑），氒（厥）音鎗鎗鏘鏘，允龢又（有）龗（灵）殷（磬）

这说明在祭祖之礼有奏乐相伴。《周颂·有瞽》和《商颂·那》都描写了祭祖时乐器之盛、乐音之美的情形，上引铭文虽有残缺，但隐约可见此次祭祖活动非常盛大。铭文用词典雅，气度不凡。

二、"秦诗"勾勒了秦人所徜徉生息的关陇地区的自然风貌

关陇地区是秦民族的发祥地，也是秦国后来一统天下的基地。秦诗对本民族赖以繁衍生息的自然环境也进行了多侧面的抒写。

地形地貌方面。《车邻》谓："阪有漆，隰有栗。"《毛传》："陂者曰阪。下湿曰隰。"《正义》引李巡之语曰："阪者，谓高峰山陂。下者，谓下湿之地。隰，湿也。"与湿地有关的是"坻"，它是由水流冲击河沙或岸堤而形成的水中的小块高地。《秦风·蒹葭》："溯游从之，宛在水中坻"；"溯游从之，宛在水中沚"。《毛传》："坻，小渚也"；"小渚曰沚"。《尔雅·释水》："小洲曰渚，小渚曰坻。"又，《终南》诗云："终南何有？"《正义》："《地理志》称'扶风武功县东有太壹山，古文以为终南。'其山高大，是为周地之名山也。昭四年《左传》曰：'荆山、中南，九州之险。'是此一名中南也。"可见，秦地不仅有沟壑湿地，还有名山峻岭。又，《田车》："邋以陵于原"。原，指开阔的平地。《诗·大雅·公刘》："笃公刘，于胥斯原。"《郑笺》："广平曰原。"开阔、平坦、肥沃的平原是人类定居生活的首选地域。周民族的发祥地被称为"周原"。《诗·大雅·绵》云："周原膴膴，堇荼如饴。"《郑笺》："周之原地，在岐山之阳，

膴膴然肥美。"可见，秦民族所在的关陇地区地貌形态多样，不仅有崇山峻岭和低下湿地，也有适合居住生息的平整之地，此即《銮车》所谓："原隰阴阳。"

水文方面。现在的陇上地区降水量少，比较干旱，但在《诗经》的时代却不是这样，彼时该地河流纵横，水量充沛。《渭阳》："我送舅氏，曰至渭阳。"这里提到的渭水黄河最大的支流之一，是关中地区比较大的河流，至今依然发挥着重要作用。《霝雨》："盈渫济济。"渫，水名。《水经·澧水注》谓渫水"出建平郡东，东迳渫阳县南"。① 又，《汧殹》："汧殹沔沔，烝皮淖渊。"汧，亦水名。《水经·渭水注》："水出于汧县之蒲谷乡弦中谷，决为弦蒲薮。《尔雅》曰：'水决之泽为汧。'汧之为名，实兼斯举。""淖"，郭沫若注云"清澄之意"，② 非。它与"渊"并称，当指沼泽与深渊。《汧殹》又云"㤕㤕趣趣"，㤕，通"汗"；"趣"，通"洇"。《郭璞·江赋》谓："溟溯渺沔，汗汗洇洇。"注云："皆广大无际貌。"③ 这里形容河面宽广，水势浩大。《吾水》"避水既清"，说的是不仅水量充沛，水质也很清澈。《霝雨》诗比较集中地表现了秦地丰富的水文资源情况。诗云："□□□癸，霝雨□□。流迄滂滂，盈渫济济。君子即涉，涉马□流。汧殹洎洎，濠濠□□。舫舟西逮，□□自廊，徒驭汤汤，佳舟以行。或阴或阳，极深以□。□于水一方，勿□□止。其奔其敔，□□其事。"癸日前后，细雨绵绵，河水暴涨，溢出堤岸，以致人们出行要靠舟船。

植被方面。《诗经》中提到的植物甚多，秦诗所涉及的林木花草也不少。《大雅·生民》："诞寘之平林，会伐平林。"《毛传》："平林，林木之在平地者也。"秦地有北林。《晨风》："鴥彼晨风，郁彼北林。山有苞栎，隰有六驳。山有苞棣，隰有树檖。"《毛传》："北林，林名也。"苞栎、苞棣分别指栎树丛和棣棠丛。棣堂是落叶灌木。栎树属落

---

① [北魏] 郦道元注、[民国] 杨守敬等疏：《水经注疏》卷37，江苏古籍出版社，1989年6月第1版，第3068页。
② 郭沫若：《石鼓文研究》，《郭沫若全集·考古编》第九卷，科学出版社，1982年9月第1版，第72页。
③ [梁] 萧统编、[唐] 李善注：《文选》卷12，上海古籍出版社，1986年8月第1版，第561页。

叶乔木，又称柞树。《作原》："□□□栗，柞棫其□。"《作原》还提到了其他树木"□□樱楛"，樱，棕树。楷，乌桕，即蜡子树。秦诗中还出现了一些常见的乔木属植物，如《汧殹》"佳杨及柳"，《车邻》："阪有漆，隰有栗"、"阪有桑，隰有杨"。《黄鸟》提到了枣树、桑树和荆树："交交黄鸟，止于棘"；"交交黄鸟，止于桑"；"交交黄鸟，止于楚"。另外，终南山上还生长着条树和梅树。《终南》："终南何有？有条有梅。"除了树木外，秦诗中还出现了草类植物。《驷驖》："蓍蓍芃芃。""蓍"，即蓍，是一种菊科草本植物。《蒹葭》："蒹葭苍苍。"《毛传》："蒹，薕。葭，芦也。"蒹葭泛指芦苇，是一种喜水的草本植物。可见，秦诗出现的关陇地区的植物不仅有乔木、灌木，还有草本类，具有多样性特点，且它们成片、成丛的出现，表明当时该区的植被良好。

动物方面。《田车》："麋豕孔庶，麀鹿雉兔。"这里提到野猪、母鹿和兔子，至今依然常见。但所谓的"麋"就不一般了，"麋"即麋鹿，也就是俗称"四不像"的哺乳类动物，非常珍贵。在秦诗中出现最多的两类动物就是鱼和马。石鼓诗之《汧殹》篇比较集中地描写了秦地的各种鱼。诗云："鰋鲤处之，君子渔之。澫又小鱼，……帛鱼鰶鰶，……黄帛其鰟，又鰱又鲉。……其鱼隹可？隹鱮佳鲤。"按：鰋，即鳠，指鲶鱼。鲤，即鲤鱼。"帛"通"白"，帛鱼即俗称的白条鱼。鰟，即鲂，指河蚌。鰱，鲋，指鲫鱼。鲉，鲌鱼。鱮，鲢鱼。《诗·小雅·采绿》："其钓维何？维鲂及鱮。"在同一篇诗歌中出现这么多的鱼类，实属罕见，说明当时秦地水产丰饶。除了鱼之外，马在秦诗中也出现了很多。石鼓诗之《避车》篇提到了騩；《銮车》篇提到了騝，即骆马，白色良马。《秦风》之《驷驖》篇提到了黑身如铁的驖马；《小戎》描写的马最多，有骐、骝、騧和骊等。秦民族善养马驯马，其诗篇中出现各种各样的马正是对这种民族特长的反映。

除了上述自然生物外，秦诗还提到了一些自然现象，如《蒹葭》"白露为霜"等句。总之，秦诗对秦地山川风物的描写，既丰富多样，也颇具艺术魅力。

三、"秦诗"展示了不同情境下秦民族独特细腻的心灵世界

"文学之作,根于民性。"①秦诗自不例外。除了客观的自然景观、生物世界和贵族生活场景的描写之外,秦诗诸篇对秦人的精神风貌也进行了不同层面的刻画。在前面的论述中,我们已指出,《无衣》典型地体现了秦人英壮迈往的民族气质,其实这首诗也是秦民族团结精神的表现。"岂曰无衣?与子同袍。……与子同仇!岂曰无衣?与子同泽。……与子偕作!岂曰无衣?与子同裳。……与子偕行!"同袍、同泽、同裳、同仇、偕作、偕行,在同一诗中连续运用了六个这样的词,是很罕见的,它们展示了秦人在早期阶段为求得生存发展而同心协力、艰苦斗争的民族精神。《车邻》虽然是一首宴饮诗,其实也表现了秦国君臣上下的和合与团结。

人的心理意识是个多面体。秦人在粗粝豪放之外,还有深情细腻的一面。《渭阳》是一首写秦康公送别晋文公的诗。

我送舅氏,曰至渭阳。何以赠之?路车乘黄。
我送舅氏,悠悠我思。何以赠之?琼瑰玉佩。

此诗处处传情。"至渭阳",表明康公送别舅舅送得很远仍然依依不舍;"悠悠我思",表现不舍之意悠长;"路车乘黄"和"琼瑰玉佩",厚赠礼物,表明甥舅之情异常深切。

秦康公之于晋文公的深情属于亲情范畴,而《小戎》中的女子对远征西戎的丈夫的深情呼唤就是爱情之歌了。诗共三章,每章的前半段状物,后半段抒情;前半段古奥典雅,后半段蕴藉悠远。清代学者田雯评论《小戎》说:"奇文古色,斑斓陆离。读至'在其板屋,乱我心曲'二语,逸情绝调,悠然无尽。今之学诗者,无论古体近体,凡收处皆当从次神会。"②同样是写恋爱心理,《秦风·晨风》就有所不同了。其诗云:

鴥彼晨风,郁彼北林。未见君子,忧心钦钦。如何如何,忘

---

① 钱基博:《中国文学史》,中华书局,1993年4月第1版,第10页。
② [清]田雯:《古欢堂杂著》卷3,收郭绍虞《清诗话续编》,上海古籍出版社,1983年12月第1版,第712页。

我实多!

　　山有苞栎，隰有六駁。未见君子，忧心靡乐。如何如何，忘我实多!

　　山有苞棣，隰有树檖。未见君子，忧心如醉。如何如何，忘我实多!

这是一篇女子忧虑男子无情、害怕他忘了自己的诗。"忧心"、"如何如何，忘我实多"，反复咏叹，真实地反映了恋爱中的女子患得患失的细腻心理。就情感表现而言，这首诗略显悲伤，但风格并不沉重。

秦诗中最为沉郁的篇章是《黄鸟》，其诗云：

　　交交黄鸟，止于棘。谁从穆公？子车奄息。维此奄息，百夫之特。临其穴，惴惴其栗。彼苍者天，歼我良人！如可赎兮，人百其身！

　　交交黄鸟，止于桑。谁从穆公？子车仲行。维此仲行，百夫之防。临其穴，惴惴其栗。彼苍者天，歼我良人！如可赎兮，人百其身！

　　交交黄鸟，止于楚。谁从穆公？子车鍼虎。维此鍼虎，百夫之御。临其穴，惴惴其栗。彼苍者天，歼我良人！如可赎兮，人百其身！

诗以"黄鸟"起兴，蕴藉幽深（详下节）。"谁从穆公？子车奄息"等句，自我设问，自我回答，不仅透露了本诗的悲剧意味，也表明对"三良"从死的惋惜。"维此奄息，百夫之特"等句，写"三良"都是百里挑一的勇士，为下面一句作铺垫。"临其穴，惴惴其栗"，靠近墓地，望着深深的墓穴，身体不由自主地打着哆嗦，因为我们的勇士竟然要从此葬身于此，国家的栋梁就这样被戕害，怎么叫人不惊惧、寒心？"彼苍者天，歼我良人"，揽泣长叹，敢问苍天，为什么要这样对待我们的勇士？诗人由哀痛而悲愤。"如可赎兮，人百其身"，"三良"从死不可避免，即使是用一百人替代也不行，这是令人多么痛惜的事啊！诗歌情感又一变为哀婉沉痛。这比《权舆》中没落贵族对荣华富贵不再的悲叹之情无疑要激越苍凉许多。更重要的是，诗人在悲愤的追问中体现了一种反思——人的生命为什么可以如此轻易而无辜地被戕害？有学者曾指出，所谓经典性，"不仅只是体现文学文本作为历史事件对当下生存主体于美学维度上产生的重大影响，它还须是体现了某种'与人性相关'的反思"。①《黄鸟》对生命的追问令其不仅在《秦风》中独树一帜，更成为中国诗歌史的经典之一。这当然也丰富了秦国文学的价值。

黄鸟悲歌，至今不已。不过，就表现人的内心世界而言，最杰出的诗篇还属《蒹葭》。其诗云：

蒹葭苍苍，白露为霜。所谓伊人，在水一方，溯洄从之，道阻且长。溯游从之，宛在水中央。

蒹葭萋萋，白露未晞。所谓伊人，在水之湄。溯洄从之，道阻且跻。溯游从之，宛在水中坻。

蒹葭采采，白露未已。所谓伊人，在水之涘。溯洄从之，道阻且右。溯游从之，宛在水中沚。

无论是送别之亲情、怀人之爱情还是愤怒、悲叹之情，它们都具有可感受性，而《蒹葭》所表现的人物情感却在似有还无之间，具有朦胧性。诚如清人方玉润所言："此诗在《秦风》中，气味绝不相类。以好战乐斗之邦，忽于高超远举之作，可谓鹤立鸡群，倏然自异者。然意必有所指，非泛然者。《序》谓'刺襄公，未能用周礼'，吕氏祖谦遂谓'伊人犹此理'，凿之又凿，可为喷饭。盖秦处周地，不能用周礼。周之贤臣遗老，隐处水滨，不肯出仕。诗人惜之，托为招隐，作此见志。一为贤惜，一为世望。曰'伊人'，曰'从之'，曰'宛在'，玩其词，虽若可望不可即；味其意，实求之而不远，思之而即至者。特无心以求之，则其人倜乎远矣！"②

第二节 "秦诗"的艺术表现和审美特征

一、多用"赋""兴"之法而少"比"意

"赋"、"比"、"兴"是《诗经》最基本的艺术表现手段。朱熹

---

① 王瑷玲：《"重写文学史"——"经典性"重构与中国文学之新诠释》，《汉学研究》第29卷，2011年第2期，第3页。

② [清]方玉润：《诗经原始》，中华书局，1986年2月第1版，第273页。

说：" 赋者，敷陈其事而直言之者也"，就是直接描述物、人、景等；"比者，以彼物比此物也"，就是利用比喻来述事，抒情；"兴者，先言他物以引起所咏之词也"，① 也就是借用与所叙写的事、情有关联的物、景等来发端。通观秦诗，多有"赋"、"兴"，而少"比"。

前引《小戎》诗之每章的前六句，就是用"赋"的手法写秦国军容之盛美。类似的手法还见于《驷驖》。"驷驖孔阜"，写的是马匹健硕肥大；"六辔在手"说的御者驾技娴熟；"公之媚子"写的是从猎之人；"奉时辰牡，辰牡孔硕"写的是猎物肥美；"公曰左之，舍拔则获"写的是秦公田猎时指挥若定，并且射术高超；"游于北园，四马既闲。輶车鸾镳，载猃歇骄"，分别描写了猎后人、马、犬的闲适自得的情形。可见，该篇纯用赋法，或写物，或绘人，或彰景，不一而足，运用自如。石鼓诗之《田车》、《銮车》也以赋法来田猎之事。

《黄鸟》一诗则用"兴"法。黄鸟是一种普见于各地的飞鸟，又叫黄鹂鹠、黄莺、仓庚、楚雀等，它先后出现在《诗经》的八首诗中。先秦时代，这种飞鸟极具神秘色彩。《墨子·非攻下》："武王乃攻狂夫，反商之周，天赐武王黄鸟之旗。"② 《山海经·大荒西经》："有五色之鸟，人面有发，爰有青鴍、黄鷔，青鸟、黄鸟，其所集者其国亡。"③ 这里的"黄鸟"是亡国的象征，至为不祥。可见，诗人正是以不详的"黄鸟"发端起情，来抒写"三良"奄息、仲行和鍼虎之死及深沉的悲愤之情。

《车邻》一诗首章用赋法描写赴宴贵族的车、马："有车邻邻，有马白颠。"第二、三章则用"兴"来表现君臣和合之情："阪有漆，隰有栗"、"阪有桑，隰有杨"。不过，在同一首诗中共用"赋"、"兴"手法在秦诗中并不多见。而秦诗用"比"之处就更少了。《终南》诗云："颜如渥丹，其君也哉！"虞兆漋《天香楼偶得》"渥丹"条曰："渥丹本花名，根茎花瓣，悉似百合而小，四五月开花，殷红可爱。诗

---

① ［宋］朱熹：《诗经集传》卷1，影印明善堂重梓本，巴蜀书社，1989年7月第1版，第4、7、2页。
② 墨翟：《墨子》，上海古籍出版社，1989年6月第1版，第41页。
③ 袁珂：《山海经校注》，上海古籍出版社，1980年7月第1版，第405页。

人赞美君子颜色红润,故以此花薄拟之耳。"① 是言甚恰。

二、叠句重言与形式美

《诗经》最主要的章法特征是联章复沓,秦诗亦不例外。这其中有语句完全一致的,如《黄鸟》三章末尾"彼苍者天,歼我良人!如可赎兮,人百其身";《晨风》每章末句"如何如何,忘我实多";《权舆》每章的后三句"今也每食无余。于嗟乎,不承权舆"。这种完全的重叠能给人以直接的视觉冲击,具有形式上的对称美。更重要的是,这种视觉形式能给予读者无意识的内心直觉和情感共鸣,从而达到抒情言志的目的。还有一种情况是各章只变换几个字。这里又有两个方面的情形。比如《无衣》"同袍……戈矛……同仇"、"同泽……矛戟……偕作"、"同裳……甲兵……偕行",这三组词语在意思并没有差别,调换其位置也不会改变诗意,而反复咏叹的目的在于突出情感,强化同仇敌忾的主题。同类的还有《驷驖》诗:"**驷**车既工,**驷**马既同。**驷**车既好,**驷**马既駴"、"麀鹿速速,君子之求。……麀鹿趚趚,其来大次"、"**驷**驱其特,其来趩趩……**驷**驱其朴,其来趫趫"。第二个方面的情形是变化的词语有内在的逻辑联系,意思也不相同。《蒹葭》:"蒹葭苍苍,白露为霜。……蒹葭萋萋,白露未晞。……蒹葭采采,白露未已。"由"为霜"而"未晞"而"未已",白露由固态而液态而汽化干涸,这里有白露的物理变化过程,同时也表明时间在不停地流逝,而诗人追慕、思索的心理也随之迁延。一意三叠,一唱三叹。情感愈发深入,诗意在重叠中获得强化和张扬。

与复沓重叠的章法类似,秦诗在遣词用字上最大的特点是大量运用重言叠字。《秦风》有表示车马行进声的"邻邻",形容蒹葭长势的"苍苍"、"萋萋"、"采采",表现黄鸟飞翔形态的"交交"、"悠悠"等等。石磬铭文也有描写乐音动听之状的"玲玲鎗鎗"。不过,运用重言最多的还属石鼓十诗。这些重言从形式上说有两类。其一是"AA"式。如《田车》篇中的"旛旛"、"騯騯"、"趯趯";《吾水》篇的"康康"、"辚辚""霂霂"。这种情况占多数。其二是"AABB"式。如《马荐》篇的"萑萑芃芃"、《吾水》篇的"昱昱薪

---

① [清]虞兆㴶:《天香楼偶得》,《丛书集成续编》第215册,台北新文丰出版出版公司,1989年7月第1版,第26页。

薪"等。就功能来说，这些叠词多用作形容词或副词修饰名词，如《霝雨》篇："流迄滂滂"之"滂滂"形容水急流貌，"盈渫济济"之"济济"状写水流不断貌。《銮车》篇"射之矤矤"之"矤矤"用作拟声词，形容箭射出时的响声。对于重言的妙处，刘勰有过精彩的论述。《文心雕龙·物色》：

> 是以《诗》人感物，联类不穷；流连万象之际，沉吟视听之区。写气图貌，既随物以宛转；属采附声，亦与心而徘徊。故"灼灼"状桃花之鲜，"依依"尽杨柳之貌，"杲杲"为出日之容，"瀌瀌"拟雨雪之状，"喈喈"逐黄鸟之声，"喓喓"学草虫之韵。"皎日"、"嘒星"，一言穷理；"参差"、"沃若"，两字连形：并以少总多，情貌遗矣。虽复思经千载，将何易夺？①

石鼓十诗中，《避车》篇和《汧殹》篇所用重言最多。《汧殹》诗云：

> 汧殹沔沔，烝皮（彼）淖渊。鰋鲤处之，君子渔之。瀞又（有）小鱼，其斿（游）趣趣。帛鱼趣趣，其籃氐鲜。黄帛其鯿（鲤），又（有）鱻又（有）鱻。其朔孔庶，脔之朔朔。鱻鱻趣鱻，其鱼隹可？隹鱮隹鲤。可以橐之，隹杨及柳。②

这是一首叙述捕鱼的诗，全篇共用了六组叠词，其中"AA"式五组，"AABB"式一组。首句云"汧殹沔沔"。"沔"，《诗·小雅·沔水》："沔彼流水，朝宗于海。"《毛传》："沔，水流满也。"《沔水》单用一个"沔"字，写漫漫流水最终要回归于大海的趋向，并没有着眼于水流形态本身；《汧殹》描绘的是汧水本身，同义叠用，立刻突出了"沔"固有的"满"之意，写出汧水浩大的声势。下文有"鱻鱻鱻鱻"（汗汗沺沺）之语，强调汧水河面之宽阔和水势之浩大。三组词前后照应，形象地写出了当时汧水的水文情状。又，"其游趣趣"，这句写浅水处小鱼游动的情形。"趣"，通"汕"。《诗·小雅·南有嘉鱼》：

---

① 《文心雕龙校证》，第 278 页。
② 郭沫若《石鼓文研究》题本篇作《汧沔》。本书据拓本隶定"沔"为"沔"，并依命名通例，取其起首二字，题作《汧沔》。

"烝然汕汕。"林义光《诗经通解》谓："汕读为趣。……趣者，散也。散散掉掉，皆鱼乐之貌。"重言"趣趣"，状写了小鱼群在一起自由自在地游来游去的样子，若单用一字，则意思全失，变成小鱼的离群而动，足见重言之妙。作者在抒写鱼乐时，还特别注意所用叠词与鱼身的特性相契合。"帛鱼趣趣"，"帛鱼"，白条鱼。"趣"，通"皪"。左思《魏都赋》："丹藕凌波而的皪。"注云："光明也。"①《广韵》："的皪，白状。"白条鱼在水中来回游动，搅动水面，一片波光粼粼，以"趣趣"来状此景，甚是恰切。重言的反复运用，准确地表达出了汧水之美与游鱼之乐。

大量运用重言是《石鼓文》突出的形式特征之一，而且就表现力言，这些词多语义饱满，极具形象感，与诗作所描写的威武迅疾的渔猎活动相得益彰。据统计，石鼓十诗现存272文字中，重言尚有32对64字，约占四分之一。较之《诗经》，这显然很特别。独特性是文学作品彰显其魅力和意义的途径之一。重言不仅使秦诗韵律生动，具有形式美，还丰富了秦诗的表现力和价值。

此外，秦诗中还有以错综之章法表现形式美的篇章，最突出的便是《小戎》。这一点前人早有注意。吴闿生引顾广誉之言曰："一章言车，而'驾我骐騧'豫以起次长之马。二章言马，'龙盾之合'既以起卒章之言；'鋈以觼軜'，又以蒙首章之车。三章言兵，而'俴驷孔群'复蒙上章为文。此章法错综之妙。"②

三、写情入物与朦胧美

秦诗不论是表现哀情，还是叙写乐景，有其明朗俊爽的一面，但也有朦胧含蓄的一面。《晨风》中女子害怕被忘记的忧思，在可言与不可言之间，正是恋爱中多种不可捉摸的情感之一。《权舆》中的落魄贵族感慨今昔生活之别，语有愤懑，却也是低徊无限。当然，最能表现秦诗之朦胧美的还是《蒹葭》。

诗以"蒹葭苍苍，白露为霜"起兴，表明其时间是在深秋的清晨，其地点是在一处茂密的芦苇丛边。深秋之晨，寒冷萧瑟；芦苇、白露

---

① ［梁］萧统编、［唐］李善注：《文选》卷6，上海古籍出版社，1986年8月第1版，第276页。

② 吴闿生：《诗义会通》，中华书局，1959年6月第1版，第100页。

也充满冷色调。诗篇伊始，就给人孤寂凄切的感受，不知不觉中融入了情感。接下来，诗人深情咏叹"所谓伊人，在水一方"。"伊人"是何人？诗人并未点明。"在水一方"，又在何处？诗人仍是"虚点其地"。① 诗人似乎想有所行动，"溯洄从之"，但"道阻且长"，恐怕不可得；"溯游从之"呢？"宛在水中央"！一个"宛"字，说明诗人自己也不确定伊人在何处，更不知道怎样去寻找。伊人"可望而不可即"，而自己也不知道该怎么办。在这芦花飘零的深秋，在这寒霜遍洒的清晨，"我"的心该在哪里停泊？无助而失望的意绪在这一刻倍添苍凉。朦胧的人、缥缈的地、迷茫的情，在章末尽显无遗。在诗歌的第二、三章，相继出现"白露未晞"、"白露未已"之景，说明时间其实已经在流逝，但伊人仍旧不知道在何处："所谓伊人，在水之湄……宛在水中坻"、"所谓伊人，在水之涘……宛在水中沚"；诗人依旧不知道如何去寻找："溯洄从之，道阻且跻"、"溯洄从之，道阻且右"。以复沓之章，再咏迷情，实是烟波万状，倍增凄切。诗篇处处写人，却不知人在哪里；处处寻觅，却不知路在何方。怅惘凄凉，是由心生，更由景生。写情入物，意境缥缈，诗歌的朦胧之美亦由得自。

需要指出的是，《蒹葭》的复沓之章，不是类似语词、句式的简单重复，而通过时间的流逝表现出一种动态的意象和情绪弥散。苏珊·朗格说："诗从本来意义上说并不是一种叙述，而是创造出来的用于知觉的人类经验。这种创造物从科学的立场和从生活实践的立场上看，完全是一种幻觉。"② 虽然我们并不清楚这首诗歌的具体背景，但就其艺术表现而言，诗人通过对语言的高妙运用和组合，展现出了一种"情绪萌动的幻象"。这种意象塑造方式和艺术效果不仅在秦诗中独树一帜，较之《诗经》的其他篇章也卓然不群。

总而言之，秦诗在内容上偏重于对上层阶级生活场景的描述，对民间的抒写比较单薄；对秦地的自然风貌有细致的刻画。另外，秦诗对秦人内心世界的表现非常丰富：既展现了民族群体心理，也描绘了

---

① [清] 方玉润：《诗经原始》，中华书局，1986年2月第1版，第273页。
② [美] 苏珊·朗格著，滕守尧、朱疆源译：《艺术问题》，中国社会科学出版社，1983年6月第1版，第145页。

个体人物胸臆；既有壮怀激烈，也有宛转深致；既展露出明快爽朗之气，也蕴藉了凄切缱绻之风。在艺术表现上，秦诗既有寻常平直之处，又有宛转入神之笔。在审美风格方面，秦诗既有整饬的形式之美，又有缥缈的意境之美。秦诗之总体风貌可谓气象激越而苍凉，笔致沉静而灵动。

第十一章 "秦声"的存在形态与文史价值

"韵文之兴，当以民间歌谣为最先。歌谣是不会做诗的人（最少也不是专门诗家的人）将自己一瞬间的情感，用极简短极自然的音节表现出来，并无意要他流传。因为这种天籁与人类好美性最相契合，所以好的歌谣，能令人人传诵，历几千年不废。其感人之深，有时还驾专门诗家的诗而上之。"① 这是梁启超《中国之美文及其历史》的开篇语，寓目者向来奉为的论。其实，秦国的韵文除"秦诗"外，尚有民间歌谣流传不坠，只是少有人留意罢了。秦国向有"秦声"。李斯《谏逐客书》云："夫击瓮叩缶弹筝搏髀，而歌呼呜呜快耳者，真秦之声也。"又，《史记·廉颇蔺相如列传》记蔺相如之言曰："赵王窃闻秦王善为秦声，请奏盆缶秦王，以相娱乐。"由此看来，"秦声"是秦国广为流布的一种传统音乐艺术，深受各个阶层的欢迎，连高高在上的秦王也对其颇为熟稔。另一方面，"秦声"以瓮、缶、盆等日常生活器皿为伴奏乐器，与鼓瑟吹笙的所谓"雅乐"不同，它具有显著的民间性、日常化特征。那么，"秦声"是否即为秦国民间歌谣呢？目前尚不能遽定，但二者的同质性显而易见。因此，本章借其名来讨论秦国民谣。

第一节 "秦声"的留存篇目和《庋庱歌》的原初形态

一、"秦声"的留存与真伪

考诸载籍，"秦声"甚少，可谓吉光片羽。为行文之便，先将其胪列如下：

---

① 梁启超：《中国之美文及其历史》，载《梁启超论中国文学》，商务印书馆，2012年6月第1版，第2页。

百里奚，五羊皮。忆别时，烹伏雌，炊扊扅。今日富贵忘我为？

百里奚，初娶我时五羊皮。临当别时烹乳鸡，今日富贵忘我为？

百里奚，百里奚，母已死，葬南溪，坟以瓦，覆以柴。舂黄黎，搤伏鸡，西入秦，五羖皮，今日富贵捐我为？（《扊扅歌》）①

渭水不洗口赋起。（《口赋谣》）②

秦且王。（《惠文王谚》）③

力则任鄙，智则樗里。（《樗里谚》）④

罗縠单衣，可裂而绝。八尺屏风，可超而越。鹿卢之剑，可负而拔。（《罗縠单衣歌》）⑤

对于这些发于间巷的歌谣，首先必须考查其真伪。不过，与其他艺术形式不同，民间歌谣有其自身的特殊性。《说文》曰："谣，徒歌也。"又云："歌，咏也。"《诗经·魏风·园有桃》有言："心之忧矣，我歌且谣。"《毛传》："曲合乐曰歌，徒歌曰谣。"⑥ 就是说，"歌"与"谣"在意思上有"合乐"与"徒歌"之分：前者侧重以婉转的曲调抒泻情感，而后者则纯用质朴的言语表达内心。不过，这只是在"歌"与"谣"相对而言时作出的区别，在面对实际的作品时，人们很难作出判然之分。因为"歌字究系总名。凡单言之，则徒歌亦为歌，故谣可以联歌以言之，亦可以借歌以称之"。⑦ 所以，在一般情况下，"歌"与"谣"是连称的，指即兴吟咏的韵语。清人刘毓崧说："谣谚皆天

---

① ［南朝宋］郭茂倩编撰、聂世美等校点：《乐府诗集》卷60，上海古籍出版社，1998年11月第1版，第674页。

② 见明人董说《秦食货》引《大事记》。载董说《七国考》卷2，《影印文渊阁四库全书》第618册，台湾商务印书馆，1983年版，第812页。

③ 见《史记·秦始皇本纪》附录之秦历代国君嗣立丧葬表（《史记》，第289页）。

④ 见《史记·樗里子甘茂列传》："秦人谚曰：'力则任鄙，智则樗里。'"《史记》，第2310页。

⑤ 见《史记正义》引《燕丹子》。《史记》，第2535页。

⑥ 《毛诗正义》，第357页。

⑦ ［清］杜文澜：《古谣谚·凡例》，上海古籍出版社，1958年1月第1版，第3页。

籁自鸣，直抒己意，如风行水上，自然成文。……盖风雅之述志，著于文字，而谣谚之述志，发于言语。"① 这就指明了民间歌谣特殊的创作方式和存在形态：即兴而诵，口耳相传。这也意味着我们今天所见的古代民间歌谣实际上都是后人追记的静止的文本形态，而非传诵时的原生形态。而在由口头到书面的过程中，难免有脱漏、改造，甚至伪托，这不但让后人难以窥其全貌，而且常常使人对其真实性产生怀疑。

对于上述"秦声"，这一情况自然也不可避免。尽管如此，若能结合相关史料，细加缕析，其真伪并非不可初辨。比如《罗縠单衣歌》，明显就是后人据荆轲刺秦王嬴政这件事附会而成的。《史记正义》引《燕丹子》云：

> （荆轲）左手其胸。（引者按：此句通行本《燕丹子》一般写作"左手把秦王袖，右手揕其胸"）秦王曰：'今日之事，从子计耳！乞听瑟而死。'召姬人鼓琴，琴声曰'罗縠单衣，可裂而绝；八尺屏风，可超而越；鹿卢之剑，可负而拔。'王于是奋袖超屏风走之。

这个描述纯是小说家的笔法，绘声绘色，极富戏剧性，却乖于情理。试想，以当时千钧一发、你死我活的紧张情形，怎会有听琴一景？荆轲纵然豪迈不羁，此时又怎不会识破秦王听琴等救兵之诡计？相比而言，还是《史记·刺客列传》的描写更合情合理一些："因左手把秦王之袖，而右手持匕首揕之。未至身，秦王惊，自引而起，袖绝。拔剑，剑长，操其室。时惶急，剑坚，故不可立拔。荆轲逐秦王，秦王环柱而走。……不知所为，左右乃曰：'王负剑！'负剑，遂拔以击荆轲。"可见，《罗縠单衣歌》应该是后人伪托，并非当时之作。

二、《炭廖歌》原型略辨

以上"秦声"中，《炭廖歌》篇幅最长，流传也最广，很多典籍均有记载。《乐府诗集》卷六十引《风俗通》云：

> 百里奚为秦相，堂上乐作，所赁浣妇自言知音，因援琴抚弦

---

① [清]杜文澜：《古谣谚·序》，上海古籍出版社，1958年1月第1版，第1页。

而歌。问之，乃其故妻，还为夫妇也。亦谓之《扊扅》。①

据《史记·秦本纪》，百里奚是穆公以五羖羊皮赎之于楚而得用于秦的人才。《扊扅歌》提到了"五羊皮"、"五羖皮"和"西入秦"等，因此这首歌谣是有史可据的。但是，百里奚抛弃发妻之事则不见于载籍。《史记·商君列传》记："五羖大夫死，秦国男女流涕，童子不歌谣，舂者不相杵。"可见，秦国人民对百里奚爱戴至深。倘若百里奚真的曾抛弃糟糠之妻，大德有亏如此，秦人应该不会对他这般敬仰。由此看来，正如很多民间歌谣一样，《扊扅歌》也是历史与想象的混杂的产物。

从形态上看，《扊扅歌》是一首怨谣，以百里奚妻子的口吻歌唱。写当初百里奚入秦时，妻子焚烧门闩，烹杀母鸡为他践行，对他可谓恩情深重，可是百里奚发迹后，竟然把妻子给忘了，由此引发其妻的怨恨。这支歌谣共有三章，或以为系用《诗》复沓之法，重章叠唱，发抒怨情。然而，细审谣辞，三章意绪虽类同，表述却有别。首章文字简洁，以三言为主，唯有最后一句为七言，且首句"百里奚，五羊皮"在逻辑和意思上均不甚明了——是指用五张羊皮赎回百里奚？抑或是说他与妻子初识时，穷得仅有五张羊皮的家当？第二章在文字运用上与首章完全相反——后三句为七言，只有第一句是三言。同时，在"五羊皮"之前加上"初娶我时"四字，比起第一章，意思更显豁，暗示百里奚初娶自己时很窘迫，但自己依然与他结婚。第三章又变成三言为主的歌谣形式，内容却发生了很大变化。其中，最显著的改动就是加入了百里奚母亲去世并草草归葬这个故事。另外，后半段还增添了"舂黄黎"这个细节；而"西入秦，五羖皮"云云，则是直接借用了史籍之语，与前两章又不同；又于最后一句改前两章的"忘"为"捐"。由此可见，这首歌谣不仅在句法形式上前后不统一，而且在内容上有渐次增益的变动。如果是歌者用《诗》之复沓之法而作的话，相信不会如此错乱。一个可资反证的例子是冯梦龙编著的《东周列国志》第二十六回"歌扊扅百里认妻，获陈宝穆公证梦"中改编的《扊

---

① ［南朝宋］郭茂倩编撰、聂世美等校点：《乐府诗集》卷60，上海古籍出版社，1998年11月第1版，第674页。

庌歌》：

> 百里奚，五羊皮！忆别时，烹伏雌，舂黄齑，炊扊扅。今日富贵忘我为？
>
> 百里奚，五羊皮！父粱肉，子啼饥；夫文绣，妻浣衣。嗟乎！富贵忘我为？
>
> 百里奚，五羊皮！昔之日，君行而我啼；今之日，君坐而我离。嗟乎！富贵忘我为？①

这首歌也是三章。首章叙妻子在百里奚行前的用心践行，次章以对比之法诉说百里奚之富贵安乐与妻、子的困窘辛劳，末章依然用对比之法斥责百里奚的负心，情感上也更强烈。可见此一《扊扅歌》文法整饬，叙事各有侧重，情感表达也有层次。相比之下，《乐府诗集》所载之《扊扅歌》只是未尽雕琢的三谣联缀而已。《颜氏家训·书证》引《古乐府》歌百里奚词云："百里奚，五羊皮。忆别时，烹伏雌，吹扊扅（按："吹"当作"炊"）。今日富贵忘我为！"②只有一章。元代梁益《诗传旁通》卷四云："百里奚其《琴歌》三篇。其一曰：……其二曰：……其三曰：……。百里奚，虞人，为琴大夫，其妻寄之如此。"③梁益所录《扊扅歌》原文与《乐府诗集》完全相同，但他说是"三篇"而非"三章"。所以，《扊扅歌》最初可能只有一章，《乐府诗集》所载之三章很可能是同一首三章歌谣在不同时期的传唱版本，后人有意无意地将其编纂在一起而成为一首歌谣。

所以，目前所见的《扊扅歌》已非原貌。林剑鸣先生说："流传至今的这支歌，肯定是经过了后人加工、润色了的。不过，无论如何加工，总脱不出其最初的原型。这首歌词不仅语言朴实感人，而且内容较其他歌词生动得多，甚至还包括了一些情节，近乎一篇曲折的故事。"④这个推断应该是合理的。遗憾的是，由于相关资料阙如，诸如

---

① ［明］冯梦龙编著：《东周列国志》，齐鲁书社，2005年9月第1版，第197页。
② ［北齐］颜之推撰 王利器集解：《颜氏家训集解》卷6，上海古籍出版社，1980年7月第1版，第434页。
③ ［元］梁益：《诗传旁通》，载吴文治《辽金元诗话全编》，凤凰出版社，2006年12月第1版，第2112页。
④ 林剑鸣：《秦史稿》，上海人民出版社，1981年2月第1版，第90~91页。

"百里奚，初娶我时五羊皮"、"母已死，葬南溪，坟以瓦，覆以柴"等描述的时地、情境，今日之读者已完全无从窥知，自然也无法判明三章中哪一章本是或最接近其原型。无论如何，就文辞言，《扊扅歌》虽质而不采，却素朴易解，不失古风之调；就情感言，《扊扅歌》多含气怵词，若七情俱遭，念之悲怅不已；就主旨言，《扊扅歌》乃弃妇兴怀，颇类《氓》诗之意，似可相互参读。

第二节　《口赋谣》、《樗里谚》、《惠文王谚》的历史价值

一、《口赋谣》、《樗里谚》的历史背景

《口赋谣》是一首人民怨恨苛税的歌谣。一般地，民谣按其内容和功用可分为风谣和谶谣两大类。风谣是指反映风土民情的歌谣；谶谣则是指"把谶的神秘性、寓言性与谣的通俗性、流行性结合起来的一种具有预言性的神秘歌谣"。① 它们又各有正面和反面两个向度，即颂谣、佳谶和怨谣、哀谶。② 据此可见《口赋谣》属怨谣。《礼记·乐记》云：

> 凡音者，生人心者也。情动于中，故形于声，声成文谓之音。是故治世之音安以乐，其政和；乱世之音怨以怒，其政乖；亡国之音哀以思，其民困。声音之道，与政通矣。③

民谣是劳动大众对社会现实最朴素的一种表达方式，也是其内心情感最直接的流露途径，怨谣则反映了"怨以怒"的社会情绪和心理状态，它们与时代政治的关系尤为密切。《史记》载，孝公十四年，秦国"初为赋"，也就开始征收人头税。《汉书·食货志》云：

> 秦则不然，用商鞅之法，……又加月为更卒，已，复为正，一岁屯戍，一岁力役，三十倍于古；田租口赋，盐铁之利，二十倍于古。或耕豪民之田，见税什五。故贫民常衣牛马之衣，而食

---

① 谢贵安：《中国谶谣文化研究》，海南出版社，1998年2月第1版，第5页。
② 可参吕肖奂《古代民谣的怨刺艺术》，《江西社会科学》，2004年第2期。
③ 《礼记正义》，第1527页。

犬豕之食。①

据此，秦孝公施行商鞅之法，征收人头税，使普通百姓的负担比从前重了二十倍。当时的赋税除了征收数量倍增之外，征收时间之长也令人难以想象。《口赋谣》所谓"渭水不洗口赋起"，是说小童尚未长大到能去渭水边洗沐嬉戏的年纪就要被征收人头税了。如此沉重而漫长的赋税压力，民众自然不堪忍受。不过，《口赋谣》本身更多的只是在描述情况，并未显露出明显的愤激情绪。

《樗里谚》载《史记·樗里子甘茂列传》，是一首颂谣，赞扬的战国时代秦国的两位功臣任鄙和樗里疾。综合《史记·秦本纪》、《白起王翦列传》和《六国年表》可知，任鄙以力大闻名，为秦武王所重，秦昭王十三年任汉中守，有战功，卒于秦昭王十九年（前288年）。樗里疾是秦惠文王的异母弟。秦国在用人制度上与周室不同，不以与王室的亲疏远近为首要准则，而重能任贤，所以在历史上，秦国公室贵族的身影寥寥无几，其贡献与作用也比较小，但樗里疾却是一个例外。他足智多谋，身历惠文王、武王、昭王三代，在秦国的内政外交和兼并战争中都发挥过巨大作用。《史记·太史公自序》云："秦所以东攘雄诸侯，樗里、甘茂之策。"《樗里子甘茂列传》论赞又云："樗里子以骨肉重，固其理，而秦人称其智，故颇采焉。"可见，樗里疾在当时深受秦国民众爱戴，其运筹帷幄对后来秦人的统一大业贡献良多，故被誉为"智囊"。樗里疾卒于秦昭王七年（前272年）。所以，《樗里谚》应该是流行于秦昭王时代的一首民间歌谣。从这首"秦声"也见出在战国兼并斗争中，人们对于人才的重视与期待。不过，就其价值深度言，它要逊于稍早出现的《惠文王谚》。

二、《惠文王谚》的认知价值

《惠文王谚》出现在惠文王时代，属于谶谣，最早见载于《史记·秦始皇本纪》附录之秦历代国君嗣立丧葬表。其文曰："惠文王生十九年而立。立二年，初行钱。有新生儿曰'秦且王'。"刚刚出生的黄口小儿竟然能开口说话，并且预言秦君将称王。就像类似的谶谣一样，

---

① 《汉书》，第1137页。

如此荒诞不经的所谓民谣自然是人为编造出来的政治舆论。

据《秦本纪》，秦孝公卒后，十九岁的嬴驷即位，称"惠文君"。他即位时，列国纷争不息，诸侯蠢蠢欲动，皆欲抛弃西周封爵，自称王号以图谋天下。果然，到了惠文君四年（前334年），"齐、魏为王"。这一年，魏惠王在徐州（今山东滕州）朝见齐威王，并尊其王号，而齐威王亦承认魏惠王之称。此即战国历史上著名的"徐州相王"事件。齐魏"相王"事件对野心勃勃的惠文君不可谓不是一个刺激，但当时称王的时机似不成熟。因为就在这一年，周天子使人至秦"致文武胙"，将祭祀周文王、周武王的祭肉赏赐给惠文君，这当然是意在拉拢秦国。而在此前的三年，周天子及诸侯年年有"礼"："惠文君元年，楚、韩、赵、蜀人来朝。二年，天子贺。三年，王冠。"更何况，嬴驷即位未久，年甫弱冠，在这种情况下贸然称王，定然会激起周王室和诸侯的反对，风险较大，只好作罢。但是，这并不妨碍惠文君早作打算，发起舆论攻势，为自己称王铺垫。所以，在即位的第二年，惠文君就一方面厉行经济改革，"初行钱"，即禁止私铸货币，改由国家统一铸造，以增强国家经济实力；另一方面，他加紧宣传、聚集民意，借新生儿之口制造天命的假象，夯实将来称王的社会基础。

此后十年，秦国东征西讨，势力日大，嬴驷君位稳定，威望日增，称王水到渠成。惠文君十年（前325年）的五月，魏惠王在巫沙（今河南荥阳）会见韩威侯，并尊其为王。嬴驷可能事先得到了消息，随即在当年四月就改"君"为"王"，并以第二年即惠文君十四年为惠文王元年，从而成为秦国历史上第一位称王的君主。也就是在这一年，赵国的继任国君亦开始称王，即赵武灵王。两年后的公元前323年，早已即位的燕国国君正式称王，是为燕易王。至此，加上早在春秋时代就已公开称王的楚国，战国七雄皆称王。在西周封建体制下，"王"是周天子的专属称谓，是天下共主的至高标志，邦国的诸侯是没有资格称王的。如今，原先的诸侯纷纷称王，其统治区域由邦国而一变为王国，周天子的最高政治领袖地位彻底丧失，圣文圣武肇造的维清缉熙的西周威仪从此堕入谷底，万劫不复。

总之，"新生儿曰'秦且王'"的所谓天命，其实是秦国统治者在各国纷纷准备称王的情势下造作的舆论之一，为了惠文君将来称王做宣传和铺垫。《惠文王谚》虽然只有寥寥三字，却映现了数百年的东周历史的新变局，其价值当不可小觑。

宋人周文璞有诗云："虫蛀黄连彻夜焚，秦谣楚诵少人闻。游前欲问新宫信，鹤带灵芝入暮云。"①秦谣少人闻问的原因之一是其数量极少，且真伪难辨，但这并不意味着它们一无是处。从上文的述论看，目前可见的"秦声"，有的是初有其形而后人增益之，如《炭廖歌》；有的全是后人伪托，如《罗縠单衣歌》；有的则较可信，如《口赋谣》、《樗里谚》和《惠文王谚》。就存在形态来说，"秦声"具有多样化的特质，这与秦代的民间歌谣完全不同。现今流传下来的秦代民谣《泗上谣》、《长水童谣》、《一句童谣》、《甘泉歌》、《长城歌》、《秦世谣》、《大楚谣》等等，无一例外，全是怨谣或哀谶，而东周秦谣中的怨谣只有《炭廖歌》、《口赋谣》两首。哀谶之谣反映的是"怨以怒"的社会情绪和心理状态，以哀怨、讥刺和诅咒为情感基调的秦代诸谣应该与秦王朝繁法严刑、使民酷烈的政治文化有直接的关系。"秦声"在情感表达上则平和很多，即使是《口赋谣》和《炭廖歌》，其怨情也显得较克制。《樗里谚》流露出赞赏和钦服，它和《惠文王谚》具有重要的历史认知价值。《炭廖歌》则从个体角度反映了具有一种具有普遍性的人生经验，又可与文学史上的一种常见题材相呼应。当然，不可否认的是，仅据现有资料的数量和质量，我们尚不足以窥探"秦声"的总体面貌，更不能对其在秦国民间文学甚至整个秦国文学中的价值和地位作出全面评价。但是，睡虎地木牍家书和秦简《日书》等具有强烈"民间色彩"的文献的出土在很大程度上弥补了这个缺憾。

---

① [宋]周文璞：《方泉诗集·山行行歌十首（之四）》，影印文渊阁四库全书本，台湾商务印书馆，1983年版，第1175册，第8页。

第十二章 《吕氏春秋》的文艺思想与寓言成就

第一节 《吕氏春秋》的文艺观

一、文艺起源观

《吕氏春秋》论文艺多从"乐"始。《大乐》曰：

> 音乐之所由来者远矣。生于度量，本于太一。①

"太一"谓何？同篇解释说："道也者，至精也，不可为形，不可为名，强为之，谓之太一。"就是说，"太一"即是"道"，而音乐本于"道"。

"道"是先秦老庄哲学的基本范畴，《老子》所谓"道生一，一生二，二生三，三生万物"是也。《吕氏春秋》将音乐的起源追溯到"道"，在哲学本体上明显是继承了先秦道家的文艺起源观。"度量"谓何？《周礼·夏官·合方氏》云："同其数器，壹其度量。"郑玄注："尺丈釜锺不得有大小。"② 《文子·自然》曰："道，至大者无度量。"③《墨子·明鬼下》谓："是何珪璧之不满度量、酒醴粢盛之不净洁也？"④ 可见，"度量"一词在先秦多是指事物的大小、长短等数量特征和规格。在《大乐》篇中，它指具有一定长度等外在特征的律管。这就是说，音乐虽然本源于"道"，但它的产生仍有待于特定的物质载体。这就把文艺起源从形而上的哲学思辨引导到形而下的实践层面。《古乐》篇集中地展示了这一观念。

---

① 《吕氏春秋》，第137页。
② 《周礼注疏》，第864页。
③ [战国]文子著、李定生校释：《文子校释》，上海古籍出版社，2004年3月第1版，第306页。
④ 墨翟：《墨子》，上海古籍出版社，1989年3月第1版，第60页。

昔古朱襄氏之治天下也，多风而阳气畜积，万物散解，果实不成，故士达作为五弦瑟，以来阴气，以定群生。

　　昔陶唐氏之始，阴多，滞伏而湛积，水道壅塞，不行其原，民气郁阏而滞著，筋骨瑟缩不达，故作为舞以宣导之。

　　昔葛天氏之乐，三人操牛尾，投足以歌八阕：一曰载民，二曰玄鸟，三曰遂草木，四曰奋五谷，五曰敬天常，六曰达帝功，七曰依地德，八曰总万物之极。

　　帝尧立，乃命质为乐。质乃效山林溪谷之音以歌……

　　汤于是率六州以讨桀罪。功名大成，黔首安宁。汤乃命伊尹作为《大护》，歌《晨露》，修《九招》、《六列》，以见其善。

以上各条或言音乐起源于调和天地阴阳之气，或言艺术来自先民的日常宗教仪式，或言乐曲模仿自然之音，或言诗乐因应社会变革而生。一言以蔽之，即谓文艺源于人类认识自然和改造社会的实践运动。《古乐》篇结尾更言："乐之所由来者尚矣，非独为一世之所造也。"指明音乐的发生、发展是一个渐进的过程，是随社会历史车轮的前行而演进的。

古今中外的文艺起源观，影响较大的有"摹仿说"、"情感说"、"劳动说"、"游戏说"、"巫术说"等。这些学说都企图从"一元性力量"方面来进行解释文艺的产生。但《吕氏春秋》却不是这样。它既认为文艺与人类"组织化的生活"密切相关，因而从政治变革、族群生活等方面来认识其来源问题，同时又注意到个体生命触觉之于文艺的重要性，从而将文艺起源与个体的审美需要联系起来。《古乐》篇云："帝颛顼生自若水，实处空桑，乃登为帝。惟天之合，正风乃行，其音若熙熙凄凄锵锵。帝颛顼好其音，乃令飞龙作，效八风之音，命之曰承云，以祭上帝。"所以，《吕氏春秋》的文艺起源思想是以"道"为哲学基础的"多元起源观"。它源于先秦道家，同时又兼综先秦诸子乐论，故而更具体、也显得更符合实际，体现对道家文艺观的继承和超越。

　　二、文艺功用观

　　周人冲决殷商巫鬼文化的迷幛，创造了以道德为核心的礼乐文化，将音乐提高到国家政治生活的高度，并以音乐为和合万物的工具。《周礼·春官·大宗伯》曰："以礼乐合天地之化，百物之产，以事鬼神，以谐万民，以致百物。"① 先秦儒者继承发挥了这些思想，并发展出以致用于社会政治为目的的儒家功利文艺观。

孔子认为文艺是社会治乱的晴雨表。《论语·季氏》曰："天下有道，则礼乐征伐自天子出；天下无道，则礼乐征伐自诸侯出。"又，《论语·阳货》云："小子！何莫学夫诗？诗：可以兴，可以观，可以群，可以怨；迩之事父，远之事君；多识于鸟、兽、草、木之名。"② 就是说，文学作品一方面可以陶冶情操，启发思维（兴、群）；另一方面则可以从中窥见社会风貌和政治得失（观、怨）。这在《吕氏春秋》就表现为审音知政。《音初》曰：

> 是故闻其声而知其风，察其风而知其志，观其志而知其德。盛衰、贤不肖、君子小人皆形于乐，不可隐匿。故曰：乐之为观也，深矣。

又，《适音》云：

> 故治世之音安以乐，其政平也；乱世之音怨以怒，其政乖也；亡国之音悲以哀，其政险也。凡音乐，通乎政而移风平俗者也。俗定而音乐化之矣。故有道之世，观其音而知其俗矣，观其政而知其主矣。

这段话与《礼记·乐记》中的一段话几乎一模一样，二者显然有密切的联系，也足见《吕氏春秋》在文艺的社会认识论上与儒家的共同处。审音知政的观念的一个自然推论就是音乐可以为现实政治服务，具体表现就是引导人心，教化百姓。这也是儒家文艺观的一个最重要方面。荀子比较系统而集中地阐述了文艺的社会教化功用，其《乐论》云：

> 乐者，圣人之所乐也，而可以善民心，其感人深，其移风易俗，故先王导之以礼乐而民和睦。

---

① 《周礼注疏》，第 763 页。
② ［清］刘宝楠：《论语正义》，中华书局，1990 年 3 月第 1 版，第 651、689 页。

先王恶其乱也，故制《雅》、《颂》之声以道之，使其声足以乐而不流，使其文足以辨而不諰，使其曲直、繁省、廉肉、节奏足以感动人之善心，使夫邪污之气无由得接焉。……乐在宗庙之中，君臣上下同听之，则莫不和敬；闺门之内，父子兄弟同听之，则莫不和亲；乡里族长之中，长少同听之，则莫不和顺。故乐者审一以定和者也，比物以饰节者也，合奏以成文者也，足以率一道，足以治万变。①

荀子指出，"乐"可以和睦上下，移风易俗，所以先王以"乐"作为平治天下的要道；君主善于用乐则天下治，反之则家国乱。《吕氏春秋·适音》也说："故先王必托于音乐以论其教。清庙之瑟，朱弦而疏越，一唱而三叹，有进乎音者矣。大飨之礼，上玄尊而俎生鱼，大羹不和，有进乎味者也。故先王之制礼乐也，非特以欢耳目、极口腹之欲也，将以教民平好恶、行理义也。"可见，《吕氏春秋》注意到了文艺观与现实政治关系的密切性，强调文艺的社会教化作用。在这方面，它基本上继承了先秦儒家的功利文艺观。

三、审美论

1. 审美理想

道家尚自然，更以自然、素朴为天下之至美。《庄子》言"天地有大美而不言"。所谓"大美"即是素朴之美："朴素而天下莫能与之争美"；"同乎无欲，是谓素朴"；"素也者，谓其无所与杂也；纯也者，谓其不亏其神也。能体纯素，谓之真人"。《渔父》篇又说："真者，所以受于天，自然不可易也。"② 可见，所谓的自然素朴之美来自顺应本真，不加雕饰。《吕氏春秋》也强调顺安天性，恪守自然。《贵当》云："性者，万物之本也，不可长，不可短，因其固然而然之，此天地之数也。"万物自有其天性，自然不可易也，所以为人观世必须"复归于朴"，是谓"得一"，即得"道"。在"自然"之外，吕书也表达了对"和"的尊崇。

"和"是中国传统文化中的一个经典概念，也是中国古人的一种审

---

① 《荀子集解》，第381页。

② 《庄子集解》，第186、114、83、134、276页。

美理想和追求。《尚书·舜典》曰："诗言志，歌永言，声依永，律和声，八音克谐，无相夺伦，神人以和。"① 以天人和合为最高的美学追求。"和"最初用来表示听觉、味觉等方面的适度感。渐渐地，它被提升到伦理的高度，从个体生命的愉悦感受扩展为群体生存的和顺愿望，如人际亲和，政治清和等。《国语·周语》记乐官州鸠言："夫政象乐，乐从和，和从平。声以和乐，律以平声。……夫有平和之声，则有番殖之财。于是乎道之以中德，咏之以中音，德音不愆，以合神人，神是以宁，民是以听。"② 老庄虽然没有将文艺与"和"直接勾连起来，但"和"却是其自然之道的内在要求。《老子》说"万物负阴抱阳，冲气以为和"，说的是天下事物运动变化最终达到和谐的境界。儒家最重文艺的和谐之美。《左襄二十九年》记吴公子季札至鲁观乐评《颂》曰：

> 至矣哉！直而不倨，曲而不屈，迩而不逼，远而不携，迁而不淫，复而不厌，哀而不愁，乐而不荒，用而不匮，广而不宣，施而不费，取而不贪，处而不底，行而不流，五声和，八风平，节有度，守有序，盛德之所同也。③

这和孔子说《关雎》"乐而不淫，哀而不伤"是一致的。对儒家来说，中和之美是其"中庸"的道德伦理哲学在文艺方面的内在要求。荀子也注意中和之美。《荀子·劝学》篇曰"乐之中和也"，《儒效》篇有类似的话"乐言是，其和也"，《乐论》篇讲得更详尽："乐者，审一以定和者也"、"故乐者，天下之大齐也，中和之纪也，人情之所必不免也"、"乐也者，和之不可变者也；礼也者，理之不可易者也。乐和同，礼别异"。不过，荀子论中和之美是在"道"的前提下进行的，其着眼点在现实政治。总之，先秦道、儒两家尽管在价值观念等方面截然不同，但在美学观上却有交集，那就是"和"。《吕氏春秋》基于阴阳和合变化生万物的哲学认识也认同"和"，更创造性地提出

---

① 《尚书正义》，第131页。
② [清] 韦昭注：《国语》，影印商务印书馆1934年本，上海书店，1987年1月第1版，第43~44页。
③ 《春秋左传注》，第1164页。

"适"的概念来表达这一思想。

《大乐》篇谓:"声出于和,和出于适。"《适音》篇对"适"作了详细阐述:

> 夫音亦有适:太巨则志荡,以荡听巨则耳不容,不容则横塞,横塞则振;太小则志嫌,以嫌听小则耳不充,不充则不詹,不詹则窕;太清则志危,以危听清则耳溪极,溪极则不鉴,不鉴则竭;太浊则志下,以下听浊则耳不收,不收则不抟,不抟则怒。故太巨、太小、太清、太浊,皆非适也。何谓适?衷,音之适也。何谓衷?大不出钧,重不过石,小大轻重之衷也。黄钟之宫,音之本也,清浊之衷也。衷也者,适也。以适听适则和矣。乐无太,平和者是也。

"适",就是适中恰当。之所以用"适",是因为先秦儒家所讲之"和",多有"以上和下"的意味,道德和政治伦理色彩较浓,而"适"更重视音乐本身的特性。"和出于适",就是说唯有适度才能和谐,这样的理解显然更符合音乐的产生过程,也体现了论者的辩证思维。另一方面,从现实来说,有不少君主片面地以"巨"、"大"美,认为这才是音乐,殊不知这恰恰迷失了音乐的本性。《侈乐》说:"侈则侈矣,自有道者观之,则失乐之情。失乐之情,其乐不乐。乐不乐者,其民必怨,其生必伤。"乐的前提是适度,侈乐非但不乐,反而会刺激百姓。如果不能以乐来和合万民,音乐也就失去了它的意义。可见《吕氏春秋》的"和适"美学理想既有历史继承,又有现实意义,更符合艺术规律。

2. 审美心理

"虚静"是先秦时代的一个重要哲学概念。从认识论范畴言,它是指以一种神秘的感受性的原则和方法来感知世界;从心理学范畴言,它是指主体通过一种特殊的精神状态来体悟客体。老子首倡虚静,提出"致虚极,守静笃",主张无执无为,使心灵虚静空明。这既是一种追求精神自由的路径,也是一种养身之道。稷下学者发挥了后者,主张以虚静养精神,使心"无藏""无求""无设""无虑""无为",从而获得良好的精神状态和身心健康。韩非也讲"虚静无为,道之情也"。庄子从理论和寓言故事两方面对"虚静"作了阐述。《天道》

篇曰：

> 夫虚静恬淡、寂漠无为者，天地之平而道德之至也，故帝王圣人休焉。休则虚，虚则实，实则伦矣。虚则静，静则动，动则得矣。静则无为，无为也，则任事者责矣。无为则俞俞。俞俞者忧患不能处，年寿长矣。夫虚静恬淡、寂漠无为者，万物之本也。

"虚"即"心斋"。《人间世》篇曰："气也者，虚而待物者也。唯道集虚。虚者，心斋也"；"静"，就是《达生》篇所说的"用志不分，乃凝于神"的状态。合而言之，"虚静"就是排除万物干扰，使内心空明宁静，从而达到"天地与我为一，万物与我并生"的"物化"境界。这既是哲学上的体道方式，也是文艺创作主体应持有的一种审美态度。就是说，创作主体应当排除外界干扰，抛弃功利态度，全神贯注于社会生活，对其作审美观照，从而创造出文艺作品，如"庖丁解牛"、"佝偻者承蜩"那样。《吕氏春秋》也从养生方面阐述了"虚静"的重要性。《有度》曰：

> 贵富显严名利，六者悖意者也。容动色理气意，六者缪心者也。恶欲喜怒哀乐，六者累德者也。智能去就取舍，六者塞道者也。此四六者不荡乎胸中则正。正则静，静则清明，清明则虚，虚则无为而无不为也。

但吕书提出的更重要的审美心理是"心适"。《适音》：

> 耳之情欲声，心不乐，五音在前弗听；目之情欲色，心弗乐，五色在前弗视；鼻之情欲芬香，心弗乐，芬香在前弗嗅；口之情欲滋味，心弗乐，五味在前弗食。欲之者，耳目鼻口也；乐之弗乐者，心也。心必和平然后乐。心必乐，然后耳目鼻口有以欲之。故乐之务在于和心，和心在于行适。夫乐有适，心亦有适。

"心适"即谓恰当的主体精神状态，它是审美活动的重要前提。究竟如何达到"心适"呢？"适心之务在于胜理"，"胜理"即"任理"，也就是要依循事物的情理和自身规律，循序渐进，不要勉力强行，追求不能达到的目标。此其一。其次，要"善养"。《孝行》："养有五道：修宫室、安床第、节饮食，养体之道也；树五色，施五采，列文章，养目之道也；正六律，和五声，杂八音，养耳之道也；熟五谷，烹六畜，和煎调，养口之道也；和颜色，说言语，敬进退，养志之道也。此五者，代进而厚用之，可谓善养矣。"也就是要保持健康的身心，这样才有能力和物质基础去享受快乐。换言之，审美心理和能力的获得也有赖于后天的培养。所以，"以适听适"即是指要依循合适的主体精神状态去听合适的音乐，才能做到主、客契合，从而获得快乐。

庄子倡言"游心于万仞"，以获得主体精神的绝对自由。荀子指出："心者，形之君也，而神明之主也"，强调了"心"与主体精神的内在联系。但他们均未将有意识地把它们与什么活动联系起来。而《吕氏春秋》则在先秦文论史上首次将"心"与艺术审美结合在一起，提出"心适"，以指明审美主体的精神状态对艺术欣赏的重要性。

四、言意观

言意观是先秦文论中的一个重要命题。《易·系辞上》："子曰'书不尽言，言不尽意'，然则是圣人之意其不可见乎？子曰：'圣人立象以尽意，设卦以尽情伪，系辞焉以尽其言。'"[1] 这是说，言可以达意，但不能尽指其意；而通过"立象""设卦""系辞"等形象化的方式还是可以"尽意"的。"象"较之一般的"言"能给人以更大的想象空间。老庄哲学最高范畴"道"是无形无象、不可道不可名的："道，可道，非常道；名，可名，非常名"；"道不可言，言而非也。"就是说，"言不尽意"是老庄哲学的内在必然。《庄子·天道》篇明确地说："语之所贵者，意也，意有所随。意之所随着，不可以言传也。"庄子认为语言贵在意义，而意有所随，即言外之意，这是语言无法传达的。轮扁根据自己的经验，体悟到斫轮的规律，得于心而应于手，但却无法告诉自己的儿子，这就像古人无法在书中真正传达自己的思想一样。要理解"道"的真谛需用心去体悟，以此来反观言与意，就

---

[1] ［魏］王弼注、［唐］孔颖达等正义：《周易正义》，上海古籍出版社，1997年7月第1版，第82页。

是要"得意忘言"。《外物》篇：

> 筌者所以在鱼，得鱼而忘筌；蹄者所以在兔，得兔而忘蹄；言者所以在意，得意而忘言。

筌、蹄是工具，鱼、兔才是目的，同理，意是目的，言只是手段而已。墨子提出"以辞抒意"，肯定"执所言而意得见"、"信，言合于意也"①，强调言、意的一致性。《荀子·正名》说："辞也者，兼异实之名以论一意也"，认为辞是论意的。这些都体现了先秦时期人们对语言和思维关系的思考。语言是思维的物质外壳，是交流思想的工具。一般的，抽象的名言不能把握具体的事物；有限的概念不能表达无限。语言很难表达我们心中的微妙意思，有限的语言无法、穷尽无限的意思。《吕氏春秋》对言、意及其关系作出了新的诠释。《离谓》云：

> 言者以谕意也。言意相离，凶也。
> 夫辞者，意之表也。鉴其表而弃其意，悖。故古之人，得其意则舍其言矣。听言者以言观意也，听言而意不可知，其与桥言无择。

又《精谕》曰：

> 知谓则不以言矣。言者谓之属也。求鱼者濡，争兽者趋，非乐之也。故至言去言。

又，《淫辞》谓：

> 非辞无以相期，从辞则乱。乱辞之中又有辞焉，心之谓也。言不欺心，则近之矣。凡言者以谕心也。言心相离，而上无以参之，则下多所言非所行也，所行非所言也。言行相诡，不祥莫大焉。

言是用来表达意的，这与前人是一致的，此其一；其次，言、意有主次之分，意重于言；复次，"至言去言"，即表达思想的最高境界

---

① 墨翟：《墨子》，上海古籍出版社，1989年3月第1版，第91、77、76页。

是抛弃语言，在目的论上这与庄子的"得意忘言"很相似。在《淫辞》篇中吕书又申明"言"对于政治的重要性。可见，《吕氏春秋》强调的是"言"的纯粹工具性。

综上可见，《吕氏春秋》的文艺观基本上是吸收了先秦道、儒两家的相关观念综合而成。中国古代的文艺思想自先秦以来就呈儒、道二家鼎足之势，它们以泾渭分明的价值取向和文化精神支撑起中国古代文论儒、道文化意涵共存的特色。《吕氏春秋》的文艺观是这一特色的有力佐证。但是，《吕氏春秋》兼取儒、道文艺观，绝不是简单的"拿来"，然后合并，而是在继承的基础上有所超越，有所创新，比如对文艺起源的多重论述。倘就量的方面而言，它较多地体现了道家文艺思想，因此可以说吕书的文艺思想是一种"援儒入道"的文艺观。

第二节 《吕氏春秋》中的寓言故事

在《吕氏春秋》的文学研究中，一个不能回避的课题就是其中的寓言。学界多认为该书的寓言是"诸子百家寓言的缩影"，[1] 代表了先秦寓言的高峰成就。不过，对《吕氏春秋》中的寓言具体数量，目前并没有一致的统计结果。刘城淮先生说《吕氏春秋》中的寓言有140篇，[2] 公木称"《吕氏春秋》中的寓言故事有二百多则"，[3] 陈蒲清先生认为"《吕氏春秋》寓言和故事总目"共有283则。[4] 我们注意到，他们对数目的定性描述有明显的差别：或称"寓言"，或云"寓言故事"，或谓"寓言和故事"。这暗示学者们至少在两个问题上有分歧：其一，如何认识寓言这种文体；其二，如何认识《吕氏春秋》中的历史故事。

---

[1] 刘城淮：《探骊得珠：先秦寓言通论》，陕西人民出版社，1992年10月第1版，第163页。

[2] 刘城淮：《探骊得珠：先秦寓言通论》，陕西人民出版社，1992年10月第1版，第298~300页。

[3] 公木：《先秦寓言概论》，齐鲁书社，1984年12月第1版，第155页。

[4] 陈蒲清：《中国古代寓言史》，湖南教育出版社，1983年11月第1版，第70~75页。

刘城淮先生从三个方面来定义寓言："寓言是简练的文艺故事"；"寓言隐寓着深邃的道理；"寓言是作象征性比喻、讽谕的"。① 公木认为，"先秦寓言是赋诗、设譬、谐隐的进一步发展，是比喻的高级形态，是在比譬的基础上经过复杂加工而形成的"。② 陈蒲清先生在《世界寓言通论》一书中对中外寓言的定义作过梳理和检讨，并给出了自己的认识："寓言是另有寄托的故事。"③ 他还指出："寓言必须具备两条基本要素：第一是有故事情节；第二是有比喻寄托，言在此而意在彼。……根据第一条，可以使寓言跟一般比喻相区别，跟托物言志的咏物诗、禽言诗以及其他寄托理想的诗文相区别；根据第二条可以使寓言跟一般故事相区别，一般的故事其意义是从情节本身中显示出来的，没有比喻意义。"④ 这就是说，寓言这种文体有两个核心特质，即故事性和有寓意。我们认为这个描述是可取的。对于《吕氏春秋》中的历史故事，白本松先生曾说：

> 我们既不赞成将作者引用的历史故事看做寓言，也不赞成将以历史人物为角色的寓言看做历史故事，区别它们唯一标准就是看其故事情节是真实的还是虚构的；或者说看其虚构的成分在整个故事中占多大比重，如果其基本情节是真实（历史真实，非艺术真实）的，就应该视为历史故事；如果其基本情节是虚构的，就应该视为寓言。⑤

这个说法有一定的道理，但操作起来却有不小的难度。因为吕书所涉及的历史故事上及传说时代，下讫战国时期，很多史实缈远朦胧不可确考，要区分清楚其中真实与虚构的比重，似乎不太现实。

因此，本书不拟钩稽索隐，分辨《吕氏春秋》所涉历史事件的真伪，而以"寓言故事"作为统称；同时，依据故事性和有寓

---

① 刘城淮：《探骊得珠：先秦寓言通论》，陕西人民出版社，1992年10月第1版，第3、8、13页。
② 公木：《先秦寓言概论》，齐鲁书社，1984年12月第1版，第37、38、39页。
③ 陈蒲清：《世界寓言通论》，湖南教育出版社，1990年9月第1版，第4~12页。
④ 陈蒲清：《中国古代寓言史》，湖南教育出版社，1983年11月第1版，第3页。
⑤ 白本松：《先秦寓言史》，河南大学出版社，2001年08月第1版，第290页。

意两个基本原则来梳理《吕氏春秋》中的寓言故事，仅合两个原则之一的均不计入。比如，《音初》中所记述的孔甲作《破斧》之歌、涂山氏之女作《候人兮猗》之歌、秦穆公作秦音、有娀氏二女作《燕燕往飞》之歌等故事，都有完整的情节，但它们都是用来说明古代各种音调的成因的，并没有任何隐含的寓意，故不计入。另外，对于重复而寓意相同的寓言，只计其一。如《有始览·谕大》和《士容论·务大》均有"燕雀处室"的寓言，但寓意相同，故只算一篇。对于寓言故事的命名，一般是通观全篇，取其意旨，尽量标明所涉人物和事件，少数则径取其首句为篇目。依据以上原则，检视《吕氏春秋》全书，离析出寓言故事共 296 则，其中《十二纪》55 则，《序意》1 则，《八览》164 则，《六论》76 则。详见下表（表5）。

表5　《吕氏春秋》寓言故事统计表

序号	出处		篇目	题材类型			
				诸子故事	历史故事	民间故事	鬼神故事
1	孟春纪	贵公	荆人遗弓	√			
2			齐桓公不听管仲之言		√		
3		去私	祁黄羊荐贤		√		
4			腹䵍杀子	√			
5	仲春纪	贵生	子州支父无暇治天下		√		
6			王子搜不肯为君		√		
7			颜阖辞币		√		
8		当染	墨子悲染丝	√			
9	季春纪	先己	汤问伊尹如何取天下		√		
10			夏后相启修德服有扈		√		
11			孔子释执辔如组	√			
12			孔子见鲁哀公	√			

续表

序号	出处	篇目	题材类型			
			诸子故事	历史故事	民间故事	鬼神故事
13	孟夏纪	劝学	曾参不敢畏	√			
14			颜渊不敢死	√			
15	季夏纪	制乐	成汤退卜		√		
16			周文王不移国		√		
17			宋景公不移祸		√		
18	仲秋纪	爱士	秦缪公遍饮野人		√		
19			赵简子杀白骡		√		
20	季秋纪	顺民	汤祷于桑林		√		
21			文王请除炮烙之刑		√		
22			越王卧薪尝胆		√		
23			齐庄子请攻越		√		
24		知士	静郭君善剂貌辨		√		
25		审己	子列子学射			√	
26			柳下季存国		√		
27			公玉丹媚齐湣王		√		
28			越王不知所以亡		√		
29		精通	钟子期夜闻击磬			√	
30			申喜闻乞人歌			√	
31		异宝	孙叔教戒子无受利地	√			
32			江上丈人不受剑			√	
33			子罕不受玉		√		

续表

序号	出处		篇目	题材类型			
				诸子故事	历史故事	民间故事	鬼神故事
34	孟冬纪	异用	成汤网开三面		√		
35			周文王泽及髊骨		√		
36			孔子问丢	√			
37	仲冬纪	至忠	申公子培劫夺荆庄哀王随兕		√		
38			文挚视齐王疾		√		
39		忠廉	要离刺庆忌		√		
40			弘演报使于卫懿公之肝		√		
41		当务	盗亦有道			√	
42			直躬之信			√	
43			抽刀相啖			√	
44		长见	据法立纣		√		
45			荆文王远申侯伯		√		
46			师旷听钟		√		
47			吕太公和周公旦论治国		√		
48			吴起泣西河		√		
49			魏惠王不用公孙鞅		√		
50	季冬纪	士节	齐有北郭骚者		√		
51		介立	介之推辞赏隐逸		√		
52			爰旌目拒盗之铺			√	
53		诚廉	伯夷叔齐弃生立志		√		
54		不侵	豫让报智伯		√		
55			公孙弘难秦昭王		√		

续表

序号	出处		篇目	题材类型			
				诸子故事	历史故事	民间故事	鬼神故事
56	序意		青荇重节		√		
57	有始览	去尤	意邻窃鈇			√	
58			为甲以组		√		
59			不若吾子			√	
60		谕大	燕雀处室			√	
61	孝行览	孝行	乐正子春伤足		√		
62		本味	伊尹生于空桑		√		
63			高山流水			√	
64			伊尹说汤以至味		√		
65		首时	伍子胥退耕待时		√		
66			田鸠见秦惠王	√			
67		义赏	晋文公赏雍季		√		
68			赵襄子赏高赦		√		
69		长攻	吴王输粟于越		√		
70			楚文王取息蔡		√		
71			赵襄子灭代		√		
72		慎人	公孙枝荐百里奚		√		
73			孔子厄于陈蔡	√			
74		遇合	令女外藏			√	
75			逐臭之夫			√	
76			陈侯丧国		√		
77		必己	庄子行于山中	√			
78			牛缺遇盗			√	
79			孟贲过河			√	

续表

序号	出处	篇目	题材类型			
			诸子故事	历史故事	民间故事	鬼神故事
80		竭池求珠			√	
81		张毅好恭			√	
82		单豹好术			√	
83		孔子马逸	√			
84	慎大	伊尹视夏政		√		
85		武王行德		√		
86		赵襄子攻翟		√		
87	权勋	竖阳谷误司马子反		√		
88		假道灭虢		√		
89		智伯伐仇繇		√		
90		齐王咨赏		√		
91	慎大览	下贤	齐桓公见小臣稷		√		
92			子产见壶丘子林		√		
93			魏文侯好礼士		√		
94			赵盾鯆飱桑下之饿人		√		
95		报更	张仪报德	√			
96			淳于髡全薛		√		
97		顺说	惠盎见宋康王	√			
98			田赞衣补衣见荆王	√			
99			管子讴歌	√			
100		不广	鲍叔傅小白		√		
101			甯越谏孔青归尸于齐		√		
102			晋文公纳周襄王		√		
103			武王伐殷		√		

续表

序号	出处		篇目	题材类型			
				诸子故事	历史故事	民间故事	鬼神故事
104	慎大览	贵因	循表夜涉			√	
105		察今	刻舟求剑			√	
106			引婴投江			√	
107	先识览	先识	向挚之周		√		
108			屠黍归周		√		
109			白圭去中山与齐		√		
110		观世	晏子礼越石父		√		
111			列子辞粟	√			
112		知接	戎人见暴布者			√	
113			桓公不听管仲之言		√		
114		悔过	秦师败于崤		√		
115		乐成	孔子用于鲁	√			
116			子产治郑		√		
117			乐羊攻中山		√		
118			史起治邺		√		
119		察微	子贡赎鲁人	√			
120			子路受牛	√			
121			鸡父之战		√		
123			华元不飨羊斟		√		
124			鲁季氏与郈氏斗鸡		√		
125		去宥	谢子将见秦惠王	√			
126			荆威王学书于沈尹华			√	
127			请薪弗与			√	
128			齐人攫金			√	

续表

序号	出处		篇目	题材类型			
				诸子故事	历史故事	民间故事	鬼神故事
129	先识览	正名	尹文见齐王	√			
130		君守	儿说之弟子解闭			√	
131			郑太师文拜瑟			√	
132		任数	韩昭厘侯视祠庙之豕		√		
133			有司请事于齐桓公		√		
134			颜回攫食煤炱	√			
135		勿躬	管仲用五子		√		
136		知度	赵襄子用胆、胥己		√		
137		慎势	走兔积兔			√	
138			齐简公不听诸御鞅之言		√		
139		执一	楚王问为国于詹子		√		
140			田骈以道术说齐王		√		
141			商文难吴起		√		
142	审应览	审应	孔思请行	√			
143			公子食我饰非遂过		√		
144			田诎对魏昭王		√		
145			公孙龙论偃兵	√			
146			卫嗣君欲重税以聚粟		√		
147			申向说公子沓而战		√		
148		重言	梧叶封弟		√		
149			一鸣惊人		√		
150			东郭牙知伐莒		√		

续表

序号	出处	篇目	题材类型			
			诸子故事	历史故事	民间故事	鬼神故事
151	审应览	海上之人有好蜻者			√	
152		胜书说周公旦		√		
153	精谕	孔子见温伯雪子	√			
154		白公问于孔子	√			
155		齐桓公舍卫		√		
156		苌弘知晋襄公欲伐周		√		
157		邓析难子产		√		
158		郑之富人有溺者			√	
159	离谓	子产杀邓析		√		
160		固不殉死			√	
161		淳于髡说魏王		√		
162		秦赵相约		√		
163		孔穿与公孙龙辩藏三牙	√			
164	淫辞	庄伯决任者无罪		√		
165		澄子亡缁衣			√	
166		唐鞅对宋王		√		
167		惠子为魏惠王为法	√			
168		惠子不受禅	√			
169	不屈	匡章谓惠子于魏王	√			
170		白圭新与惠子相	√			

续表

序号	出处		篇目	题材类型			
				诸子故事	历史故事	民间故事	鬼神故事
171		应言	白圭谓魏王		√		
172			公孙龙说燕昭王以偃兵	√			
173			司马喜难非攻		√		
174			魏王令孟卬割地与秦		√		
175			魏敬止魏王入秦		√		
176		具备	宓子贱治亶父		√		
177	离俗览	离俗	舜让天下于其友		√		
178			汤让天下于卞随、务光		√		
179			平阿之余子亡戟得矛			√	
180			宾卑聚梦鬼				√
181		高义	孔子辞禄	√			
182			墨子辞封	√			
183			子囊请死		√		
184			石渚伏法免父		√		
185		上德	舜行德服三苗		√		
186			晋文公释被瞻		√		
187			孟胜善阳城君		√		
189		用民	宋人威马			√	
190		适威	李克论吴之亡		√		
191			东野稷败马		√		
192		为欲	晋文公伐原		√		
193		贵信	曹翙劫盟		√		
194		举难	魏文侯相季成		√		
195			宁戚饭牛			√	

续表

序号	出处		篇目	题材类型			
				诸子故事	历史故事	民间故事	鬼神故事
196	恃君览	恃君	豫让报智伯		√		
197			柱厉叔事莒敖公		√		
198		长利	伯成子高辞诸侯		√		
199			辛宽非难周公		√		
200			戎夷夜宿	√			
201		知分	次非刺蛟			√	
202			禹南省遇黄龙				√
203			晏子与崔杼盟		√		
204			白圭问于夏后启		√		
205		召类	司城子罕折冲乎千里之外		√		
206			赵简子按兵不动		√		
207		达郁	召公谏弭谤		√		
208			管仲觞桓公		√		
209			列精子高以士为镜			√	
210			尹铎对赵简子		√		
211		行论	鲧怒尧以天下让舜		√		
212			文王事纣		√		
213			燕王忍忿		√		
214			宋昭公杀使致祸		√		
215		骄恣	晋厉公好听谗人		√		
216			魏武侯自伐		√		
217			齐宣王为大室		√		
218			赵简子沈鸾徼于河		√		
219		观表	邱成子观谷臣		√		
220			吴起泣西河		√		

续表

序号	出处		篇目	题材类型			
				诸子故事	历史故事	民间故事	鬼神故事
221	开春论	开春	惠公谏更魏惠王葬期		√		
222			封人子高善说	√			
223			祈奚救叔向		√		
224		察贤	宓子贱治单父		√		
225		期贤	赵简子昼居		√		
226			魏文侯礼遇段干木		√		
227			太王亶父徙岐		√		
228		审为	子华子说昭厘侯	√			
229			詹子说中山公子牟	√			
230		爱类	墨子止楚攻宋	√			
231			匡章谓惠子	√			
232		贵卒	吴起插矢于王尸		√		
233			小白入齐		√		
234			伶悝佯死		√		
235			吾丘鸠多力		√		
236	慎行论	慎行	费无忌害太子建		√		
237			庆封行恶		√		
238		无义	公孙鞅诈取公子卬		√		
239			赵急求李欬		√		
240		疑似	褒姒击鼓戏诸侯		√		
241			黎丘奇鬼				√
242		壹行	孔子恶贫	√			

续表

序号	出处	篇目	题材类型			
			诸子故事	历史故事	民间故事	鬼神故事
243	慎行论	求人	许由辞尧		√		
244			众疑皋子取国		√		
245			叔向止晋攻郑		√		
246		察传	夔一足			√	
247			穿井得人			√	
248			三豕涉河			√	
249	贵直论	贵直	能意见齐宣王		√		
250			狐援哭齐		√		
251			赵简子攻卫		√		
252		直谏	鲍叔谏齐桓公毋忘出奔		√		
253			葆申笞荆文王		√		
254		知化	夫差不听子胥之言		√		
255		直谏	晋灵公无道		√		
256			齐愍王亡居卫		√		
257			宋康王射天		√		
258		壅塞	秦缪公擒戎主		√		
259			宋王杀实赏虚		√		
260			齐王欲以淳于髡傅太子		√		
261			齐宣王好射		√		
262		原乱	骊姬乱晋		√		

续表

序号	出处		篇目	题材类型			
				诸子故事	历史故事	民间故事	鬼神故事
263	不苟论	不苟	武王系堕		√		
264			由余归秦		√		
265			秦缪公相百里奚		√		
266			晋文公赏郄子虎		√		
267		赞能	桓公相鲍叔		√		
268			沈尹茎荐孙叔敖		√		
269		自知	掩耳盗钟			√	
270			魏文侯燕饮		√		
272		当赏	晋文侯不赏陶狐		√		
272			献公能用赏罚		√		
273		博志	宁越为学			√	
274			养由基射白猿			√	
275			尹儒学御			√	
276		贵当	荆有善相人者			√	
277			齐有好猎者			√	
278	似顺论	似顺	荆庄王伐陈		√		
279			完子逆越师		√		
280			尹铎增垒		√		
281		别类	公孙绰能起死人			√	
282			高阳应将为室家			√	
283		有度	季子答客问	√			
284		分职	白公胜贪吝		√		
285			卫灵公罢役		√		

续表

序号	出处		篇目	题材类型			
				诸子故事	历史故事	民间故事	鬼神故事
286	似顺论	处方	章子攻荆		√		
287			韩昭厘侯出弋		√		
288		慎小	孙林父、宁殖食逐卫献公		√		
289			石圉杀卫庄公		√		
290			吴起置表取信		√		
291	士容论	士容	取鼠之狗			√	
292			客有见田骈者	√			
293			唐尚羞为史		√		
294		务大	薄疑说卫嗣君以王术	√			
295			杜赫以安天下说周昭文王	√			
296			被瞻不死亡	√			

从题材看，《吕氏春秋》的寓言故事可以分为诸子故事、历史故事、民间故事和鬼神故事，分别有48、195、50和3则。历史故事在这里所占的分量最重，这可能与先秦诸子强烈的史官意识有关。从这些寓言故事的应用形式看，主要有两种。第一是运用寓言群，即在同一篇中用两篇或两篇以上的寓言故事。比如，《顺民》篇共用了《汤祷于桑林》、《文王请除炮烙之刑》、《越王卧薪尝胆》、《齐庄子请攻越》四个寓言故事来说明先顺民心然后可战的道理。这些寓言一般是并列的，也就是它们的故事类型一般是相同的，寓意也是一样的。比如《爱士》篇的《秦穆公遍饮野人》和《赵简子杀白骡》两个故事。这样的例子在《吕氏春秋》中还有很多。第二就是运用单篇寓言。比如《知士》篇只运用了一个寓言故事《静郭君善剂貌辨》来说明只有知士、爱士，他们才会效死的道理。

从文学的角度看，《吕氏春秋》的寓言故事不仅类型多样，而且在人物塑造方面也很成功。值得注意的是，吕书寓言故事中的人物，与《庄子》寓言中多丑陋的形象不同，他们多是上古社会和春秋战国大舞台上叱咤风云的一时豪杰，如心系苍生的儒者孔子、称霸天下的诸侯齐桓公、致力变革的法家商鞅等等，而少"畸人"形象。通过上面的统计也可以看出，《吕氏春秋》的寓言故事中涉及鬼神的仅仅只有三例，这在神秘主义思维盛行的战国末期显得很独特。这似乎暗示吕书的编写者都深具史识，而且在编撰思想上具有强烈的以史为鉴的意味。一般地，在寓言故事中，作者是通过其言行来塑造人物。《孔子问恙》：

> 孔子之弟子从远方来者，孔子荷杖而问之曰："子之公不有恙乎？"搏杖而揖之，问曰："子之父母不有恙乎？"置杖而问曰："子之兄弟不有恙乎？"杙步而倍之，问曰："子之妻子不有恙乎？"故孔子以六尺之杖，谕贵贱之等，辨疏亲之义，又况于以尊位厚禄乎？

"荷杖而问"，扛着杖问；"搏杖而揖"，持着杖作揖；"置杖而问"，放下杖问；"杙步而倍"，背过身子问。与这四个动作相应的问候对象分别是弟子的祖父、父母、兄弟和妻子儿女，在"周礼"的秩序中，这四种身份的人的地位由尊而卑，孔子的动作渐次随意。这些动作和言行，突出地表现了孔子对"礼"的熟稔和守礼知用的儒者形象。

以言行来塑造人物，这一般见于篇幅比较短小的寓言故事。而对于篇幅较长的寓言故事，其艺术手段则更为丰富。《齐有北郭骚者》：

> 齐有北郭骚者，结罘网，捆蒲苇，织萉屦，以养其母，犹不足，踵门见晏子曰："愿乞所以养母。"晏子之仆谓晏子曰："此齐国之贤者也。其义不臣乎天子，不友乎诸侯，于利不苟取，于害不苟免。今乞所以养母，是说夫子之义也，必与之。"晏子使人分仓粟、分府金而遗之，辞金而受粟。有间，晏子见疑于齐君，出奔，过北郭骚之门而辞。北郭骚沐浴而出，见晏子曰："夫子将焉适？"晏子曰："见疑于齐君，将出奔。"北郭子曰："夫子勉之矣。"晏子上车，太息而叹曰："婴之亡岂不宜哉？亦不知士甚矣。"晏子行。北郭子召其友而告之曰："说晏子之义，而尝乞所

以养母焉。吾闻之曰：'养及亲者，身伉其难'。今晏子见疑，吾将以身死白之。"著衣冠，令其友操剑奉笥而从，造于君庭，求复者曰："晏子，天下之贤者也，去则齐国必侵矣。必见国之侵也，不若先死。请以头托白晏子也。"因谓其友曰："盛吾头于笥中，奉以托。"退而自刎也。其友因奉以托。其友谓观者曰："北郭子为国故死，吾将为北郭子死也。"又退而自刎。齐君闻之，大骇，乘驲而自追晏子，及之国郊，请而反之。晏子不得已而反，闻北郭骚之以死白己也，曰："婴之亡岂不宜哉？亦愈不知士甚矣。"

这个寓言故事俨然具有后世短篇小说的魅力。它不仅以个性化的语言来表现人物，更制造了悬念来结构篇章。故事的第一部分从开头至"辞金而受粟"，以北郭骚为中心，交代他和晏子的初步接触，情节平实，但北郭骚受粟辞金的举动却暗布隐线。在叙述策略上，这是一箭双雕之举，不仅表现了北郭骚独特的品质，更为后来北郭骚的举动作了铺垫，暗示故事还有后续。第二部分以"有间"始，至"晏子行"，以晏子为中心人物。晏子被迫逃亡，北郭骚得知后，仅仅以一句"勉之"相赠而没有任何其他举动。第一部分晏子仆人之言表明，北郭骚是一个颇具名节的士人，而晏子也在他困窘的时候帮助过他，但此时他对落难的恩人漠然以对。以士节度之，这实在令人费解，晏子也只有悲叹"不知士"。以下是第三部分，也是全篇最精彩的一段。北郭骚召集朋友申明己意，并以自杀表明心迹。至此，前面的谜团才解开：原来他是要以死谏齐王，拯救晏子。而晏子得知北郭骚因为自己而死后，更是悔恨不已，认为自己真的是"不知士"。这个寓言故事通过悬念来推动情节，中间还穿插了北郭骚的朋友相继自杀以衬托北郭骚的细节，从而成功地塑造了北郭骚"遗生行义"的形象。这些说明作者具有比较高明的叙事和塑造人物的技巧。《至忠》篇中"文挚视疾"这则寓言故事也是运用了悬念这一手法。

在《吕氏春秋》的寓言故事中，不仅人物形象鲜明，而且修辞技巧十分丰富。下面对此分别予以举例说明。

（1）譬喻

譬喻是先秦寓言最常用的修辞手法之一。《吕氏春秋》中的很多寓言故事也运用了这一手法。陈望道《修辞学发凡》云："思想的对象同另外的事物有了类似点，文章上就用那另外的事物来比拟这思想的对象的，名叫譬喻。"①《季秋纪·异宝》篇以"宝"为喻，来发挥"不贵难得之宝"的理论。更典型的是《本味·伊尹说汤以至味》。在这篇寓言故事中，伊尹借美味以说明王道。伊尹以华丽的辞藻来描述天下之至味，指出调和天下至味必须有术，这正如治理天下，也有术，那就是"知道"、"成己"，而这些，也就是治理天下的"本"。

（2）排比

前文引用的《孔子问恖》篇实际上就是运用了排比这样修辞手法。在《伊尹说汤以至味》篇中，这一手法更显突出。"肉之美者"、"鱼之美者"、"菜之美者"、"和之美者"，"饭之美者"、"果之美者"以及"马之美者"构成排比，气势如虹，而在它们每项之内，又有"猩猩之唇"、"獾獾之炙"、"隽觾之翠"、"述荡之腕"等表述，这些其实也构成了排比。就是说，在这篇寓言故事中，有双重排比。

（3）层递

层递是指"将语言排成从浅到深，从低到高，从大到小，从轻到重，层层递进的顺序的一种辞格"。②《荆人遗弓》：

> 荆人有遗弓者，而不肯索，曰："荆人遗之，荆人得之，又何索焉？"孔子闻之曰："去其'荆'而可矣。"老聃闻之曰："去其'人'而可矣。"故老聃则至公矣。天地大矣，生而弗子，成而弗有，万物皆被其泽，得其利，而莫知其所由始。此三皇五帝之德也。

在这个故事中，荆人、孔子、老子三个人的话，由"荆人"而"去'荆'"而"其'人'"，意思一层一层递进：荆人言"公"，在于楚国；孔子言"公"，在于天下；老子言"公"，在于自然，由此说明天地之公是最大的公这个道理。《季秋纪·审己》之"子列子学射"、《似顺论·分职》之"白公胜贪吝"故事也运用了层递的修辞手法。

（4）双关

双关也是一种较常见的修辞格。《子罕不受玉》：

---

① 陈望道：《修辞学发凡》，上海教育出版社，1997年12月新2版，第72页。
② 陈望道：《修辞学发凡》，上海教育出版社，1997年12月新2版，第205页。

> 宋之野人耕而得玉，献之司城子罕，子罕不受。野人请曰："此野人之宝也，愿相国为之赐而受之也。"子罕曰："子以玉为宝，我以不受为宝。"故宋国之长者曰："子罕非无宝也，所宝者异也。"

这里的"宝"，既是指物质层面的财宝，也指道德层面的"宝"。子罕的"宝"就是不受他人之物，也就是洁身自好的高贵品质。

（5）对比

对比映衬，通常可以使得要表达的内容思想一目了然。《子产治郑》：

> 子产始治郑，使田有封洫，都鄙有服。民相与诵曰："我有田畴，而子产赋之。我有衣冠，而子产贮之。孰杀子产，吾其与之。"后三年，民又诵之曰："我有田畴，而子产殖之。我有子弟，而子产诲之。子产若死，其使谁嗣之？"

这是一个著名的历史故事。它以郑国民众在三年之间的不同反应来说明子产智者知远化的思想和"民不可与虑化举始，而可与乐成"的观点。同篇的《孔子用于鲁》也是运用了对比的手法。

（6）设问

设问是先秦诸子特别是纵横家经常运用的一种游说手段，用以揭示对方的意思，引发议论。在《战国策》等典籍中，常常可见。《吕氏春秋》的寓言故事中也有很多。如《尹文见齐王》：

> 尹文见齐王，齐王谓尹文曰："寡人甚好士。"尹文曰："愿闻何谓士？"王未有以应。尹文曰："今有人于此，事亲则孝，事君则忠，交友则信，居乡则悌。有此四行者，可谓士乎？"齐王曰："此真所谓士已。"尹文曰："王得若人，肯以为臣乎？"王曰："所愿而不能得也。"尹文曰："使若人于庙朝中深见侮而不斗，王将以为臣乎？"王曰："否。大夫见侮而不斗，则是辱也，辱则寡人弗以为臣矣。"尹文曰："虽见侮而不斗，未失其四行也。未失其四行者，是未失其所以为士一矣。未失其所以为士一，而王以为臣，失其所以为士一，而王不以为臣，则向之所谓士者，

乃士乎？"王无以应。尹文曰："今有人于此，将治其国，民有非则非之，民无非则非之，民有罪则罚之，民无罪则罚之，而恶民之难治，可乎？"王曰："不可。"尹文曰："窃观下吏之治齐也，方若此也。"王曰："使寡人治信若是，则民虽不治，寡人弗怨也。意者未至然乎！"尹文曰："言之不敢无说，请言其说。王之令曰：'杀人者死，伤人者刑。'民有畏王之令、深见侮而不敢斗者，是全王之令也，而王曰：'见侮而不敢斗，是辱也。'夫谓之辱者，非此之谓也。以为臣不以为臣者，罪之也。此无罪而王罚之也。"齐王无以应。[①]

尹文以"可谓士乎"、"肯以为臣乎"、"王将以为臣乎"设问开始，使得齐王陷入自相矛盾的窘境中，从而可以从容的接着发挥自己的本意。

(7) 反复

同一语句在文句中多次出现，是为反复，这也是写作者运用比较多的一种修辞手法。《商文难吴起》：

> 吴起谓商文曰："事君果有命矣夫！"商文曰："何谓也？"吴起曰："治四境之内，成训教，变习俗，使君臣有义，父子有序，子与我孰贤？"商文曰："吾不若子。"曰："今日置质为臣，其主安重；今日释玺辞官，其主安轻。子与我孰贤？"商文曰："吾不若子。"曰："士马成列，马与人敌，人在马前，援枹一鼓，使三军之士乐死若生，子与我孰贤？"商文曰："吾不若子。"吴起曰："三者子皆不吾若也，位则在吾上，命也夫事君！"商文曰："善。子问我，我亦问子。世变主少，群臣相疑，黔首不定，属之子乎，属之我乎？"吴起默然不对，少选，曰："与子。"商文曰："是吾所以加于子之上已！"吴起见其所以长，而不见其所以短；知其所以贤，而不知其所以不肖。故胜于西河，而困于王错，倾造大难，身不得死焉。夫吴胜于齐，而不胜于越。齐胜于宋，而不胜于燕。

---

① 《吕氏春秋》，第455~457页。

吴起刁难商文反遭商文驳难，说明治身完国之道在于懂得"长短赢绌之化"。故事中，吴起三问商文，而商文皆答之以"吾不若吾子"，这就是类句。《惠盎见宋康王》中，宋康王在答惠盎时，先后说"善！此寡人所欲闻也"、"善！此寡人之所欲知也"、"善！此寡人之所愿也"、"此寡人之所欲得"，这也是类句。

（8）引用

《吕氏春秋》引用了大量的诸子言论，还有一些所谓的黄帝、炎帝等人的言论，比如《去私》："黄帝言曰：'声禁重，色禁重，衣禁重，香禁重，味禁重，室禁重。'"这样的言论显然是虚构的，其目的在于论述其观点。还有一些不明人物的言论，它们一般以"有语曰"、"吾闻之"等形式引出，比如《先己》篇：

孔子见鲁哀公，哀公曰："有语寡人曰：'为国家者，为之堂上而已矣。'寡人以为迂言也。"孔子曰："此非迂言也。丘闻之，得之于身者得之人，失之于身者失之人。不出于门户而天下治者，其惟知反于己身者乎！"

在这些人物言论外，吕书还引用了一些民歌。如《乐成》篇先后引用了鲁人之歌和郑人之歌：

孔子始用于鲁，鲁人鹥诵之曰："麛裘而韠，投之无戾。韠而麛裘。投之无邮。"

民相与诵曰："我有田畴，而子产赋之。我有衣冠，而子产贮之。孰杀子产，吾其与之。"后三年，民又诵之曰："我有田畴，而子产殖之。我有子弟，而子产诲之。子产若死，其使谁嗣之？"

这些民歌不仅使得文章摇曳生姿，还增加了说服力。在这些民歌之外，吕书还引用了很多《诗》、《书》等先秦典籍中的言论，其中有些见于今本，有些则属于佚文。现初作统计，列表如下（表6）：

表6 《吕氏春秋》引用先秦典籍篇目表

所引典籍	序号	引文出处	引文内容	原文出处（仅录相异者之原文）
《诗经》	1	《季春纪·先己》	淑人君子，其仪不忒。其仪不忒，正是四国。	《曹风·鸤鸠》
	2	《季春纪·先己》	执辔如组	《邶风·简兮》《郑风·大叔于田》
	3	《仲夏纪·古乐》	文王在上，于昭于天。周虽旧邦，其命维新。	《大雅·文王》
	4	《仲秋纪·爱士》	君君子则正，以行其德；君贱人则宽，以尽其力。	逸诗
	5	《孟冬纪·安死》	不敢暴虎，不敢冯河。人知其一，莫知其他。	《小雅·小旻》
	6	《有始览·务本》	有渰凄凄，兴云祁祁。雨我公田，遂及我私。	《小雅·大田》
	7	《有始览·务本》	上帝临汝，无贰尔心！	《大雅·大明》
	8	《孝行览·慎人》	普天之下，莫非王土；率土之滨，莫非王臣。	"普"，《小雅·北山》作"溥"
	9	《慎大览·权勋》	唯则定国。	逸诗，《左传·僖公四年》又见
	10	《慎大览·报更》	赳赳武夫，公侯干城。	《周南·兔罝》
	11	《慎大览·报更》	济济多士，文王以宁。	《大雅·文王》
	12	《审应览·重言》	何其久也，必有以也；何其处也，必有与也。	《邶风·旄丘》，前后句顺相反

续表

所引典籍	序号	引文出处	引文内容	原文出处（仅录相异者之原文）
《诗经》	13	《审应览·不屈》	恺悌君子，民之父母。	《大雅·洞酌》，"恺悌"毛诗作"岂弟"
	14	《恃君览·知分》	莫莫葛藟，延于条枚。凯弟君子，求福不回。	《大雅·旱麓》
	15	《恃君览·行论》	惟此文王，小心翼翼。昭事上帝，聿怀多福。	《大雅·大明》
	16	《慎行论·求人》	子惠思我，褰裳涉洧；子不我思，岂无他士。	《郑风·褰裳》
	17	《慎行论·求人》	无竞惟人	《大雅·抑》
《尚书》	1	《孟春纪·贵公》	《鸿范》曰：无偏无党，王道荡荡；无偏无颇，遵王之义；无或作好，遵王之道；无或作恶，遵王之路。	《周书·洪范》：无偏无党，王道荡荡；无党无偏，王道平平；无反无侧，王道正直。会其有极，归其有极。
	2	《有始览·听言》	《周书》曰：往者不可及，来者不可待，贤明其世，谓之天子。	《逸周书逸文》：往者不可及，来者不可待，贤明其世，谓之天子。
	3	《有始览·谕大》	《夏书》曰：天子之德广运，乃神，乃武，乃文。	《虞书·大禹谟》：帝德广运，乃圣乃神，乃武乃文。

续表

所引典籍	序号	引文出处	引文内容	原文出处（仅录相异者之原文）
《尚书》	4	《有始览·谕大》	《商书》曰：五世之庙，可以观怪。万夫之长，可以生谋。	《商书·咸有一德》：七世之庙，可以观德；万夫之长，可以观政。
	5	《孝行览·孝行》	《商书》曰：刑三百，罪莫重于不孝。	逸书
	6	《慎大览·慎大》	《周书》曰："若临深渊，若履薄冰。"	逸书
	7	《慎大览·报更》	德几无小	逸书，马王堆帛书《二三子问》："故曰：德义无小，失宗无大。"
	8	《审分览·君守》	《鸿范》曰：惟天阴骘下民。	《周书·洪范》
	9	《离俗览·适威》	《周书》曰：民，善之则畜也，不善则雠也。	逸书
	10	《离俗览·贵信》	《周书》曰：允哉！允哉！	《逸周书》多见
	11	《恃君览·骄恣》	仲虺有言，不谷说之。曰：诸侯之德，能自为取师者王，能自取友者存，其所择而莫如己者亡。	《商书·仲虺之诰》：能自得师者王，谓人莫己若者亡。

第十二章 《吕氏春秋》的文艺思想与寓言成就 259

续表

所引典籍	序号	引文出处	引文内容	原文出处（仅录相异者之原文）
《易经》	1	《有始览·务本》	复自道，何其咎？吉。	《小畜》初九
	2	《慎大览·慎大》	诉诉，履虎尾，终吉。	《履》九四：履虎尾，诉诉，终吉。
	3	《恃君览·召类》	涣其群，元吉。	《涣》六四
《孝经》	1	《先识览·察微》	《孝经》曰：高而不危，所以长守贵也；满而不溢，所以长守富也。富贵不离其身，然后能保其社稷，而和其民人。	《孝经·诸侯章》
	2	《孝行览·孝行》	故爱其亲，不敢恶人；敬其亲，不敢慢人。爱敬尽于事亲，光耀加于百姓，究于四海，此天子之孝也。	《孝经·天子章》：爱亲者，不敢恶于人；敬亲者，不敢慢于人。爱敬尽于事亲，而德教加于百姓，刑于四海。盖天子之孝也。
《周箴》	1	《有始览·谨听》	《周箴》曰："夫自念斯学，德未暮。"	
《志》	1	《不苟论·贵当》	志曰："骄惑之事，不亡奚待？"	

需要指出的是，这些修辞手法在运用的过程中，并不总是单独应用的，通常是合而用之，也就是在同一篇寓言故事中运用多种修辞手段。上文引用的《商文难吴起》篇实际上就是同是运用了设问和类句两种修辞手法。再如《人有亡鈇者》：

> 人有亡鈇者，意其邻之子。视其行步，窃鈇也；颜色，窃鈇也；言语，窃鈇也；动作态度，无为而不窃鈇也。扣其谷而得其鈇，他日，复见其邻之子，动作态度，无似窃鈇者。其邻之子非变也，己则变矣。变也者无他，有所尤也。

这个寓言故事虽然短小，但却综合则运用了对比、排比、反复三种修辞手法。丢失斧子时，失主对邻居之子的观感与找到斧子之后，他对邻居之子的观感构成对比；"视其行步，窃鈇也；颜色，窃鈇也；言语，窃鈇也"，是排比；"动作态度"云云，是反复。正是通过多种修辞手法的应用，作者告诫人们认识事物不能局限于个人情感，而应该兼听并观。

第十三章 秦国简牍文献的文学价值

在现有秦简中，数量最多的是律令简，其文一般比较简短，语言也多生硬，无甚文学色彩，反倒是其他一些具有应用性质的简文，比如《语书》和《为吏之道》，体现出了较高的文学水平，受到的关注也较多①，故本章不再赘述，重点讨论放马滩秦简《墓主记》、睡虎地秦简《成相篇》和木牍家书以及秦简《日书》等简牍文的文学性及其价值。

第一节　放简《墓主记》与志怪小说的起源

放简《墓主记》讲的是一个叫做丹的人死而复活的故事。丹原籍大梁，本是魏将犀武的舍人，因在垣雍将人刺伤，惊惧自杀。弃市三天后，被埋在垣雍南门外。过了三年，犀武向司命史公孙强祷告，认为丹不该死。公孙强便把丹从墓中挖出，停放三天后，带他到了北地郡。四年之后，丹复活了。丹复活后，向人们讲述鬼的喜好爱憎，提醒人们祭祀时的注意事项，比如不要呕吐、不要把羹汤浇在祭饭上等等。对于《墓主记》的性质和意义，李学勤先生曾指出：

> 简文所述丹死而复活的故事，显然有志怪的性质。与后世众多的志怪小说一样，这个故事可能出于虚构。也可能丹实有其人，逃亡至秦，捏造出这个故事，借以从事与巫鬼迷信有关的营生。
> 放马滩简中的这则故事，情节不如《搜神记》曲折，但仍可视为同类故事的滥觞，值得大家注意。②

---

①　参饶宗颐：《从云梦腾文书谈秦代文学》，《饶宗颐二十世纪学术文集》第五册，台北新文丰出版有限公司，2003年10月初版，第47～58；谭家健：《云梦秦简〈为吏之道〉漫论》，《文学评论》1990年第5期，第87～93页。

②　李学勤：《放马滩简中的志怪故事》，《文物》1990年第4期，第46、47页。

复生故事是志怪小说一个非常重要的题材。刘义庆的《幽明录》、干宝的《搜神记》、王琰的《冥祥记》和戴孚的《广异记》等著作中就有很多此类故事。李学勤将丹复生的故事与《搜神记》卷十五的"贾偶故事"和"李娥故事"进行了比较，指出它们不但性质相同，而且都有司命主寿的细节。其实，除此之外，《墓主记》还有与后世志怪小说相似的情节。

简文云："丹言：祠墓者毋敢𣪘，𣪘，鬼去惊走。""𣪘"，《说文》："欧貌。……《春秋传》曰：'君将𣪘之。'""欧"通"呕"，也就是"吐"的意思。在魏晋时期的志怪小说中，屡屡出现"鬼畏唾"的细节。《搜神记》卷十六"宋定伯卖鬼"故事：

> 南阳宋定伯，年少时，夜行逢鬼。问之，鬼言："我是鬼。"鬼问："汝复谁？"定伯诳之，言："我亦鬼。"……定伯复言："我新鬼，不知有何所畏忌？"鬼答言："惟不喜人唾。"于是共行。……行欲至宛市，定伯便担鬼著肩上，急执之。鬼大呼，声咋咋然，索下。不复听之，径至宛市中，下著地，化为一羊，便卖之。恐其变化，唾之，得钱千五百乃去。①

鬼自言畏唾，宋定伯唾鬼致其不复变化。同卷的"崔少府墓"故事中也有吐唾避鬼魅的描写。可见"吐唾辟邪"在当时是一种比较普遍的观念。在先秦时期，人们通常以吐唾来表达愤怒、鄙夷、厌恶等情绪。据《左传·僖公三十三年》记载，崤之战中晋虏秦将孟明视、西乞术和白乙丙，但晋文公却在文嬴的劝说下，释放了他们。晋大夫先轸得知此事后，大骂晋文公，骂毕，"不顾而唾"。② 先轸之"唾"是他愤怒、不满的反映。又，《战国策·赵策》之《赵太后新用事》篇记，秦国攻打赵国，赵求救于齐。齐国提出的出兵条件是以赵太后幼子长安君入齐为质。赵太后不肯，大臣强谏。赵太后很生气，下令

---

① ［晋］干宝撰、曹光甫校点：《搜神记》卷16，载《汉魏六朝笔记小说大观》，上海古籍出版社，1999年12月第1版，第402页。

② 《春秋左传注》，第499页。

说："有复言令长安君为质者，老妇必唾其面。"① 赵太后以"唾"表示对进谏大臣的不满和厌恶。《吕氏春秋·离俗览》中还有一个令人称奇的故事。齐国士人宾卑聚梦见被一个穿白帽白鞋的人"唾其面"，醒来后觉得受到了羞辱，便在大街上寻找梦中人，过了三天没找到，便自刎而死。② 可见，吐唾本有憎恶、鄙薄之意，以唾避鬼应该是这个涵义的引申。丹告诫人们祭祀时不要呕吐，否则鬼将惊走，大约是因为呕吐不但不净，而且不敬，与吐唾驱鬼有相同的意味。

在《墓主记》中，丹不是一下子就复活的，其身体机能的恢复是渐进的："因令白狗穴屈出丹，立墓上三日，因与司命史公孙强北出赵氏，之北地柏丘之上。盈四年，乃闻犬豨鸡鸣而人食，其状类益、少麋、墨，四支不用。"《搜神后记》卷四"徐玄方女故事"中的北海的复生也是渐进的："掘棺出，开视，女身体貌全如故。徐徐抱出，着毡帐中，唯心下微暖，口有气息。令婢四人守养护之。常以青羊乳汁沥其两眼，渐渐能开，口能咽粥，既而能语。二百日中，持杖起行，一期之后，颜色肌肤气力悉复如常。"③

另外，丹复活后所讲述的鬼之好恶，与梁代王琰《冥祥记》中的"慧达故事"也颇有类者。该文在次节细致地描绘了慧达在被送往地狱途中所见的鬼界情景和所谓寒冰狱中的鬼者形象。

总之，《墓主记》不但在故事性质上与后世的志怪小说中的复活故事相同，而且在具体情节上，它们也多有类者。在这个意义上，它可谓魏晋志怪小说的雏形。但就叙述方法而言，它与魏晋志怪小说还是有较大的距离。与上引数例相比较，《墓主记》的叙述方法单一，完全是按照时间的顺序进行描述，没有魏晋志怪小说中常用的对话和细节描写；对丹这个形象的刻画也很粗糙。

《墓主记》的复生故事由主人公丹自述，其内容自是怪诞不可信。值得注意的是，它是以官方文书的形式出现的。简文开头谓"卅八年八月己巳，邸丞赤敢谒御史"，意思是"三十八年八月己巳日，邸丞赤

---

① 《战国策》，第768页。
② 《吕氏春秋》，第540页。
③ ［晋］陶潜撰、王根林校点：《搜神后记》卷4，载《汉魏六朝笔记小说大观》，上海古籍出版社，1999年12月第1版，第456页。

谨向御史大人报告",接下来就是丹自述的故事。"御史"是官名。《史记·廉颇蔺相如列传》:

> 秦王使使者告赵王,欲与王为好会于西河外渑池。……王许之,遂与秦王会渑池。秦王饮酒酣,曰:"寡人窃闻赵王好音,请奏瑟。"赵王鼓瑟。秦御史前书曰"某年月日,秦王与赵王会饮,令赵王鼓瑟"。蔺相如前曰:"赵王窃闻秦王善为秦声,请奏盆缶秦王,以相娱乐。"……于是秦王不怿,为一击缶。相如顾召赵御史书曰:"某年月日,秦王为赵王击缶。"①

《通典·职官六》云:"秦、赵渑池之会,命各书其事,则皆纪事之职也。"可见,御史有记事的职责。又,《秦会要》引吴师道之言曰:

> 御史,周官,以中士下士为之,时小臣之传命者。战国其职益亲,……秦、赵之会,御史书事,而淳于髡云御史在前,掌记纠察之任也。秦益重矣。是秦、赵之外,韩、齐亦有御史也。②

又据马王堆汉墓帛书《战国纵横家书》之《谓起贾章》,公元前284年,乐毅率领五国士兵联合攻齐,秦派遣起贾至魏主持联络伐齐事宜,当时起贾的职务是御史,其行为是外交性质的。③ 秦之御史,除负有记事、监察、外交之责外,还执掌图书。《史记·张苍列传》说张苍"好书律历。秦时为御史,主柱下方书"。张苍的"御史"应该不是秦代置立的御史大夫,而是其下属的"侍御史"之类。《汉书·百官公卿表》云:"御史大夫,秦官,位上卿,银印青绶,掌副丞相。有两丞,秩千石。一曰中丞,在殿中兰台,掌图籍秘书,外督部刺史,内领侍御史员十五人,受公卿奏事,举劾按章。"其中,御史中丞掌图籍秘书的职责应该是承前而来。总之,秦之御史不仅负责记录君主行

---

① 《史记》,第2442页。
② 孙楷:《秦会要》,上海古籍出版社,2004年版,第238页。
③ 马王堆汉墓帛书整理小组编:《战国纵横家书》,文物出版社,1976年12月第1版,第69~71页。

事，也掌管图书，具备史官的部分职能。《史记·封禅书》云：

> 秦穆公立，病卧五日不寤；寤，乃言梦见上帝，上帝命穆公平晋乱。史书而记藏之府。而后世皆曰秦穆公上天。

这里的"史"也可能御史。就是说，秦之御史不仅记录帝王行事、负责图书事宜，还搜罗神怪异事，郑重地记入史册。丹复生的故事就是由下臣赤报告给他的。这就为考察志怪小说的发展提供了线索。

志怪者，记述神、鬼、妖、怪等奇事异物也。它与宗教迷信、神话传说有不可割裂的关系。先秦典籍中从来就不乏志怪故事。"志怪"一词就首见于《庄子·逍遥游》篇：

> 北冥有鱼，其名为鲲。鲲之大，不知其几千里也。化而为鸟，其名为鹏。鹏之背，不知其几千里也。怒而飞，其翼若垂天之云。是鸟也，海运则将徙于南冥。南冥者，天池也。《齐谐》者，志怪者也。《谐》之言曰："鹏之徙于南冥也，水击三千里，抟扶摇而上者九万里，去以六月息者也。"①

而《庄子》一书出鬼入神、述怪论奇，亦是世说瞩目。无怪乎胡应麟在《少室山房笔丛》丙部《九流绪论下》中说："夫《庄》、《列》者诡诞之宗。"② 至于《汲冢琐语》和《山海经》更被学者视为古今纪异语怪之祖。③ 大量志怪故事的出现，无疑是志怪小说产生的基础。不过，作为一种文类，志怪小说的诞生却晚至魏晋时代，而在此之前，它是以"史官之末事"的形态被保留在史册中。刘知几《史通·采撰》谓：

---

① 《庄子集释》，第1页。
② [明]胡应麟：《九流绪论（下）》，《少室山房笔丛》卷29，上海书店出版社，2001年8月第1版，第283页。
③ 《晋书》卷21《束皙传》："太康二年，汲郡人不准盗发魏襄王墓，或言安釐王冢，得竹书数十车。……《琐语》十一篇，诸国卜梦妖怪相书也。"据李剑国《唐前志怪小说史》的考证，《琐语》成书于战国早期至中期之间。（南开大学出版社，1984年5月第1版，第89~90页）胡应麟将《琐语》看作"古今纪异之祖"。（《少室山房笔丛》卷29，上海书店出版社，2001年8月第1版，第284页）

> 晋世杂书，谅非一族，若《语林》、《世说》、《幽明录》、《搜神记》之徒，其所载或诙谐小辩，或神鬼怪物。其事非圣，扬雄所不观；其言乱神，宣尼所不语。皇朝新撰《晋史》，多采以为书。①

刘氏以实录史观评论正史中的志怪小说，语带不屑，可以想见。不过，由此也透露出一个重要讯息：志怪小说与史书有密切的关系。汉魏史册中确乎多涉不经。太史公之"爱奇"，历来公认。《搜神后记》所载的干宝父亲的婢女和干宝的兄弟复活故事竟也堂而皇之地出现在《晋书·干宝传》中。不过，追本溯源，以竹帛正言而聚编刍荛鄙说，当始乎先秦。《左传·宣公八年》：

> 春，白狄及晋平。夏，会晋伐秦，晋人获秦谍，杀诸绛市，六日而苏。②

这个故事虽然不及汉魏史册中的同类故事复杂、丰富，但其情节已经比较完整。李剑国先生说：

> 志怪小说由口耳相传的志怪故事到被零星地载入史书，再到取得独立地位，成为一种书面文学样式，这是它形成的一般过程。这一过程在春秋战国时期志怪小说初步形成时出现过，在两汉志怪进一步成熟发展时也出现过，都表明了志怪小说是史传之支流。③

以《左传》和《墓主记》的故事证之，这一论断无疑是可以成立的。

有学者指出，《墓主记》"将故事情节说的活灵活现，有鼻子有眼，但终归神话，是一种文学作品。但就此几百字的作品，却将中国志怪小说产生的时代提早了500年，不能不说是重大发现。所以放马滩竹简志怪故事是目前我国神话作品中时代最早、篇幅最长、文字字

---

① ［唐］刘知几：《史通》，岳麓书社，1993年10月第1版，第40页。
② 《春秋左传注》，第695~696页。
③ 李剑国：《唐前志怪小说史》，南开大学出版社，1984年5月第1版，第21页。

数最多的作品了。它不仅对研究秦文化有重大价值，而且对研究我国先秦古典文学史具有重大意义"。①论者没有严格区分神话与志怪小说，并非所有志怪小说都可归之于神话，《墓主记》就不是神话作品。此姑不论。所谓"提前了500年"云云，似也有可议之处。确实，就篇幅而言，先秦其他同类故事与《墓主记》不可同日而语，在情节上它与后世的志怪小说也有很多相似的地方，说它是志怪小说的雏形并不为过。但是，也应该看到，《墓主记》的叙述方式还比较稚拙，描写方法比较单一；主角丹的形象比较模糊；作为一个比较长的志怪故事，它也没有表现出明显的创作意识；更重要的是，目前尚没有更多的类似材料出现，无法梳理所谓志怪小说在自战国至两汉间的演变线索。因此，断言《墓主记》把志怪小说的诞生时间提前了500年似乎过于乐观。不过，丹复活的故事被邸丞郑重地记录下来，呈报给长官，表明志怪小说在渊源上与史传有密切关系，志怪与实录并存的写作思维对志怪小说的诞生具有重要意义。无论如何，放简《墓主记》的内容情节及其存在形态，不仅丰富了人们对秦文化及文学的认识，而且对研究志怪小说的演变具有重要价值，这些对人们重新评价秦国文学在先秦文学史甚至整个中国古代文学史上的地位和作用无疑又多了一个参考。

第二节　睡简《成相篇》的文学史意义

在睡虎地秦墓竹简《成相篇》出土以前，学者们对于所谓"成相"的研究，多少有些捉襟见肘，因其可以依凭的第一手资料唯有《荀子·成相篇》。《汉书·艺文志》杂赋类有语云："《成相杂辞》十一篇。"② 不幸其书早佚。《艺文类聚》提到了汉代刘安的《成相篇》，可惜只有寥寥数字（详后）。但睡简《成相篇》的面世后，这个遗憾稍得弥补。睡简《成相篇》被编写在《为吏之道》简的第五栏，其文如下：

---

① 何双全：《简牍》，敦煌文艺出版社，2004年2月第1版，第42页。
② 《汉书》，第1753页。

凡治事，敢为固，竭私图，画局陈畀？畁以为耤。肖人聂心，不敢徒语恐见恶。

凡庚人，表以身，民将望表以庚真。表若不正，民心将移乃难亲。

操邦柄，慎度量，来者有稽莫敢忘。贤鄙溉辪，禄立（位）有续孰敢上？

邦之急，在膿（體）级，掇民之欲政乃立。上毋间陟，下虽善欲独可（何）急？

审民能，以赁（任）吏，非以官禄夬助治。不赁其人，及官之敭岂可悔？

申之义，以彀畸，欲令之具下勿议，彼邦之喦，下恒行巧威故移。

将发令，索其政，毋发可异史（使）烦请。令数囚环，百姓摇（摇）贰乃难请。

听有方，辩短长，囿造之士久不阳。①

以上共 8 章 185 字。其中，第二、三、四、五、七章均是 24 字，句式皆为"三、三、七、四、七"式；第一章比它们都多三言；第六章多出一个虚词"而"，似无特别的意义；第八章只有 13 字，显然有阙文。总体来看，秦简《成相篇》在基本句式上与《荀子·成相篇》是相同的，即"三、三、七、四、七"式：

请成相，世之殃，愚闇愚闇堕贤良。人主无贤，如瞽无相何伥伥！

请布基，慎圣人，愚而自专事不治。主忌苟胜，群臣莫谏必逢灾。

论臣过，反其施，尊主安国尚贤义。拒谏饰非，愚而上同国必祸。②

细析之下，可以发现两者的句法构造亦有相同之处。《荀子·

---

① 《睡虎地秦墓竹简·释文注释》，第 173 页。
② 《荀子集解》，第 457~458 页。

成相篇》有很多以"之"字构造的句子,如"世之殃"、"人之态"、"百家之说诚不详",这是以"之"连接主语和宾语。这种句法也屡见于秦简《成相篇》,如"邦之急"、"申之义"、"困造之士久不阳"等。

除了形式相同,两者在思想内容上也颇有类者。秦简《成相篇》第二章:"凡戾人,表以身,民将望表以戾真。表若不正,民心将移乃难亲。""戾人"是"做人民的表率"的意思。而这一章的意思是身为人臣,只有言行能够表率群伦,才可以辅佐好君主。这与《荀子·成相篇》第四篇第四章颇为相类:"君法明,论有常,表仪既设民知方。进退有律,莫得贵贱孰私王"。这里的"表仪既设民知方"不就是"表以身,民将望表以戾真"的意思吗?再如秦简《成相篇》第四章:"邦之急,在體级,掇民之欲政乃立。上毋间陕,下虽善欲独何急?""體级"意指"体制等级","间陕"即"间隙"。这一章的意思是说治理国家的要点在于明确等级体制,限制人民不安分的诉求;只要君主自己没有失误,下面的人再善于钻研也无需着急。这与《荀子·成相篇》第四篇第三章的意思非常相似:"守其职,足衣食,厚薄有等级爵服。利往卬上,莫得擅与孰私得?"第二、四章之外,秦简《成相篇》首章说管理政事要取法弈棋,反复思考,谨慎从事;第三章说的是操持国家的权柄要异常谨慎,对贤人和宵小要有相应的考察和对待;第五章的意思是说要根据人们的才能任用职位,让官吏辅佐政事而不可尸位素餐,所任非人,到头来后悔都来不及;第六章说的是要打击奸佞之徒,不能让他们非议政令,往往政权的倾覆,就是因为宵小取巧使诈而君威沦丧;第七章是说发布的政令一定要清楚正确,不能朝令夕改,否则百姓就会疑惑迷乱,事情也就做不好了;末章残缺,大概的意思是说要多听各方面的意见。总之,秦简《成相篇》各章都是围绕为政之术与为君之道而言的,与《荀子·成相篇》的主要内容相仿。

还有论者指出,秦简《成相篇》和《荀子·成相篇》还有"不少共同使用的特定词语",如前者首章"凡治事,敢为固,谒私图"与后者第十九章"处之孰固,有深藏之能原虑"之"固"等。[①]

---

① 姚小鸥:《"成相"杂辞考》,《文艺研究》2000年第1期,第94页。

从以上的分析看，所谓的秦简《成相篇》的命名是没有问题的，它与《荀子·成相篇》在形式和内容上都很接近，应该有同源性。那么它们的关系究竟如何？睡虎地秦简整理者说：

> 竹简第五栏有韵文八首，由其格式可以判定是"相"，即当时劳动人民舂米时歌唱的一种曲调。荀况在秦昭王时去过秦国，又长期居住在楚地，所以《为吏之道》在这一点上与《荀子·成相篇》相似，恐怕不是偶然的。①

论者暗示：秦简《成相篇》是受《荀子·成相篇》的启示而作。据考，秦简《成相篇》的写作时间在秦王政二十六年（前221年）之前。《荀子·成相篇》作于楚考烈王二十五年（前238年）荀况不为楚用而家于兰陵以后；而荀子入秦在秦昭王四十一年（前266年），居秦前后不超过一年。②单从时间上看，《荀子·成相篇》影响睡简《成相篇》的可能性是存在的，但问题并非如此简单。第一，就思想渊源来说，秦简《成相篇》是儒家之论，而据《荀子·儒效篇》，秦昭王对儒家学说是甚为怀疑的。③当时秦国的主导意识形态是法家思想，其他学说的生存空间并不大。第二，荀子在秦的时间不超过一年，从文化接触和文学传播的角度看，在这么短的时间内欲对对方的文学产生影响，是比较困难的。第三，秦简《成相篇》发现于楚地，尽管当时云梦地区已经处于秦国的控制之下，但没有迹象表明来自秦国核心区域的文化也已在该地占据统治地位。同地出土的《语书》证明：即使秦人在南郡的政治存在已长达半个世纪，但楚国的传统势力和文化影响力仍然具有相当的地位。文化控制并不总是与政治入侵同步。第四，《艺文类聚》还存有另一种《成相篇》残文。《艺文类聚·木部下》"木槿"条："《成相》篇曰：'《庄子》贵支离，悲木槿。'"其下注

---

① 《睡虎地秦墓竹简·释文注释》，第167页。
② 姜书阁：《睡虎地秦墓竹简中的一篇成相杂辞》，《中国韵文学刊》1990年第2期，第4页。
③ 《儒效篇》记载，秦昭王会见荀子，开始就问："儒无于人之国？"荀子作了一番辩解后，昭王也只是"称"善"而已。参王先谦《荀子集解》，中华书局，1988年9月第1版，第117~121页。

云:"《成相》,淮南王所作也。"①淮南王即刘安,他是汉高祖刘邦的孙子,受封于淮南,地在今安徽省淮南市、寿县一带。这一地区在战国后期是楚国的核心区域。就是说,目前可见的三种《成相篇》都产生于楚地。这恐怕不是偶然的。秦简《成相篇》应该是楚文化的产物。总之,现有文献并不能证明《荀子□成相篇》影响了睡简《成相篇》,但它们很可能都是同一种文化即楚文化的产物。

据姚小鸥先生的考证,"成相"也称"打相"、"顿相"。"相"是一种乐器,它有两种形式,一为"舂牍",一为"拊"或"节"。以击打"相"为基本伴奏手段的演唱形式就是"成相"。②《荀子·成相篇》所谓"请成相"即指此。至若"成相"的渊源,睡简整理者认为它是"劳动人民舂米时歌唱的一种曲调",将其视作一种来自民间的艺术样式。与之相应的意见是《成相篇》属于民间文学。姜书阁在《先秦辞赋原论》一书中专门讨论了荀子《成相篇》的性质和渊源③;对于睡虎地秦简《成相篇》,他认为它"在形式上和思想内容上完全同于荀作"。他说:

> (成相)是战国后期楚地一种民间歌谣俚曲,其最初来源本是某种劳动号子,在长期流行中已经形成一定的形式和格调,后来为进步的士大夫文人所取用,以发抒他们的政治思想和对时政的意见,连缀若干章以成篇,亦即早期赋之一种——汉人称为"杂赋"的"成相杂辞"。④

事实上,这也是目前学界关于"成相"性质占主流地位的一种看法。这个说法大约源自《礼记》郑注。《乐记》云:"且夫《武》,始而北出,再成而灭商,三成而南,四成而南国是疆,五成而分周公左、召公右,六成复缀以崇。"郑玄注曰:"成,犹奏也。"又,《曲礼》

---

① [唐]欧阳询编:《艺文类聚》卷89,中华书局上海编辑所,1965年11月第1版,第1544页。
② 姚小鸥:《"成相"杂辞考》,《文艺研究》2000年第1期,第88~99页。
③ 姜书阁:《先秦辞赋原论》,齐鲁书社,1983年9月第1版,第156~180页。
④ 姜书阁:《睡虎地秦墓竹简中的一篇成相杂辞》,《中国韵文学刊》1990年第2期,第5页。

云:"邻有丧,舂不相。"郑注:"相,谓送杵声。"① 王先谦《荀子集解》引卢文弨之言曰:"《礼记》'治乱以相',相乃乐器,所谓舂牍。"俞樾针对《曲礼》和郑注,说得更明白:"盖古人于劳役之事,必为歌讴以相劝勉,亦举大木呼邪许之比,其乐曲即谓之相。"② 但是,也有学者认为将"成相"视作民谣有简单化的倾向。姚小鸥在分析了《荀子·成相篇》和秦简《成相篇》的内容后指出,"成相"这种文体具有"表达特定政治历史内容的特征"。③

《荀子·成相篇》首章云:"请成相,世之殃,愚闇愚闇堕贤良。人主无贤,如瞽无相何怅怅!"这透露出"相"与"瞽"有密切的关系。目盲为瞽,西周时即有瞽。《国语·周语上》云:

> 故天子听政,使公卿至于列士献诗,瞽献曲,史献书,师箴,瞍赋,矇诵,百工谏,庶人传语,近臣尽规,亲戚补察,瞽史教诲,耆艾修之,而后王斟酌焉,是以事行而不悖。④

类似的描述还见于《左传·襄公十四年》:"史为书,瞽为诗,工诵箴谏。"⑤

瞽歌诗必为曲,故"瞽为诗"即谓"瞽献曲"。《周礼·春官·瞽蒙》云:

> 瞽矇掌播鼗、柷、敔、埙、箫、管、弦、歌,讽诵诗,世奠系,鼓琴瑟。掌九德六诗之歌,以役大师。

郑玄注引杜子春之言曰:"瞽矇主诵诗并诵世系以劝诫人君也。故《国语》曰:'教之世,而为之昭德而废幽昏焉。以休惧其动。'"⑥ 可见,瞽者有献曲教诲、歌诗劝诫的职责。联系《荀子·成相篇》和秦

---

① 《礼记正义》,第1542、1249页。
② [清]王先谦:《荀子集解》,中华书局,1988年9月第1版,第455、456页。
③ 姚小鸥:《"成相"杂辞考》,《文艺研究》2000年第1期,第88~99页。
④ [清]韦昭注:《国语》,影印商务印书馆1934年本,上海书店,1987年1月第1版,第4页。
⑤ 《春秋左传注》,第1017页。
⑥ 《周礼注疏》,第797页。

简《成相篇》的内容看，说"成相辞"由瞽者所唱之"曲"演变而来，是有一定道理的。但是，疑问仍然存在。据研究，《荀子·成相篇》和秦简《成相篇》的用韵与《诗经》均完全一致，[①] 而且它们在形式上也非常规范，这意味着"成相体"至迟在战国后期就是一种相当成熟的韵文样式了。那么，在从西周到战国后期的漫长的时间内，它究竟经历了怎样的衍变过程呢？如果它真的是由周室瞽者之歌诗演化而来，那么，它为何只出现在楚地而其他地区未见呢？由于资料缺乏，这些问题暂时还无法解答。

总之，根据目前的资料，我们只能说"成相"是战国后期流行于楚地的一种比较成熟的韵文文体，其句式一般为"三、三、七、四、七"式，内容多关君臣治乱之道。从《艺文类聚》的《成相》残文看，这种文体在汉代依然有一定的影响力，而且内容也有所拓展。刘向《成相篇》谓："《庄子》'贵支离，悲木槿'。""支离"者，形体残损不全貌，典出《庄子·人间世》："支离疏者，颐隐于脐，……夫支离者其形者，犹足以养其身，终其天年，又况支离其德者乎！"[②] 木槿，《尔雅》卷十三郭注："似李树，花朝生夕落，可食也。"[③] 因其花期短促，古人常喻以人生之易逝。以此观之，刘安所作的《成相》可能有感慨人生之意味，可惜文残不存，不能窥其全貌。

下面对秦简《成相篇》的文学性略作说明。《成相篇》各章的意思既各有重点又相互联系。分开来说，首章讲慎思，第二章讲正身，它们是针对君王的自身修养而言的；第三章讲选贤，第五章讲任能，它们是说如何用人的；第四章讲制民，第六章讲立威，第七章讲行令，第八章讲听言，合起来是说君主如何驭民布政的，而总其要又在一个"慎"字，即慎思、慎言、慎用、慎行。可见该篇在行文上既开又合，显示了较高的文字驾驭水平和表达能力。另一方面，秦简《成相篇》句有长短，声有所属，严整与错综兼具。该篇虽有缺省，但基本上是按"三言—三言—七言—四言—七言"的句式写成。《诗经》基本上

---

① 姚小鸥：《"成相"杂辞考》，《文艺研究》2000年第1期，第96页。
② 《庄子集解》，第43~44页。
③ ［晋］郭璞注、［宋］邢昺疏：《尔雅注疏》，上海古籍出版社，1997年7月第1版，第2625页。

是四言句，偶有杂言，以重章叠句见胜。《成相篇》每章用杂言，合起来却文句整饬，有整体的形式美。不过在用韵上，《成相篇》与《诗经》相似，基本上是每章一韵。第二、三、四、五、六、八章中，每章的第一、二、三、五句的末字均押同一韵，分别是真、阳、缉、之、歌、阳部；第七章除"令"属真部外，"政"、"请"、"请"属耕部。唯第一章较特别，有三个韵部，"事"属之部，"固"和"图"属鱼部，"藉"和"恶"属铎部。① 秦简《成相篇》可谓声韵纾缓，音调宛转。就表达方式来说，《荀子·成相篇》在说理之外，还多有抒情，如"嗟我何人，独不遇时当乱世"等语句。荀子的篇章中还可以见出明显的人生感慨。"世之愚，恶大儒，逆斥不通孔子拘。展禽三绌，春申道缀基毕输。"按："绌"同"黜"，废黜也；"缀"同"辍"，止也。荀子晚年入楚，为春申君黄歇所用，做了兰陵令。就在荀子准备一展怀抱之时，黄歇被李园所杀，荀子也遭罢黜。理想破灭的荀子自此专心著述。郝懿行谓："此荀卿自道。荀本受知春申，为兰陵令，盖讲借以行道，迨春申亡而道亦连缀俱亡，基亦输矣。"② 所言甚是。秦简《成相篇》以说理为主，表达方式比较单一。所以，秦简《成相篇》在思想内容上虽然与《荀子·成相篇》多有相类，但就整体的文学成就而言，与后者还是有差距的。

第三节　睡虎地秦墓木牍家书的情感内蕴及其价值

睡虎地秦墓木牍家书写于秦王嬴政二十四年（前223年）。此前一年，项燕立昌平君为楚王，并在陈（今河南淮阳）起兵反秦，秦国遂派王翦、蒙武率军征伐。黑夫和惊两兄弟就是此役秦军中的两名普通士兵。黑夫和惊两兄弟披坚执锐，远征他乡，死生难卜，但他们在家书中却并未过多地渲染战争的残酷和自己的危险处境，而将大量的文字倾泻在对亲友的问候和关切上：

黑夫、惊敢再拜问中，母毋恙也？

---

① 姚小鸥：《"成相"杂辞考》，《文艺研究》2000年第1期，第96页。
② ［清］王先谦：《荀子集解》，中华书局，1988年9月第1版，第459页。

闻王得苟得毋恙也?

为黑夫、惊多问姑姊、康乐孝须(嬰)、故术长姑外内[苟得毋恙也?]为黑夫、惊多问东室须(嬰)苟得毋恙也?

为黑夫、惊多问嬰氾季事可(何)如?定不定?

为黑夫、惊多问夕阳吕嬰、匼里闻误丈人得毋恙……矣。

惊多问新负、妴得毋恙也?

新负(妇)勉力视瞻丈人,毋与……勉力也。

惊敢大心问衷,母得毋恙也?

家室外内同……以衷,母力毋恙也?

惊多问新负(妇)、妴皆得毋恙也?

新负勉力视瞻两老……惊远家故,衷教诏妴,令毋敢远就……

惊敢大心问姑秭(姊),姑秭(姊)子产得毋恙?

据笔者统计,睡虎地秦墓木牍家书可释读的文字分别是360、168个,而表达问候、关切的文字竟分别占162、67个。不厌其烦地问候母亲、多方问候表亲故旧、叮嘱妻子侍奉好母亲、恳请兄弟代为照看幼女,这些都是平常人之平常事,但却处处渗透了牵挂和深情。[①]《文心雕龙·书记》谓:"春秋聘繁,书介弥盛……七国献书,诡丽辐辏。"[②] 但家书不是官方信件,无需华丽的语言,更无需矫饰的情调,平凡而真切的问候就足以温暖亲人。黑夫和惊两兄弟的家书让两千年后的人们依然感动,正是因为他们以最朴素的语言表达了人类最平凡却也最重要的一种情感——亲情。

就怀人这一点来说,睡虎地秦墓木牍家书与《秦风·小戎》有些相似,但在情感内蕴上,家书则比《小戎》丰富和深刻得多。《小戎》是一首写后方的女子怀念前线的征人诗歌,"在其板屋,乱我心曲"等句体现了她对爱人的深情思念,有几分闺怨色彩,但总体情感因素比较单一。而这两封家书则是由出生入死的战士写给在家乡的亲人的,

---

[①] 周凤五先生对《黑夫尺牍》和《惊尺牍》所表现出的情感因素有较详细的分析。详参其文《从云梦简牍谈秦国文学》,载《古典文学》第7集,台北学生书局,1985年8月版,第163~166页。

[②] 《文心雕龙校证》,第176页。

面对不可逆料的明天，他们的每一封家书都有可能变成诀别信；他们越是絮叨不停、遍问亲朋，越显得此生再也不能相见。如果说《小戎》的情感底色是一抹淡淡的哀怨的话，那么《黑夫尺牍》和《惊尺牍》的情感内蕴则是一腔深深的悲凉。在信中，黑夫和惊向家人提出了物质需要，但更多的是表达了对亲人的牵挂，对自己的现状却只是轻描淡写地说"伤未可知也"。淮阳之役，秦军打着讨伐叛乱的旗帜，其目标在于彻底清除楚地的反抗力量。这样你死我活的战争，定然惨烈异常。事实上，战争最后的结果是楚方的昌平君死、项燕自杀，至于秦军的死亡数量，史籍虽未明言，但肯定不少。而黑夫只说"伤"，这其中有忌讳死亡的心理因素，[①] 但更多的应该是不想让亲人为自己和兄弟惊担惊受怕。刘勰说："详总书体，本在尽言；言以散郁陶，托风采，故宜条畅以任气，优柔以怿怀。"[②] 书信的基本特征是把想说的话都说清楚，把想要表达的内心情感都呈现出来。而睡虎地木牍家书却没有做到这一点，此非不欲实不能也。在这个层面上，两封家书的悲剧意蕴更显深刻。

　　尺牍书疏，千里面目，情之所及，发而为文。睡虎地秦墓木牍家书朴素而平淡的文字背后蕴藉了真挚的情感内容。情感是文学重要的审美特征之一，而它在作品中展现出的深度与广度则是衡量其文学价值的重要标准之一。黑夫和惊两兄弟虽然普通，但他们在家书中所展现出的情感无疑具有普遍性，可视作秦军士兵共同心理状态和情感体验的代表。不惟如是，木牍家书还因写作者的特殊身份，向后人昭示了在战国末世的纷争中，个人命运、家庭命运与国家的命运是如何被紧紧地捆绑在一起的，同时也暗示了这种捆绑所带来的时代与人的悲剧性。杜甫有千古名篇《石壕吏》，诗云："一男附书至，二男新战死。存者且偷生，死者长已矣。"[③] 正可作为睡虎地秦墓木牍家书悲剧性意蕴的脚注。另一方面，秦人的传世文学作品最为著名的是《秦风》，它多言家国之事

---

　　① 周凤五先生说："信中只说'伤'，显然是战场忌讳的心理。"参其文《从云梦简牍谈秦国文学》，载《古典文学》第7集，台北学生书局，1985年8月版，第163页。
　　② 《文心雕龙校证》，第176页。
　　③ [唐]杜甫著、[清]仇兆鳌：《杜诗详注》第二册，中华书局，1979年10月第1版，第529页。

而少闾巷之风，多数诗篇出自上层人士之手，《秦誓》更是秦国统治阶层心声的直接再现；而睡虎地秦墓木牍家书即使不是黑夫和惊两兄弟亲自执笔，也很可能是军中同袍和下层文吏代笔，它来自秦国底层，展示了秦文学的另一个侧面，丰富了秦文学的总体风貌。总之，就写作者、情感表现的广度及其内蕴的深度来说，睡虎地秦墓木牍家书不仅在秦国文学发展史上具有特别的意义，在整个中国古代文学史上也似应有一席之地。

第四节 睡简《日书·诘篇》的文体及其民间性

《日书》是古时人们为了趋利避害、祈福免灾而用以推择时日、卜断吉凶的一种日常生活手册。据说在商代就有了《日书》。[1] 近年的出土文献中也时常可见，但数量最多、内容最完整的还属秦简《日书》。它共有两种，第一种是1975年出土的云梦睡虎地秦墓《日书》，简称睡简《日书》，它又分为甲、乙两种，甲种有166支简，12000余字，乙种有257支简，6000余字，合起来共423支简，18000余字；第二种是1986年出土的甘肃放马滩《日书》，简称放简《日书》，它也分甲、乙两种，甲种有73支简，12000余字；乙种有380支简，合起来共453支简。[2] 就总体思想内容而言，秦简《日书》可能蕴涵了上层社会的某些世界观，[3] 但毋庸置疑的是，在根本上它反映的还是战国后期秦国中下阶层的价值判断和文化面貌，这就为我们观察其时的民间文学状况提供了可能性。幸运的是，这些最可靠的原始资料的某些部分，确实具

---

[1] 连邵名：《商代的日书与卜日》，《故宫博物院院刊》2001年第3期，第52~56页。

[2] 吴小强：《秦简日书集释》，岳麓出版社，2000年7月第1版，第13页。

[3] 蒲慕洲先生说："《日书》是一种流行于当时社会中的次文化产物，所反映出的思维形态只是民间文化的一部分，它的使用者主要虽可能是社会中下阶层的人，但是正如其中的鬼神信仰和统治阶层的信仰形态本质相似，而其判断时日吉凶的结构又与《月令》的结构相近，我们不能完全排除《日书》至少反映出更高层社会中一部分宗教心态和世界观的可能性。"（蒲慕洲：《睡虎地秦简〈日书〉的世界》，载《台湾学者中国史研究论丛·生活与文化》，中国大百科全书出版社，2005年4月第1版，第127~128页）

有一定的文学意味，比如睡简《日书》甲种之《诘篇》。

《诘篇》是一篇讲驱鬼避怪之术的文字。① 其首句云：

> 诘咎，鬼害民罔（妄）行，为民不羊（祥），告如诘之，召，道（导）令民毋丽兇（凶）央（殃）。鬼之所恶，彼窋（屈）卧箕坐，连行奇（踦）立。

《周礼·天官·冢宰》曰："大宰之职，……五曰刑典，以诘邦国。"② 郑注："诘，犹禁也。"又，《尚书·西伯戡黎》曰："殷始咎周"孔传云："咎，恶。"

《正义》曰："《易·系辞》云'无咎者善补过也'，则'咎'是'过'之别名，以彼过而憎恶之，故'咎'为'恶'也。"③《唐开元占经》多次提到"诘咎"。如，卷六十七《文昌星占》引《黄帝占》云："文昌六府之官也，……第五星为司中，主司过诘咎"。④ 可见，"诘咎"有"禁灾除恶"的意思。《汉书·艺文志》有"《变怪诰咎》十三卷"之语，列在"杂占类"。此处的"诰咎"当即"诘咎"。《汉志》同时还列有"《祯祥变怪》二十一卷"、"《人鬼精物六畜变怪》二十一卷"、"《执不祥劾鬼物》八卷"、"《请官除訞祥》十九卷"。⑤ 可见，战国秦汉时期此类驱鬼降妖的篇章甚多，遗憾的是这些载籍均已亡佚，今日已不能知其详。但从其篇名看，其文本性质应该与秦简《日书·诘篇》类同。

曹植有《诰咎文》，此中的"诰"字，古本或写作"诘"，一直无有定案。睡虎地秦简《日书·诘篇》出土后，学界认为当"诰"为"诘"之误。结合上文所释"诘咎"的含义和曹文内容来看，这一判断当无可疑。就是说，《诰咎文》即《诘咎文》，《汉志》所载《变怪诰咎》亦即《变怪诘咎》。后者已佚，这就意味着曹植《诰咎文》是目前可见的传世文献中最早以"诘咎"名

---

① 《睡虎地秦墓竹简·释文注释》，第212~219页。
② 《周礼注疏》，第645页。
③ 《尚书正义》，第176页。
④ [唐]瞿昙悉达撰、常秉义点校：《开元占经》卷67，中央编译出版社，2006年7月第1版，第475页。
⑤ 《汉书》，第1772页。

篇的文章。其文云：

> 五行致灾，先史咸以为应政而作。天地之气，自有变动，未必政治之所兴致也。于时大风，发屋拔木，意有感焉。聊假天帝之命，以诘咎祈福。其辞曰：
>
> 上帝有命，风伯雨师。夫风以动气，雨以润时。阴阳协和，庶物以滋。亢阳害苗，暴风伤条。伊周是过，在汤斯遭。桑林既祷，庆云克举。偃禾之复，姬公走楚。况我皇德，承天统民。礼敬川岳，祇肃百神。享兹元吉，厘福日新。至若灾旱赫羲，飚风扇发。嘉卉以萎，良木以拔。何谷宜填？何山应伐？何灵宜论？何神宜调？于是五灵振竦，皇祇赫怒。招摇警怵，欃枪奋斧。河伯典泽，屏翳司风。右呵飞厉，顾叱丰隆。息飚遏暴，元敕华嵩。庆云是兴，效厥年丰。遂乃沈阴块圠，甘泽微微。雨我公田，爰既予私。黍稷盈畴，芳草依依。灵禾重穗，生彼邦畿。年登岁丰，民无馁饥。①

"诘咎"之行，意在求福。从《诘咎文》内容看，其具体所求为风调雨顺、年岁丰登，这与秦简《日书·诘篇》之意相似，二者应是同类文章，但其求福的途径、方法有很大不同。所谓"上帝有命，风伯雨师"，是直接以天帝之尊来命令神灵降福；"五灵振竦，皇祇赫怒"则是以天地之神的愤怒来威慑其他神灵降福。相较而言，秦简《日书·诘篇》的祈福方法就"低端"很多：以日常生活中常见的桃枝、砂石或简单巫术来驱离鬼怪（详后文）。两文祈福方法的差异表明了古人诰咎之术至少有两种：其一是藉天地尊神之威来震慑群灵，其二是以日常巫术之利来吓阻鬼魅。

《文心雕龙·祝盟》曰："至如黄帝有《祝邪》之文，东方朔有《骂鬼》之书，于是后之遣咒，务于善骂。唯陈思《诘咎》，裁以正义矣。"② 有学者据此认为"诘咎"是一种"文体"，并指出："惟向鬼怪

---

① ［魏］曹植著、赵幼文校注：《曹植集校注》，人民文学出版社，1984年6月第1版，第456~457页。

② 《文心雕龙校证》，第66页。

宣战，先之以檄文，《诘咎》为迄今所见最早之文例。"① 论"诘咎"为一种"文体"，当无可疑，只是以曹植之文为其最早文例，似未能充分体认秦简《日书·诘篇》的文本特性及《汉志》的相关记载。结合上文的词义辨析和具体文例，本书认为："诰咎文"是一种以檄文形式出现的驱鬼降怪、避祸就福的应用文体，其文通常假借天帝尊神之名恐吓威胁吓阻鬼精妖怪对人的侵害。这一文体至迟在战国时期就已经出现，睡虎地秦简《日书·诘篇》是目前可见的较早的一篇。

在前文中，我们已经说明睡简《日书·诘篇》中有众多鬼怪。这些鬼怪有的令人害怕、嫌恶，因为他们会伤害人类："人无故而鬼攻之不已，是是刺鬼"；"一宅之中无故室人皆疫，或死或病，是是棘鬼在焉"；"一宅之中无故室人皆疫，多梦寐死，是是字鬼埋焉"；"人生子未能行而死，恒然，是不辜鬼处之"。但是，《诘篇》并没有局限于此，而更多地着墨于其人格化的一面。这些鬼怪会说话："野兽若六畜逢人而言，是票风之气"；也会吃饭："鬼婴儿恒为人号曰：'鼠（予）我食！'"、"凡鬼恒执匴以入人室，曰：'气（饩）我食'"；还会吓唬人："丘鬼恒胃人，胃人所"、"鬼恒（诏）人曰：'（尔）必以（某）月日死'"；他们还会歌哭："鬼恒夜鼓人门，以歌若哭"；会恶作剧："鬼恒从男女，见它人而去"、"鬼恒从人游"；甚至还喜欢戏弄妇女："犬恒夜入人室，执丈夫，戏女子，不可得也，是神狗伪为鬼"、"女子不狂痴，歌以生商，是阳鬼乐从之"、"鬼恒从人女，与居，曰：'上帝子下游。'"睡简出于楚国故地，但《诘篇》中的鬼怪形象却与屈原《九歌》中的鬼神风貌有着显著的不同：前者充满人间情怀和喜剧意味，而后者则极具浪漫情怀和忧郁色彩。这大约是因创作者身份、文化程度和思想面貌相异而导致的结果。屈原是出身贵族，有很高度的文化修养，但在政治上他却屡遭打击，从《离骚》等作品看，他的内心充满悲愤之情，因此"寓情草木"、"托意男女"以抒发其美政理想。《九歌》以缥缈之言状鬼神之情，也寄寓了类似的内心世界。而《诘篇》作为实际生活的指导手册，它记录的

---

① 刘信芳：《〈日书〉驱鬼术发微》，《文博》1996年第4期，第74页。

是中下层民众对现实生活中某些神秘现象的理解和应对之道，它对鬼神的描述在很大程度上是来自生活本身的体验，比如鬼向人们乞食，反映的应该是下层民众对基本生存状况的期待。总之，睡简《诘篇》和屈原《九歌》中的鬼神风貌之异，反映的正是所谓雅、俗文学的不同分野。

除塑造了众多富有俗世情趣的鬼怪形象外，睡简《诘篇》遣词用字充满民间意味。篇中提到了很多驱鬼工具，有草木及其相关物品，如桃、桑丈（杖）、棘椎桃秉（柄）、桑皮、牡棘、桃丈（杖）、莎荝、桂、木、桃更（梗）、苇、广灌、生桐、白茅等；有动物及其相关物品，如鸡羽、豕矢（屎）、犬矢（屎）、㺟矢（屎）、六畜毛邋（鬣）等；有日常生活用品，如箕、舂臼、匴、鼓、铎、铁椎、剑、屦、笔、纸、若便（箯鞭）等；有食物，如醯、酱、黍、康（糠）、肉等；有常见自然物，如水、土、灰、白石、火、白沙等。凡此种种，无一不是下层百姓日常所见、所用的普通物什，而绝无金、银等贵重物品。就驱鬼方法而言，则有"以水沃之"、"洒以沙"、"扬灰"、"以屦投之"、"屈（掘）而去之"、"以黄土喷之"、"烰（炮）而食之"、"以桃丈（杖）击之"、"裹以白茅，貍（埋）野"、"以桃为弓，牡棘为矢，羽之鸡羽，见而射之"等等，这些都是极其简单易行的方式，甚至还有"自浴以犬矢（屎）"等令人忍俊不禁的方法。如果我们将《诘篇》中的驱鬼祈福的用具、方法与秦駰玉版铭文所记录的禳病求福的祭品、方式相比较，就更能见其日常性、平民化的色彩。秦駰玉版铭文谓：

羛（牺）叚既美，玉帛既精，余毓子㔻（厥）惌，西东若惷。……㝵=（小子）駰敢以芥（介）圭、吉璧吉丑（纽）以告于崋（华）大=山=（太山。太山）又（有）赐：□己□□已心以下至于足□之病，能自复如故。□□□用牛羛（牺）贰（二），兀（其）齿七，□□□及羊、豢，路车四马，三□壹（一）家，壹（一）璧先之。□□用贰（二）羛（牺）、羊、豢、壹（一）璧先之。而□崋（华）大（太）山之阴阳，以□=谷=（□谷。□谷）□□，兀（其）□□里。葉（世）万子孙，以此为尚。句

（后）令芈=（小子）駰之病自复。①

秦駰玉版铭文记录了战国后期秦国贵族禳病祛灾手段，秦駰用以祈福的用具是介圭、吉璧、吉纽，还配以数量不等的各种牺牲，其祭品之贵重，场景之隆重，显非《诘篇》所能比，贵贱之别也正凸显了后者的民间性特质。日常性的工具和平民化的方式不仅造就了《诘篇》的民间文本特性，也彰显出其轻松活泼的审美倾向。《诘篇》在章法结构上也比较松散，行文也比较质朴、简单，但却透着一种轻松、活泼之气。比如：

> 鬼恒夜鼓人门，以歌若哭。人见之，是凶鬼，鸢（弋）以刍矢，则不来矣。（二九背贰、三〇背贰）
> 鬼婴儿恒为人号曰：'鼠（予）我食！'是哀乳之鬼。其骨有在外者，以黄土喷之，则已矣。（二九背叁、三〇背叁）
> 鬼恒从人游，不可以辞，取女笔以拓之，则不来矣。（四六背贰）
> 人行而鬼当道而立。解发奋以过之，则已矣。（四六背叁）
> 人卧而鬼夜屈其头。以若（箬）便（鞭）毄（击）之，则已矣。（四八背叁）
> 凡鬼恒执匴以入人室，曰：'气（饩）我食'云，是是饿鬼，以屦投之，则止矣。（六二背贰、六三背贰）

在这些简文中，鬼或以歌哭之声吸引人类，或偷偷地跟着人类游走，或跑到路中间挡住人们的去路，或可怜兮兮地拿着淘米用具向人们讨饭吃，其形象一点也不狰狞可怖，其行为颇类恶作剧。只要人类随手拿出身边的东西去吓唬一下，他们就立刻落荒而逃。在这里，人与鬼之间的冲突和斗争，不见恐栗惊悚，也没有剑拔弩张，仿佛孩童之间的游戏，充满了轻快、幽默的氛围。

另外，有论者指出："'诘'章中那些十分生动的鬼怪行为描写、人鬼对话和鬼神形象描写，使鬼神跃然纸上，呼之欲出。……文学性

---

① 李零：《秦駰祷病玉版的研究》，《国学研究》第六卷，北京大学出版社，1999年11月版，第526～527页。

色彩是十分浓厚的，我们有理由把它同时作为文学篇章来看待；它展示了当时人们对鬼神世界的丰富想象力，亦为后世的鬼神题材文学艺术作品创作开了先河。"① 这一评论是比较恰当的。《诘篇》三八背叁简谓："鬼恒从人女，与居，曰：'上帝子下游。'"又，三九背叁和四〇背叁简："鬼恒胃（谓）人：'鼠（予）我而女。'不可辞，是上神下取（娶）妻。毄（系）以苇，则死矣。弗御，五来，女子死矣。"前简中，一个鬼自称上帝之子，与一女子同居，行文以为鬼中心，极为简略；后简中，一个鬼亦称上神，强娶人女为妻，叙述涉及鬼人两方，较为丰富。《聊斋志异》等后世志怪作品中有一类常见的故事——"人鬼恋爱"，《诘篇》的描述虽然非常简扼，情节也很单薄，但从主题看，已然具备该类题材核心的人、鬼、婚姻三要素，似可视作其雏形之一。

综上可知，《日书·诘篇》虽然结构简单、行文松散，但成功地塑造了具有世俗情怀的鬼怪形象，而且在遣词用语上充分体现了民间趣味，显露出一种生动活泼的文风，更有后世志怪文学最重要的题材之一"人鬼恋爱"的影子。在这个意义上，睡虎地秦简《日书·诘篇》堪称战国后期秦国民间文学的代表，亦是中国先秦文学不可轻忽的篇章。

第五节　睡简《日书》之《梦篇》、《马禖篇》的文学价值

睡简《日书》中还有两篇祝辞值得注意。一是甲种《梦篇》，其辞曰：

> 梦：人有恶薔（梦），瞢（觉），乃绎（释）发西北面坐，鼠（祷）之曰："皋！敢告尔（尔）豹琦。某，有恶薔（梦），走归豹琦之所。豹琦强饮强食，赐某大幅（富），非钱乃布，非茧乃絮。"则止矣。②

---

① 吴小强：《秦简日书集释》，岳麓出版社，2000年7月第1版，第148页。
② 《睡虎地秦墓竹简·释文注释》，第210页。

睡简乙种《日书》也有《梦篇》，内容相同，唯文字稍异。①其中，"豺犄"作"宛奇"。饶宗颐先生据《续汉礼仪志》"伯奇食梦"之语认为："宛奇"即"伯奇"，为食梦之神。②《梦篇》是一篇向梦神祈求祛除恶梦的祷辞。《周礼》有占梦之官。《春官宗伯·占梦》云：

　　占梦掌其岁时，观天地之会，辨阴阳之气，以日、月、星、辰占六梦之吉凶：一曰正梦，二曰恶梦，三曰思梦，四曰寤梦，五曰喜梦，六曰惧梦。季冬，聘王梦，献吉梦于王，王拜而受之。乃舍萌于四方，以赠恶梦，遂令始难驱疫。③

占梦者在冬天为君王祛恶梦、祈吉梦，应该也有一套仪式。秦简《日书·诘咎篇》记录了民间禳祛恶梦的方法："鬼恒为人恶薺（梦），瞢（觉）而弗占，是图夫。为桑丈（杖）奇（倚）户内，复（覆）䎦户外，不来矣。"④可见，禳梦之术由来已久，且方法多样。《梦篇》文末谓："强饮强食，赐某大富。"当是祈祷文常用语。《周礼·考工记·梓人》云："强饮强食，诒女曾孙诸侯百福。"⑤两句用语多类，意思相同。故《梦篇》很可能早已有之，简文系抄录。简文先述事由，再写祈祷之仪，最后叙祷辞，意义完整，语句简洁，声韵铿锵，颇为生动传神。东汉王延寿有《梦赋》，写在梦中与鬼怪搏斗。

　　弱冠尝夜寝，见鬼物与臣战，遂得东方朔与臣作骂鬼之书，臣遂作赋一篇梦。……其词曰：余宵夜寝息，乃有非常之

---

① 睡简《日书》乙种一九四、一九五壹简："凡人有恶梦，觉而择（释）之，西北乡（向）择（释）发而驷（呴），面坐，祝曰：'皋（皋）！敢告尔（尔）宛奇，某有恶梦，来来□之，宛奇强饮食，赐某大冨（富），不钱乃布，非墨（茧）乃絮。'"（《睡虎地秦墓竹简·释文注释》，第247页）

② 饶宗颐 曾宪通：《云梦秦简日书研究》，香港中文大学出版社，1982年初版，第28页。

③ 《周礼注疏》，第807~808页。

④ 《睡虎地秦墓竹简·释文注释》，第213页。

⑤ 《周礼注疏》，第926页。

物梦焉。其为梦也，悉睹鬼物之变怪，则有蛇头而四角，鱼尾而鸟身，或三足而六眼，或龙形而似人。……乱曰：齐桓梦物，而以霸兮！武丁夜感，得贤佐兮。周梦九龄，年克百兮。晋文鹽脑，国以竞兮。老子役鬼为神将兮，转祸为福永无恙兮。①

在这篇文章的末尾，作者也表达了化恶梦为吉兆的愿望，《梦篇》与之或有联系。

睡简《日书》的另一篇祝辞是《马禖篇》。甲种七三〇背至七三六背简：

> 马禖：祝曰："先牧丙日，马禖合神。东乡（向）南乡（向）各一马□□□□□中土，以为马禖，穿壁直中，中三腏，四廐行。大夫先敨咒席，今日良日，肥豚清酒美白粱，到主君所。主君筥屏詷马，敺（驱）其央（殃），去其不羊（祥），令其□者（嗜）□，□者（嗜）饮，律律弗御自行，弗敺（驱）自出，令其鼻能糗（嗅）乡（香），令耳恳（聪）目明，令头为身衡，勧（脊）为身刚，脚为身□，尾善敺（驱）□，腹为百草囊，四足善行。主君勉饮勉食，吾岁不敢忘。"②

《说文》："禖，祭也。"故"马禖"即"马祭"。本篇开头所述的内容在《周礼》中有更详细的记述。《夏官司马·校人》："校人掌王马之政……春祭马祖，执驹。夏祭先牧，颁马，攻特。秋祭马社，臧仆。冬祭马步，献马，讲驭夫。"郑注："马祖，天驷也"；"先牧，始养马者"；"马社，始乘马者"；"马步，神为灾害马者"。③可见，《马禖篇》是一篇祭祀马神祈求马匹繁衍昌盛的祝辞。秦人善于养马，其先祖非子就是因为替周孝王把马养得很好而获封附庸的，故秦简中出现《马禖篇》当非偶然。《周礼·春官宗伯·甸祝》："甸祝掌四时之田表貉之祝号。……禂牲、禂马，皆掌其祝号。""禂"，郑玄

---

① 章樵注、钱熙祚校：《古文苑》卷6，《万有文库》本，商务印书馆，1937年3月初版，第151~154页。
② 《睡虎地秦墓竹简·释文注释》，第227~228页。
③ 《周礼注疏》，第860页。

注云:"为牲祭,求肥;为马祭,求肥健。"可见,周时即有"祸马"之职,负责在祭马仪式上诵读祭辞。① 再从"勉饮勉食"这一习语看,类似本篇的祭马辞很可能以前就有,《马禖篇》如《梦篇》一样,亦有所自,并非原创。

《马禖篇》的文句表明:创作者具有较高的文学修养和写作水平,这与睡简的其他质朴之文形成对比。饶宗颐指出,马禖祝辞"为有韵之文,为出土古代祝辞极重要之资料",其中"丙"、"神"、"屏"、"衡"诸字协阳部韵。② 在遣词造句上,本篇也颇具匠心。"肥豚清酒美白粱"一句,用三个形容词"肥"、"清"、"美"来分别描绘三个不同的对象:"豚"、"酒"、"白粱",不仅准确,而且形象,让人立刻联想到实物。而在"驱其殃,去其不祥,令其□嗜□"一句中,作者又连用了三个动词"驱"、"去"、"令",向马神表明自己对良马的期待。"令其鼻能嗅香,令耳聪目明,令头为身衡,脊为身刚,脚为身□,尾善驱□,腹为百草囊,四足善行"一句,更是综合运用了比拟、排比等修辞手法,气韵流转,生动传神,显示作者很高的文学水准和明显的创作意识,是秦简中不可多得的佳作。

第六节 秦简《日书》中的神话传说

除了《诘篇》具有"人鬼恋爱"故事的某些渊源外,秦简《日书》其他篇章还在某些著名的神话传说的流变过程中扮演了重要角色。睡简《日书》:

> 戊申、己酉,牵牛以取织女,不果,三弃。(甲种一五五正)
> 戊申、己酉,牵牛以取织女而不果,不出三岁,弃若亡。(甲种三背壹)③

---

① 《周礼注疏》,第815页。
② 饶宗颐、曾宪通:《云梦秦简日书研究》,香港中文大学出版社,1982年初版,第42、45页。
③ 《睡虎地秦墓竹简·释文注释》,第206、208页。

两简文字稍异，而内容相同，涉及的是几乎所有中国人都耳熟能详的"牛郎织女"故事。一般认为，这个故事最早的文献源头是《诗经·小雅·大东》。诗云："维天有汉，监亦有光。跂彼织女，终日七襄。虽则七襄，不成报章。睆彼牵牛，不以服箱。"茫茫星空中的两颗星星，织女和牛郎，在这里被诗人赋予了某些人类的特性，且被置于同一首诗中进行歌唱，不过彼时他们还没有相恋的迹象。到了西汉，文献记载中牵牛和织女业已相恋，但却由于某种原因而不能长相厮守。《三辅黄图》卷四"池沼"条引《关辅古语》说，汉武帝修昆明池，"立牵牛、织女于池之东西，以象天河"。① 班固《西都赋》亦云："集乎豫章之宇，临乎昆明之池，左牵牛而右织女，似云汉之无涯。"② 一东一西、一左一右，天各一方，自不能相见。《岁时广记》卷二十六"七夕"条引《淮南子》佚文云："乌鹊填河成桥而渡织女。"③如果这条文字是可以信赖的话，那么在汉武帝时代，"牛郎织女"故事的核心情节就已经形成了：二人相互爱恋却不能日夜厮守，只能靠鹊桥相会。到了东汉末年，"牛郎织女"的悲剧爱情故事已经成为诗人们歌咏的对象和借以咏叹自我的题材。《古诗十九首》之《迢迢牵牛星》：

迢迢牵牛星，皎皎河汉女，纤纤擢素手，扎扎弄机杼，终日不成章，泣涕零如雨。河汉清且浅，相去复几许？盈盈一水间，脉脉不得语。④

可见，从诗经时代到西汉早期，"牛郎织女"的悲剧爱情故事有一个严重的缺环，那就是他们是何时相恋的？睡简《日书》的出土，恰可连接其缺失。"戊申、己酉，牵牛以取织女，不果"。就是说，至迟在战国末期的故事中，牛郎和织女已经相恋，并且二人欲结合而未成，其爱情悲剧那时已成形。有学者称："牵牛织女为夫妇之传说故事，盖

---

① 陈直校证：《三辅黄图校证》，陕西人民出版社，1980年5月第1版，第95页。
② ［汉］班固著、［明］张溥辑、白静生校注：《班兰台集校注》，中州古籍出版社，1991年9月1版，第19页。
③ ［宋］陈元靓：《岁时广记》，《丛书集成初编》补印本，商务印书馆，1939年12月初版，第297页。
④ ［清］沈德潜：《古诗源》，中华书局，1963年6月第1版，第90页。

起于西汉之时。"① 睡简《日书》以坚实的证据推翻了这个论断。

睡简《日书》中还有其他神话传说。甲种二背壹简：

> 癸丑、戊午、己未，禹以取梌山之女也，不弃，必以子死。②

按："梌"当即"涂"。简文说的是大禹娶涂山氏之女之事。这个传说在《尚书》中就有记载。在战国时期，它的流传比较广泛。屈原《天问》云：

> 禹之力献功，降省下土四方，焉得彼嵞山，而通于台桑？③

《吕氏春秋·音初》的记载稍显曲折：

> 禹行功，见涂山之女，禹未之遇而巡省南土。涂山之女乃令其妾侍禹于涂山之阳，女作歌，歌曰"候人兮猗"，实始作为南音。④

由以上记载可以看出，简文在基本的故事情节上与当时流行的传说没有差异。值得注意的是，简文把大禹与涂山女结合的日期看做至为不祥的日子，认为若在那时结婚，不是女子被抛弃，就是他们的儿子会死去。这很可能是由大禹忙于治水而无暇照顾妻儿演变而来的。《虞书·益稷》云："予创若时，娶于涂山，辛壬癸甲。启呱呱而泣，予弗子，惟荒度土功。"⑤ 这表明禹娶涂山女的故事在战国后期的楚地已经发生了一些变化。可惜由于没有其他资料，不能进行更多的考察。

值得说明的是，并非仅仅《日书》与后世的神话传说有密切关联，1993 年出土于湖北江陵的王家台秦简《归藏》也保存有一些历史故事和神话传说，比如"嫦娥奔月"。简文谓：

---

① 张清钟：《古诗十九首汇说赏析与研究》，台湾商务印书馆，1988 年 10 月初版，第 65 页。
② 《睡虎地秦墓竹简·释文注释》，第 208 页。
③ [宋] 洪兴祖：《楚辞补注》，中华书局，1983 年 3 月第 1 版，第 97 页。
④ 《吕氏春秋》，第 164 页。
⑤ 《尚书正义》，第 143 页。

归妹曰：昔者恒我窃毋死之□□（307）□□□䑞（奔）月而攴（枚）占□□□☑（201）①

按："恒我"，即"恒娥"，又作"姮娥"。《说文》："恒，常也。"故"恒我"又转为"嫦娥"。传世文献最早记载"嫦娥奔月"故事的是汉武帝时代的《淮南子》。《览冥训》篇云：

譬若羿请不死之药于西王母，恒娥窃以奔月，怅然有丧，无以续之。②

这个记载与秦简颇类。其实，"嫦娥奔月"之事，很多典籍均有记载，并明言是来自《归藏》。《文选》卷十三谢希逸《月赋》、卷六十王僧达《祭颜光禄文》李善注皆引《归藏》，云：

《归藏》曰：昔嫦娥以不死之药奔月。

《周易》、《归藏》曰：昔常娥以西王母不死之药服之，遂奔月，为月精。③

但是，由于《归藏》全本早已失传，学者多疑这类佚文为伪，因此据《淮南子》之文，以为"嫦娥奔月"故事广泛流传于西汉武帝时代。王家台秦简《归藏》的出土，不但证明传本《归藏》之不伪，更将"嫦娥奔月"故事的流播时间提前至战国时期。由此更可见秦简之文献、文学等价值不可低估。

---

① 王明钦：《王家台秦墓竹简概述》，载艾兰、邢文《新出简帛国际学术研讨会论文集》，文物出版社，2004年12月第1版，第32页。

② 张双棣：《淮南子校释》，北京大学出版社，1997年8月第1版，第710页。

③ ［梁］萧统编、［唐］李善注《文选》，上海古籍出版社，1986年8月第1版，第600、2609页。

第十四章　秦国文学与古典文学史的叙写

第一节　秦国文学的历史嬗迁及其意义

20世纪30年代，袁葆鎔先生有感于"世之治历史者，多以秦在位日浅，或屏而不敢道，或鄙之以为不足承膺正统"的固陋，特作长文《秦辨》，发表于《国专月刊》。① 袁文为秦十辨，包括正闰辨、天意辨、井田辨、焚书辨、坑儒辨、郡县辨、好大喜功辨、无文辨、苛法辨、亡国辨。其中的"无文辨"，即是为了反动积久成习的"秦世不文"论。只是，袁氏所言的"秦世"，乃为统一六国后的秦朝；所谓的"文"，则谓文化。如今，笔者也试为"秦世无文"一辨。当然，本书所言的"秦世"，系指东周时代的秦国，所论的"文"，则是文学。笔者为"秦国文学"辨，一定程度上是因应两千多年前那个遥远的民族令人嘘唏的命运，但更多的是源自他们留下的弥足珍贵的金石刻铭和简牍文书，这些镂刻墨书的地下文献尤若经久未灭的磷火，烛照出秦人文学世界的一隅。遗憾的是，长久以来，在很多文学史著中，有关"秦文学"的表述即使不是一片空白，也一定是寥寥数语而成为最薄弱的一个部分，遑论"秦国文学"了。这大约是历史惯性遮蔽了思维理性的缘故。"竹简千年梦，楸枰万古争。"② 然而，今日之我们不应是焦躁的仇视者，再为"虎狼不识礼"之说；亦不应是愤怼的悲情者，再申"暴秦不足观"之论；而应是审谨的认识论者，拂开岁月的沉埃聚沫，廓清久远的訾訾嚣论。相信不会有人怀疑，从文学角度对现有秦国文献，尤其是出土文献进行阐择披述，不仅是丰富中国古

---

① 袁葆鎔：《秦辨》，《国专月刊》第三卷第三号，1936年，第54~60页；《秦辨（续）》，《国专月刊》第三卷第四号，1936年，第46~51页。
② ［宋］舒岳祥：《悲来》，载北京大学古文献研究所编《全宋诗》第65册卷3439，北京大学出版社，1998年12月第1版，第40959页。

典文学世界的实践之一，而且是理解嬴秦历史、文化的路径之一。

从目前的资料看，秦国550年间的文学发展状况呈现出一种明显的不平衡性，在文体方面也有显著的差别。春秋时期的秦国文学以四言的诗歌为主体，这在很大程度上可谓西周礼乐文化的产物。秦民族在立国之前，就已受周文化之辐射。至秦文公之世，以立史官为标志，正式确立起周文化认同。而在春秋中期的穆公、景公时代，秦人周化的进程达到一个高峰，《石鼓文》、秦公簋铭等是其文学体现。当然，秦人在吸收和借鉴西周礼乐文明的同时，并没有丧失其民族个性。残酷的生存斗争和战斗生活造就的尚武、剽悍的民族个性在其文学作品，如《秦风》、《石鼓文》中都有反映。换言之，春秋时期的秦国文学实际上是秦嬴民族吸收西周礼乐文化，并交融了本民族文化精神的结果。

世易时移。战国时代的各个诸侯国面对激烈的国际竞争，纷纷变法，以期在惨烈的兼并战争中赢得先机。秦国在经历短暂的波折之后，在孝公时终于找到一条属于自己的路——法治主义和农战主义。从政治的角度看，这条路是通衢大道，但对文学来说，却连羊肠小道也算不上。在以农、战为核心的改革纲领中，所有偏离这个核心的行为，包括文艺活动都被严格排除在国家公共生活和民众私人生活之外，同时政府还严格限制《诗》、《书》等文献的传播，并实现愚民政策。终于，衣冠礼乐，扫地俱尽，秦国早期镜鉴自周的礼乐文化传统被阻断，而建立起以法为尊的单一文化体系，秦嬴文化精神至此亦增添功利、任法的新内涵。内无活力，而外乏活水，战国早、中期的秦文学由此陷入低潮。同时，由于总体形势的变化和国家政策的转变，春秋时期在秦国上层阶级中比较流行的赋诗等活动也不见了踪影，这也是此期其文学不振的原因之一。

昭王之后，秦国在兼并战争所向披靡，天下一统于秦的大势渐趋明朗，而文化融合的迹象也越来越明显。这个时候的秦国虽然仍坚持法家的耕战路线，但人才政策已经松动，各国入秦的士人非常很多。社会流动实际上是一种文化流动。战国末期的社会流动主要表现为士人阶层在各国的穿梭往复，入秦的士人给秦国带来的不仅有政治、军事上的优势，而且为秦文化注入了异质因素。《为吏之道》即是其显证。而随着兼并战争的推进，其他诸侯国的文化因素也慢慢融入，成为秦文化的一部分。一般认为，睡简《日书》就有较强烈的楚地文化色彩。在这些因素的影响下，秦国文学日渐活跃，也愈益多姿。一方面，它具有显著的"国际主义"色彩，可谓由"礼乐文学"而变为"诸子文学"。"礼乐文学"的突出载体是诗歌，而"诸子文学"的代表文体是散文。《吕氏春秋》荟萃晚周诸子之精义，虽稍显粗糙，但结构整饬，各类寓言故事精彩纷呈，堪称秦国"诸子文学"之典范。李斯《谏逐客书》也是秦国散文中的精品。另一方面，民间因素在此期的秦国文学地图上占据了非常重要的位置，这和春秋秦文学基本上是贵族文学有很大不同。《日书》之《诘篇》、《盗篇》等不仅展示了下层民众的世俗情怀，也彰显了民间别具一格的想象力和审美趣味。《黑夫尺牍》和《惊尺牍》是目前得见的最早的战地家书，它们展现了两千多年前普通秦国士兵的心灵世界，真实而震撼。这些著作都是秦国"民间文学"的佳品。

本书注意到了秦国文学发展的不平衡性，并按时间先后将其划分成三个不同的阶段分别予以阐释，但论者无意强调这种分期，更不愿给它们冠以"草创"、"低潮"、"发展"之类的字样。因为这三个阶段是基于目前可见的文献的清理获得的结论，它们对于考察文学与其外部因素的关系这一命题具有同等的价值。通过对春秋时期、战国早中期以及战国后期的秦国文学发展状况的分析，可以发现：在春秋战国时期，在文学尚未脱离历史等获得独立地位的发展阶段，一个开放而多元的文化体系是文学取得进步的前提，也是文学的美学魅力获得解放的支撑，而封闭而单一的文化形态必然会遏制文学的活力和魅力。这一点在今天大约也还是适用的。此其一。

其二，有西方学者指出："文学作品最直接的背景就是它语言上和文学上的传统。……一般说来，文学与具体的经济活动、政治和社会状况之间的联系是远为间接的。"[①] 以东周秦国文学，特别是战国早、中期的秦文学状况观之，这个论断似乎并不妥帖。显然，春秋时期的秦国文学并没有给予此期的秦文学以足够的影响力和内驱力，相反地，现实的政治策略和粗暴的法律干预直接阻断了传统，压缩了文学空间，导致了此期文学面貌的萎靡。如果说，四言诗歌在战国早期开始衰落是一个普遍现象而非秦国独有的话，那么具备文学因素、且形式颇类

---

① ［美］勒内·韦勒克、奥斯汀·沃伦著，刘象愚等译：《文学理论》，江苏教育出版社，2005年8月第1版，第115页。

《春秋》的《秦记》为什么没有发展出像《左传》的那样作品呢？原因或有很多，但法家重"质"轻"文"的文艺观很可能是一个重要因素。在法家意识形态下，作为国史的《秦记》只要完成其记录国家大事的使命即可，任何对其进行修饰、扩充、阐释的行为都是多余的；而秦国以严格的法律限制文艺活动的做法也使得史官给《秦记》作"传"的可能性大大降低。我们承认文学本身有内在的矛盾运动规律，但文学更是一种复杂的历史文化现象，在它尚未"进化"至自觉时代之前，某些外部因素，比如政治意识形态对其进程有直接的影响，至少对战国早期的秦国文学来说是如此。

其三，在价值层面上，春秋秦文学既有整体风格独树一帜的《石鼓文》，还涌现了其他古今公认的杰作，如《秦誓》、《蒹葭》、《黄鸟》等。这些具有独特艺术品质的文学作品赋予以秦国文学不同于其他诸侯国文学的风貌，它们也是秦国文学获得独立文学地位的重要价值基础。不同于春秋秦文学的贵族化特质，战国末期的秦文学具有显著的诸子色彩和民间气质。而正是那些来自下层阶级的文学作品给秦国文学带来了新内容和新价值。睡虎地秦墓木牍家书为战争文学提供了早期的可靠文本，同时又因其朴素而真挚的情感表达——对家人的爱与牵挂而具有普世性的超越性意义。《墓主记》和《日书》中的上古神话情节则有更明显的文学史溯源价值。它们和睡简《成相篇》的出现，迫使学者将探寻的目光投向更广袤的时空，重新审视文学史上的某些既定结论。

第二节 出土文献文学史价值的辩证思考

1930 年，陈寅恪先生在《陈垣敦煌劫余录序》中写道："一时代之学术，必有其新材料与新问题。取用此材料，以研求问题，则为此时代学术之新潮流。治学之士，得预于此潮流者，谓之预流（借用佛教初果之名）。其未得预者，谓之未入流。此古今学术史之通义，非彼闭门造车之徒，所能同喻者也。"[①] 20 世纪以来的古典文学研究史的一个重要变化就是密切关注并积极利用出土文献，取得了相当的成就，

---

① 陈寅恪：《陈垣敦煌劫余录序》，《金明馆丛稿二编》，上海古籍出版社，1980 年，第 236 页。

充分践行并证明了陈寅恪先生的"预流说"。本课题对东周秦国文学的讨论，亦端赖出土文献之支撑。从这个意义上说，本课题乃是此一世纪学术大潮中的一朵浪花。另一方面，出土文献的大量出现和利用，也引发学者思考：出土文献之于古典文学史的价值究竟何在？

广义的出土文献是指出于地下、载诸金石简牍帛纸的文字资料，与传世文献并无本质上的不同，只是一"新出"、一"习见"而已。所谓"新出"，一般是指前所未见、首次面世的文献，如秦简《墓主记》、上博楚简《孔子诗论》等。还有一种情况就是传世文献中已有相同者或类似者，如简本《诗经》、帛书《老子》等。倘以秦出土文献为例，这些新出文献对古典文学研究的价值约有三端：其一，提供新的文学文本，充实古典文学史料库，如《石鼓文》、睡虎地秦墓木牍家书等；其二，提供新的情节线索，补苴文学题材演变之缺环，如秦简中的神话传说、《日书·诘咎篇》等；其三，提供新的文本资料，省思既有研究结论，如《墓主记》、秦简《成相篇》等。

但是，也必须看到，新的并不意味着一定就是最有价值的。在对出土文献的利用中，有一种"唯出身论"的倾向，认为出土文献"比辗转传抄、屡经后人增删移易的传世文献更足信据"。① 的确，传世文献中有意的伪作不少，无意的讹误更甚，但出土文献不一定比传世文献更能令人放心。事实上，伪造的出土文献也不在少数。试以金石碑铭为例稍加说明。清代著名金石学家陆增祥著《八琼室金石补正》，收时人尹竹年所藏琅邪太守朱博残碑，并题跋"此盖博为琅邪太守时有惠政，吏民感戴，因以颂之"云云。实际上，此碑系尹氏伪作，并非出自地下。罗振玉先生《金交录》卷一对此有批判："近人于古刻真伪，往往是非倒置。如朱博残碑，乃尹竹年广文所伪造，广文晚年亦不讳言。予曾以书质广文，覆书谓少年戏为之，不图当世金石家竟不辨为叶公之龙也，其言趣甚。"② 事实上，虚造碑石之举并非始于近代，古已有之。所谓的三代刻石，祝融峰铭、比干墓字、鬼方纪功之勒、箕

---

① 唐钰明：《四十年来的古汉语语法研究》，载《中国语文研究四十年论文集》，北京语言学院出版社，1993年，第274页。

② 罗振玉：《金交录》卷一，《雪堂类稿·笔记汇刊》，辽宁教育出版社，2003年，第174页。

子就封之文等，历代信从者众，但皆为附会伪作。宋代金石学兴盛，伪刻亦见。如《通鉴》所载宋太宗时出土的秦襄公墓鼎铭"天公迁洛，岐丰锡公，秦之幽宫，鼎藏其中"云云，即是伪作。有时伪刻之精，即使名家，也不免中招。乾嘉之际流传的汉李昭碑、中平王君碑、汉陈立平定钩町刻石等伪作，都曾令藏家、学者宝爱不已。① 大约正是有鉴于此，王国维先生在1926年的《宋代金石学》中提出："既据史传以考遗刻，复以遗刻还正史传。"这就是说，无论是传世文献还是出土文献，欲论其价值，必先辨其真伪，而不能仅凭其"出身"来认定。这应该是所有学科利用出土文献的共同前提，古典文学研究自然也不例外。

在价值判断层面，出土文献可以澄清文学史研究中的某些争议问题。比如，《左传·襄公二十三年》和《国语·晋语四》都提到了重耳赋诗《河水》之事，杜注以《河水》为逸诗，而韦昭则认为《河水》是《沔水》之讹，后世或从杜或随韦，上博楚简《孔子诗论》第29简的出土证明《河水》确为逸诗。也正因为如此，出土文献为重写文学史提供了想象空间，有学者已经提出了重写局部文学史的可能性问题。② 出土文献可以拓展新的研究领域，深化对局部文学史或其某些断面的理解，③ 至于能否重写文学史，至少要取决于三个方面的认知。第一，出土文献本身是否可靠？此点已于前述。

第二，对出土文献的研究是否已取得多数共识？当前出土文献的两个重要特点是先秦两汉资料多后代文献少、零散资料多而完整篇章少，这就为其价值判断带来一个前提上的难题：如何释读文字、厘定文本？而这恰恰最易引发歧见。比如，上博楚简《孔子诗论》"诗无隐志、乐无隐情、言无隐意"一句，学界就有极大争议。④ 它是首简

---

① 柯昌泗：《语石异同评》卷十，中华书局，1994年4月，第542页。
② 廖名春：《出土文献与先秦文学史的重写》，《文艺研究》，2000年第3期，第28～30页。
③ 可参相关论文，如胡可先：《出土文献与唐代文学史新视野》，《文学遗产》2005年第1期，第47～59；方铭：《出土文献与孔子在中国文学史上的学术地位的重新确认》，《文艺研究》2000年第3期，第30～33；刘冬颖：《出土文献与〈诗经〉研究平议》，《学术交流》2005年第5期，第151～156页。
④ 方铭：《〈孔子诗论〉第一简与〈诗序〉》，《文艺研究》2006年第7期，第47～53页。

还是末篇？"隐"字是何意？全句又该作何解？这些问题看起来似乎都不大，却关涉孔子的诗学思想、《诗序》的解读等文学批评史的重要论题。在这些争议未取得共识之前，就将其作为史论的基本资料显然是不恰当的。

第三，现有出土文献是否足以动摇对当前古典文学史的基本框架和叙写逻辑？比如前文所论的《墓主记》，它虽然具有志怪性质，但只是孤篇，无法由它出发梳理出先秦至魏晋时期志怪文本的流变线索。目前的文学史著将志怪小说的诞生与魏晋佛教思想的发散流行以及古典小说发展的内在动力等结合起来阐释的思路，是契合现有志怪文本内容和文学发展规律的。因此，贸然论定《墓主记》将志怪小说的出现前推了500年是不妥当的。

刘大钧先生在谈到利用帛书《易》研究易学时说："我们仅凭目前的出土资料，绝不足以完成对汉人今文《易》的解读和研究，我们对汉人《易》学史研究，还须以传统资料为主。"[①] 这一结论是有启示意义的。从本课题的研究结论看，虽然出土文献可以改变人们对秦国文学的传统认知、为重写秦国文学史奠定了基础，但是，从中国古典文学史的整体考察，它们的意义在局部改写或补写，而不足以颠覆其现有格局。推而言之，我们认为，应该对现有出土文献的文学史价值做深入细致的探寻，以确定其意义范畴，"补写"局部，至于"重写"，则需"戒急用忍"，以俟将来。另一方面，我们相信，随着历史之行进，更多或深藏地下，或遗佚不彰的秦国文学文献会重见天光，到那个时候，学术界对秦国文学乃至秦文学及其对整个中国古典文学史的意义当有更深刻的认知和思考。

---

① 刘大钧：《读帛书〈缪和〉篇》，《周易研究》2007年第4期，第3~6页。

参考文献

（以第一编著者姓氏笔画为序）

一、传世典籍

[汉] 孔安国传、[唐] 孔颖达疏：《尚书正义》，《十三经注疏》本，上海古籍出版社，1997 年 7 月第 1 版。

[汉] 王充：《论衡》，上海古籍出版社，1990 年 11 月 1 版。

[清] 王先谦：《诗三家义集疏》，中华书局，1987 年 2 月 1 版。

[清] 王先谦：《荀子集解》，中华书局，1988 年 9 月第 1 版。

[清] 王先谦：《庄子集解》，中华书局，1987 年 10 月第 1 版。

[魏] 王弼注、[唐] 孔颖达等正义：《周易正义》，《十三经注疏》本，上海古籍出版社，1997 年 7 月第 1 版。

王要林等编：《汉魏六朝笔记小说大观》，上海古籍出版社，1999 年 12 月版。

[清] 韦昭注：《国语》，影印商务印书馆 1934 年本，上海书店，1987 年 1 月第 1 版。

[汉] 司马迁撰、[南朝宋] 裴骃集解、[唐] 司马贞索隐、[唐] 张守节正义：《史记》，中华书局，1959 年 9 月第 1 版。

[汉] 司马迁著、[日] 泷川资言会注考证：《史记会注考证》，北岳文艺出版社影印本，1999 年 1 月第 1 版。

[清] 孙星衍等校：《晏子春秋》，上海古籍出版社，1989 年 9 月第 1 版。

[战国] 吕不韦辑、[清] 毕沅辑校：《吕氏春秋》，《丛书集成初编》本，中华书局，1991 年第 1 版。

[汉] 刘安著、张双棣校释：《淮南子校释》，北京大学出版社，1997 年 8 月第 1 版。

[西汉] 刘向集录：《战国策》，上海古籍出版社，1998 年 3 月第 2 版。

［南朝］刘勰著、王利器校证：《文心雕龙校证》，上海古籍出版社，1980年8月1版。

［北宋］吕大临：《考古图》，《影印文渊阁四库全书》本，台湾商务印书馆，1983年版。

［宋］朱熹：《诗经集传》，影印明善堂重梓本，巴蜀书社，1989年7月第1版。

［南朝］沈约：《宋书》，《二十四史》本，中华书局，1995年11月第1版。

［汉］何休注、［唐］徐彦疏：《春秋公羊传注疏》，《十三经注疏》本，上海古籍出版社，1997年7月第1版。

［唐］杜甫著、［清］仇兆鳌：《杜诗详注》，中华书局，1979年10月第1版。

［唐］欧阳询编：《艺文类聚》，中华书局上海编辑所，1965年11月第1版。

［唐］李延寿：《南史》，中华书局，1975年6月1版。

［北宋］欧阳修：《集古录》，《影印文渊阁四库全书》本，台湾商务印书馆，1983年版。

［宋］李昉：《太平御览》，中华书局，1960年2月第1版。

杨伯峻：《春秋左传注》，中华书局，1990年5月第2版。

［清］杜文澜：《古谣谚》，上海古籍出版社，1958年1月第1版。

［汉］郑玄注、［唐］贾公彦疏：《周礼注疏》，《十三经注疏》本，上海古籍出版社，1997年7月第1版。

［汉］郑玄注、［唐］孔颖达等正义：《礼记正义》，《十三经注疏》本，上海古籍出版社，1997年7月第1版。

［汉］郑玄注、［唐］孔颖达疏：《毛诗正义》，《十三经注疏》本，上海古籍出版社，1997年7月第1版。

［北魏］郦道元注、［民国］杨守敬等疏：《水经注疏》，江苏古籍出版社，1989年6月第1版。

［宋］洪兴祖：《楚辞补注》，中华书局，1983年3月第1版。

［汉］班固著、［唐］颜师古注：《汉书》，中华书局，1962年6月第1版。

［汉］班固著、［明］张溥辑、白静生校注：《班兰台集校注》，中

州古籍出版社，1991年9月第1版。

袁珂校注：《山海经校注》，上海古籍出版社，1980年7月第1版。

［魏］曹植著、赵幼文校注：《曹植集校注》，人民文学出版社，1984年6月第1版。

［晋］常璩：《华阳国志》，商务印书馆，1939年12月第初版。

［南朝梁］萧统编、［唐］李善注：《文选》，上海古籍出版社，1998年8月第1版。

［元］脱脱等：《金史》，中华书局，1975年7月第1版。

章樵注、钱熙祚校：《古文苑》，王云五主编《万有文库》本，商务印书馆，1937年3月初版。

［战国］韩非：《韩非子》，上海古籍出版社，1989年9月第1版。

［清］彭定求等编：《全唐诗》，中华书局，1960年4月1版。

［清］董浩等编：《全唐文》，上海古籍出版社，1990年12月1版。

［清］焦循：《孟子正义》，中华书局，1987年10月第1版。

［战国］墨翟：《墨子》，上海古籍出版社，1989年3月第1版。

［北齐］颜之推撰、王利器集解：《颜氏家训集解》卷六，上海古籍出版社，1980年7月第1版。

［唐］樊绰著、向达原校、木芹补注：《云南志补注》，云南人民出版社，1995年12月第1版。

［南宋］薛尚功：《历代钟鼎彝器款识》，辽沈书社，1985年7月1版。

［唐］瞿昙悉达撰、常秉义点校：《开元占经》，中央编译出版社，2006年7月1版。

二、专著文献

（一）古人著作

［明］王士性：《广志绎》，上海古籍出版社，1993年4月第1版。

［清］王引之：《经义述闻》，王云五主编《万有文库》本，商务印书馆，1935年9月初版。

［明］王世贞：《弇州续稿》，《影印文渊阁四库全书》第1282册，台湾商务印书馆，1983年版。

［清］方玉润：《诗经原始》，中华书局，1986年2月第1版。

［清］孙星衍：《孙渊如先生全集》，王云五主编《万有文库》本，商务印书馆，1935年3月初版。

［清］田雯：《古欢堂杂著》，见郭绍虞编《清诗话续编》，上海古籍出版社，1983年12月第1版。

［唐］刘知几：《史通》，岳麓书社，1993年10月第1版。

［清］牟庭：《同文尚书》，影印乐陵宋氏抄本，齐鲁书社，1981年11月第1版。

［清］刘逢禄：《春秋公羊经何氏释例》，《续修四库全书》第129册，上海古籍出版社，1996年版。

［唐］张彦远：《法书要录》，上海书画出版社，1986年8月1版。

［宋］陈思：《宝刻丛编》，商务印书馆，1937年12月初版。

［元］吾丘衍：《学古编》，《影印文渊阁四库全书》第839册，台湾商务印书馆，1983年版。

［明］杨慎：《升庵全集》，王云五主编《万有文库》本，商务印书馆，1937年3月初版。

［清］汪中：《新编汪中集》，广陵书社，2005年3月第1版。

［宋］金履祥：《尚书表注》，《影印文渊阁四库全书》第60册，台湾商务印书馆，1983年版。

［宋］赵明诚：《金石录》，上海书画出版社，1985年10月第1版。

［明］郭宗昌：《金石史》，《影印文渊阁四库全书》第683册，台湾商务印书馆，1983年版。

［明］胡应麟：《少室山房笔丛》，上海书店出版社，2001年8月第1版。

［清］钱大昕：《潜研堂文集》，上海古籍出版社，1989年11月第1版。

［宋］黄震《黄氏日抄》，《影印文渊阁四库全书》第708册，台湾商务印书馆，1983年版。

［明］都穆：《金薤琳琅》，《影印文渊阁四库全书》第683册，台湾商务印书馆，1983年版。

［清］顾炎武著、［清］黄汝成集释：《日知录集释》，上海古籍出

版社，1985年第1版。

［宋］程大昌：《雍录》，中华书局，2002年6月第1版。

［宋］董逌：《广川书跋》，《影印文渊阁四库全书》第813册，台湾商务印书馆，1983年版。

［明］董说《七国考》，《影印文渊阁四库全书》第618册，台湾商务印书馆，1983年版。

［清］褚峻摹图、牛运震补说：《金石经眼录》，《影印文渊阁四库全书》第684册，台湾商务印书馆，1983年版。

［清］虞兆湰：《天香楼偶得》，《丛书集成续编》第215册，台北新文丰出版出版公司，1989年7月第1版。

［汉］蔡邕：《蔡中郎文集》卷一，《四部丛刊初编》集部，上海商务印书馆影印兰雪堂活字本，1936年版。

［宋］翟耆年：《籀史》，《影印文渊阁四库全书》第681册，台湾商务印书馆，1983年版。

［清］戴名世：《南山集》，沈云龙主编《近代中国史料丛刊三编》第三十九辑，文海出版社，1988年初版。

［清］魏源：《诗古微》，岳麓书社，1989年12月第1版。

（二）近人著作

马承源：《中国青铜器》，上海古籍出版社，2003年1月第1版。

马非百《秦集史》，中华书局，1982年8月第1版。

王国维：《观堂集林》，中华书局，1959年6月第1版。

公木：《先秦寓言概论》，齐鲁书社，1984年12月第1版。

王孝编纂：《中国文学史》，台湾商务印书馆，1989年5月初版。

王学理主编：《秦物质文化史》，三秦出版社，1994年6月第1版。

王辉：《秦出土文献编年》，台北新文丰出版公司，2000年9月台1版。

王辉：《一粟集：王辉学术文存》，台北艺文艺术馆股份有限公司，2002年1月版。

王辉、王伟编著：《秦出土文献编年订补》，三秦出版社，2014年8月第1版。

王明珂：《华夏边缘：历史记忆与族群认同》，社会科学文献出版社，2006 年 4 月第 1 版。

许维遹：《吕氏春秋集释》，文学古籍刊行社，1955 年 4 月第 1 版。

田凤台：《吕氏春秋探微》，台湾学生书局，1986 年 3 月初版。

白本松：《先秦寓言史》，河南大学出版社，2001 年 08 月第 1 版。

礼县西垂文化研究会编：《秦西垂文化论集》，文物出版社，2005 年 4 月第 1 版。

刘大杰：《中国文学发展史》，《民国丛书》第二编 58 册，上海书店影印中华书局 1949 年本，1990 年 12 月第 1 版。

吕思勉：《史学四种·史通评》，上海人民出版社，1981 年 12 月第 1 版。

李学勤：《东周与秦代文明》，文物出版社，1984 年 6 月第 1 版。

刘城淮：《探骊得珠：先秦寓言通论》，陕西人民出版社，1992 年 10 月第 1 版。

李家骧：《吕氏春秋通论》，岳麓书社，1995 年 3 月第 1 版。

刘乐贤：《马王堆天文书考释》，中山大学出版社，2004 年 5 月第 1 版。

许倬云：《中国古代社会史论——春秋战国时期的社会流动》，广西师范大学出版社，2006 年 1 月第 1 版。

陈启天：《商鞅评传》，商务印书馆，1947 年 3 月三版。

杨树达：《积微居小学金石论丛》，科学出版社，1955 年 10 月第 1 版。

陈梦家：《殷虚卜辞综述》，科学出版社，1956 年 7 月第 1 版。

吴闿生：《诗义会通》，中华书局，1959 年 6 月第 1 版。

张光远：《石鼓诗之文史论证》，著作人自行出版，中国文化印刷厂印刷，1968。

苏雪林：《中国文学史》，台中光启出版社，1970 年 10 月初版。

陈蒲清：《中国古代寓言史》，湖南教育出版社，1983 年 11 月第 1 版。

李剑国：《唐前志怪小说史》，南开大学出版社，1984 年 5 月第 1 版。

吴福助：《睡虎地秦简论考》，台湾文津出版社，1994 年 7 月初版。

陈望道：《修辞学发凡》，上海教育出版社，1997年12月新2版。

余宗发：《先秦诸子学说在秦地之发展》，台湾文津出版社，1998年9月初版。

吴小强：《秦简日书集释》，岳麓出版社，2000年7月第1版。

陈奇猷：《〈吕氏春秋〉新校释》，上海古籍出版社，2002年4月第1版。

杨宝成：《殷墟文化研究》，武汉大学出版社，2002年2月第1版。

何双全：《简牍》，敦煌文艺出版社，2004年2月第1版。

陈平：《关陇文化与嬴秦文明》，江苏教育出版社，2005年4月第1版。

欧阳溥存：《中国文学史纲》，上海商务印书馆，1933年8月第1版.

金德建《司马迁所见书考》，上海人民出版社，1963年2月第1版。

林剑鸣：《秦史稿》，上海人民出版社，1981年2月第1版。

胡适：《谈谈〈诗经〉》，《古史辨》（第三册），上海古籍出版社，1982年第1版。

罗君惕：《秦刻十碣考释》，齐鲁书社，1983年12月第1版。

尚瑞钧等著：《秦巴花岗岩》，中国地质大学出版社，1988年8月第1版。

罗振玉：《雪堂类稿》，辽宁教育出版社，2003年3月第1版。

饶宗颐、曾宪通：《云梦秦简日书研究》，香港中文大学出版社，1982年初版。

郭沫若：《郭沫若全集·考古编》第九卷，科学出版社，1982年9月第1版。

姜书阁：《先秦辞赋原论》，齐鲁书社，1983年9月第1版。

侯渭、谢鸿森：《陨石成因与地球起源》，地震出版社，2003年5月第1版。

祝中熹：《早期秦史》，敦煌文艺出版社，2004年2月第1版。

顾实：《中国文学史大纲》，上海商务印书馆，1926年11初版，

1932 年 11 月再 1 版，1933 年 10 月二版。

钱基博：《古籍举要》，世界书局，1933 年 10 月初版。

容庚、詹安泰、吴重翰：《中国文学史（先秦两汉部分）》，高等教育出版社，1957 年 8 月第 1 版。

顾敦鍒：《文苑阐幽》，私立东海大学出版社，1969 年 1 月初版。

顾颉刚：《古史辨》第七册，上海古籍出版社，1982 年 3 月影印本。

钱穆：《中国文化史导论》（修订本），商务印书馆，1994 年 6 月修订版。

钱穆：《先秦诸子系年》，商务印书馆，2001 年 8 月第 1 版。

钱穆：《中国文化与中国文学》，生活·读书·新知三联书店，2002 年 8 月 1 版。

高新波：《模糊聚类分析及其应用》，西安电子科技大学出版社，2004 年 1 月 1 版。

曾毅：《中国文学史》，泰东图书局，1905 年 9 月 10 日初版，1912 年 10 月五版。

蒋礼鸿：《商君书锥指》，中华书局，1986 年 4 月第 1 版。

傅举友等：《马王堆汉墓文物》，湖南出版社，1992 年 5 月第 1 版。

傅武光：《吕氏春秋与诸子之关系》，私立东吴大学中国学术著作奖助委员会，1993 年 2 月版。

蒋凡等：《中国文学批评通史（先秦两汉卷）》，上海古籍出版社，1996 年 12 月版。

傅斯年：《傅斯年全集》（第二卷），湖南教育出版社，2003 年 9 月第 1 版。

梁启超：《梁启超论中国文学》，商务印书馆，2012 年 6 月第 1 版。

睡虎地秦墓竹简整理小组编：《睡虎地秦墓竹简》，文物出版社，1990 年 9 月版。

（三）西人著作

1. 汉译

[法] 列维－布留尔著、丁由译：《原始思维》，商务印书馆，

1981年1月第1版。

［美］苏珊·朗格著、滕守尧、朱疆源译：《艺术问题》，中国社会科学出版社，1983年6月第1版。

［日］祖父江孝南等著、乔继堂等译：《文化人类学事典》，陕西人民出版社，1992年3月第1版。

［德］格罗塞著、蔡慕晖译：《艺术的起源》，商务印书馆，1984年10月2版。

［美］勒内·韦勒克、奥斯汀·沃伦著，刘象愚等译：《文学理论》，江苏教育出版社，2005年8月第1版。

［美］露丝·本妮迪克特著、王炜译：《文化模式》，生活·读书·新知三联书店，1988年5月第1版。

2. 原著

Herbert A. Giles, *A History of Chinese literature*, New York and London: D. Appleton and Company, 1923.

Ch'en Shou-Yi. *Chinese literature: A historical introduction.* New York: The Ronald Press Company, 1961.

Burton Watson. *Early Chinese Literature.* Columbia University Press, 1962.

Lionel Casson. *The Periplus Maris Erythraei: Text with Introduction, Translation, and Commentary.* NJ: Princeton University Press, 1989.

Martin Kern: *The Stele Inscriptions of Ch'in Shih-huang: Text and Ritual in Early Chinese Imperial Representation.* New Haven: American Oriental Society, 2000.

三、期刊文献

（一）考古简报

甘肃省博物馆文物队、灵台县文化馆：《甘肃灵台县两周墓葬》，《考古》1976年第2期，第39~48、38页。

甘肃省文物工作队、北京大学考古系：《甘肃甘谷毛家坪遗址发掘报告》，《考古学报》1987年第3期，第359~396页。

甘肃省文物考古研究所、天水市北道区文化馆：《甘肃天水放马滩战国秦汉墓群的发掘》，《文物》1989年第2期，第1~11页。

卢连成等：《陕西宝鸡县太公庙村发现秦公钟、秦公镈》，《文物》

1978 年第 11 期，第 1～5 页。

四川省博物馆、青川县文化馆：《青川县出土秦更修田律木牍——四川青川县战国墓发掘简报》，《文物》1982 年第 1 期，第1－21 页。

苏秉琦：《斗鸡台沟东区墓葬》，《国立北平研究院史学研究所陕西考古发掘报告》第一种第一号，1948 年页。

陈邦怀：《克镈简介》，《文物》1972 年第 6 期，第 14～16 页。

何双全：《天水放马滩秦简综述》，《文物》1989 年第 2 期，第 23～31 页。

孝感地区第二期亦工亦农文物区考古训练班：《湖北云梦睡虎地十一号秦墓发掘简报》，《文物》1976 年第 6 期，第 1～10 页。

孝感地区第二期亦工亦农文物区考古训练班：《湖北云梦睡虎地十一座秦墓发掘简报》，《文物》1976 年第 9 期，第 51～61 页。

陕西雍城考古队：《陕西凤翔春秋秦国凌阴遗址发掘简报》，《文物》1978 年第 3 期，第 43～45 页。

陕西省雍城考古队：《陕西雍城高庄秦墓地发掘简报》，《考古与文物》1981 年第 1 期，第 12～38 页。

陕西雍城考古队：《凤翔马家庄一号建筑群遗址发掘简报》，《文物》1985 年第 2 期，第 1～29 页。

尚志儒等：《〈凤翔马家庄一号建筑群遗址发掘简报〉补正》，《文博》1986 年第 1 期，第 11～13 页。

陕西雍城考古队：《凤翔马家庄一号建筑群遗址发掘简报》，《文物》1985 年第 2 期，第 1～29 页。

湖南省文物考古研究所、湘西土家族苗族自治州文物处、龙山县文物管理所：《湖南龙山里耶战国—秦代古城一号井发掘简报》，《文物》2003 年第 1 期，第 4～35 页。

（二）期刊论文

马衡：《石鼓为秦刻石考》，《国学季刊》1923 年第 1 期，第 17～26 页。

王迪纲：《诗经中所见秦初期社会状况》，《读书通讯》1947 年第 136 期，第 2～6 页。

王辉：《秦器铭文丛考》，《文博》1988 年第 2 期，第 7～11、6 页。

王辉:《秦印探述》,《文博》1990年第5期,第236~250页。

王辉:《"遣磬"辨伪》,《古文字研究》第十九辑,中华书局,1992年8月,第358~364页。

王辉:《由"天子"、"嗣王"、"公"三种称谓说到石鼓文的时代》,《中国文字》新20期、1995年12月,第135~166页。

王辉:《秦曾孙骃告华大山明神文考释》,《考古学报》2001年第2期,第143~158页。

王辉等《秦公大墓石磬残铭考释》,收王辉《一粟集:王辉学术文存》,台北艺文艺术馆股份有限公司,2002年1月初版,第305~375页。

尹德生:《甘肃新发现史前陶鼓研究》,《考古与文物》2001年第2期,第31~35页。

王启才:《略论〈吕氏春秋〉的文采》,《阜阳师院学报》1997年第4期,第51~57页。

王启才:《略论〈吕氏春秋〉的文学价值》,《宁夏大学学报》1998年第4期,第94~101页。

王瑷玲《"重写文学史"——"经典性"重构与中国文学之新诠释》,《汉学研究》第29卷第2期,2011年,第1~17页。

石岩:《周代金文女子称谓研究》,《文物春秋》2004年第3期,第8~17页。

孙德谦:《秦记图籍考》,《学衡》第三十期,1924年,第13页。

任熹:《石鼓文概述》,《考古学社社刊》1936年第5期,第77~114页。

伍士谦:《秦公钟考释》,《四川大学学报(哲社版)》1980年第2期,第103~108页。

刘慕方:《论〈吕氏春秋〉的成书》,《学海》1999年第5期,第116~119页。

刘军社:《从考古遗存看早期周秦文化关系》,《考古与文物》2000年第5期,第32~28页。

刘世芮等:《秦文学简论》,《甘肃教育学院学报(社科版)》2001年第4期,第43~46页。

连劭名:《秦惠文王祷祠华山玉简文研究》,《中国历史博物馆馆刊》2000 年第 1 期，第 52～54 页。

连邵名：《商代的日书与卜日》，《故宫博物院院刊》2001 年第 3 期，第 52～56 页。

陆侃如：《楚辞的旁支》，《国学论丛》第一卷第二号，1927 年 9 月，第 247～260 页。

吴镇烽：《新出秦公钟铭考释与有关问题》，《考古与文物》1980 年创刊号，第 88～92 页。

何双全：《天水放马滩秦简甲种〈日书〉考述》，甘肃文物考古研究所编《秦汉简牍论文集》，甘肃人民出版社，1989 年 12 月第 1 版，第 7～28 页。

张天恩：《礼县等地所见早期秦文化遗存有关问题刍论》，《文博》2001 年第 3 期，第 67～74 页。

张天恩：《边家庄春秋墓地与汧邑地望》，《文博》1990 年第 5 期，第 227～231、251 页。

张天恩：《对〈秦公钟考释〉中有关问题的一些看法》，《四川大学学报（哲社版）》1980 年第 4 期，第 93～100 页。

张天恩：《甘肃礼县秦文化调查的一些认识》，《考古与文物》2004 年第 6 期，第 76～80 页。

张宁：《放马滩〈墓主记〉的文学价值》，《秦文化论丛》（第七辑），西北大学出版社，1999 年 5 月第 1 版，第 452～457 页。

张宁：《秦文学探述》，《秦文化论丛》（第九辑），西北大学出版社，2002 年 7 月第 1 版，第 141～154 页。

李学勤：《秦国文物的新认识》，《文物》1980 年第 9 期，第 25～31 页。

李学勤《战国秦四年瓦书考释》，收《联合书院三十周年纪念论文集》，香港中文大学，1987 年版，第 71～77 页。

李学勤：《秦公簋年代的再推定》，《中国历史博物馆馆刊》1989 年第 13、14 期合刊，第 231～234 页。

李学勤：《放马滩简中的志怪故事》，《文物》1990 年第 4 期，第 43～47 页。

李学勤：《秦玉牍索隐》，《故宫博物院院刊》2000 年第 2 期，第 41～45 页。

李学勤:《秦怀后磬研究》,《文物》2001 年第 1 期,第53～55、101 页。

李学勤:《论秦子簋盖及其意义》,《故宫博物院院刊》2005 年第 6 期,第21～26 页。

李零:《春秋秦器试探》,《考古》1979 年第 6 期,第 515～520 页。

李零:《秦骃祷病玉版的研究》,《国学研究》(第六卷),北京大学出版社,1999 年 11 月版,第 525～547 页。

李家浩:《秦骃玉版研究》,《北京大学中国古文献研究中心集刊》2001 年第 2 期,第 99～128 页。

李家骧:《中外"〈吕氏春秋〉学"评考综要(下)》,《湘潭大学学报》1999 年第 1 期,第 41～46 页。

李家骧:《〈吕氏春秋〉成书年代新考》,《湘潭大学学报》1995 年第 2 期,第 6～10 页。

李朝远:《新出秦公器铭文与籀文》,《考古与文物》1997 年第 5 期,第 82～83 页。

李修松:《试论凌家滩玉龙、玉鹰、玉龟、玉版的文化内涵》,《安徽大学学报》2001 年第 6 期,第 40～45 页。

陈直:《秦陶券与秦陵文物·秦右庶长歇封邑陶券》,《西北大学学报》1957 年第 1 期,第 68 页。

陈炜湛:《诅楚文献疑》,《古文字研究》(第十四辑),中华书局,1986 年 6 月,第 197～207 页。

罗君惕:《秦刻十碣时代考》,《考古学社社刊》1935 年第 3 期,第 99～106 页。

金建德:《秦誓作于秦穆公三十六年考》,《中国古代史论丛》第 9 辑,福建人民出版社,1985 年 4 月第 1 版,第 425～432 页。

赵化成:《寻找秦文化渊源的》,《文博》1987 年第 1 期,第 1～7、17 页。

赵晔:《良渚文化人殉人祭现象试析》,《南方文物》2001 年第 1 期,第 32～37 页。

尚志儒《秦封宗邑瓦书的几个问题》,《文博》1986 年第 6 期,第 43～49 页。

周凤五：《从云梦简牍谈秦国文学》，《古典文学》年第第 7 集），台北学生书局，1985 年 8 月版，第 149～187 页。

周凤五：《秦惠文王祷祠华山玉版新探》，《中央研究院历史语言研究所集刊》第 72 本第 1 分，2001 年 3 月，第 217～232 页。

竺可桢：《中国近五千年来气候变迁的初步研究》，《竺可桢全集》第四卷，世纪出版集团，2004 年 7 月第 1 版，第 444～473 页。

武学军：《中国人的诗意存在——〈诗经·秦风·蒹葭〉的文化心理解读》，《理论月刊》2006 年第 3 期，第 125～127 页。

胡厚宣：《中国奴隶社会的人殉和人祭（下篇）》，《文物》1974 年第 8 期，第 57～67、72 页。

郭子直：《战国秦封宗邑瓦书铭新释》，《古文字研究》第 14 辑，中华书局，1986 年 6 月，第 177～196 页。

郭蓉：《〈蒹葭〉隐喻语境解析》，《兰州学刊》2006 年第 8 期，第 64～65、151 页。

段连勤：《关于夷族的西迁和秦嬴的起源地、族属问题》，《秦文化论丛》（第一集），西北大学出版社，1993 年 5 月第 1 版，第 159～174 页。

聂新民：《秦公镈钟铭文的考释与研究》，《秦文化论丛》（第七辑），西北大学出版社，1999 年 5 月第 1 版，第 428～437 页。

姜采凡：《秦公大墓的磬》，《秦文化论丛》（第七辑），西北大学出版社，1999 年 5 月第 1 版，第 547～551 页。

姚小鸥：《"成相"杂辞考》，《文艺研究》2000 年第 1 期，第 94 页。

姚小鸥：《〈睡虎地秦墓竹简成相篇〉研究》，载姚小鸥主编《出土文献与中国文学研究》，北京广播学院出版社，2000 年 8 月 1 版，第 129～146 页。

饶宗颐：《从云梦腾文书谈秦代文学》，《饶宗颐二十世纪学术文集》第五册，台北新文丰出版有限公司，2003 年 10 月初版，第 47～58 页。

祝中熹：《大堡子山秦陵出土器物信息梳理》，《陇右文博》2004 年第 1 期，第 20～27 页。

袁葆镕：《秦辨》，《国专月刊》第三卷第三号，1936 年，第 54～

60 页。

袁葆镕：《秦辨（续）》，《国专月刊》第三卷第四号，1936 年，第 46~51 页。

袁仲一：《从考古资料看秦文化的发展和主要成就》，《文博》1990 年第 5 期，第 7~18 页。

陶思遥：《从〈蒹葭〉与〈山鬼〉看北南歌诗文化之不同》，《华侨大学学报》2003 年第 1 期，第 112~116 页。

徐宝贵：《石鼓文年代考辨》，《国学研究》第 4 卷，北京大学出版社 1997 年 8 月第 1 版，第 395~434 页。

徐宝贵：《怀后磬年代考》，《古文字研究》第二十四辑，中华书局，2002 年 7 月，第 340~345 页。

崔文恒等：《秦地文学和秦代无文学论》，《阴山学刊》2004 年第 5 期，第 37~45 页。

黄奇逸：《石鼓文年代及相关诸问题》，《古文字研究论文集》，四川人民出版社，1982 年 5 月第 1 版，第 227~254 页。

黄盛璋：《云梦秦墓两封家信中有关历史地理的问题》，《文物》1980 年第 8 期，第 74~77 页。

章沧授：《论〈吕氏春秋〉的文学价值》，《文学遗产》1987 年第 4 期，第 48~53 页。

韩伟：《北园地望与石鼓诗之年代小议》，《考古与文物》1981 年第 4 期，第 92~93 页。

韩伟：《秦公朝寝钻探图考释》，《考古与文物》1985 年第 2 期，第 30~38 页。

葛剑雄：《移民与秦文化》，《秦文化论丛》第三辑，西北大学出版社，1994 年 12 月第 1 版，第 67~72 页。

曾宪通等：《秦骃玉版文字初探》，《考古与文物》2001 年第 1 期，第 49~54 页。

董珊：《秦子姬簋盖初探》，《故宫博物院院刊》2005 年第 6 期，第 27~32 页。

谭家健：《云梦秦简〈为吏之道〉漫论》，《文学评论》1990 年第 5 期，第 87~93 页。

滕铭予：《秦文化的考古学发现与研究》，《华夏考古》1998 年第

4期，第63~72页。

潘啸龙：《论"岁星纪年"及屈原生年之研究》，《安徽师范大学学报》1997年第3期，第317~325页。

（三）报纸文献

凤：《因唐、童二先生的辩论而记及石鼓文"殹"字的读解》，《文物周刊》第77期，1948年4月。

王庆环：《北京大学获赠珍贵秦简牍对秦代认知大为扩展》，《光明日报》2010年10月25日第5版。

叶华：《驳唐兰〈石鼓文刻于秦灵公三年考〉》，《中央日报·文物周刊》第67期，1947年12月31日。

李思孝：《礼县：秦的发祥地》，《人民日报（海外版）》2006年3月16日第6版。

原建军等：《秦国都邑"汧渭之会"横空现世》，《西安日报》2004年11月1日第7版。

唐兰：《石鼓文刻于秦灵公三年考》，《申报·文史》1947年12月6日9版、13日8版。

唐兰：《关于石鼓文的时代答童书业先生》，《申报·文史》1948年3月6日8版。

唐兰：《论石鼓文用"遊"不用"朕"——再答童书业先生》，《申报·文史》1948年5月1日7版。

唐兰：《关于石鼓文"遊"字问题致〈文史〉编者一封公开信》，《申报·文史》1948年6月19日7版。

童书业：《评唐兰先生〈石鼓文刻于秦灵公三年考〉》，《中央日报·文物周刊》第68期，1948年1月7日7版。

童书业：《论石鼓文的时代——再质唐兰先生》，《文物周刊》77期，1948年4月。

童书业：《论石鼓文的用字——三质唐兰先生》，《文物周刊》85期，1948年6月。

四、学位论文

王瑞莲：《〈诗经·秦风〉诗篇之研究》，台湾东吴大学中国文学研究所硕士学位论文，1989年。

白丽媛：《〈诗经·秦风〉文化透视》，西北大学硕士学位论文，

2008年。

米玉婷:《春秋秦地文化与地域文学研究》,西北师范大学硕士学位论文,2007年。

易莹娴:《〈诗经·秦风〉研究》,台湾玄奘人文社会学院中国语文研究所硕士学位论文,2002年。

赵璐:《秦、豳风诗与近楚风诗的比较研究、——论〈诗经〉中二〈南〉、〈陈风〉与〈秦风〉、〈豳风〉的文化背景与诗风》,西北师范大学硕士学位论文,2012年。

蔡艳:《〈吕氏春秋〉研究》,北京大学博士学位论文,2000年。

蔡秋莹:《石鼓文研究》,台湾政治大学中国文学系硕士学位论文,2002年。

后 记

　　2005年5月的一个傍晚，我和一位同门师兄坐在复旦北区食堂二楼的清真餐厅，心不在焉地拨弄着面前的晚餐。夕阳裹挟着些许暑气漫过窗台，与孜然羊肉的香辛纠缠在一起，弥散出一种令人焦躁不安的氛围。那个时候，师兄正在为博士毕业论文的盲审而忧形于色，我则为学位论文的选题烦倦于心。一直以来，我对出土文献都怀有浓厚的兴趣，当时也有意在秦汉简牍与文学方面用力，但一时茫无头绪。师兄听了我的想法，说跨朝代研究难度可能比较大。言者无心，听者有悟。不久之后，中文系图书室要整理资料，我和几个同学去帮忙。整理的过程中，我看到一本书斜压在一堆书的下面，封面上露出"秦出土"几个字，抽出来一看，是王辉先生的《秦出土文献编年》，浏览完目录后，我心跳加速，几欲忭舞，当即向管理员提出要借这本书。在场的同学有些莫名，不明白我为什么突然如此欢欣。他们当然不会知道，那一刻我对自己博士学位论文选题有了明确的想法——结合出土文献与传世资料来研究秦文学。接下来的数天内，我废寝忘食地查阅资料，并向导师蒋凡先生汇报了自己的想法。很快，在蒋师的建议和首肯下，我确定了选题——《秦国文学研究》。2007年6月，我完成了博士学位论文的写作，顺利毕业。2009年7月，我以博士论文为基础的研究课题《秦文化视野下的东周秦文学》有幸获批为国家社科基金青年项目。此后数年，由于我的怠惰，项目迟迟没有进展，直到2014年4月方才结项；当年暑假，我将项目成果稍加是正，形成书稿《出土文献与秦国文学》。

　　呈现给读者诸君的这本小书，相较于最初的博士论文，主要变化有三：其一，征理辨学，增改了部分章节，如第一、二、八、九、十一、十四章等；其二，考索补阙，充实了一些资料，特别是海外和民国时期的文献；其三，刊谬涂乙，修正了某些表述，如对睡简《日书·诘篇》的文体判断等。但是，对一些核心观点，如秦国文学的界定、分期、特点及其文学价值等，本书的认知并没有改变。近年新见的秦出土文献中，秦国文学资料甚为寥寥。岳麓书院秦简的《为吏治官及黔首》，内容多类云梦秦简《为吏之道》；北大所得秦简，从已公开的资料看，基本属于秦代文学范畴。因此，本书在上述诸方面维持博士论文的结论。

我之所以不惮冗赘，缕述成书过程，既为"追忆"，更为"避嫌"。从2005年的那个黄昏到2015年的今日，时间已经过去了整整十年！寒暑流易，十载荏苒，人生的种种况味，可为知者道，而难为外人言。另一方面，我以博士论文为基础的课题在2009年获批国家社科基金项目后，至少又有两位研究者以类似课题相继获得国家社科基金的资助。其中一位研究者在2013年连续发表了三篇相关论文，分别讨论秦文学的概念、秦早期文学和中晚期文学。细心的读者将会发现，本书的某些观点和很多文句与上述论文非常相似，甚或雷同。当您明察及此，幸勿遽然诋诃，以为拙稿有掠美之嫌，请先查考我的博士论文，相信妍媸自见。

"回思十年事，无愧箧中笔。"追怀往昔，先正无怍，而我有愧。十年铸剑，反成铅刀，自知深负师友的启诲。蒋立甫先生、袁传璋先生和潘啸龙先生同是我读硕士时的导师。蒋师温柔敦厚，精通《诗经》；袁师姿神潇散，深解《史记》；潘师风骨峭峻，洞晓《楚辞》。我甫入学林，竟能同时获得三位襟情雅正、文华敏洽的先生之教导，是何其幸运！可惜我天性迂拙，亲炙诸师三年，竟不能得其学之一二。现在想来，感恩之外，更多的是羞赧。蒋、袁、潘三师是我初临学术之路的指津者，蒋凡先生则是我初入学术之门的引领者。蒋凡师学识淹博，平易近人，治学着意于"通"，更精于乐理，妙解音律。至今犹记，每逢周二，同门咸集于绛帷之侧，聆听教诲，每每可闻丝竹清韵或风雅吟诵，虽恨不能赓续唱和，却也快然自足。这些点滴过往和先生清远之才鉴、邃茂之德量一起，已然永镌我心。当然，同样不能忘怀的还有师母和外婆（师母之母）对我持续至今的关爱。除了诸位恩师之外，我还要感谢先我卒业的同门师兄羊列荣、白振奎、王军伟、曹建国、丁进、章原、刁生虎、黄鸣和师姐吕玉华、温秀珍、谭雯，以及同届学姐房瑞丽，他们无论是在学业上，还是在生活中，都曾给我无私的帮助,能与他们同师受学,我深感幸运。本书的编辑许海意博士是我的同门师兄。我们第一次见面时,正逢我在撰写博士论文,他听说了我的研究课题,立即说要送给我一本他新近编辑出版的书《秦西垂文化论集》。不久之后,他果真将这本厚达550余页的书带给我,于我的论文写作助益颇多。现在,以博士论文为基础写成的拙稿又将经许师兄之手编辑出版。这种奇妙的巧合让人感怀,更令我不胜感荷。

博士毕业后,我即服务于扬州大学文学院。在我极为有限的观察里,这是一个有底蕴、有情怀的学术单位,尤为可贵的是,主事者对教师的学术个性和学术自由多能予以最大限度的尊重和包容。学院前后数任领导,姚文放先生、许建中先生、柳宏先生和陈军先生,都曾给我热情的鼓励和帮助,提掖之情,铭感在心。古代文学学科的诸位前辈,顾农先生、董国炎先生、黄强先生、田汉云先生、汪俊先生、明光先生、刘瑾辉先生以及戴健教授,亦皆不以我之拙于人事为意,或为我指示教学科研的门径,或为我解纾个人生活的困急,殷殷盛意,感激不尽。

如果说十数年的师友之诲是我努力向学的动力的话,那么三十多年的家人之爱则是我用心人生的依靠。记得小学三年级那年的春节前夕,父亲请本地一位善书的退休中学教师写了一副对联:"三更灯火五更鸡,正是男儿读书时",还有一张写有匡衡凿壁借光故事的条幅,贴在我和弟弟的床头。那时的我并不能看懂条幅上的文言典故,但知道父亲的用意是要我和弟弟勤奋读书。父亲因故没能读完小学即被迫弃学,但他喜欢看书,更信奉"万般皆下品,唯有读书高"的古训。在这一点上,母亲虽然没有父亲那般的拘执,但也相信只有读好书才有好未来。为此,他们冒践霜雪,不惮劬苦,数十年如一日,为孩子们的幸福拼尽了全力。如今,墙上的字幅早已风化成屑,四散无痕,双亲也年齿渐高,鬓发如丝,我却白云孤飞,鞠育之恩,难报万一,但愿这本小书能稍慰其怀。我还要感谢我的妻子志敏,她以其逸想给我的生活创造了许多惊喜和温暖,更以其意外的坚韧支持着我的学术理想。小女在宥,年甫垂髫,一片天真,为我的生活平添了许多异彩。我生长在一个大家族中,虽略有家长制的遗风,但家族荣誉感和亲近感也常令外人羡慕，长辈们一直对我关爱有加，同辈的兄弟姐妹也助我不少，在此要向他们致以深切的谢意。

拙稿之述，虽志在"蹈前贤之未识，探先圣之不言"，无奈绠短汲深，未达于涯涘，舛谬之言，或难枚举，恳请时贤先进，不吝赐教！

1975年的诺贝尔文学奖获得者埃乌杰尼奥·蒙塔莱（Eugenio Montale）写过很多深邃而迷人的诗篇。我愿意以其《拭去的字迹》（杨渡译）作为这篇后记的结尾，并作为我过去和未来学术之路的一个注脚：

> 这小小的哀泣的生命
> 如你想要，请拭去它
> 犹如板擦自黑板上拭去
> 一迅忽易逝的字迹
> 我挫败的航程已终止
> 等待归回你的身旁
> 我特来见证一古老的
> 律则——在旅程中我已
> 将它遗忘的律则
> 这殊异的语言已然盟誓
> 一盲目的信仰
> 向着永难达致的终极
> 但无时无刻我仍微弱闻听
> 你潮涌而令人惊愕的
> 温柔脉动紧攫我
> 一如人们用混沌的记忆
> 努力去唤醒青春的光景
> 常常，在你荒蛮的狂喜中
> 我学习智慧，而更多是
> 自一静寂的
> 无声的火焰中，在
> 你的悠长、荒芜和正午的幻境里

我谦卑地将自己交付于你
一星星之火原是为着巨大的烧焚
这烧焚，（或许我知道）
和这孤独便是我的意义

倪晋波
2015 年 5 月 15 日